Fruttero & Lucentini
Der Liebhaber ohne festen Wohnsitz

Carlo Fruttero & Franco Lucentini

Der Liebhaber ohne festen Wohnsitz

Roman

Aus dem Italienischen
von Dora Winkler

Piper
München Zürich

Die Originalausgabe erschien 1986 unter dem Titel »L'amante senza fissa dimora« im Verlag Arnoldo Mondadori Editore, Mailand

ISBN 3-492-03147-1

Gesetzt aus der Bembo-Antiqua
Satz: Uhl + Massopust, Aalen
Druck und Bindung: Wiener Verlag
Printed in Austria

I. Als Mr. Silvera endlich

1.

Als Mr. Silvera endlich (look, look, Mr. Silvera) den Sicherheitsgurt lockert und sich über seine Sitznachbarn hinüberreckt, um aus dem Flugzeugfenster zu spähen, ist Venedig schon wieder verschwunden; er sieht nichts als ein fernes Stück aluminiumfarbenes Meer und ein ganz nahes, massiges Aluminiumtrapez, den Flügel.

»The lagoon!« wiederholen die Touristen seiner und der anderen beiden Reisegesellschaften, die Flug Z 114 füllen, »La lagune! A lagõa!«

Wie immer ist es für sie weitaus wichtiger, die Namen der Städte und Tempel und Statuen und Fresken, der Wasserfälle und Inseln und überhaupt aller Länder und Gewässer, für deren Besichtigung sie zahlen, zu nennen, als sie zu sehen. Look, look, the Coliseum, the Sistine Chapel, the Casbah, les Pyramides, la Tour de Pise, the lagoon... Anrufungen scheinen es zu sein, die imaginäre Dinge heraufbeschwören, sie für wenige Augenblicke existieren lassen sollen, bevor sie sich wieder aus dem Zauberkreis zurückziehen. Zu fünft oder sechst versuchen die Passagiere natürlich, die Lagune für immer festzuhalten, mit ihren Filmkameras und ihren Photoapparaten.

Diesen Illusionen gegenüber gleichgültig hat sich Mr. Silvera wieder auf seinen Platz gesetzt, die langen Beine schräg in dem Gang zwischen den Sitzreihen ausgestreckt, jederzeit ein wohlwollend automatisches Lächeln bereit. Von der Seite gesehen ist er ein Mann um die vierzig, groß und mager, mit einem scharf geschnittenen Profil geschaffen für eine Medaille und den leicht gekrümmten Schultern eines Sportlers, zum Beispiel eines besessenen Tennisspielers, der irgendwann aus irgendeinem Grund ganz aufgehört hat; oder auch eines Schachspielers, dessen Haltung geprägt ist von den langen Meditationen über dem Schachbrett. Seine schmalen, zarten, nervösen Hände lassen an Poker und Roulette denken, aber auch an kundigen Umgang mit Porzellan, Pergamenten, Musikinstrumenten; und mit Damenstrümpfen, mit Seiden und Spitzen und vertrackten Halskettenschließen.

Ein ungewöhnlicher Mann, der gelassen (stoisch?) einen nicht recht zu ihm passenden, ein wenig trivialen Beruf ausübt. Reiseleiter. Begleiter und Betreuer von Touristen. Gewöhnlich nimmt man dafür Jüngere, die Begleiter der anderen beiden Gruppen von Flug Z 114 sind ein junges Mädchen, das ständig lacht, und ein junger Mann mit einem strohblonden Haarbüschel über den Augen, der wie ein stämmiger Bauernbursche aussieht.

Silvera hat seine Gruppe heute morgen um 6 Uhr 15 in Empfang genommen, vor dem Büro der Imperial Grand Tours, der Londoner Reiseagentur, für die er seit einiger Zeit arbeitet. Die Busfahrt bis zum Flughafen Heathrow hat ihm genügt, um diese 28 Personen kennenzulernen oder vielmehr sie in seinem beachtlichen, an blitzschnelle Klassifizierungen gewöhnten Gedächtnis einzuordnen. Es sind die üblichen Leute, die üblichen Kunden der Imperial, Rentner, kleine Geschäftsleute, kleine Angestellte, Handwerker, der üblichen Nationalitäten: Engländer und Franzosen in der Mehrzahl, aber auch Südamerikaner und Kanadier, ein paar Skandinavier, zwei Jamaikaner, zwei Inder, ein Portugiese mit einer halbwüchsigen Tochter, die Mr. Silvera unverwandt mit ihren großen nachtgleichen Augen ansieht. Auch die Namen sind immer dieselben, Johnson, Torres, Pereira, Petersen, Singh, Durand...

Flug 114 hat zwei Zwischenlandungen gemacht, in Brüssel und in Genf, wo die anderen Gruppen zugestiegen sind; in Genf sind noch drei Wartelistenpassagiere dazugekommen, deren Flüge nach Venedig und Athen ausgefallen waren. Zwei griechische Geschäftsleute und eine Italienerin, die jetzt auf gleicher Höhe mit Mr. Silvera auf der anderen Seite des Mittelgangs sitzt.

Eine breithüftige Stewardess kommt hastig diesen Korridor entlang, sammelt die letzten Pappbecher ein, und Silvera zieht schnell die langen Beine zurück, lächelt ihr zu. Aber ihre verdrießliche Miene heitert sich nicht auf, sie läßt sich nicht in ihren Grübeleien über einen ungetreuen Liebhaber oder, wahrscheinlicher, über gewerkschaftliche Ansprüche stören.

Silvera zuckt kaum merklich die Schultern, dreht sein Lächeln ein ganz klein wenig weiter, und die Italienerin auf der anderen Seite des Ganges lächelt zu ihm zurück. Vorbei die Zeiten – sagen sich ihre spöttisch amüsierten, resignierten Blicke –, als die Fluggäste noch zuvorkommend behandelt wurden wie Gäste eines großen Hotels, gehätschelt wie Babys in einer Kinderkrippe; und andererseits, was kann man bei solchen Passagieren, bei einem Flugzeug voll derartiger Touristen auch verlangen? Es ist schon viel, daß sie sie überhaupt bis nach Venedig bringen, für das bißchen, was sie gezahlt haben.

Die Maschine setzt auf, bremst mit einem langen wütenden Zischen, rollt langsam längs des Lagunenufers aus.

»Well«, murmelt Mr. Silvera und steht auf, »well ...«

Seine Größe scheint ihm eine unbestimmte Überlegenheit zu verleihen, im Widerspruch zu dem äußerst abgetragenen Tweedjackett, zu den kleinen Brandlöchern vorn auf dem Regenmantel, den er jetzt anzieht. Das ständig lachende Mädchen müht sich bereits mit seiner Gruppe ab, der blonde Bauer mahnt seine Herde, die größte der drei, zu Ruhe und Ordnung.

»Well«, seufzt Mr. Silvera und holt seine Tasche herunter.

Er bemerkt, daß auch seine italienische Nachbarin

versucht, da oben an ein Köfferchen heranzukommen, und nimmt es herunter, reicht es ihr ritterlich.

»Thank you«, sagt die Frau.

»Ah«, sagt Mr. Silvera, die Augen in die Ferne gerichtet.

Dann wird er von seiner Gruppe verschluckt, please, please, Mr. Silvera, es sind Mäntel und Schals wiederzufinden, Beutel aus den Gepäckfächern zu zerren, vergessene Pakete unter den Sitzen hervorzuholen und die Ungeduldigen zurückzuhalten, die Bummler anzutreiben. Die Tochter des Portugiesen folgt ihm mit gesenktem Kopf, den Blick unter den wunderschönen schwarzen Wimpern auf ihn geheftet, und wird unten an der Gangway »gezählt«, wo Mr. Silvera und die beiden anderen Gruppenleiter im Wind stehen und ihre Leute sortieren.

Aber nicht ihr reicht Mr. Silvera die Hand, um ihr die letzte Stufe hinunterzuhelfen. Die Galanterie (mit melancholischer Distanziertheit, mit einem unbestimmbaren Hauch von Komplizenhaftigkeit ausgeführt) gilt der italienische Dame.

»Thank you«, sagt sie wieder, ernst.

»Ah«, murmelt, ohne sie anzusehen, Mr. Silvera.

Er geht in Richtung Abfertigungsgebäude davon, an der Spitze seiner Schäfchen, die ihm alle mit seitwärts gewandtem Kopf folgen, um auch nicht einen Cent ihres Billigtarifs unausgenutzt zu lassen. Die Gruppe der jungen Französin ist ihnen an der Paßkontrolle und am Zoll zuvorgekommen, aber dann wickelt sich alles reibungslos ab, in Wirklichkeit wird sowieso nichts kontrolliert, und jenseits der Sperren steht schon Mr. Silvera, der noch einmal seine 28 um sich schart, sie daran hindert, in Richtung Toiletten und Bar auseinanderzulaufen.

»No, no«, sagt er nachsichtig, »no cappuccino, please, no vino.«

Wieder treten sie in den Wind hinaus, und auf dem Platz draußen warten ein paar Omnibusse. Aber sie drängen nach links zur Lagune hinüber, die wenige Meter entfernt beginnt und sich weit hinten am flaumigen Horizont verliert. An einem Landungssteg schaukeln unter den Möven vier oder fünf schlanke Motorboote mit einem Wimpel am Heck auf und ab.

»Taxi?« fragt einer der Seeleute. »Venedig, Taxi? Taxi Venise?« wiederholt er und zeigt auf einen fernen Punkt jenseits der Wasserfläche.

Etwas weiter vorn wälzt sich eine Gruppe des blonden Bauern unter Gekreisch und Gelächter an Bord eines bauchigen Kabinenboots.

Wie ein Lauffeuer flammt Protest in den Augen der 28 auf. Und wir?

»No boat«, sagt Mr. Silvera resolut, »no boat, no barco, sorry.«

Bei den Preisen der Imperial, erklärt er, ist die Anfahrt nach Venedig per Schiff über die Lagune nicht möglich. Für die Imperial gibt es einen schönen italienischen Kleinbus, a fine Italian coach, einen knallroten Bus, der über die berühmte Brücke fahren wird.

»A famous bridge?« trösten sich die 28.

Ja, die längste Europas, lügt Mr. Silvera und scheucht sie wieder zum Festland zurück. Er wird noch einen Augenblick hierbleiben, um zu kontrollieren, ob das Gepäck korrekt auf das Motorboot der Gepäckträgerkooperative geladen und korrekt auf den Weg zu seinem Bestimmungsort gebracht worden ist.

Jetzt steht er allein auf dem Landungssteg und blickt auf die Lagune wie ein Fürst, ein Kondottiere, der endlich von ihr Besitz nimmt; oder aber sich von ihr verabschiedet, sie für immer verloren hat? Eines der Motorboote löst sich vom Ufer, zieht eine elegante Schleife übers Wasser und rauscht unter den Möwenschreien schnell in Richtung Venedig davon. Neben dem Heckwimpel steht, zum letzten Mal, die Italienerin von Flug Z 114, ich stehe da.

»Ah«, murmelt Mr. Silvera.

Und antwortet nicht auf meinen Gruß, hebt nicht die Hand, während sein Regenmantel wie eine zerschlissene graue Fahne im Novemberwind flattert.

So habe ich ihn kennengelernt, so habe ich ihn zum ersten und (wie ich glaubte) zum letzten Mal gesehen.

2.

Ich hatte damals der Tatsache keine große Beachtung geschenkt, daß Mr. Silvera Reiseleiter, Gruppenbegleiter, touristischer Betreuer oder wie zum Teufel man noch dazu sagt, war. Unter diesem fliegenden Pöbel war er mir natürlich sofort aufgefallen, und ich hatte ihn mit fast beruflichem Interesse registriert, ihn und sein antikes Medaillenprofil; aber ohne weitere Neugier, ohne mich zu fragen, wie er unter dieses Volk geraten war, das unablässig nach ihm krähte: Mr. Silvera, Mr. Silvera! Ich hatte ihn in einen imaginären persönlichen Auktionskatalog eingetragen als »ungewöhnlicher Reisender, sogar ein wenig geheimnisvoll« und meine Gedanken dann wieder eigenen Angelegenheiten zugewandt.

Jetzt wüßte ich natürlich nicht zu sagen, was für ein Eindruck von ihm sich bei mir festgesetzt hätte, wenn ich ihn vor allem unter dem Blickwinkel seines, nennen wir es, Berufs betrachtet hätte. Verstehen wir uns nicht falsch, ein prima Job für Studenten mit wenig Geld, die im Sommer in der Welt herumkommen wollen (Rosys Sohn, eine Tochter meiner Vettern Macchi haben das jahrelang gemacht), aber im November als Beschäftigung eines Erwachsenen, und mit Reisegesellschaften von diesem Niveau, kann man das einfach nur als jämmerlichen Beruf bezeichnen. Es ist sehr wahrscheinlich, daß er hoffnungslos bei mir unten durch gewesen wäre, der Herr Silvera. Ich hätte ihn liquidiert, mit einem mitleidigen Gedanken der Art: Schau mal, der arme Teufel, wozu der sich in seinem Alter noch hergeben muß; oder vielleicht in Anbetracht des Nachnamens: Meine Güte, hat's dieser arme Sepharde zu nichts Besserem gebracht, um sein Geld zu verdienen? Ein Gescheiterter, ein Hungerleider, eine verkrachte Existenz. Und von einem derartigen ersten Eindruck erholt sich ein Mann nicht mehr. Folglich: danach wäre die Sache ganz anders gelaufen, ja, wahrscheinlich wäre überhaupt nichts gelaufen.

Dagegen, dank meiner zufälligen oder etwas schläfrigen Unaufmerksamkeit, sitze ich nun da und denke über meinen, nennen wir es so, Beruf nach und finde bedeutende Berührungspunkte mit seinem. Auch bei meinem die ständige Reiserei. Auch bei meinem muß man die Kundschaft bei Laune halten, Beleidigungen und Demütigungen schlucken, immer bereit sein, zu besänftigen, zu beruhigen, zu schmeicheln und Leuten um den Bart zu gehen, die einfach entsetzlich sind. Es ist genauso ein Beruf, der einen veranlaßt, mit der Schönheit zu verkehren, sie mit absoluter Gleichgültigkeit zu suchen, zu bewerten, zu beschreiben, ohne sie doch wirklich zu sehen. Vielleicht übertreibe ich, aber der einzige Unterschied zwischen einem Reiseleiter und mir scheint mir jetzt darin zu bestehen, daß er für seine Arbeit ein lächerliches Fixum und ein paar jämmerliche Trinkgelder kriegt, während ich mit knisternden Schecks hochangesehender Bankhäuser bezahlt werde.

Von da die Trennung: er mit seiner Herde auf dem Vaporetto, ich mit dem Motorboot zu meinem Hotel am Canal Grande, wo mir ein Empfang wie einst vorgespielt wird: wie geht es Ihnen, wieder einmal in Venedig, haben Sie eine gute Reise gehabt, haben Sie gesehen, was für ein Wetter, wir haben schon ein bißchen Post für Sie da, darf ich Ihnen einen Manhattan machen, einen chinesischen Tee? Solche Sätze eben, mit der professionellen Vertraulichkeit, die bewirken soll, daß ich mich hier zu Hause fühle, auch nach monatelanger Abwesenheit. Und der alte Page Tommaso, der mit dem Ernst und der Feierlichkeit eines für die Montgolfiere Ludwigs XVI. zuständigen Kämmerers den Aufzug bedient, murmelt wie zu sich selbst: »Jedesmal noch schöner.«

Er macht seine Sache gut, sagt dir da so ein Sätzchen, aber auf eine Weise, daß du verstehst, es handelt sich um die Luxushotelübersetzung eines mundartlichen »hoia« oder gröberen Ausdrucks, der aus seinen verbrauchten Lenden aufsteigt (aber sind sie wirklich so verbraucht?).

Ich prüfte den kleinen Satz flüchtig in den großzügigen, allgegenwärtigen vergoldeten Wandspiegeln nach und stellte fest, daß auch sie ihre Sache gut machten. Ich sah (und katalogisierte sofort, ohne den »schönen Rahmen im Stil der Zeit« zu vergessen) ein Bildnis einer jungen Frau, Werk eines »toskanischen oder umbrischen Meisters des frühen Cinquecento«, mit Einflüssen der Schulen Botticellis und Lippis einerseits, des Perugino andererseits. Raffaellino del Garbo? Abgesehen von dem »ensemble de voyage« frankojapanischer Schule (Isseymiyake) zeigte die Porträtierte in der Tat ausgesprochene Verwandtschaft mit verschiedenen Madonnen dieses Künstlers und zudem auch mit der reizvollen blonden *Dame im Profil*, die Berenson (gefolgt von meinem Freund Zeri) ihm in der Sammlung der Baronesse Rothschild in Paris zuschreibt. Ein äußerst befriedigendes Bildnis, um so mehr als Raffaellino oder wer auch immer höflich des »AETATIS SUAE XXXIV« weggelassen hatte und man die Jahre ohne weiteres auf XXX oder noch weniger schätzen konnte.

Über die dicken Teppiche marschierten Japaner an uns vorbei, schweigend und in Zweierreihen, wie Pensionatszöglinge. Alles Männer, alle in dunklen Anzügen.

»Wenigstens machen die keinen Krach«, bemerkte Tammaso herablassend.

»Haben Sie hier viele Japaner auch außerhalb der Saison?«

»Immer mehr, zu jeder Jahreszeit. Tja! Es heißt ja, es sind Touristen, aber wenn Sie mich fragen, die kommen her, um sich eine Kopie von Venedig zu machen. Sie werden sehen, früher oder später bauen die sich auch eines, eine perfekte Imitation.«

Aber sofort bereute er seinen Scherz, den er übrigens sicher schon wer weiß wie oft mit Erfolg angebracht hatte.

»Venedig kann man nicht imitieren«, sagte er stolz.

Und doch habe auch ich manchmal wie er diesen Eindruck, in dieser allzu viel besichtigten Stadt: als hätten die Millionen und Abermillionen bewundernder Pupillen dieselbe unmerkliche und ununterbrochene Erosionswirkung der Wellen, jeder Blick ein gestohlenes, ein weggesaugtes Körnchen Venedig...

*

Ohne auch nur die Koffer auszupacken, rief ich Chiara an, um mir den Termin am Nachmittag bestätigen zu lassen. Ich sollte eine Bildersammlung ansehen, eine alte, deren Wert noch nicht feststand, und gegebenenfalls versuchen, den Verkauf für Fowke's zu sichern, für das Auktionshaus, für das ich arbeite. Chiara ist unsere Mitarbeiterin vor Ort, und den Termin hatte ich mir bereits vor zwei Tagen bestätigen lassen. Aber in Venedig weiß man nie. In dieser Stadt, wo Eile unbekannt ist, kann immer alles auf nächsten Montag verschoben worden sein.

»Hallo, Chiara? Ich bin fast am Flughafen hängengeblieben, aber jetzt bin ich da. Also, geht es um drei?«

Ich hörte mir mit der vorhersehbaren Enttäuschung an (Enttäuschung ist in diesem Beruf die Regel), daß drei Uhr immer noch sehr gut sei, was aber überhaupt nicht gut sei, seien die Bilder; andere hätten sie inzwischen gesehen, diese hochgerühmte »Sammlung Zuanich«, und hätten sie für eine reine Sammlung von Schinken befunden.

»Echtes siebzehntes oder achtzehntes Jahrhundert, ist mir gesagt worden, aber Schinken.«

»Und wer hat sie gesehen?«

»So ziemlich alle inzwischen. Sie haben auch jemanden von der Oberintendantur geschickt, aber es steht schon fest, daß die Sammlung freigegeben wird, es ist, scheint's, wirklich nur Trödel, ›Raumausstattungsbilder‹, wie die das nennen. Der einzige, der sich jetzt dafür interessiert, ist Palmarin.«

»Kurz, die Reise war umsonst.«

»Ich habe versucht, dich noch in Paris zu erreichen, aber du warst schon wieder weg. Trotzdem, wo du schon da bist, willst du nicht selbst mal einen Blick darauf werfen?«

»Gut, einen Blick.«

»Und dann ist da vielleicht etwas anderes, eine Villa bei Padua, der Tip kommt ausgerechnet auch von Palmarin. Mit ihm wären wir dann um fünf verabredet.«

»Gut, auch Palmarin.«

Ich packte die Koffer aus, ging unter die Dusche, dann telefonierte ich, um mich bei Raimondo zum Essen einladen zu lassen, meinem besten venezianischen Freund.

»Göttliche«, sagte er, »eine Seezunge bei mir. Auf der Stelle.«

»Ich kann nicht, ich habe gleich einen Termin.«

»Dann Abendessen.«

»Darauf habe ich gezählt.«

»Mein Glück ist vollkommen.«

Wegen seiner etwas heiseren Stimme und dem einstudierten lässigen, zerstreut-beiläufigen Ton amüsieren mich seine ständigen Übertreibungen eigentlich fast immer. Er ist ein bösartiges, klatschsüchtiges Lästermaul, das erbarmungslos seine Mitmenschen durchhechelt; aber nicht mich, denn ich kenne sein Geheimnis und kann ihn erpressen. Ich habe ihn nämlich einmal dabei überrascht, wie er einer alten deutschen Touristin den schweren Koffer über ein Brückchen schleppte, irgendwo bei der

Frarikirche. Er versuchte sich herauszureden mit einem geseufzten: »Was willst du, als Achtjähriger bin ich von einem Pfadfinderführer vergewaltigt worden.«

»Nein, mein Lieber, jetzt hab' ich dich in der Hand«, ich lächelte erbarmungslos, »jetzt weiß ich, daß du ein Herz hast.«

Sein Haus in der Ruga Giuffa, immer voller Gäste aller Hautfarben, ist vielleicht der Ort, der dem, was Venedig einmal gewesen sein muß, am nächsten kommt.

Als ich ins Restaurant hinuntergegangen war, bestellte ich aus Bequemlichkeit eine Seezunge und ließ zerstreut meinen Blick durch den Raum schweifen, wobei ich wieder einmal feststellte, wie unmöglich es mittlerweile in Venedig geworden ist, Personen zu sehen, die wirklich Personen, Individuen waren. Alle, die da ihre Manhattans und Bellinis schlürften, ich natürlich eingeschlossen, sahen aus, als wären sie im Auftrag irgendeiner Stiftung, Universität, internationalen Vereinigung, Großindustrie oder eines größeren Museums da. Selbst bei den Pärchen in den Flitterwochen erwartete man das ans Revers gesteckte Namensschildchen oder die Quittungen für die Spesenrechnung im Guccitäschchen.

Und da draußen, den berühmten Kanal hinauf und hinunter, glitten die Touristen vorüber wie in die Vaporetti geklebte Bildchen eines Völkerkundealbums für die Volksschule, da eine Ladung blonder Teutonen und Skandinavier, dort eine Ansammlung gelber Gesichter, da die schwarzen Häufchen Spanier oder Griechen – jede Gruppe eng an ihren Mr. Silvera gedrückt. Allerdings, ehrlicherweise muß ich es sagen, dachte ich nicht einmal flüchtig an Mr. Silvera, und das scheint mir jetzt so unwahrscheinlich, so unverzeihlich, jetzt, wo ich alles von jenen Stunden ohne Geschichte (ohne mich!) wissen möchte, Stückchen für Stückchen, Augenblick für Augenblick.

Aber man kann es sich vorstellen. Man kann es zum großen Teil rekonstruieren.

3.

Als er sich überzeugt hat, daß auch der letzte seiner Schutzbefohlenen auf den Vaporetto gestiegen ist (»Vite, vite, madame Dupont!«), schiebt sich Mr. Silvera in dem Gedränge weiter nach vorn und kommt hinter ein Grüppchen Russen mit fleischigen rasierten Nacken zu stehen. Dicht an seiner Schulter lehnt die kleine Portugiesin, die errötend die Lider senkt, als er sich umdreht, um sie zu fragen, ob alles gut geht, tudo okay?

In jeder Reisegruppe ist eine Halbwüchsige, die sich in Mr. Silvera verliebt, sind immer ein paar ältere Fräulein von unerschöpflicher Energie, ist immer ein streitsüchtiges Ehepaar, immer eine Hypochonderin, immer ein mit allem unzufriedener besserwisserischer Pedant, immer ein Klatschmaul, das überall seine Nase reinsteckt. Es ist, als würde man mit einer Musterkollektion reisen, denkt Mr. Silvera, der in seiner Laufbahn als Reisender auch einmal Modeschmuckvertreter gewesen ist. Es sind nicht immer dieselben Steine, Modelle, Metalle, aber die Halsketten sind immer Halsketten, die Broschen Broschen.

Als Reiseleiter ist er bereits mehrere Male nach Venedig gekommen, aber gut kennt er die Stadt, weil er früher und unter weniger oberflächlichen Umständen schon hier gewesen ist. Doch von jenen anderen Venedigs, die er kennt, spricht Mr. Silvera nie, die hält er streng getrennt, bedient sich ihrer nicht für seine gegenwärtige Arbeit. Er könnte den 28 einen weniger bekannten Palast zeigen, einen Glockenturm mit einer Anekdote bereichern, sie auf einen gewissen Garten aufmerksam machen, eine bestimmte Kuppel beleuchten; aber er hält sich an das unerläßliche Minimum, Scalzibrücke, Cannaregiokanal, Fondaco dei Turchi, Ca' d' Oro, Rialtobrücke... Die Riva del Vin läßt er weg und, nach einem Augenblick des Zögerns, auch Palazzo Bernardo.

»Look, look, Mr. Silvera, a real gondola!«

»Ah«, sagt Mr. Silvera, »yes, indeed.«

Er kennt andere hier gebräuchliche Bootsnamen (gondolino, caorlina, mascareta...), aber er verrät sie nicht. Weil es verlorene Mühe wäre, sagt er sich, weil gewisse Dinge niemanden mehr interessieren, geschweige denn seine 28.

Aber die Wahrheit ist, daß auch die leiseste Berührung jenes in ihm schlummernden Venedigs der Brokate, des Goldes, des Purpurs, der Kristalle nicht ohne Schmerz abgeht und vor allem, daß es nichts, aber auch gar nichts zu tun hat mit dem schematischen, unpersönlichen Venedig der Imperial.

S. Angelo, S. Tomà, Ca' Rezzonico, Accademia. Der Vaporetto fährt von einem zum anderen Ufer des Canal Grande, legt an, lädt dreißig Dänen aus, lädt dreißig Kinder ein, die aus der Schule kommen, macht sich wieder auf den Weg zum nächsten Landungssteg, mit einem prosaischen, mühsamen Ruck wie ein Maulesel in Schiffsgestalt.

Die Gruppe muß bei San Marco aussteigen, um den gleichnamigen Platz, die gleichnamige Basilika und den Dogenpalast zu besichtigen. Aber zunächst, um zu essen. Mr. Silvera weiß, wenn sie nicht zur festgesetzten Zeit zu essen bekommen, werden sie nervös; würden sie durch die Jahrhunderte geführt, um dem Sturm auf die Bastille, der Plünderung Roms, der Schlacht bei den Thermophylen beizuwohnen, so gegen eins würden sie trotzdem anfangen, unruhig zu werden, bedeutungsvolle Winke auszutauschen. Wann essen wir eigentlich? Ja, esssen wir denn nicht? Und mindestens eine Frau wäre dabei, die sich gefährlich »ausgehöhlt« fühlte, und eine andere, vorsorglichere, würde die Handtasche öffnen und ihr a biscuit, Mrs. Gomez? anbieten, agradece un bombón, señora Wilkins?

Und alle beide richten einen vorwurfsvollen Blick auf Mr. Silvera, der mit der Seufzerbrücke und Giacomo Casanova ein paar Minuten gewinnt.

Da die 28 des irrigen Glaubens sind, Casanova sei wegen Frauengeschichten in diesem Kerker gelandet und aus Liebe zu einer Frau daraus geflohen, läßt Mr. Silvera ihnen diesen Glauben und schlägt ein Spiel vor, das nie seine Wirkung verfehlt: sie sollen den Casanova der Gruppe wählen, hier, sofort, jetzt, auf der Riva degli Schiavoni. Unter Gelächter, das die Möven aufschreckt, wird schließlich Señor Bustos auserlesen, ein lebhafter kleiner Mann um die Fünfzig, dessen Ehefrau unweigerlich noch geschmeichelter ist als er. Das Spiel wird sie bis heute abend amüsieren, ab und zu in den nächsten Tagen wieder aufkommen, gerade am Ende der Reise noch einmal kurz erfolgreich wiederaufgenommen werden und danach wird es sich der Betroffene noch oft mit Entzücken ins Gedächtnis zurückzurufen. Von Venedig wird in tausend Jahren Señor Bustos sich vielleicht nur daran erinnern, daß schnell wieder entschwundene Gefährten ihn hier Casanova tauften, no less.

Mr. Silvera blickt auf die Umrisse der nahen und fernen Inseln, auf die Wasserflächen, die wie Miniaturozeane in allen Richtungen von winzigen Fugen durchpflügt werden, und denkt laut, auf spanisch: tausend Jahre, diese Stadt ist tausend Jahre alt.

Die neben ihm Stehenden verwechseln das mit einer bemerkenswerten Information zur Stadtführung und wiederholen beeindruckt, mil años! a thousand years!

»Look, look, Mr. Silvera! The pigeons!«

»Folgen Sie ihnen!« befiehlt sogleich Mr. Silvera, der weiß, wie er mit seinen Reisegesellschaften umgehen muß.

Und sie folgen dem Flug der tausend knatternden Tauben und kommen auf den Markusplatz (»Ooooh! Piazza San Marcooo!«), wo Mr. Silvera sie allesamt ihren Riten überläßt, sich gegenseitig zu photographieren, und selbst geht, um sich um die einzige venezianische Mahlzeit zu kümmern, die die »Formel« der Imperial vorsieht.

Er tritt, automatisch den Kopf einziehend, in einen dunklen Laubengang ein, durcheilt zwei, drei Gäßchen, wobei er sich nur ein einziges Mal in der Richtung irrt, sieht schließlich das Schild der Triglia d'Oro vor sich, der Trattoria-Pizzeria, in der zwei lange Tische mit im ganzen 28 Gedecken, schon fertig gerichtet, auf sie warten müßten. Doch er begreift sofort, er wittert, daß etwas nicht in Ordnung ist; in dem Gäßchen stehen tausendjährige Küchengerüche, ein Jahrtausend Touristenmenüs, aber es fehlt der scharfe, dampfende, schwere Geruch der unmittelbaren Zukunft.

Die Triglia d'Oro hat ihren Ruhetag, der immer der Montag war, gewechselt. Ein krummes Täfelchen an der verrammelten Tür verkündet: »Wöchentlicher Ruhetag: Dienstag«.

Sie haben das nicht mitgeteilt, haben kein Telex nach London geschickt, ein Lokal wie die Triglia d'Oro schickt keine Telex, weder nach London noch sonstwohin.

Mr. Silvera bleibt einen Augenblick nachdenklich stehen, hebt den Blick zu dem Schild empor, über das, vielleicht auf der Suche nach eßbaren Abfällen, eine Möve flattert.

Ein erregter Schritt hallt in der Nähe, hält plötzlich an. Dort hinten, an einer Mündung des Gäßchens, steht das portugiesische Mädchen, unbeweglich und purpurrot, unschlüssig, aber mit hocherhobenem Kopf.

»Ah«, murmelt Mr. Silvera.

*

Bronzen und unbeweglich mit ihren langen Hämmern verharren die beiden Mohren der Torre dell'Orologio im Gleichgewicht zwischen eins und zwei. Aus den Verpflegungsstätten zurückgekehrte Gruppen strömen wieder zum Campanile, zum Dogenpalast, zur Basilika. Aber als er aus dem Laubengang in das jähe, schlagartige Licht und den Wind der Piazza hinaustritt, entdeckt Mr. Silvera seine Schäfchen sofort, drüben, auf der gegenüberliegenden Seite des Säulengangs. Es ist selten, daß sie sich fortwagen und verlorengehen. Die fehlende Neugier hält sie zusammen, die Schüchternheit, die Unkenntnis der Landessprache (Mr. Silvera spricht perfekt eine unbestimmte Anzahl von Sprachen, andere hat er gelernt, aber wieder vergessen) und in diesem Fall das, was sie »Hunger« nennen.

Eine Art Delegation marschiert ihm entgegen, mit finsterer Miene, wie Meuterer; doch Mr. Silvera hebt gleich die Arme hoch und zeigt die beiden Trauben praller hellblauer Plastiktüten, die an seinen Händen baumeln.

»Food!« schreit er. »Drinks! . . . Vino!«

Hinter ihm her kommt rosig, strahlend die kleine Portugieserin, die Wein in Strohflaschen trägt und zwei weitere dicke Tüten voll belegter Brötchen, kleiner Pizzas, Bier- und Cocadosen. Mr. Silvera hat sich ihrer bedient, genau so, wie sie es sich, ohne es zu wissen, am meisten gewünscht hat: er hat ihr die unvorhergesehene organisatorische Panne verraten, hat sie um Hilfe, um Rat gebeten, und zusammen sind sie in eine Bar mit warmem Buffet gegangen, wo sie mit dem Notfonds der Imperial Tours mehr oder weniger soviel eingekauft haben, wie nötig sein wird, um die Reisenden zu stärken.

»Picknick!« ruft Mr. Silvera. »Picknick!«

Ohne es ausdrücklich zu sagen, schafft er es, den Eindruck zu vermitteln, das Picknick auf dem Markusplatz sei eine nette Überraschung, eine originelle, ausdrücklich von der Agentur so geplante Variante. Jemand murrt, aber ohne Überzeugung. Die Idee gefällt, das ist etwas, was sie später erzählen können.

Mr. Silvera wählt wie zufällig (aber er hat sie schon unfehlbar eingeschätzt) zwei Frauen und einen Mann aus und vertraut ihnen die komplizierte Verteilung der Lebensmittel an. Nicht anders als die Tauben hocken sich die 28 fast alle auf die Stufen längs des Säulengangs und fangen an, die improvisierte Mahlzeit aufzupicken. Jemand sucht eine Papierserviette, jemand schüttet sich den Wein oder die Cola über die Hosen, jemand photographiert die denkwürdige Szene aus der Froschperspektive.

Mr. Silvera lehnt ein paar Meter abseits von ihnen an einer Säule. Die kleine Portugiesin nähert sich ihm mit einem Brötchen und einem Bier; doch Mr. Silvera setzt ihr milde Ablehnung entgegen, nein, danke, ich habe keinen Hunger, ich esse später etwas ... Er sagt ihr nicht, daß ihm in diesem Augenblick die Nahrungsaufnahme ein ekelhafter, verzweifelter Prozeß scheint; und dennoch beißt das Mädchen, als es sich wieder neben seinen Vater setzt, ungern in das Brötchen, fast als beginge es damit einen Verrat.

Das eichene Pförtchen, das nichts weiter war

1.

Das eichene Pförtchen – das nichts weiter war als ein eichenes Pförtchen, eingelassen in eine hohe schmale Fassade mit allen möglichen Abschattierungen von ausgebleichtem Venezianischrot – hätte gut auch nur in drei niedrige Zimmer führen können, zu einem Handwerker, der unter einer nackten Glühbirne Bügeleisen repariert. Die klapprigen Holzläden waren einmal grün gewesen. Einfassungen aus vergrautem, porösem Stein umrahmten jedes Fenster. Und der ganze kleine venezianische Platz, ein Dutzend anspruchsloser Häuser, machte denselben schlaffen, verkümmerten Eindruck eines seit langem von Schwund befallenen Muskels.

Natürlich mußte der eigentliche Eingang auf der anderen Seite liegen, zum Kanal hin, zwischen faulenden Pfählen, wo in fernen Zeiten die Hausgondel vertäut worden war. Aber heute kann sich ja niemand mehr einen solchen Luxus leisten; niemand aus Venedig, heißt das. Ein paar reiche Fremde, Mailänder, Amerikaner oder Schweizer, kultivieren manchmal noch eine Saison lang oder zwei diese historischen Koketterien, dann geben sie sie zugunsten des praktischeren Motorboots auf oder benutzen wieder ein eichenes Pförtchen.

Wenn man an solch einer Tür läutet, hat man immer den Eindruck, die Klingel sei seit Monaten kaputt, ja die ganze Anlage sei seit Jahren außer Gebrauch. Kein Triller oder Summen drang an unsere Ohren, als Chiara auf den modernen Plastikknopf mit dem mit Maschine geschriebenen Namen Zuanich darunter drückte; doch zweifellos war die Klingel in der innersten Höhlung des Gebäudes ertönt und hatte eine alte halbtaube Hausangestellte aufgeschreckt, die sich nun auf geschwollenen Beinen schleppenden Schritts über lange dunkle Korridore näherte...

Statt dessen hörten wir plötzlich eine Reihe wilder Plumpser, als wären große Hunde in einem Hindernislauf begriffen, und das Pförtchen wurde von zwei hochgewachsenen, blonden, bildschönen Jungen in Joggingschuhen und Pullover fast aus den Angeln gerissen: die Enkel, der Vater tot und die Mutter in Amerika wiederverheiratet, hatte mir Chiara bereits erklärt. Jene studierten in Mailand, hier waren sie zu Besuch bei der Großmutter, der Besitzerin der Sammlung.

Noch keuchend von ihrem Wettlauf kehrten die beiden Jungen wieder zur Förmlichkeit zurück und verbeugten sich zum Handkuß. Der ältere war fast kahlgeschoren, der andere trug eine Haarfülle zur Schau, die ihm in lockeren Büscheln ins Gesicht und auf die Schultern fiel. Sie führten uns in eine große Vorhalle, wo die ständigen Überschwemmungen die Marmorplatten des Fußbodens aufgeworfen hatten; und von da stiegen wir eine von Büsten des 17. und 18. Jahrhunderts gesäumte herrschaftliche Treppe hinauf in die obere Halle.

Zwischen weit auseinanderliegenden Türen, unter den mythologischen Fresken des Deckengewölbes, warteten langgestreckte Diwane im Staub auf den Wiederbeginn der Tänze. Eine graue Katze schritt langsam mit erhobenem Schwanz unter den bunten Armen des riesigen Glasleuchters vorüber, lief aber weg, als Chiara sich bückte, um sie zu streicheln. Nach einem weiteren Stockwerk wurde die Treppe schmaler, die Stufen waren nun aus grobbehauenem Stein. Auf einem Absatz stand eine dunkle Sänfte mit zerfetzten Lederbezügen, die Tür mit Draht festgemacht.

»Schade«, sagte Chiara halblaut.

»Äh, ich weiß«, kommentierte der ältere Junge mit absoluter Gleichgültigkeit.

Eine x-beliebige Tür führte auf einen Korridor mit extrem niedriger Decke und zahlreichen Fensterchen an der Längsseite. Dann kam eine Rumpelkammer, wo Stühle und Sessel in einem wirren Durcheinander von abgebrochenen Beinen und geborstenen Lehnen übereinandergetürmt waren. Und schließlich ging es jenseits eines mottenzerfressenen Vorhangs aus schwerem flohfarbenem Tuch zwei Stufen hinunter und nach einer jähen Biegung wieder in eine Art Halle ohne Fenster und Dachluken, die mittelmäßig von einer Deckenlampe beleuchtet wurde und mit einem langen Tisch und zwei gestrichenen Holzbänken ausgestattet war.

Ringsherum, an den gelbgetünchten und von einem Netz staubiger Risse überzogenen Wänden, waren die Bilder der Sammlung aufgehängt, ungefähr dreißig, in einer Reihe oder in zwei Reihen übereinander, je nach ihrer Größe, die übrigens ziemlich einheitlich war und zwischen ein paar Dezimetern und höchstens einem Meter Seitenlänge rangierte.

»Also, ich geh' wieder runter zur Großmutter«, verabschiedete sich der Kahlrasierte. »Er«, er deutete auf den Bruder und auf zwei verstellbare Stehlampen, die durch lange Kabel mit zwei Steckdosen in der Ecke verbunden waren, »er hilft Ihnen, die Scheinwerfer zu richten, wenn Sie besser sehen wollen.«

Wir dankten ihm, und während der Langhaarige sich in die Lektüre seines Comicheftchens versenkte, machten wir langsam einen ersten Rundgang.

Nichts Sensationelles, wenigstens auf den ersten Blick. Und doch, immer noch auf den ersten Blick, weniger enttäuschend, als es nach Chiaras Informationen zu erwarten gewesen war. Späte und selbst allerspäteste Tizian- und Giorgionemanier, Tintoretto- und Veronesebastarde, Bassanoschüler der dritten Generation: unter denen sich aber, wer weiß, der begabte und rührige Padovanino hätte verbergen können, der manchmal inspirierte Gauner Pietro Liberi, der launige Pietro della Vecchia oder auch ein anderer nicht unähnlicher Nachahmer der großen Maler des Cinquecento.

Heute erzielte diese drittrangige Malerei, die ihre Vertreter auf weit entfernten und nicht allzu anspruchsvollen Märkten unverfroren als »venezianische Kunst des goldenen Jahrhunderts« in Umlauf gesetzt hatten, schon wieder – gerade auf dem spezialisierten italienischen Markt – ganz ordentliche Preise, so zwischen dreißig und sechzig, ja achtzig Millionen. Für die Auktion von Fowke's in Florenz wären so ein paar »Giorgiones« in Della Vecchias revidierter Nachbildung oder irgendeine von Forabosco nachgepinselte tizianeske Schöne genau das Richtige gewesen.

Jedoch: schon beim zweiten Durchgang und ohne daß auch nur die zusätzliche Beleuchtung nötig gewesen wäre, enthüllte sich nach und nach diese ganze scheinbar aus dem siebzehnten Jahrhundert stammende Travestie des Cinquecento ihrerseits als eine Travestie. Eine abgeschmackte Mannalese und eine emphatische, mechanische Ekstase des Heiligen Andreas; ein auseinanderlaufendes Martyrium des Heiligen Stefan zwischen zwei flatterigen, chaotischen Himmelfahrten; üppige und geschminkte oder totbleiche und hölzerne Porträts von Damen und Edelleuten; aufgeschwollene, rötliche Akte von Venussen und Susannen im Bade, in porzellangetönten Landschaften; ein finsterer Muzius Scaevola am Altar, zwischen verwässerten Madonnen nach bekannten Vorbildern: alle diese Schinken verrieten keine Verwandtschaft mit der Renaissance mehr, sondern allein die grobe, stümperhafte Fortsetzung in Rokoko- oder sogar klassizistischer Manier eines längst kodifizierten venezianischen Geschmacks an der Nachahmung, dem Plagiat, dem Betrug.

Das einzige, was man an dieser Sammlung bewundern mußte, war die Konsequenz des Sammlers, vermutlich ein reichgewordener Kaufmann, Urgroßonkel oder Urgroßvater der gegenwärtigen Großmutter, der sich bei dem Erwerb einer »patrizischen Gemäldegalerie« von einer eisernen ästhetischen Bigotterie und einer maßlosen Verehrung für das »Antike« hatte leiten lassen, nicht minder als von einem angeborenen Hang zur Sparsamkeit.

Der langhaarige Enkel bemerkte, daß wir stehengeblieben waren, und hob fragend den Kopf.

»Möchten Sie mehr Licht auf irgendein Bild?« erkundigte er sich. »Machen wir die Scheinwerfer an?«

»Vielleicht besser, wir lassen es«, konnte ich mich nicht enthalten zu antworten.

Er zuckte leicht mit den Achseln. Den Kommentaren anderer Besucher mußte er bereits entnommen haben, daß die Sammlung seines Ahnen wenig oder nichts wert war.

»Aber«, sagte er, während er seinen Comic zuklappt und aufstand, »immerhin sind es antike Bilder. Und die Oberintendantur hat keine Auflagen gemacht. Das kann alles ins Ausland gebracht werden.«

Der skeptische Schluß, den er nach dem, was er gehört hatte, oder vielleicht auch ganz allein gezogen hatte, war, daß derartiges Zeug sich am besten so weit weg wie nur möglich verkaufen ließ. Doch als ich seinen plötzlich erwachsenen Blick und sein begehrliches, kriecherisch ehrfurchtsvolles Lächeln sah, mit denen er die Worte »antike Bilder« unterstrich, war mir auf einmal, als sei nicht ein Ururenkel hier, um die Scheinwerfer zu bedienen, sondern der Ururgroßvater selbst, der Kaufmann und gottverlassene Sammler, der uns mit Petroleumlampen seine hoffnungslose Gemäldegalerie beleuchten sollte.

*

Obwohl vom ersten bis zum letzten Rundgang die Inspektion der Bilder nicht länger als eine Stunde gedauert hatte, waren wir, als wir den Jungen baten, uns wieder hinauszubegleiten, völlig erstarrt vor Kälte.

Doch der Kälte, dem Staub und der Stille ausgesetzt zu sein, ist der Preis, den man in diesem Beruf fast immer zu zahlen hat; die alten Dinge – seien sie nun schön oder häßlich oder uninteressant – scheinen einen geradezu körperlichen Einfluß zu haben, eine machtvolle Ausstrahlung, die einem nach und nach in die Finger, in die Beine, unter die Haut dringt und einem die Runzeligkeit und die Risse alter Leinwände, zerfressenen Papiers nahebringt.

Steif wie Holzpuppen stiegen wir hinunter zur Großmutter. Chiara hatte sie mir als praktisch weggetreten dargestellt, und ich erwartete eine verschrumpelte Mummelgreisin mit leerem Blick. Aber so war es nicht, konnte es nicht sein, bei zwei so stattlichen Enkeln. Auch sitzend – bewahrte die Großmutter noch zeremonielle Imposantheit, mit geraden, vollen Schultern unter dem scharlachroten Schal, einem schönen hoheitsvollen Hals, schönen ondulierten graublonden Haaren, einem rosigen, pausbäckigen Gesicht, das nur ganz zart von Falten gezeichnet war.

»Sind Sie auch wegen der Bilder gekommen?« sagte sie, klar bei Verstand. »Gehen Sie, gehen Sie ruhig hinauf, es sind schon zwei andere Personen da.«

Ein ganzer Bijouterieladen für Touristen baumelte ihr an Hals, Ohren, Handgelenken. Sie fing an, uns die »Sammlung« zu preisen, für deren Erhaltung die Familie hingebungsvoll gesorgt hatte, während des Kriegs hatten sie sie sogar nach Mailand gebracht, weil es in Venedig keine Keller gab und weil die Österreicher ohnehin die Front des Herzogs von Aosta hätten durchbrechen und von Caporetto aus bis hierher kommen können, man hörte ja schon die Kanonen. Und so hatte sie sie selbst, mit dem Hausmeister Domenico zusammen, Stück für Stück in Wachstuch und dann in Kisten gepackt, und mit der Gondel waren sie aufs Festland gefahren und von dort dann mit dem Automobil von Onkel Alvise...

»Soll ich noch ein bißchen Holz auflegen, Großmutter?« fragte der kahlgeschorene Enkel.

»Wenn's für mich ist, mir macht Kälte nichts aus«, sagte sie herablassend. »Aber wenn ihr gern wollt...«

Zu warme Räume, erläuterte sie, ruinierten die Gesundheit und ruinierten auch die Gemälde, die sie deswegen oben in einem eigenen Zimmer aufgehängt hatte, ohne Fenster, weil auch das Licht gefährlich war, es veränderte alle Farben, ein Verwandter aus Triest, einer, der sich damit auskannte, hatte ihr das vor vielen Jahren geraten. Und seither waren sie dort oben geblieben, jedes schön an seinem Nagel, wohlerhalten im Schatten bei der richtigen Temperatur.

»Ach ja, diese Jugend von heute...« seufzte die Großmutter.

Wie bei einer etwas defekten Puppe drehte sich ihr graublonder Kopf langsam, bis die übertrieben aufgerissenen Augen auf ein ovales Tischchen neben uns gerichtet waren: dort standen, in Silber- und Schildpattrahmen, abphotographierte Menschen verschiedenen Alters und verschiedener Kleidung, vom Ende des vorigen Jahrhunderts bis zur Mitte des gegenwärtigen, aber alle nunmehr zu verblaßt, zu verblichen, um einen noch anzublicken.

Wer mit der Vergangenheit handelt, findet sich oft diesen Pausen entfleischter, absoluter Traurigkeit gegenüber, durch die nie leicht hindurchzukommen ist. Man stolpert und versinkt in Betrachtungen, die einen, so wenig neu und offensichtlich sie auch sind, darum doch nicht weniger bedrücken.

Ich rüttelte mich daraus mit einem Blick auf das knisternde Feuer auf und sagte der Großmutter, ich hätte die Sammlung bereits gesehen, würde jetzt noch meine Notizen prüfen, und wenn die Bilder uns für die Auktion in Florenz interessierten, würde ich es sie wissen lassen.

»Gut, gut, das ist recht«, meinte die alte Dame zustimmend. »Sie haben einen großen Wert, sogar aus London, aus New York kommen die Leute, um sie zu sehen. Die venezianische Malerei ist die wunderbarste von allen.«

Der kahlgeschorene Enkel führte uns zum Pförtchen und schilderte uns dabei kurz die übliche komplizierte Geschichte von Steuern, Erbschaftsabgaben, Erhaltungskosten, für die das ganze Vermögen Stück für Stück draufgegangen war: der Grundbesitz, die Villa auf dem Land, die noch verbliebenen Wertpapiere und jetzt die Sammlung, bald das Haus selbst...

Ich hörte ihm betrübt zu. Doch als ich dann über das verfallene Plätzchen ging, dachte ich plötzlich mit Sehnsucht an die Kristalltürme New Yorks, die sich nackt, schneidend, kompakt ineinander spiegeln und deren Herrlichkeit aus reiner und unzerbrechlicher Gegenwart besteht.

2.

Der Dogenpalast hat im großen und ganzen gefallen, hat sie befriedigt, wenn auch nicht ganz so wie der enge Durchgang mit den Seitenfensterchen – ein Abschnitt einer DC-9, praktisch –, wo Mr. Silvera sie mitten drin plötzlich stehenbleiben hieß: Wußten sie, wo sie jetzt waren?

»No, no, where are we? Où sommes-nous? Donde estamos, Mr. Silvera?«

Nur das portugiesische Mädchen (das Tina heißt, oder so nennt wenigstens ihr Vater sie) hat mit leiser Stimme nach einem Blick aus den staubüberkrusteten Scheiben gemurmelt:

»Talvez a ponte...«

Ja, richtig: die berühmte Brücke, auf der die Unglücklichen seufzten, wenn sie in die Bleikammern gebracht wurden, und wo es doch etwas anderes ist, ob man sie von außen sieht, oder ob man da durchgeht, als wäre man selber ein Verurteilter. On le goûte mieux, man genießt es so besser, hat Mme Durand allen aus dem Herzen gesprochen.

Die Bleikammern selbst haben dagegen, nach dieser Einleitung, ein wenig enttäuscht und so auch das Innere von San Marco, das für zu dunkel befunden wurde. Warum sorgte man denn nicht für eine anständige Beleuchtung? Doch vor allem die Pala d'Oro, der goldene Altarvorsatz auf dem Grab des Heiligen, hat Bestürzung und Meinungsverschiedenheiten hervorgerufen, denn sie war in Wirklichkeit gar nicht ganz aus Gold, wie man aus der Eintrittskarte hatte schließen dürfen. Die 28 diskutierten noch eigensinnig weiter, während sie ihrem Begleiter zum nächsten Besichtigungsziel folgen.

Als erstes muß doch der künstlerische Wert gesehen werden, beobachten die Verteidiger der Pala; und übrigens, obwohl die große Platte aus Silber ist, müssen auch die Goldfolien darauf im Ganzen auf ein schönes Gewicht kommen. Hier allerdings sind die Meinungen geteilt, und jemand sagt zwei, jemand drei, jemand sogar zehn Kilogramm. What do you think, Mr. Silvera?

Aber Mr. Singh und seine Frau, die beiden Bengalen oder Singhalesen oder was sie sind, fühlen sich immer noch irgendwie betrogen, und ihr feindseliges Murren kommt zu dem von anderen hinzu, denen schon das Picknick nicht behagt hat oder die jetzt damit Verdauungsprobleme haben. Dazu ist es feuchtkalt, und es weht ein Wind, der selbst Mme Durand daran hindert, von den Brüstungen der Brückchen aus (zu viele, mit zu vielen Stufen) den Blick auf die Kanäle so besser zu genießen. Aber Mr. Silvera besteht darauf, über diese Brückchen zu gehen. Wie weit ist es denn noch bis zu diesem berühmten Campo S. Giovanni e Paolo? Hätte man denn nicht einen

Vaporetto nehmen können? Und wenn es jetzt zu regnen anfängt?

Etwas läuft nicht, wie es sollte, und daran, fangen mehrere an zu denken, ist auch Mr. Silvera schuld, der sich nicht mehr bemüht, sie aufzuheitern, sie bei Laune zu halten, sondern, ohne auf sie zu achten, sich allein Dinge ansieht, die keinen Menschen interessieren: Fenster hiner verrotteten Läden, zerschundene Haustore, abblätternde Mauern, hinter denen kleine Bäume hervorlugen.

Sie überqueren jetzt einen größeren Platz, den Campo di S. Maria Formosa, unter einem Himmel, der trotz des noch nicht vorgerückten Nachmittags gar nicht finsterer und unheilvoller, drückender, nachsaisonhafter sein könnte. Doch gerade das unterstreicht noch den Kontrast zu anderen Gruppen, die hier besser organisiert und geführt unterwegs sind. Die Leute der jungen Französin zum Beispiel, die ihnen im Eilschritt entgegenkommen, munter und fröhlich kleine bunte Päckchen schwenkend an ihnen vorübertraben.

»Murano!« rufen sie. »Souvenirs!«

Sie würden sogar stehenbleiben, um ihre Einkäufe zu zeigen, wenn ihre Begleiterin sie nicht vorwärtshetzte; lachend, mit erhobenen Armen klopft sie mit dem Finger auf ihre Armbanduhr: »Vite, vite, les enfants!«

Die Gruppe der Imperial wird immer langsamer und sieht ihnen voller Neid nach. Für die tut ihre Agentur was, die haben nicht nur bestimmt im Restaurant gegessen, sondern sind auch noch auf der berühmten Insel gewesen (wo man am besten einkauft), statt zu diesem S. Giovanni e Paolo zu müssen, von dem noch nie jemand was gehört hat. Mr. Singhs finstere Miene wird noch finsterer, während seine Blicke von seiner Frau, die angefangen hat, in einer unverständlichen Sprache auf ihn einzureden, zu Mr. Silvera an der Spitze der Gruppe wandern. Und plötzlich erhebt sich Mr. Singhs Protest in einem ebenso unentwirrbaren wie schrillen überstürzten Schwall von

Silben, unter denen der Name Murano im Ton offener Forderung und Drohung heraussticht.

Mr. Silvera macht noch ein paar Schritte, dann bleibt er stehen und dreht sich um.

»Ah«, murmelt er, »Mr. Singh.«

Im Nu sind alle stehengeblieben, keiner rührt sich mehr, aber schon hat sich um Mr. Singh herum ein leerer Raum gebildet. Sogar seine Frau hat seinen Arm losgelassen. Und das Mädchen Tina, das seines Vaters Arm ebenfalls losgelassen hat, liegt praktisch auf den Knien, mitten auf dem feuchten Platz, in seinen blauen Levis und dem durchsichtigen rosa Regenmantel, während Mr. Silvera gelassen den Meuterer zurechtweist.

Hab Vertrauen, sagt Mr. Silvera im wesentlichen, und vergiß nicht, daß ihr, du und deine Gefährtin, nur kurz hier seid. Denk daran, daß andere Himmel, andere Meere euch erwarten. Begnüge dich für den Augenblick mit dem Platz, der nach den Heiligen Johannes und Paulus benannt ist, mit seiner berühmten Kirche, seiner berühmten Scuola Grande di S. Marco (heute Bürgerspital) und dem noch berühmteren Denkmal des Colleoni. Und es ist nicht gesagt, daß wir vor sechs, wo wir unbedingt wieder an der Riva degli Schiavoni sein müssen, nicht noch Zeit haben, auch . . .

Der Sinn der Rede ist so klar und deutlich für alle, daß er einen Moment lang die Tatsache verdunkelt, daß die Worte weder englisch, noch französisch, noch portugiesisch, noch spanisch sind. Selbst Rae Rajanâth Singh, der nun reuige und betroffene Lästerer, wird sich erst zum Schluß bewußt, daß der Mann von der Imperial Tours in seiner eigenen Sprache zu ihm gesprochen hat.

Jetzt sind sie alle wieder auf dem Weg durch immer engere Gäßchen, Abkürzungen, die nur Mr. Silvera zu kennen scheint. Und als sie auf die schroff aufragende, große Kirche stoßen und seitlich davon den schwarzen Kondottiere zu Pferd erblicken, merken sie nicht einmal, daß es zu regnen angefangen hat.

3.

Der Antiquitätenhandel blüht auf Ruinen, Schmerz und Tod, sagte mir einmal feierlich und heiser die alte Mandelbaum, als ich sie in ihrem berühmten Mezzanin in der Avenida Quintana in Buenos Aires besuchte. Aber Chiara hat nie bei der Mandelbaum Tee getrunken, hat sie nie ihre Zigarren rauchen sehen, die so schwarz waren wie die paar Zähne, die sie noch hatte, und sie weigert sich, den offen gesagt etwas schakalartigen Charakter unserer Arbeit zuzugeben. Ja, im Widerspruch zu dem, was sie meinen Zynismus nennt, legt sie gern einen gewissen Missionarinnenschleier an, hüllt sich in den Talar einer edelmütigen Vormundschaftsrichterin, als wären die Stücke der Sammlungen, die wir in alle Welt zerstreuen, Negerkinder oder kleine Asiaten, Überlebende von Massakern und Hungersnöten, und als ginge es darum, sie nur gut ausgestatteten Museen, hochangesehenen Galeristen, Sammlern von erwiesener Rechtschaffenheit zuzusprechen, die an nichts anderem interessiert wären als an ihrem Wohl.

Diesmal vergoß sie fast Tränen des Mitleids, wenn sie an die Enttäuschung dachte, welche die Besitzerin dieser so liebevoll aufbewahrten Schinken erwartete.

»Ein Glück, daß sie halb verblödet ist«, sagte sie. »Sie wird die Enkel machen lassen und sich mit dem bißchen, was die dafür kriegen, abfinden.«

Mir hatte es nicht so ausgesehen, als sei die alte Dame so verblödet gewesen.

»Ich habe den Eindruck, daß es immer noch sie ist, die alles entscheidet«, wandte ich ein.

»Die Arme, so oder so. Wer weiß, was die da zu besitzen glaubt. So ist es immer mit diesen Familiensammlungen: die Leute machen sich von Generation zu Generation was vor und bilden sich ein, sie hätten den Dachboden voller Tizian und Veronese ... Für mich ist es das Traurigste, wenn ich ihnen erklären muß, daß ihr kostbarer Lotto oder Palma il Vecchio bloß eine zwei Jahrhunderte später gemalte Kopie ist, und dazu noch eine schlechte. Mir blutet dann wirklich das Herz.«

Chiara ist eine vortreffliche Person und eine ziemlich tüchtige Mitarbeiterin und Informantin, aber sie lebt von diesen gleichsam zwei Jahrhunderte später gemalten Emotionen. Ihre Pietismen, Begeisterungen, Empörungen, Verzückungen wirken alle ein bißchen wie Schinken, kommen alle aus ihrem vollgestopften Gefühlströdelladen. Auch die »große Leidenschaft«, wegen der sie nach Venedig gezogen ist, hat mir nie ganz echt, hundertprozentig autographisch scheinen wollen.

Sie hat, ich weiß nicht mehr wo, diesen neo-irgendwas oder post-irgendwas Maler getroffen, diesen ihren Uwe, und hat ihren Ehemann und ihre kleinen Kinder verlassen, ist hierher gekommen und hat ein Haus auf einer Laguneninsel gesucht, hat nichts gefunden und lebt jetzt am Ende der Giudecca in einer Wohnung im dritten Stock, mit dem Künstler, der nichts verkauft, keine Ausstellungen hat, sich keinen Namen macht und meiner Meinung nach auch nicht einmal mehr malt, für seinen Unterhalt sorgt sie, die aus einer wohlhabenden Familie kommt und mit mir etwas dazuverdient. Es gibt noch hundert, noch tausend solche Haushalte in Venedig: dänische Bildhauerinnen, englische Komponisten, holländische Photographen, mexikanische Dichterinnen, guatemaltekische Romanciers, alle mit einem Künstlerkollegen oder der »großen Liebe« als Lebensgefährten, den sie aushalten oder von dem sie sich aushalten lassen. Sie haben »alles« (meistens war es nichts) aufgegeben, um in der romantischsten Stadt der Welt ihren Traum zu verwirklichen; und sie vergessen diese Stadt keinen Augenblick, wollen sie wie die Touristen bis zum letzten Cent ausnützen: sie haben bezahlt, um hier zu sein, und Venedig muß ihnen etwas geben für ihr Geld, Suggestionen und Inspirationen, Exaltationen, Sublimationen.

Wenn ich an Chiaras Seite durch Venedig gehe, komme ich mir immer wie schlecht ausbalanciert vor, es ist wie das Gehen mit einem Schuh ohne Absatz (ich) und einem Stöckelschuh von fünfzehn Zentimeter (sie). Ich sage ja nicht, daß sie nicht recht hat, aber es ist mühsam, ihre Ekstasen angesichts des geringsten Brunnens, Altans, Kamins zu teilen, oder – wie an jenem Nachmittag – angesichts der Kirche S. Maria dei Miracoli.

»Phantastisch. Phantastisch. Unglaublich«, hauchte sie und blieb tiefbewegt stehen.

Nein, sie hat ja recht, aber das Getue, das sie und die Leute ihres Schlags um diese Wunder veranstalten, schafft es, mir noch selbst Venedig zu verleiden.

Als Rechtfertigung für diesen läppischen Trotz muß ich natürlich meinen hochmütigen schroffen Charakter erwähnen, der mir immer vorgeworfen worden ist, meine unbarmherzige Abneigung gegen jede Form von schmachtendem Getue, Fehler, die ich nun einmal nicht ändern kann. Aber ich muß auch von Selbstverteidigung sprechen, von der Notwendigkeit, ihm zu widerstehen und ihn in Schach zu halten, diesen berühmten Zauber der Zeit, die vergeht, und der abgewetzten Steine (Venedigs und nicht Venedigs), die bleiben. Man muß sich wohl oder übel verhärten in diesem raubtierhaften Beruf, wo man immer zum Sprung bereit sein muß, wie die Katze, die jetzt zwischen einem Eisengitter des engen Gäßchens hervorschoß und Chiara ein entsetztes »Oh!« entlockte, denn auch dies gehört zu den »venezianischen« Erlebnissen, die man sammelt.

*

Und so, von Katze zu Katze, von Kanal zu Kanal, von Brücke zu Brücke, sie auf ihrem hohen Stöckelabsatz wallend und ich hart am Boden gehend, unter einem unangenehmen Regenhimmel, in dem düsteren Restchen, das vom Nachmittagslicht geblieben war, kamen wir am Ort unseres zweiten Arbeitsbesuchs an.

Da lag er, Palmarins eleganter und wohlausgestatteter Antiquitätenladen in der Calle Larga XXII Marzo. Da war Palmarin selbst in seinem tadellosen dunkelblauen Zweireiher mit Nadelstreifen. Da waren seine kleinen Hände, seine auf Hochglanz polierten Schuhe.

Wir beobachteten durch das Schaufenster, wie er einen lächelnden Japaner zwischen Kommoden, Wandspiegeln, hölzernen Statuen, eingelegten Tischchen herumführte. Er ist ein guterhaltener Mann über sechzig, mittelgroß, rundlich, mit schütterem blondem Haar, das er, durch einen breiten akkuraten Scheitel geteilt, an den Schädel geklebt trägt. So hofft er, auch mit Hilfe seiner farblosen Augen, sich einen deutschen oder schwedischen Anstrich zu geben, Nationalitäten, die vertrauenerweckend wirken. Das Ergebnis dieser Bemühungen ist, daß er aussieht wie ein alter Operettensänger in der Rolle des gehörnten Barons, es fehlt ihm nur das Monokel.

Als Antiquitätenhändler hat er weder besonderen Spürsinn noch die Mittel für große Coups. Wenn ein Geschäft für ihn zu gewaltig ist, sucht er eher, sich als Informant und Mittelsmann einzuschalten, aber dann neigt er zu phantastischen Verheißungen: überall sieht er Möglichkeiten, unerhörte Gelegenheiten, die neunundzwanzig Mal von dreißig nur Seifenblasen sind. Da aber bei dieser Überschwenglichkeit hin und wieder doch einmal etwas herauskommt, bleibt Chiara mit ihm in Verbindung, und in gewissen Fällen verständigt sie mich, denn man weiß ja nie.

»Man weiß ja nie«, hatte sie auch dieses Mal am Telefon zu mir gesagt, als sie mir von der Villa bei Padua berichtete.

Die größte Unannehmlichkeit ist, daß Palmarin nie zur Sache kommt, ohne einen zuvor mit den privaten Angelegenheiten von halb Venedig zu unterhalten, die er immer mit dem Wort »apropos« verbindet, in dem er vermutlich den Gipfel der Gewandtheit sieht, die Quintessenz des diplomatishen Geschicks, für das die Republik so berühmt war.

Wir waren in der Tat kaum zur Tür herein, als er uns auch schon mit seinem »apropos« entgegeneilte, um uns über verrückte Orgien mit Drogen zu informieren, die von dem Hausherrn eines bekannten Palastes am Campo San Fantin veranstaltet worden waren. Von diesen Orgien, apropos Restaurationsarbeiten, die die Craig Foundation in einem anderen Palast begonnen hatte, kam er auf die sensationelle Begegnung zwischen Marietto Grimani und seiner Frau Effi, die sich in Marrakesch, jeder mit seinem Partner, plötzlich Auge in Auge gegenübergestanden hatten, während sie ihn allein zu Hause in Venedig wähnte und er sie in Koblenz bei der Mutter. Und apropos Begegnungen . . .

Chiara, die Geschichten von ehelicher Untreue nicht hören kann, wenn es sich nicht um die große Leidenschaft handelt, unterbrach ihn einfach:

»Wir haben uns jetzt die berühmte Sammlung Zuanich angesehen. Und ich muß sagen, daß –«

»Ah«, kreischte Palmarin, »ich hatte es ja erwartet, daß es keine Meisterwerke sind! Ja, ich muß Ihnen sagen, ich hatte es sogar gehofft. Denn woher hätte ich andernfalls die Milliarden nehmen sollen, um mit Ihnen zu konkurrieren?«

Apropos sagte er nun seinen beiden schönen Besucherinnen feurige Galanterien im Dialekt und fing an, sich die Händchen zu reiben oder vielmehr sie mit äußerster Behutsamkeit zu befingern, als wären sie zwei kostbare Porzellangegenstände, die er zu zerbrechen fürchtete.

»Aber daß es solche Schinken sind«, meinte er, »ist auch für mich eine Enttäuschung gewesen. Selbst wenn man die Partie en bloc kauft, werden kaum ein paar Millionen daran zu verdienen sein, allerhöchstens zehn, ohne zu rechnen, daß einem solche Ware die Galerie disqualifiziert.«

»Dagegen die Villa bei Padua?« fragte ich, glücklich zur Sache kommend.

Palmarin warf schnell einen Blick auf die Straße, als wollte er sich vergewissern, daß uns niemand belauschte.

»Ah, das ist etwas ganz anderes«, murmelt er. Und er erklärte uns mit gedämpfer Stimme, daß der Besitzer der alten Villa, Marchese De Bei (»ein alter Freund, Nino, wir kennen uns seit dreißig Jahren«), halb und halb entschlossen sei, sich ihrer samt allem, was darin war, zu entledigen, er ging ja nie hin, sie war nur eine Last für ihn, und dann mußte da auch eine Frau dahinter stecken, ein ganz junges Mädchen, mit dem Nino in Cortina gesehen worden war. Er war Witwer und hatte eine alte Geliebte, die Frau von Marco Favaretto, aber fünfzig Jahre sind eben ein gefährliches Alter, wie viele hatte er, Palmarin, nicht schon gekannt, die wegen so einem »Lärvchen« ihr ganzes Vermögen durchgebracht hatten!

Ich fragte ihn, apropos, ob man jetzt diese Villa mal ansehen könne oder nicht.

Gleich morgen, wenn es mir recht sei. Gleich morgen früh um zehn könnten wir uns am Piazza le Roma treffen und es wäre ihm eine solche Freude, wenn er mich von dort aus persönlich in seinem Wagen hinfahren dürfte, er werde sich darum kümmern, daß Nino den Pförtnern Anweisungen gebe. Und all das, es sei ihm wichtig, das klarzustellen, ohne irgendeinen besonderen Anspruch seinerseits, nur ganz freundschaftlich: Wenn das Geschäft zustande käme, würde er es Fowke's überlassen, ihm eine kleine Pauschalkommission anzubieten, und wenn nicht, dann genüge ihm ein Lächeln von mir ...

»Aber apropos«, sagte ich, nachdem ich mir den Termin notiert hatte, »wo ist eigentlich Ihr japanischer Kunde geblieben, der da war, als wir hereingekommen sind?«

Wir sahen uns alle drei um. Der Mann stand in einer Ecke neben einer friaulischen Holzmadonna, ohne sich zu rühren, geduldig, auch er wie aus Holz, und lächelte uns an.

4.

Noch ein in allen Farben schillerndes Fläschchen, noch eine große blauschwarze Blume, noch ein weißer Schwan mit ausgebreiteten Flügeln bildet sich wie durch Zauber am Ende des Rohrs, das der Glasbläsermeister im rötlichen Halbdunkel des brausenden Feuers zwischen den Fingern dreht, wobei er abwechselnd bläst, die Form korrigiert, weitere Tropfen Glasschmelze anfügt. Dann werden die Besucher, die dank Mr. Silvera nicht mit dem Vaporetto, sondern mit dem Motorboot der Glasbläserei nach Murano gekommen sind, in die Ausstellungsräume hinübergeführt.

Dort ist zwischen Kristallwaren aller Art eine ganze gläserne Flora und Fauna auf den Regalen versammelt, während unter Wäldern von Leuchtern in langen Vitrinentischen Tausende von Schmuckstücken funkeln.

»Attention, please!«

Mr. Silvera klatscht in die Hände, um die Seinen ein bißchen auf die Seite zu nehmen, bevor sie sich unter die zahlreiche Kundschaft mischen – andere Reisegesellschaften oder einzelne Touristen –, die das zwischen Murano und den Fondamenta Nuove hin- und herfahrende Motorboot der Fabrik unablässig an Land setzt.

Also, erklärt Mr. Silvera, jeder Gegenstand hat seinen deutlich angegebenen Preis: der Rabatt ist bereits abgezogen, es sind Fabrikpreise. Doch die Imperial Tours hat Anspruch auf einen weiteren Nachlaß von fünf Prozent und sogar von zehn bei den teureren Artikeln. Daher soll wer etwas kauft nicht vergessen, an der Kasse den Namen der Agentur anzugeben.

Die Ankündigung, die den Kunden der Imperial auch eine gewisse Überlegenheit über die anderen Gruppen verleiht, wird mit besonderer Genugtuung aufgenommen. Señor Bustos und seine Frau steuern sofort auf ein Regal zu, wo kleine Gondeln, versehen mit Gondliere und

Ruder, für wenige Tausend Lire im Sonderangebot zu haben sind, während sie in Venedig wer weiß wie viel kosten würden. Mme Durand interessiert sich dagegen für zwei kleine blaugelbe Markuslöwen (die viel feiner gearbeitet sind als gewisse andere, scheinbar gleiche, für die sie in der Stadt denselben Preis verlangten), und das Ehepaar Singh und die alte Miss Gardiner besehen sich hinwiederum aufwendigere Stücke, die ja durch den größeren Preisnachlaß noch vorteilhafter sind. Jemand zieht sogar einen Leuchter in Betracht. Aber die meisten laufen zur Bijouterie und zerstreuen sich schnell zwischen den Schaukästen.

Mr. Silvera zündet sich eine Zigarette an und tritt damit vor die Tür, betrachtet den Regen, betrachtet die Vaporetti der Linie 5, die am Leuchtturm an- und ablegen, sieht ab und zu auf seine nassen Schuhe hinunter, die vielleicht neu besohlt werden müssen. Er hätte Lust, solange in ein Café zu gehen, aber hier in der Umgebung gibt es keines mehr, auch die letzten haben Läden mit Galanteriewaren, Photozubehör und Postkarten, illustrierten Reiseführern und Geschenkartikeln weichen müssen. Er kehrt schließlich in den Raum mit dem Schmelzofen zurück, wo der Glasbläsermeister immer noch am Werk ist, aber die Zuschauer wegen des Regens und der vorgerückten Stunde weniger geworden sind. Er zündet sich noch eine Zigarette an. Raucht sie in einer halbdunklen Ecke an die Wand gelehnt.

C'est merveilleux, wonderful, prekasny, dringt das Gemurmel der Besucher zu ihm herüber, jedesmal wenn sich am Ende des Rohrs das Wunder des Fläschchens, der blauschwarzen Blume, des Schwans mit ausgebreiteten Flügeln wiederholt.

»Meu pãe não quer que fume«, sagt das Mädchen Tina. Ihr Vater will nicht, daß sie raucht.

Deswegen ist sie zum Rauchen hierher gekommen, sagt sie und zeigt mit einem kleinen komplizenhaften Lächeln die Zigarette, wie zum Beweis dafür, daß ihr Vater sie nicht rauchen lassen würde. Was nicht wahr ist, denn vorhin auf der Straße hat sie seelenruhig geraucht. Und sie macht auch nur ein paar Züge, dann wirft sie die Zigarette weg und kramt dafür in ihrem Beutel, aus dem sie ein Päckchen Waffeln hervorzieht.

»Um biscoito?« schlägt sie vor. »O senhor não comeu...«

Sie möchte ihm Vorwürfe machen, weil er seit heute morgen nichts gegessen hat, aber die künstliche Unbefangenheit, die sie an den Tag gelegt hat, verläßt sie, und sie kann den Satz nicht zu Ende sagen. Sie hat Angst, daß er ablehnt und vor allem daß er darauf kommen könnte, was übrigens ja stimmt, daß sie diese Kekse extra gekauft hat, um sie ihm anbieten zu können.

Vielen Dank, sagt hingegen Mr. Silvera und nimmt sich zwei, das ist genau das Richtige zu dieser Zeit.

Zwei sind aber zu wenig, dringt Tina ermutigt weiter in ihn. »O senhor não comeu...«

Noch einen, aber dann reicht es, denn es ist jetzt spät, gleich müssen wir weg, und heute abend wird sehr früh gegessen. Aber haben Sie da drüben schon etwas gekauft? Haben Sie ein schönes Souvenir gefunden?

Ja, ihr Vater hat ihr Diamantohrringe gekauft, lacht Tina –. Sie hält ihre rabenschwarzen Haare zurück, um zwei Scheibchen aus rosa Kristall in einer zierlichen Messingfassung zu zeigen. Wie stehen sie ihr?

Mr. Silvera zieht sie am Ellbogen etwas weiter vor ins Licht. Lassen Sie sehen, sagt er, und führt sie auch die beiden Stufen in den Ausstellungsraum hinauf.

Sehr gut, billigt er. Sie stehen Ihnen wunderbar.

»Look, look, Mr. Silvera!« schaltet sich Mrs. Wilkins ein, die für nur L. 8550 abzüglich Rabatt ein Armband aus Perlen in allen Farben gekauft hat. »Isn't it beautiful?«

Es ist schön, und es steht Ihnen ausgezeichnet, gratuliert ihr Mr. Silvera. Und auch Miss Tina hat gut gewählt, sagt er und fordert Tina auf, ihre Ohrringe zu zeigen.

»Lovely!« ruft Mrs. Wilkins. Die würde sie am liebsten auch noch kaufen, wenn sie nicht so teuer wären.

Ihre kosten ganz wenig, aber es gibt auch welche in Silber- und sogar welche in Goldfassung, erklärt schüchtern Miss Tina.

Ah, sagt Mr. Silvera ernst zu ihr, das sind doch nur Souvenirs. Für Souvenirs sollte man nicht zuviel bezahlen.

»Não«, sagt Tina und schlägt plötzlich ganz traurig geworden die Augen nieder.

Mr. Silvera klatscht in die Hände, um allmählich die Gruppe wieder zu versammeln:

»Attention, please!«

Dann beauftragt er Tina und dazu die Singhs, mit allen draußen, wo es inzwischen nicht mehr regnet, auf ihn zu warten, und geht zur Kasse, um sich nach dem Motorboot zu erkundigen.

Ist es möglich, fragt er, auch damit zurückzufahren?

Aber die Kassiererin sagt nein. Für weitere Fahrten ist es zu spät, abgesehen davon, daß die Kunden der Imperial wirklich zu wenig ausgegeben haben.

»You see?« fragt sie und zeigt ihm das Blatt, auf dem sie die Einkäufe der Reisegruppe notiert hat. Aber sie hat auch bereits die Prozente ausgerechnet, die dem Begleiter zustehen, und macht die Kasse auf, um ihn zu bezahlen.

»Nein, warten Sie, ich möchte auch etwas kaufen, wo ich schon mal da bin«, sagt Mr. Silvera in perfektem Italienisch.

Er dreht sich um und kehrt zu einem der Vitrinentische zurück, sucht einen Augenblick lang, winkt dem Verkäufer und deutet auf etwas.

»No motorboat, sorry«, verkündet er gleich darauf seinen 28. Aber bei dem berühmten Faro, dem Leuchtturm – »you see the faro, the lighthouse over there?« – ist die Anlegestelle der Vaporetti der Linie 5, die direkt ans Schiavoniufer führt. – »Hurry up, now! Vite! De priesa!«

Als der Fünfer aus dem Rio dell'Arsenale biegt und sie hinten an der Riva degli Schiavoni absetzt, bevor er halbleer nach San Zaccaria weiterfährt, ist es fast halb sieben. Es ist inzwischen völlig dunkel geworden, und es hat wieder leicht zu regnen angefangen. Ein paar Mitglieder der Gruppe halten sich damit auf, ihre Schirme aufzuspannen.

»Vite, hurry«, treibt sie Mr. Silvera an und gibt Mme Durand den Arm, die vor den rutschigen Stufen der Brücke zögert. Es ist nicht weit, ermutigt er sie.

Sie gehen das San Biagio-Ufer entlang an einer Reihe Schiffe vorbei, die schwarz und stumm dort liegen. Es ist fast niemand mehr unterwegs. Auch im Becken von San Marco, das langsam von Dunst eingehüllt wird, ist alles still, nur die Fähre und zwei, drei Motorboote sind noch auf dem Weg zum Lido, dessen Lichter nicht mehr zu unterscheiden sind. Selbst die Insel San Giorgio ist verschwunden. Es ist, als hätte die Nachsaison unversehens den Tiefpunkt erreicht, jenseits dessen nur noch die absolute Leere, das Nichts ist.

Es wird doch nicht zu spät sein?

Obwohl niemand, nicht einmal sich selbst gegenüber, diesen Zweifel einzugestehen wagt, fangen viele an, Mr. Singh, der als der Hauptverantwortliche für den Ausflug nach Murano gilt, schief anzublicken.

»Não será demais tarde, senhor Silvera?« erkühnt sich Tina mit leiser Stimme, als sie am Fuß einer weiteren Brücke ankommen. »O barco não será . . .«

Não, o barco ist nicht weg, o barco wartet auf uns, beruhigt o senhor Silvera sie, während er Mme Durand die letzten Stufen hinaufhilft und ihr den anderen Arm reicht. Da ist er, der barco.

Ein Stückchen weiter vorn an der Riva dei Giardini liegt

zwischen dunklen Umrissen kleinerer Wasserfahrzeuge ein schönes weißes Schiff, alle Decks und Bullaugen beleuchtet, alle Scheinwerfer an, mit zwei glitzernden Ketten aus tausend Glühbirnen, die sich zur Signalantenne hinaufziehen. Auf dem hohen Bug leuchtet der Name in magischer griechischer Schrift.

»Basilissa tou Ioniou«, verkündet o kyrios Silvera mit einer den Worten angemessenen Gebärde hin zur Königin des Ionischen Meers, the Queen of the Ionian Sea, la Reine de la Mer Ionienne, vor der noch verschiedene andere Reisegesellschaften darauf warten, an Bord gehen zu können. (Die Gruppe des blonden Bauernburschen steigt gerade mit den Pässen in der Hand die Gangway hoch.)

Doch über das Schiff und die Lagune hinaus, über die Adria und sogar das Ionische Meer mit seiner grünen Perle, Korfu, hinaus, beschwört die Gebärde noch viel phantastischere Fernen herauf, Kreta, Rhodos, ja selbst das sagenhafte Zypern, die die Imperial Tours den Teilnehmern ihrer unschlagbaren Alles-inklusive-Kreuzfahrten erschließt. Venedig mit seinen Gondeln und seinen Tauben ist nur die Einleitung gewesen, lediglich ein, wenn auch großartiges, Vorspiel. Die eigentliche Reise beginnt jetzt.

5.

Nach unserem Besuch bei Palmarin und angesichts des Nieselregens bestand Chiara darauf (es ist doch ein Katzensprung!), mich zu einer anderen ihrer »heiligen Stätten« zu schleppen, der Harry's Bar, wo niemand hinein- oder hinausgeht, ohne daß alle ihn mustern, um zu sehen, ob er »jemand« ist – und umgekehrt. Wir traten in einem Kreuzfeuer von Blicken ein. Nach links und rechts grüßend, bahnte Chiara mir mühsam einen Weg zu dem einzigen freien Tischchen.

»Diese Geschichte mit Padua überzeugt mich nicht recht«, sagte sie, als wir Platz genommen hatten. »Ist sie dir nicht auch komisch vorgekommen?«

»Weil Palmarin so wenig verlangt?«

»Genau. Wenn da wirklich ein Geschäft drin wäre, warum wollte er sich dann mit einer kleinen Pauschalkommission begnügen? Sonst hat er immer einen beträchtlichen Anteil am Gewinn beansprucht, und zwar schwarz auf weiß.«

Die Sache war tatsächlich merkwürdig, und wir fingen an, Erklärungen zu suchen. Chiaras Meinung nach war es gut möglich, daß das wieder eine Machenschaft von Palmarin war, der, um uns seinen guten Willen zu beweisen, nur so tue, als schlage er uns ein Geschäft vor, das er in Wirklichkeit schon mit jemand anderem abgeschlossen habe oder abschließen wolle. Danach würde er dann, wie es in solchen Fälle üblich ist, die ganze Schuld auf den Besitzer schieben.

Ich vermutete dagegen, daß die wunderbare Ausstattung De Bei das Gegenstück zur jämmerlichen Sammlung Zuanich sei und daß Palmarin, da er die letztere en bloc kaufen wolle, sich nicht auch noch die erstere aufhalsen könne.

»Und du meinst, er versucht sie jetzt uns unterzuschieben?«

»Er probiert es eben. Auch er ist ein Verfechter des Prinzips, daß man nie weiß und, daß wenig besser ist als gar nichts ...«

Während wir redeten, drehte Chiara immer wieder den Kopf zum Eingang und lächelte und winkte ab und zu grußend. Das Gedränge wurde größer. Riesige Deutsche und zweitürige Kleiderschränke von Amerikanern zwängten sich seitwärts herein und hinaus und hielten ihren mit Nerzstolen ausgestatteten Frauen die Tür auf. Es war ungeheuer laut und rauchig, und ich verlor allmählich etwas den Faden unseres Gesprächs.

»Wir werden ja morgen sehen«, sagte ich. »Jedenfalls hast du gut daran getan – Was ist denn?«

Chiara hatte einen Augenblick lang die Augen aufgerissen und sie dann sofort auf den kleinen (wenn auch nicht besonders kleinen) Kristallzylinder gesenkt, der bis zum Rand mit dem berühmt trockenen Martini der Harry's Bar gefüllt war.

»Sieh mal an«, murmelte sie, »schau, schau.«

Bevor sie mir noch sagen konnte, ich solle mich jetzt nicht umdrehen, drehte ich mich um, und sofort hatte ich Anita Federhen im Blickfeld, eine Frau (Italienerin, in Deutschland mit einem Deutschen verheiratet), die offenbar in ihrem Leben noch nie etwas getan hat, um nicht aufzufallen. Breitkrempiger knallroter Riesenhut mit zwei langen grauen Bändern, die ihr auf den Rücken hingen, und ein zeltartiges Gewand aus pflaumenfarbenem Samt, mit goldenen Zweigen bestickt. Sie winkte mir mit der schwarzbehandschuhten Hand von der Tür her zu.

»Warum sagst du ›oho, aha‹? Sie wird wie ich wegen der Sammlung Zuanich dasein«, murmelte ich.

»Oder wegen der Villa bei Padua?« sprach Chiara finster ihren Verdacht aus.

»Jedenfalls können wir sie nicht danach fragen.«

»Und sie uns auch nicht.«

Die Federhen, selbständige Antiquitätenhändlerin in Frankfurt, läuft mir oft über den Weg, und das nicht gerade zu meinem Entzücken. Sie ist tüchtig, hat ein gutes Auge und ist mit allen Wässerchen unseres Berufs gewaschen. Man kann nicht sagen, wir seien »erbitterte Feindinnen«, »große Rivalinnen« oder so etwas Ähnliches, aber bei verschiedenen Anlässen, an verschiedenen Orten der Welt haben wir einander gegenseitig großartige Gelegenheiten weggeschnappt, und ich gestehe, daß mein Sinn für Fairplay nicht so weit geht, mir die Gegnerin sympathisch zu machen. Und umgekehrt ist das auch nicht der Fall, glaube ich.

Natürlich kam sie geradewegs zu unserem Tisch, und wir umarmten uns nach den Spielregeln. Von einer Schulter baumelte ihr die dicke, enorme Lacktasche herunter, von der sie behauptet, es sei ihr gelungen, sie einem Schweizer Zugschaffner abzukaufen, nachdem sie ihn betrunken gemacht habe.

»Gut, gut«, sagte sie, mich Zoll für Zoll musternd. »Die Welt ist klein.«

»Und die Sammlungen sind rar«, sagte ich mit heuchlerischer Offenheit.

Sie schüttelte den Kopf, daß der Hut wogte, und schloß auch Chiara in ihren forschenden Blick mit ein.

Ach, sagte sie, das machten wir ihr nicht weis. Das könne sie nicht glauben, daß wir hinter den Bildern der alten Zuanich her seien! Hätten wir nicht eher ein Auge auf die Enkelchen geworfen? Die allerdings, die seien zwei Vögelchen, ja Vögel, die man nur allzugern gleich beim Schwanz packen würde. Yummy yummy. Falls wir uns die für die Auktion in Florenz sicherten, dürften wir nicht vergessen, es sie wissen zu lassen; sie würde es dann schon übernehmen, sie hochzutreiben, ganz, ganz steil in die Höhe, die beiden Prachtspfeifchen. Also, ciao, ciao, wir sehen uns noch.

Chiara sah ihr nach, wie sie wogend, opernhaft das Treppchen zum oberen Raum hinaufstieg.

»Yummy yummy, na so was«, sagte sie mit einer Grimasse. »Ich wußte gar nicht, daß die so sexbesessen ist. Oder ist das nur eine Pose?«

Es sei nur eine Pose, bestätigte ich ihr der Einfachheit halber. Und es ist eine Tatsache, daß Anita Federhen, so viel ich aus bester Quelle weiß, sich allenfalls durch hündische Treue gegenüber ihrem Ehemann auszeichnet. Sie ist einzig und allein von antiquarischen Spekulationen besessen, denen sie sich mit der Leidenschaft des verhärtetsten, unverbesserlichsten Glücksspielers hingibt. Ich aber, die ich so oft mit ihr am selben Tisch gespielt habe, glaube, das Geheimnis entdeckt zu haben, das hinter ihren gelegentlichen verbalen Ausschweifungen, den seltsamen Anfällen von Unflätigkeit steckt, die sie manchmal hat. Es ist ganz und gar keine Pose. Es ist eine Art Tick oder nervöser Reflex, vielleicht ein unbewußter Versuch, den Gegner abzulenken, der sie erfaßt, wenn es um einen hohen Einsatz geht und sie die Stiche in der Hand hat. Ich habe sie nie so viele Unanständigkeiten sagen hören wie damals, als ich mich mit Colnaghi, Agnew, Julius Böhler in einem erbitterten Wettstreit um ein niederländisches Stilleben befand, das sich noch in der Sammlung von Lady Dupree in Tissington Hall befinden sollte, aber das Anita Federhen selbst im Geheimen schon gekauft hatte.

Auch diesmal also hatte sie alle Trümpfe im Ärmel oder glaubte, sie zu haben. Aber was nützte es mir, das zu wissen, wenn ich nicht die geringste Ahnung hatte, um was überhaupt gespielt wurde?

6.

Die *Königin des Ionischen Meers* – die aus der Nähe gesehen vielleicht weniger groß und weniger weiß ist, als es erst schien – liegt noch vor dem Dunkel der Giardini am Kai. Doch die Gangway und die Verträuungen sind weg, die Schleppkabel gespannt, und im Salon von Deck B, wo gleich das Essen serviert werden soll, drängen sich die Passagiere an den Kabinenscheiben, um hinauszusehen. Am Ufer bleiben ein paar Passanten stehen, um die Abfahrt zu beobachten. Es ist genau acht Uhr.

An Bord ist es gleich nach dem Einsteigen zu leichten Spannungen gekommen, weil es Irrtümer bei der Ausgabe des Gepäcks und der Verteilung der Kabinen gegeben hat, aber dann hat sich alles glücklich gelöst; ja, zwischen den verschiedenen Gruppen haben sich bereits herzliche Beziehungen hergestellt. Und Mr. Silvera hat das ausgenützt, um vor einer kleinen Weile vorübergehend seine 28 der immer fröhlichen jungen Französin, Mademoiselle Valentine, anzuvertrauen, die ihre 35 ebenfalls in einer Kabinenreihe von Deck B untergebracht hat. Er wolle sich kurz mal hinlegen, hat er gesagt, nachdem er jedem den Umschlag mit dem Programm für die Kreuzfahrt und den Formularen, die sie für den Zahlmeister ausfüllen müssen, ausgehändigt hat. Er sah auf einmal wieder müde und zerstreut aus, hat Tina bemerkt.

Jetzt pfeift der Bugschlepper zweimal kurz hintereinander und dann ein drittes Mal, während auf Deck B die Hintergrundmusik, die ein paar Augenblicke lang verstummt war, mit *O sole mio* wieder einsetzt. Unmerklich beginnt das Schiff sich vom Kai zu lösen und der Bug sich aufs offene Wasser hinaus zu wenden.

»Au revoir, Venise!« ruft Mme Durand, sofort von den anderen in ihren jeweiligen Sprachen nachgeahmt.

Niemand ruft auf Portugiesisch, denn die beiden einzigen Portugiesen an Bord sind Tinas Vater, der nie spricht, und Tina selbst, die sich im Dunkel der Scheibe spiegelt und die beiden Kristallscheibchen in Goldfassung betrachtet, die sie in ihrem Umschlag gefunden hat.

Was tue ich jetzt, was sage ich, wie sehe ich ihm in die Augen, dem Senhor Silvera, denkt sie ohne den Mut, sich umzudrehen, ihn in der Menge, die allmählich wieder zu den Tischen zurückflutet, zu suchen.

Am Ufer, das, von weit auseinanderstehenden Laternen beleuchtet, noch regennaß glänzt, verlieren sich jetzt auch die Neugierigen.

Das Schiff, das im Kanal gewendet hat, entfernt sich in seiner festlichen Beleuchtung parallel zu den Giardini. Doch schon vor der Landzunge von Sant'Elena beginnt der Dunst es zu verschleiern, und als es auf den Lidohafen zuhält, ist es nur noch ein mattes Gespenst, das bald ganz verschwunden sein wird.

Vor den Giardini ist jetzt niemand mehr, außer Mr. Silvera, der am Parkgitter lehnt und raucht, nun die Zigarette wegwirft und mit seinem abgewetzten Koffer auch davongeht.

Sag mir, welch dunkler Zweck fuehrt Dich

1.

»Sag mir, welch dunkler Zweck führt dich in diese Stadt?«

»Komm, ich wette, darüber weißt du längst mehr als ich selber. Jedenfalls bin ich schon bei der Zuanich gewesen.«

»Und hast du die beiden Sonnenscheinchen gesehen? Haben sie dir gefallen?«

»Yummy yummy.«

»Ach, wenn ich zwanzig Jahre jünger wäre!... An deiner Stelle würde ich sie mir gleich samt der Bilder mitnehmen.«

»Die Bilder lasse ich gerne Palmarin. Und was die beiden Jünglinge angeht, auf die hat, scheint's, die Federhen ein ernsthaftes Auge geworfen.«

»Ach, geh!«

»Sie hat es selbst vor Zeugen erklärt. Aber ich könnte darauf schwören, daß sie im Geheimen etwas anderes im Schilde führt. Weißt du, wann genau sie angekommen ist?«

»Vorgestern, meint meine Kusine Cosima, und sie hat gleich gesagt, daß die berühmte Sammlung die Reise nicht wert war.«

»Also, warum ist sie dann noch hier?«

»Und du?«

»Das hat doch damit nichts zu tun, für mich war die Sammlung nur ein Vorwand, ich bin deinetwegen gekommen. Was gibst du mir zu trinken?«

»Ich weiß nicht, könntest du mir nicht einen Vorschlag machen? Nichts scheint mir deiner Lippen würdig.«

»Irgendein Weißer von deinen Gütern.«

»O du köstliche Schmeichlerin. Setz dich ... hierhin.«

Wie ein Regisseur wies mich Raimondo auf einen niedrigen Schemel in Elfenbein und Blaßgrün; dann ging er in den Salon nebenan, kehrte gleich darauf mit zwei vollen Kelchgläsern zurück und beugte sich über mich.

»So könntest du einen rasend machen. Wieviel reizvoller ihr Frauen doch seid, wenn man auf euch hinuntersehen kann.«

»Du alter männlicher Chauvinist, du.«

»Und wer will das leugnen?« Er lachte und berührte mit dieser gezierten Geste seinen Nacken, die den ersten Gays wohl einmal typisch weiblich vorgekommen ist und jetzt den Heterosexuellen typisch gay scheint.

»Jedenfalls ist dieser Wein von dir genial.«

Er nickte erfreut, trank auch einen Schluck, dann sagte er ganz beiläufig mit seinem vorwitzigen venezianischen Schmunzeln: »Ich weiß schon von einem meiner Informanten, daß du heute um 18 Uhr in der Harry's Bar einen Martini getrunken hast.«

»Und weißt du auch schon, daß ich morgen früh um 10 mit Palmarin zu –«

»Nein, aber das werde ich schnell von einer meiner Informantinnen erfahren.«

»Ist das zufällig die Federhen? Oder deine Kusine Cosima?«

»Aber nein, Schätzchen, du selbst doch. Los, erzähle!«

»Da ist diese Villa bei Padua, von einem gewissen Marchese De Bei, der, wie es scheint, alles verkaufen will, um seine kleine gierige Freundin mit Schmuck und Pelzmänteln zu versorgen.«

»Das scheint mir sonderbar. Er ist nämlich der Gierige, von einem noch schmutzigeren Geiz als ich, und ich kann mir nicht vorstellen, daß der einer Frau Schmuck kauft. Außerdem ist er jemand, der seine Geschäfte sehr gut selbst erledigt. Ein wahres Schlitzohr, trotz seines jämmerlichen Aussehens. Er wirkt auf mich wie ein Zigarettenstummel, den jemand sehr Nervöses ausgedrückt hat.«

»Tja, ich weiß nicht, man hat ihn mit diesem Lärvchen in Cortina gesehen und ... aber morgen früh werde ich mehr wissen. Jetzt sag mir, wer zum Abendessen kommt. Oder nein, warte, mal sehen, ob ich es selbst herausfinden kann, auch ohne Informanten.«

»Laß hören.«

»Also: ein französischer Historiker, der ein Buch über den Einsatz der Artillerie im Krieg mit Chioggia schreibt; der Präsident des Fitzpatrick Memorial Fund, der eine große Ausstellung des venezianischen Schemels lanciert; ein ganz junger blonder österreichischer Cellist, der von dir lanciert wird; und deine Kusine Cosima, die im letzten Augenblick noch irgendeinen Prominenten auf der Durchreise mitbringt.«

»Alles falsch. Du wirst einen deutschen Kunsthistoriker kennenlernen, der eine Studie über die venezianischen Malermodelle der Spätrenaissance schreibt; den Präsidenten der Craig Foundation, die die Restaurierung von ein paar Deckengemälden im Palazzo Priuli Tron unterstützt hat; einen jungen Florentiner Choreographen mit entzückenden schwarzen Locken, der hier ist, damit wir ihm bei der Biennale sein Karnevalsballett lancieren; und meine Nichte Ida, die im letzten Augenblick noch einen australischen Romancier mitbringen wird.«

»Es tut mir leid, daß Cosima nicht kommt. Du mußt sie von mir grüßen, denn ich weiß nicht, ob ich sie vor meiner Abreise noch sehen kann.«

»Aber das mußt du unbedingt. Denk nur, sie wollte dich schon heute abend haben, mir einfach wegnehmen. Jetzt verlangt sie dafür, daß du tot oder lebendig übermorgen bei ihrem großen Dinner zu Ehren von ich weiß nicht was für einen Präsidenten dabei bist.«

»Ich rufe sie an, aber ich weiß wirklich nicht, ob –«

Die Türklingel unten schellte, und Raimondo ging hinaus in die Vorhalle über der Doppeltreppe.

»Entschuldige, aber mein Alvise wird immer schwerhöriger.«

Alleingelassen, wollte ich die Gelegenheit wahrnehmen, um von meinem kostbaren Schemel aufzustehen, aber dann sah ich mich im Profil in einem großen, etwas geneigt hängenden Wandspiegel und stellte fest, daß Raimondo recht hatte. So blieb ich sitzen, damit man auf mich hinuntersehen und rasend werden konnte.

2.

»Wie lange wollen Sie bleiben, Signor Silvera?«

Signor Silvera betrachtet den Wandkalender unter dem Schlüsselbrett in der Rezeption, der für den Monat November eine Reproduktion der *Geographiestunde* von Pietro Longhi zeigt. Er betrachtet den Atlas auf dem Boden, den Herrn in dem Sessel, der in einem zerfledderten Band blättert, und die graziöse Dame, die mit einem Kompaß in der Hand auf einem zierlichen Tischglobus die Entfernungen abmißt, während zwei Zofen den Kaffee servieren.

»Mmm ...« sagt er unschlüssig. »Ich weiß noch nicht. Nicht lange, glaube ich. Es kommt darauf an.«

»Weil wir nämlich übernächsten Montag schließen«, erklärt die Wirtin der Pension, während sie seinen Namen ins Gästebuch einträgt. Sie ist eine ungeheuer dicke Frau, die sich in ihrem Loch dahinten kaum rühren kann. »Wir haben dann bis Weihnachten zu.«

Sie steht mühsam auf, um den Schlüssel herunterzunehmen.

»Zimmer 12, zweiter Stock. Der Aufzug ist links hinter dem kleinen Saal. Ich begleite Sie nicht, weil –«

»Ich finde es schon allein, danke.«

»Wenn Sie noch nicht zu Abend gegessen haben, gehen Sie in die Trattoria Due Ponti, gleich dahinten, an der Ecke zur Calle Due Ponti. Sagen Sie, daß ich Sie schicke.«

»Sehr freundlich«, dankt Mr. Silvera und geht Richtung Aufzug.

Die Wirtin öffnet den Paß wieder und fängt an, die Personalien einzutragen, wobei sie sich fragt, wie es kommt, daß ein holländischer Jude mit englischem Paß so gut italienisch spricht. »*Nachname*: Silvera; *Vornamen*: David Ashver; *geb. am*: 9.5.1941; *in*: Haarlem (Niederlande).«

Das Zimmer 12 ist lang und schmal, mit einem Eisenbett, einem klapprigen Schrank und einem wackeligen Tischchen neben dem Fenster, durch das man auf den Kanal hinaussieht. Doch der Heizkörper funktioniert, und auch das Wasser der Dusche läuft ziemlich warm, stellt Mr. Silvera mit Befriedigung fest.

Dann öffnet er den Koffer, räumt peinlich genau seine Wäsche in den Schrank, seine vier Hemden, ein Paar graue Flanellhosen, ein Paar weniger abgetragene Schuhe als die, die er an den Füßen hat. Er zieht auch seine Mappe heraus und ein Reisenécessaire, das er auf das Tischchen stellt, und schiebt schließlich den leeren Koffer ans Fußende des Betts.

Nun wird er schauen, wie diese Trattoria Due Ponti ist, die auch den Vorteil hat, so nah zu sein. Oder – fragt er sich –, wäre es nicht vielleicht besser, wenn er sich mit einer Pizzeria mit festen Preisen begnügen würde? Der Notfonds der Imperial Tours wird nur eine gewisse Zeit lang reichen.

3.

Wie viele Wörter werden wohl im Lauf eines Abendessens um einen Tisch herum gesagt und später, wenn man in den Salon hinüber oder in den Garten hinausgeht? Tausende, Hunderttausende, vielleicht eine Million. Jedenfalls eine enorme Produktion. Mit einem enormen Ausschuß, denn, wenn es hochkommt, hält die Erinnerung höchstens ein paar Sätze fest, ein, zwei witzige Bemerkungen, eine Neuigkeit, eine unnütze Klatschgeschichte aus Marrakesch, und auch das nur ganz kurz.

Ein deprimierender Gedanke: wenn man vom Abendmahl den denkwürdigen Teil abzieht, kommt man notgedrungen zu dem Schluß, daß auch jene dreizehn Tischgenossen sich auf Aramäisch eine Menge unnützes, unbedeutendes Zeug gesagt haben, das sich schon eine Stunde danach wieder in Nichts aufgelöst hatte.

Wir waren nur acht, die vorwiegend italienische Wörter um Raimondos Tisch herum produzierten; und jetzt würde ich mich vielleicht an kein einziges mehr erinnern, wenn mich nicht inzwischen dieser Drang gepackt hätte, auf der absurden Suche nach Bestätigungen, Anzeichen, Vorahnungen, Vorwegnahmen Schritt für Schritt alles zu rekonstruieren. Unter diesem Gesichtspunkt kann ich wohl nicht mitrechnen, daß mich mein Nachbar zur Rechten, der Präsident der Craig Foundation, zu dem großen Cocktail einlud, der am folgenden Tag unter den restaurierten Deckengemälden im Palazzo Priuli Tron stattfinden sollte. Das war (wie Cosimas Einladung für den übernächsten Tag) eine jener gesellschaftlichen Ankündigungen, die einfach zu abstrakt, zu selbstverständlich sind, um irgendeine symbolische Tragweite zu haben.

Von allem übrigen habe ich ein Bild in Erinnerung, für das sich mir der Ausdruck »lagunenhaft« aufdrängt. Ich höre eigentlich nichts mehr, sondern ich sehe wieder, von den Garnelen bis zum Fasan, einen flachen Wasserspiegel von Banalitäten über Venedig, das versinkt, wieder aufersteht, schmutziger, touristischer, toter oder lebendiger ist als vor einem Jahr, vor fünf Jahren. Doch es zeichnen sich in dieser Lagune deutlich ein paar Inseln ab. Zum Beispiel die, übrigens genauso banale, Rebellion von Raimondos Protégé, der sich auf unsere Kosten vom Pöbel unterscheiden wollte.

In Nairobi, sagte das ein wenig nasale freche Stimmchen des lockigen Choreographen, in Nairobi werde kaum über Nairobi geredet. Und in Madrid, Singapur oder Los Angeles komme es selten vor, daß eine zum Abendessen versammelte Gruppe als Gesprächsthema Madrid, Singapur oder Los Angeles wähle. Während hier in Venedig, das doch schließlich eine kleine Stadt von nicht einmal hunderttausend Einwohnern sei, jede Unterhaltung immer wieder auf Venedig komme.

Eine völlig narzißtische Stadt, bemerkte jemand.

Nein, einfach eine Stadt, wo es keine zufälligen Besucher gebe, Leute, die aus Gründen da seien, die nichts mit Venedig zu tun hätten, wandte ein anderer ein.

Ja, ja, genau das sei es, bestätigte der Lockenkopf. Es wäre hier wie in der Schalterhalle einer Bank oder in einem Krankenhaus: man wüßte von vorherein, daß alle Anwesenden an nichts anderes als an ihre Bankkonten, ihre Veneninfusionen dächten, daß sie von nichts anderem sprächen als vom fallenden Dollarkurs, vom steigenden Cholesterinspiegel. Es gebe keine Überraschungen, dies stehe ihnen im Gesicht geschrieben.

Und ironisch fixierte er unsere Gesichter um den Tisch herum, eines nach dem anderen.

Aber wenn es nur das ist (Raimondos konziliante Stimme), kann ich für dich eine Soiree mit lauter Leuten, die nur nach Venedig kommen, um Waschmittel, Uhren, Fernseher zu verkaufen, auf die Beine stellen. Oder mit Polizisten, die es nicht erwarten können, wieder nach Sardinien zurück zu dürfen. Du wirst sehr überrascht sein.

Mehr als die Überraschungen (das ist jetzt meine Stimme, die sich hoffnungsvoll an die Nichte Ida wendet), finde ich, fehlen hier ein wenig die Geheimnisse, man weiß immer sofort alles von allen, das ist eine Stadt der Spione. Auch wenn es mir noch nicht gelungen ist –

Was denn für Spione, unterbricht mich verächtlich Ida, höchstens Waschfrauen!

Hier steigt die Insel des Schicksals auf, entdeckt von der Frau des deutschen Professors, die selbst eine Intellektuelle ist, mit dicker Brille und einem dreieckigen Gesicht nicht ohne einen gewissen froschartigen Liebreiz. Sie hat lange überlegt und gibt nun ihre besonnene, wenn auch ein wenig verspätete Meinung zum Besten: Wenn in Venedig das Zufällige fehlt, wenn alles voraussehbar ist, dann heißt das, daß hier das Schicksal fehlt.

Gekränkte Stimme von Mr. Micocci (dem Präsidenten der Craig-Stiftung) neben mir: Aber wie denn, wo man doch hier buchstäblich keinen Schritt tun kann, ohne in den Fäden eines Schicksals hängenzubleiben!

Aber das waren anderer Leute Schicksale, in einer erstaunlichen und endgültigen Konzentration, seit Jahrhunderten abgeschlossene Schicksale. Gerade das gab einem ja ein beängstigendes Gefühl der Impotenz, des Ausgeschlossenseins. Wie konnte man in Venedig hoffen, je noch eine irgendwie existentiell bedeutende Rolle zu spielen? Sich einbilden, hier ein eigenes bescheidenes Schicksalsknäuel abzuwickeln? Ganz offenbar hatte das Schicksal schon alle seine Mittel ausgeschöpft, um dieser Stadt ihr unvergleichliches Gemüt zu verleihen, ihre endgültige bestimmte Seele. Und so blieb einem heute nichts anderes übrig, als Souvernirs, Andenken aus Glas oder Spitze zu sammeln, um sie nach Hause mitzunehmen...

Ich bemühe mich, mir diese (von mir unklar gebilligten) Nichtigkeiten ins Gedächtnis zu rufen, nicht weil ich mich schämen will, sondern weil sie mir eine bedeutende

Reihe von Zufällen zu enthalten scheinen, eine Art Vorwarnung, eine Moral: die Moral jener Märchen, in denen die unvorsichtige Heldin nicht auf das alte Weiblein achtet, das unter der Tür der Hütte am Spinnrad steht, nur um dann zu spät festzustellen, daß es sich um eine mächtige Zauberin handelte.

Aus dieser Lagune von Geschwätz taucht auch am Schluß wieder einen Augenblick lang die venezianische Malerei auf, die wunderbarste von allen. Die Sequenz ist dramatisch. Jemand, wahrscheinlich der Romancier (übrigens kein Australier, sondern aus Toronto), erwähnt Pietro Aretino und seine zahlreichen Feinde. Raimondo gedenkt unter diesen Feinden des Malers Giovanni Antonio da Pordenone, der, wie Vasari erzählt, vielleicht durch Gift aus der Hand des Aretino selbst, der im Verein mit Jacopo Sansovino und Tizian war, starb. Mr. Micocci zitiert Berensons Urteil, nach dem Pordenone trotz der Fresken, mit denen er halb Venedig überzog, ein unrettbar provinzieller Maler bleibt. Der deutsche Kunsthistoriker wiest diese Definition empört zurück und fängt an zu erklären, warum Berensons Urteil vom ersten bis zum letzten Satz revidiert werden muß. Nach drei Minuten hört ihm niemand mehr zu.

Aber ich saß neben ihm auf einem kleinen Diwan und hatte keine Möglichkeit zur Flucht, ich war wohl oder übel eine Kennerin und ideale Zuhörerin, und als es mir dann entfuhr, daß ich diesen Maler praktisch überhaupt nicht kannte, war mein Schicksal besiegelt. Der Professor fing gierig an, mir über Pordenone, der Ausdruck drängt sich mir auf, die Leviten zu lesen.

Ich hörte ihm, gewaltige Gähner unterdrückend, zerknirscht zu, aber auch mit einem Bodensatz von (schläfriger) Sympathie. Der Mann war kein Geschäftsmann, der es auf vorteilhafte Erhöhungen der internationalen Quotationen Pordenones abgesehen hatte. Pordenone gefiel ihm wirklich, begeisterte ihn wirklich, schien ihm wirklich das Opfer einer Unterschätzung zu sein. Und vielleicht hatte er ja sogar recht, billigte ich ihm träge im Stillen zu, vielleicht verdiente der arme Provinzler, der von Tizian & Co ästhetisch an die Wand gedrückt (wenn nicht sogar materiell liquidiert) worden war, tatsächlich eine neue, vorurteilslosere, gerechtere Wertung.

Was kostete es mich, zu versprechen, daß ich gleich am nächsten Morgen, nein, am Nachmittag laufen würde, um Giovanni Antonios über ganz Venedig verstreute Werke zu bewundern? Ich versprach es, versprach es, ohne den geringsten Schatten einer Vorahnung versprach ich es.

4.

Aus Rücksicht auf den einzigen Gast, der an einem Ecktischchen seine Mahlzeit beendet, lassen die Wirtin und die Kellnerin der Trattoria Due Ponti den Ton ganz leise. Außerdem steht der Fernseher in dem großen Saal, wo das Licht aus ist und die Tische jetzt in der Nachsaison erst gar nicht mehr gedeckt werden. Von dem Film, der gerade läuft, dringen nur das gedämpfte Brummen von Motoren in den kleinen Raum und hin und wieder Geknatter, vermutlich Maschinengewehrsalven.

Das einzige andere Geräusch ist das Geraschel der Zeitung, die Mr. Silvera neben seiner gebrauchten Serviette vor sich ausgebreitet hat und jetzt durchblättert.

Vielleicht ist aber das Licht nicht hell genug zum Lesen. Oder die zwei Wochen alte Zeitung enthält nichts Interessantes. Mr. Silvera faltet sie wieder zusammen und steckt sie zurück in die Tasche des Regenmantels, den er anbehalten hat, weil die Heizung nicht besonders gut zu funktionieren scheint. Dann holt er aus einer anderen Tasche eine abgegriffene Geldbörse mit mehreren Fächern, doch er entschließt sich, nicht zu rufen, damit man ihm die Rechnung bringe. Undeutliche symphonische Klänge nach einem langen Crescendo von Schüssen und Explosionen lassen darauf schließen, daß die Auflösung bevorsteht. Er wird mit dem Rufen warten, bis der Film zu Ende ist.

In der jetzt ausgeprägteren Stille ist das Tick-Tack einer dunklen wurmstichigen Pendeluhr hörbar geworden, die sich über dem Plastikbuffet, über dem sie hängt, eigenartig ausnimmt.

Mr. Silvera macht den Geldbeutel auf, um den Inhalt zu inspizieren, die Geldscheine und Münzen verschiedener Nationalitäten zu ordnen. Und im Lauf dieser Operation betrachtet er lange eine schwarz angelaufene, schwer entzifferbare Münze, anscheinend aus Silber, die er in einem der Fächer wiedergefunden hat und nun zwischen den Fingern hin und her dreht.

In dem Nebensaal hingegen läßt die Auflösung auf sich warten. Mr. Silvera hebt die Augen wieder, um die Bewegung des Pendels zu beobachten, dem Zeiger zu folgen, der auf dem weißemaillierten Zifferblatt Minute für Minute zwischen den schwarzen Ziffern vorrückt.

5.

Nach und nach, als wir durch die feuchte Nacht gingen, wurde unser Grüppchen kleiner und verlor sich, jemand grüßte kurz und bog in einen Torweg ein, jemand anderes ging quer über einen verlassenen Platz davon, wieder ein anderer verschwand über eine kleine Eisenbrücke; bis ich schließlich, nachdem ich den Choreographen der Aufgabe enthoben hatte, mich zum Hotel zurückzubegleiten (und ihm so erlaubte, still und heimlich zu Raimondo zurückzukehren, der die Koketterie besitzt, ganz unzeitgemäß den Schein zu wahren), allein in der Stadt der Schritte war.

Dieses Geräusch hört man heute nur noch hier, und Raimondo behauptet, daß Venedig vor allem deshalb – weit mehr als wegen seiner Naturschönheiten, Kunstschätze und so weiter – so geliebt und gesucht wird. Die unbewußte Nostalgie nach dem Zweibeinertum, nennt er das. Und wirklich, diese so individuellen, bald zwischen engen Mauern dröhnenden, bald durch das Wasser gedämpften, bald durch ein Gewölbe, einen Bogengang vestärkten, bald in einem weiten, freien Raum verhallenden Töne haben alle einen irgendwie stolzen Beiklang: hört, da bin ich, ich bin von den Bäumen heruntergestiegen, und mit diesen Absätzen erobere ich jetzt die ganze Welt.

Meine Absätze gingen von einem hochbefriedigenden Soloauftritt zu einem lebhaften Zusammenspiel mit anderen Gangarten über, es gab trockene kleine Duette, die plötzlich durch einen Gassenschlauch zur Rechten abgebrochen wurden, einen eiligen Chor in großer Besetzung, der hinter meinem Rücken eingesetzt hatte, eine Zeitlang immer stärker wurde und dann allmählich entlang einer Wasserstraße zur Linken verklang, ein Trio vor mir, das nach und nach langsamer wurde und schließlich an einem unbestimmten Punkt der Stille anhielt.

Ich würde jetzt gerne denken, an Mr. Silvera gedacht zu haben, seinen zu meinem parallelen oder querlaufenden Schritt im nächtlichen Labyrinth Venedigs herausgehört zu haben. Aber wenigstens kann ich sagen, daß ich für diese liebenserten Echos um mich herum ungemein, ja eigenartig empfänglich war. Ich dachte an all die Städte der Welt, wo eine Frau (oder auch selbst ein Mann) die (oder der) nach dem Einbruch der Dunkelheit allein durch die Straßen geht, keine Schritte hören kann, ohne einen leisen Angstschauder zu empfinden, und fühlte Dankbarkeit, Befriedigung und die erregte Leichtigkeit des Zweibeiners.

6.

Die Zeitung ist in dem matten Licht des Nachttischlämpchens nicht viel leserlicher als in der Trattoria. Auf der Titelseite ist eine Karte des Territoriums von Macao und seinem chinesischen Hinterland mit dem »wirtschaftlichen Sondergebiet« von Ch'ien-shan, doch dies letztere ist fast nicht zu erkennen. Der Artikel erklärt aber, daß in Ch'ien-shan die Spielhäuser kaum einem Monat nach ihrer Eröffnung wieder geschlossen worden sind, und kommentiert: wie soll da noch ein Zweifel bestehen, daß die Chinesen nicht auch das *Crazy Paris* schließen werden, wo die Mädchen nur mit Boxhandschuhen bekleidet auftreten? Es wird abzuwarten sein – endet der Artikel –, ob Maßnahmen dieser Art in Zukunft nicht auch auf das Territorium von Hongkong angewandt werden.

Auf den inneren Seiten gibt es weiter nichts zu lesen bis auf die Lokalberichte von Hongkong und Kow-loon, von wo der kurze Aufenthalt von Mrs. Lifton-Cole gemeldet wird, einer Engländerin, die in Malaysia über 7000 *ringgits* (ungefähr 2500 pounds) für den World Wildlife Fund gesammelt hat und sich verspricht, in Singapur ebensoviel zusammenzubringen. Andererseits erwartet man die Ankunft des japanischen Seefahrers Kenichi Orie, der als erster den Pazifik in einem von Sonnenenergie angetriebenen Schiff überquert hat.

Unter den Briefen an den Herausgeber beklagt eine Gesellschaft mit Sitz in Zürich die Schikanen, denen die Eingeborenen der Insel Timor von seiten Djakartas ausgesetzt sind.

Mr. Silvera hat jetzt genug gelesen, um einschlafen zu können. Er sieht sich noch die Kleinanzeigen auf der letzten Seite an, wo er diesen an einen gewissen Jorgesen gerichteten Appell findet: »Familiärer Notfall! Telefoniere nach Hause oder nach Pennsylvanien.« Doch unter den Internationalen Stellenangeboten findet er nur das einer

Agentur, für die er schon einmal gearbeitet hat und die schöne Leute, *beautiful people*, für wichtige Empfänge und verschiedene Public Relations-Zeremonien anwirbt.

Nun läßt er die Zeitung zu Boden gleiten, es ist die Hongkonger Tageszeitung *South China Morning Post*, und löscht das Licht.

7.

Auch sie kam dauernd irgendwo an und reiste wieder ab, auch sie war wie ich dauernd da und dort. Und auch ihre Reisen waren bösen Zungen nach mit Liebesabenteuern und heimlichen Begegnungen gespickt, was aber überhaupt nicht ihrer Art entsprach, wie es auch nie meiner entsprochen hatte. Beide waren wir »von Familie«, beide hatten wir einen etwa zwanzig Jahre älteren Ehemann: meiner ein römischer Adliger, ihrer ein schwedischer. Doch hier – jedenfalls, wenn man sich an die Einleitung zu ihrem Roman *Corinne ou l'Italie* hielt – endeten die Ähnlichkeiten zwischen meiner Wenigkeit und Mme la Baronne Anne-Louise-Germaine de Staël, née Necker.

Sie war, so häßlich sie auch gewesen sein mochte, eine berühmte Frau, eine bedeutende Schriftstellerin, die mit einer starken Persönlichkeit und einer überragenden Intelligenz begabt war. Meine Persönlichkeit dagegen wurde gerade immer matter, wie ich da allein in diesem riesigen Bett lag; und meine Intelligenz neigte zur Auflösung jeglicher Konzentration, fing an die Zeilen zu überspringen und die Seiten zu verwechseln.

Ich war am Morgen auf das Buch gestoßen, als ich auf dem Flughafen von Genf an einer Säule mit Taschenbüchern drehte, und ich hatte im Flugzeug ein paar Seiten gelesen. Jetzt hatte ich es wieder zur Hand genommen, weil ich darauf wartete, meinen Mann in Rom anrufen zu können, den ich um acht nicht angetroffen hatte – er war zum Abendessen ausgegangen – und der noch nicht zurückgekehrt war, als ich es vor einer kleinen Weile wieder probiert hatte.

Und da keine Frau, wenn sie die eigenen Lebensumstände mit denen einer anderen Frau vergleicht, darauf verzichtet, sich soweit wie möglich über die andere zu erheben, dachte ich zum Beispiel daran, was für eine furchtbare, unbeugsame Meisterin des Gejammers diese Madame de Staël doch gewesen sein mußte, daß ihr armer Benjamin Constant den erbitterten Satz sagte: »Sie gibt mir das Gefühl, immer notwendig zu sein und nie genügend.«

Ich dagegen...

Aber der Vergleich war ungerecht. In meinem Leben hatte es nur Miniaturausgaben von Benjamin Constants gegeben, mit denen es nie zu Schwierigkeiten kam und wo sich das Problem der gegenseitigen Notwendigkeit oder des Genügens gar nicht erst stellte. Meine Überlegenheit bestand, wenn überhaupt, in meinen Beziehungen zwischen mir und meinem Mann, die so ganz anders sind als das bittere, unmögliche Zusammenleben der Eheleute Staël. Mein Mann und ich leben großartig zusammen, wenn wir in seinem behaglichen römischen Palast oder im Sommer auf meinem Familienstammsitz in Viterbo sind. Im übrigen hat jeder von uns seine Arbeit und seine Interessen und es genügt uns, im Rahmen des Möglichen in liebevoller Verbindung zu bleiben.

Ich sah auf die Uhr, beschloß, es um halb noch einmal mit dem Anrufen zu probieren, und ohne mich länger mit der Einleitung zu befassen, vertiefte ich mich (versuchte ich, mich zu vertiefen) in das erste Kapitel: wo der Protagonist Lord Nelvil, begierig darauf, Italien zu sehen, sich anschickte, Edinburgh zu verlassen und nach Rom aufzubrechen.

Doch die Verfasserin verlor sich in Abschweifungen, der Protagonist in allerlei Erkenntnissen, und die Vorbereitungen wollten und wollten kein Ende nehmen, so daß ich schließlich allein mit Flug BA-054/AZ-281 startete, den ich übrigens oft nehme und der um 15.45 in Fiumicino ankommt.

»Look, look, the Côte d'Azur, the Pyramids, the Ionian Sea, the sistine Chapel!« riefen die Passagiere um mich herum, unter ihnen auch Lord Nelvil selbst und andere schottische, englische, spanische Adlige, die sich verrenkten, um aus den Fenstern zu schauen. Doch ich und Mr. Silvera lächelten einander komplizenhaft zu und zwinkerten hinter der breithüftigen Stewardess her, die dann niemand anders war als die Federhen und die die Papierbecher zu einer hohen schwankenden Säule zusammensteckte, die jeden Augenblick umstürzen konnte...

Ich holte das Buch wieder hoch, das mir aus der Hand geglitten war, und nahm eigensinnig die Lektüre wieder auf. Ich wollte doch sehen, wohin Mme de Staël ihre ewigen *or donc,* die Palmarins ǎ propos so ähnlich waren, noch führen würden.

»Ah«, war das einzige Wort gewesen, das Mr. Silvera zu mir gesagt hatte, und diese kleine Silbe schien mir nun plötzlich voller Bedeutungen im Vergleich zu der leeren Weitschweifigkeit des Romans.

Wo mochten sie jetzt (fast halb, Zeit zum Telefonieren) wohl sein, die lärmenden Touristen und dieser unpassende Reiseleiter mit den wunderschönen Händen und dem Medaillenprofil? Ich hatte gehört, daß sie auf alle Inseln des Adriatischen und des Ionischen Meers Rechte anmeldeten, und der Ägäis dazu bis hinauf zum Bosporus, le Bosphore, the Bosphorus... Und ihn, würde ich ihn je wiedersehen, den geheimnisvollen Silvera? Nie natürlich, évidemment, of course...

Oder vielleicht doch, eines Tages in Rom, mit seiner Gruppe bei der Besichtigung unseres eigenen Palastes, auf der strengen Marmortreppe, look, look, Mr. Silvera, the urns, the frescoes! Doch die Dame des Hauses ist ja nie da, sie reist ja immer wegen ihrer Arbeit in der Weltgeschichte herum, oder so heißt es jedenfalls, denn wie kommt sie eigentlich dazu bei dem ganzen Geld, das sie hat, auch ihr Mann muß sich das fragen, obwohl sie ihn immer von überall, wo sie hinfährt, anruft, von Edinburgh, Genf, Korfu, vom Ionischen Meer, look, look, Mr. Silvera, look: sie ist eingeschlafen, she's fallen asleep! Auf Seite 16.

Meine letzten normalen Stunden scheinen mir

1.

Meine letzten »normalen« Stunden scheinen mir nun unendlich fern, ich denke wieder an sie, als würde ich Kinderbilder von mir im Familienalbum betrachten. Bin ich das, die im Bett eine Tasse ganz dunklen Tee trinkt und wieder versucht, in Rom ihren Mann anzurufen (der wieder nicht da ist, ausrichten hat lassen, er sei nicht vor dem Abend zurück)? Bin ich das, die mit London spricht und dann Palmarins Anruf entgegennimmt (für heute ist's nichts mit der Villa, es ist leider, leider etwas dazwischengekommen, aber man könnte doch heute abend beim Cocktail der Craig Foundation wieder etwas ausmachen)? Bin ich das, die mit einem ärgerlichen Brauenrunzeln auf diesen zweideutigen, um nicht zu sagen höchst verdächtigen Aufschub reagiert? Ich, wirklich ich, die die Zeitungen vom Bett wischt und denkt, ach wie langweilig, was für ein Zeitverlust, was fange ich denn jetzt mit diesen leeren Stunden an?

Eine unverzeihliche Frage in Venedig. Aber ich habe es noch nie verstanden, die Pausen, die Flauten auszunutzen. Sie machen mich ungeduldig, verstimmen mich. Ich kenne massenhaft Leute, bei denen das genau umgekehrt ist, die das Leben als etwas betrachten, das fröhlich in der Zwischenzeit stattfindet, die jede unverhoffte Gelegenheit auskosten, den flüchtigen Augenblick zu erhaschen wissen. Doch da mein Leben darin besteht, ständig nach der Seltenheit, der Ausnahme zu suchen, sie zu erkennen und möglichst auf der Stelle zu packen, ist es vielleicht unvermeidlich, daß ich mich deplaciert und zu jeder Initiative unfähig finde, wenn die Spannung nachläßt.

Mein Urteil zum Leseexemplar

Fruttero & Lucentini
Der Liebhaber ohne festen Wohnsitz

Wir sind auf Ihr Urteil gespannt!

Mit freundlichen Grüßen
R. Piper GmbH & Co. KG

Absender:

Postkarte

R. Piper GmbH & Co. KG
Georgenstraße 4 · Postfach 43 01 20

8000 München 40

Dies, um zu sagen, daß ich dann schließlich von der Scham getrieben aus den Hotel ging – doch mit dem vagen Bedauern, nicht auf dem Zimmer geblieben zu sein, um mindestens zwei Pflichtbriefe zu schreiben – und aufs Geratewohl, metaphorisch die Beinchen nachziehend, den Tauben folgte. In Wirklichkeit fiel es mir schwer, meinen im allgemeinen zielgerichteten und schnellen Gang dem ungewöhnlichen Umstand anzupassen, daß ich eine Frau ohne irgendwelche Verpflichtungen war.

In diesen Fällen bietet sich von selbst die Ressource des Kleiderkaufens an; auch das praktisch eine halbe Arbeit, denn selten ist die Triebfeder dazu eine festliche Lust, sich schöne Sachen zu kaufen, meistens beschränkt sich das Geschäft auf eine fiskalische Ermittlung voller Berechnungen und Vergleiche. Sind die Röcke länger geworden? Sind sie kürzer geworden? Man trägt wieder Rot. Grau ist nicht mehr zu finden.

Zuerst die Modelle eines bekannten »Modemachers« in der Nähe des Markusplatzes, und von dort tripple ich dann natürlich in die enge Gasse der Mercerie hinein, der für einen Schaufensterbummel bequemsten Straße der Welt. Wenn man daran denkt, wie mühsam es ist, ich sage ja nicht einmal in der Fifth Avenue, sondern auch schon in der Bond Street oder im Faubourg Saint-Honoré von einem Trottoir auf das andere hinüberzuwechseln, dann ist da hier das wahre Paradies des Dames. Von der Mitte aus kann man gleichzeitig die Handtaschen hüben und die Schuhe drüben im Auge behalten, die Pelzmäntel rechts und die Seidenwäsche links, Preise und alles übrige. Was haben Harrod's, die Galeries Lafayette eigentlich noch erfunden, was nicht bereits von den venezianischen Kaufleuten praktiziert worden wäre?

Solche Gedanken gingen mir durch den Kopf, als ich einen Fuß vor den anderen setzte und mechanisch die Lire in Dollars, die Dollars in Pfund, die Pfund in Schweizer Franken umrechnete. Ein sinnloses Abendkleid. Eine

Wolljacke mit merkwürdigen Taschen. Ein wunderschöner Mantel. Ein gar nicht übler Armreif.

In einem Spitzenladen entdeckte ich die Nase der Federhen, beeindruckend im Profil, schnuppernd über den Ladentisch gebeugt. Sie war also auch ohne Verpflichtungen und jedenfalls nicht in Padua mit dem Verräter Palmarin. Beruhigt, als hätten wir einen stillschweigenden Waffenstillstand geschlossen, ließ ich mich weiter durch die Mercerie treiben, zwischen den sich ineinander spiegelenden Scheiben hindurch, diesem funkelnden Vis-à-vis von Auslagen, wo sich doch noch wie unter einer »Korrektur« des Künstlers ein Hauch orientalischen Markts erhält.

Tausende von Schritten. Ein Stück weit ging ich hinter einer Frau her, die mir bekannt vorkam und die in der Tat die (liebreizende) Frau des deutschen Professors vom Abend zuvor war, der mich bei Raimondo von der Vortrefflichkeit Pordenones überzeugt hatte. An ihrer Seite baumelten zwei ansehnliche Plastiktüten mit den Namen zweier Boutiquen, eine scharz und eine zitronengelb, und sie näherte und entfernte sich, einmal zick, einmal zack, den Schaufenstern mit dem Gebaren einer Person, die ganz genau weiß, was sie will, es findet, es bezahlt und es triumphierend mit heim nach München nimmt. Fast hätte ich sie angehalten, um sie zu fragen, was sie gekauft hatte, denn auch mich hatte nun die Unruhe gepackt, die gewöhnlich als weibliche Neugier gilt und in Wirklichkeit die Angst ist, den wunderbarsten Rock, den absoluten Schal »übersehen« zu haben.

Am Schluß kaufte ich dann doch nichts, wie es übrigens von Anfang an vorhersehbar gewesen war, und von der Merceria die S. Zulian zu der di S. Salvador folgte ich passiv dem Strom bis zum Campo S. Bartolomeo, einem eigenartigen Ort, der immer voller Müßiggänger jeden Alters ist, die da herumstehen und schwatzen und klatschen wie in den Komödien von Goldoni, dessen Denkmal auf ihre Köpfe hinuntersieht. Heute war es dazu noch warm, die Sonne kam machtvoll heraus, und ein Café hatte draußen wieder ein Dutzend Tischchen aufgestellt, die schon alle besetzt waren.

Meine Erinnerung an jene Freskengestalten ist unauslöschlich. Drei unverkennbare venezianische Anwälte. Eine Touristenkleinfamilie von Eisschauflern. Zwei Halbwüchsige mit Strohhalm im Glas. Eine in mehrere Hüllen eingepackte Frau, vielleicht aus Mestre oder von einer der Inseln, mit dicken Einkaufstaschen auf dem Stuhl neben sich, die gerade einer abgezehrten Tochter den Kopf wusch. Und dann, hinter einer Runde lachlustiger Japaner, hinter einem ernsten oder auch nur erschöpften nordischen Ehepaar, kreuzte sich mein suchender Blick endlich mit seinem.

*

So also, auf die scheinbar harmloseste Weise der Welt, ohne daß irgend etwas auf einen außergewöhnlichen Zufall, auf ein »Zeichen«, auf einen besonderen Wink des Schicksals hindeutete, so also sah ich ihn wieder.

Er stand unverzüglich auf, mit einer schattenhaft leichten Verbeugung und einer kaum angedeuteten einladenden Geste (alle seine Bewegungen, aber das bemerkte ich erst später, hatten etwas gleichsam im Werden Begriffenes, Unvollständiges, von dem man nicht wußte, ob es für etwas eben erst Begonnenes oder schon zu Ende Gehendes, Schwindendes symbolisch war).

»Haben Sie einen Platz gesucht?« fragte er auf italienisch. Er war drei oder vier Meter weit von mir entfernt und schien mitten unter diesen sitzenden Leuten wirklich sehr, sehr groß.

»Aber sollten Sie nicht in Korfu sein?« fragte ich ihn, ohne mich zu rühren.

»Ah«, sagte Mr. Silvera.

Manchmal denke ich, daß ohne dieses »Ah«, ohne sein

ganz besonderes, halb ausweichendes, halb bedauerndes »Ah«, gar nichts geschehen wäre. Und in meinen würdelosesten Augenblicken habe ich versucht, es vor einem Spiegel nachzumachen: den Ton, aber auch den lagunenhaft verschwommenen Blick, das unmerkliche Hochziehen der Augenbraue, die leichte Drehung der Hand, die es begleiteten. Ah... Was gäbe ich darum, zu verstehen, warum diese Silbe so unwiderstehlich war. Es war wohl vor allem eine Frage der Ferne, scheint mir; als steige der gehauchte Vokal dank ungeahnten ozeanischen Erschütterungen an die Oberfläche, sei er das letzte hörbare Relikt eines fernen, längst verklungenen Donners. Der Widerhall eines nunmehr unverständlichen Worts. Die Beschwörung rätselhafter Schatten.

Doch ich muß mich hüten, nicht zu übertreiben, das Bild nicht zu »überladen«, wie (selbst nach dem Urteil seines Münchener Fans) Pordenone es häufig tat. Wenn ich ganz nüchtern bin, muß ich sagen, daß die Wirkung des »Ah« zunächst nicht so romantisch war, das Gefühl verzehrender Sehnsucht nicht so schnell und ansteckend spürbar wurde. Es war auch, wie ich feststellen konnte, ein ausweichender Aufschub, wenn nicht nachgerade der ironische Auftakt für eine Lüge.

Als ich mich neben ihn gesetzt hatte, sagte er mir, seine Aufgabe habe nur darin bestanden, die Kreuzfahrtteilnehmer der Imperial Tours bis zum Schiff zu begleiten und sie wohlbehalten an Bord zu bringen. Danach könne er nach London zurückkehren.

»Und dann fangen Sie wieder von vorn an, fliegen Sie wieder mit einer anderen Gruppe nach Venedig?«

»Nach Venedig. Oder nach Madrid. Oder nach Bali. Je nachdem.«

»Ein schönes Leben«, sagte ich automatisch.

»Und ob«, lächelte Mr. Silvera.

Und ich wurde mir bewußt: erstens, eine Banalität gesagt zu haben; zweitens, daß diese Banalität herablassend, beleidigend war; drittens, daß Mr. Silvera etwas ganz anderes, ungeheuer anderes war als ein x-beliebiger Touristenbetreuer. Es war eine instinktive, aber absolute Gewißheit, fast ein Blitzschlag. Aus der notwendig die Frage folgte, die ich mir von nun an ununterbrochen stellen sollte: Aber was ist er dann?

»Auch ich bin immer unterwegs«, sagte ich. »Auf die Duaer wird das ziemlich anstrengend.«

»Und was machen Sie?«

»Ich bin eine Art fliegende Antiquitätenhändlerin, ich arbeite für ein englisches Auktionshaus.«

»Ein schöner Beruf«, sagte Mr. Silvera, ganz ernst.

»Und ob.«

Der erste Blick, der erste Kuß, die erste Liebesnacht sind nichts im Vergleich zum ersten gemeinsamen Lachen. Das ist der entscheidende Kontakt, der eigentliche Wendepunkt. Auch wenn ich selbstverständlich damals einfach nur dachte: Sympathisch, dieser Silvera.

Der hatte inzwischen, nachdem er meinen Kaffee bestellt hatte, eine Münze aus einem alten, kuriosen Geldbeutel hervorgeholt und streckte sie mir nun auf seinem langen Handteller hin.

»Was ist das?« fragte ich.

»Verstehen Sie zufällig auch etwas von alten Münzen?«

»Nein, nein, die Numismatik ist ein Sonderzweig, darum kümmert sich Mr. Armitage.«

»Ich hätte nur gern eine Ahnung, wieviel sie Ihrer Meinung nach ungefähr wert sein mag.«

Zögernd nahm ich das Geldstück, denn in einem Augenblick hatte sich alles verändert: ich hatte einen schäbigen kleinen Schwindler vor mir, der flugs die Gelegenheit mit der wohlhabenden Dame auf der Durchreise ergriffen hatte und mir jetzt gleich die traurige Geschichte seines Lebens erzählen würde. Das war er also in Wirklichkeit, der Mr. Silvera. Zudem auch noch naiv, um nicht zu sagen dumm, zu glauben, daß ich darauf hereinfallen würde. Er konnte einem fast leid tun.

»Die Münze scheint schön«, sagte ich, sie zwischen den Fingern drehend. Sie hatte einen Durchmesser von zwei oder drei Zentimetern, und auf der Rückseite war ein Kreuz, während das Bild auf der Vorderseite vielleicht den Löwen des Heiligen Markus mit seinem Buch darstellte. Doch das Silber war offenbar eine niedrige Legierung und zu schwarz, als daß man noch weiteres hätte unterscheiden können. »Und Sie selber wissen auch nicht, was es für eine ist?«

»Ich weiß es sehr gut«, sagte Mr. Silvera. »Es ist ein halber venezianischer Silberdukaten, ›halber Kreuzscudo‹ genannt und um 1650 in Umlauf gebracht. Gefälscht.«

Wieder verkehrte sich mir alles.

»Eine Fälschung? Und Sie haben sich die andrehen lassen wie einer Ihrer Touristen?«

»Nein, nein«, sagte der Ex-Schwindler lächelnd. »Ich habe sie nicht gekauft, ich trage sie schon seit langem bei mir, und soviel ich weiß, ist es inzwischen ein ziemlich seltenes Stück. Eine Fälschung, aber eine zeitgenössische Fälschung, von Fälschern um 1650 geprägt. Sie wissen das besser als ich, die Zeit macht schließlich alles wertvoll.«

Er ahmte leicht Ton und Haltung eines Auktionsleiters nach: »Leuchterfuß, römische Kopie eines griechischen Originals. Limit: 5000 Pfund.«

Er konnte einem zwar leid tun, aber er flößte einem auch Respekt ein. Er war zwar ein Schwindler, aber er besaß eine gewisse Raffinesse. Er versuchte, mir die moderne Imitation einer alten Fälschung anzudrehen. Die Fälschung einer Fälschung. Wenigstens gab er mit diesem doppelten Salto mortale meiner Intelligenz die Ehre. Bravo, bravo, Silvera.

»Und Sie möchten sie verkaufen?«

»Mmm, ich hatte daran gedacht.«

Ich suchte, ihm auf diesem klassischen Weg weiterzuhelfen, bis zur Kreuzung, an der wir uns binnen kurzem mit beidseitiger Befriedigung trennen würden: er mit soviel, daß er sich, sagen wir, ein nicht ungelegen kommendes neues Paar Schuhe kaufen konnte, und ich mit dem Vergnügen, ihm das schenken zu können, ohne ihn zu demütigen.

»Für Sie hat die Münze sicher auch einen Erinnerungswert, kann ich mir vorstellen«, sagte ich verständnisvoll.

»Um die Wahrheit zu sagen, nein. Ich hatte sie nur... gefunden, ich weiß nicht mehr wo.«

»Und wieviel, glauben Sie, daß Sie dafür bekommen können?«

»Eben das weiß ich nicht. Vielleicht ist sie nur ganz wenig wert. Wenn Sie sie möchten...«

»Aber ich weiß auch nicht, wieviel ich Ihnen anbieten soll.«

»Dann schenke ich sie Ihnen.«

Äußerst verlegen und auch ungeschickt, weil ich die Münze in der Rechten hielt, wollte ich nach meiner Handtasche greifen, denn ich zweifelte nicht daran, daß dieses »Geschenk« nichts als eine Aufforderung war, es zu erwidern, ein einschmeichelndes (und leider nicht besonders glückliches) »geben Sie mir dafür, was Sie wollen«. Aber er gebot mir mit einer Geste Halt, die bedeutete, »bitte, das kommt nicht in Frage«, und ich wußte nicht mehr, was tun.

»Und warum wollen Sie sie mir schenken?« fragte ich.

»Einfach so.«

Wieder hatte sich das Spiel verkehrt, aber in meiner Verblüffung wußte ich doch, daß diese schnellen Verwandlungen nichts Absichtliches hatten, keineswegs darauf abzielten, mich zu beeindrucken, zu verwirren, zur Unterlegenen zu machen. Da zudem auszuschließen war, daß Mr. Silvera zu der tragischen Kategorie derer, die sich interessant machen wollen, gehörte, blieb nur eine Erklärung übrig: Ich war es, die irgend etwas nicht begriff.

»Als Souvenir«, erklärte er.

Ich drückte ihm die Münze wieder in die Hand und

sagte impulsiv, was ich noch nie einem völlig Unbekannten gesagt habe oder je sagen würde.

»Sie sehen nicht so aus, als hätten Sie viel Geld.«

»In der Tat«, gab Mr. Silvera zu. »Aber für eine Weile reicht es noch.«

Wir sahen uns an. Ich erinnere mich an meine fast euphorische Unbefangenheit als an einen anderen Wendepunkt. Mir war bewußt, daß ich mit dieser meiner plump persönlichen und ungeheuer taktlosen Bemerkung gegen die elementarsten Regeln verstoßen hatte; doch es stand nun so zwischen mir und Mr. Silvera, daß mir alles erlaubt, leicht, normal, verzeihlich, verziehen schien.

»Machen wir es so«, schlug er vor. »Werfen wir sie in die Luft, wenn Sie gewinnen, behalte ich sie, und umgekehrt. Kreuz oder Löwe?«

»Löwe.«

Die Münze flog kurz hoch, fiel auf seinen Handrücken zurück.

»Kreuz«, sagte Mr. Silvera. »Sie gehört Ihnen.«

»Danke. Es ist eine wunderschöne Münze.«

Und so verstieß ich gegen eine weitere elementarste Regel: Nimm nie Geschenke von Unbekannten an, nie, nie.

2.

Mr. Silvera weiß nicht, was er von dieser Begegnung halten soll, wüßte nicht zu sagen, was er sich von dieser Unbekannten erwartet. Strenggenommen dürfte er sich gar nichts erwarten. Er hat gestern abend seinen gesellschaftlich buntgemischten Reisejob aufgegeben ohne zunächst irgendein anderes Programm, als einmal Atem zu schöpfen, sich eine Pause zu gönnen. Und dieser venezianische Urlaub (von dem er nur weiß, daß er widerrechtlich ist und möglicherweise sehr kurz dauern kann) müßte ihm auch als eine glückliche Gelegenheit zur Einsamkeit erscheinen.

Er spürt aber in sich eine ausgleichende Sehnsucht nach Selbstaufgabe, den Hang zu einer leichten und mechanischen Passivität wie die eines in einem Kanal treibenden Korkens: schwimmender, tanzender, gefügiger Gefährte bald von Gondeln, Motorbooten, sich auflösenden Obstkisten, bald von verfallenen Mauern, algenbewachsenen glitschigen Stufen. Das ist der Grund, warum ihm dieser kleine unvorhergesehene Vorfall vom Campo S. Bartolomeo angenehm ist. Die Zufälligkeit der Begegnung scheint zu seiner Verfassung eines eiligen, unbeständigen, selbst irgendwie zufälligen Menschen zu passen. Eines Menschen der Oberfläche, um es noch genauer zu sagen. Eines Menschen, heißt das, der daran gewöhnt ist, die Personen, deren Weg er auf seinem schweifenden Kurs kreuzt, zu nehmen (und wieder fahren zu lassen), wie sie kommen.

Aber das impulsive Geschenk der Münze wird noch etwas zu bedeuten haben, wird doch eine gewisse Vorliebe, eine minimale Wahl seinerseits anzeigen. Eine Wahl, die zweifellos auf jene erste kurze Nachbarschaft im Flugzeug zurückgeht. Schon damals hat ihm nämlich nicht entgehen können, was für glückliche Verhältnisse zwischen den Backenknochen, der Nase, dem Kinn, den Lippen, der Stirn, den Augen der jetzt im Dreiviertelprofil neben ihm sitzenden Frau bestehen. Global gesagt: ihre Schönheit. Die sie trägt (auch das fällt sofort auf) wie einen ganz leichten Schal, den sie nachlässig über die Stuhllehne geworfen und dort vergessen hat.

Aber auch das erklärt nicht alles. Insbesondere nicht, warum Mr. Silvera, der doch an einem bestimmten Punkt daran denken müßte, sich zu verabschieden und zu gehen, desungeachtet auf dem Campo S. Bartolomeo sitzen bleibt und sich für Giovanni da Pordenone interessiert (einen venezianischen Maler des Cinquecento, auf den die Dame, die ihn seit kurzem »entdeckt« hat, das Gespräch gebracht hat). Was ihn festhält, ist das gelöste, offene, ungebundene Verhalten seiner zufälligen Gefährtin, die ihrerseits den Eindruck macht, jede Minute ihre Ausführungen unterbrechen zu können, um aufzustehen, zu grüßen und für immer im Gassengewirr Venedigs zu verschwinden.

Ganz wichtig ist eben das Beiläufige, Unwichtige, das diese Begegnung von Anfang an trägt. Aber da ist noch etwas anderes. Eine Tatsache, derer er sich bis jetzt nicht bewußt gewesen ist und die er ihr jetzt gerne erklären würde ...

Die Unbekannte bemerkt in seinem Blick einen gewissen Prozentsatz von Unaufmerksamkeit.

»Langweile ich Sie mit meinem Pordenone?« erkundigt sie sich.

»Nein, nein, im Gegenteil.«

»Und warum sehen Sie mich dann so an?« sagt sie ohne Koketterie.

»Ich habe die Tatsache gewürdigt«, erklärt Mr. Silvera mit einem Lächeln so fein wie ein Grashalm, »daß Sie einzig sind.«

»Nichts weniger als das?«

»Ich habe das nicht aus Galanterie gesagt. Einzig im wörtlichen Sinn. Allein. *Single.*«

»Aber ich bin verheiratet.«

Mr. Silvera schüttelt den Kopf, erklärt, daß er nicht das meint. Die Frauen, mit denen er es bei seiner Arbeit zu tun hat, können schön oder häßlich sein, jung oder alt, sympathisch oder unangenehm, aber sie sind immer mehr als eine. Nie weniger als sechs oder sieben, manchmal zwölf, fünfzehn ... Und nach und nach, wenn man immer gezwungen ist, so mit ihnen zu verkehren, hat man dann nur noch eine kollektive Vorstellung, eine Vorstellung im Plural, von dem, was eine Frau ist.

»Ein... vielfaches Geschöpf?«

»Genau. Wie eine dieser indischen Göttinnen, wissen Sie? Mit vierundzwanzig geröteten Armen, fünfundfünfzig Fingernägeln mit abblätterndem Lack, zwei Dutzend geschwollenen Knöcheln, soundsovielen Laufmaschen in den Strümpfen.«

Die einzelne lacht.

»Kurz: ein Monster«, faßt sie zusammen.

Sie betrachtet sich ihre zehn makellosen Fingernägel, um die selbst Raffaellino sie beneiden würde, und lacht noch einmal. Sie faßt erst nach dem einen, dann nach dem anderen Handgelenk, wie um sich zu vergewissern, daß es nur zwei sind.

»Und daher schätzen Sie mich aus dem einfachen Grund, daß ich nicht mehr als zwei Arme und nur einen Kopf habe.«

»Einen sehr schönen und sehr gut frisierten«, stimmt ihr Mr. Silvera galant zu.

»Ach, das hätten Sie nicht sagen dürfen«, protestiert sie. »Erst war ich einzig, und jetzt packen Sie mich wieder in Ihre Gruppe zu all diesen armen Wesen mit ihren Dauerwellen und Lockenwicklern.«

»Ich wollte Ihnen einen Augenblick als Spiegel dienen«, entschuldigt er sich. »Aber wenn Ihnen Ihre Frisur egal ist...«

Sie dreht sich etwas weiter zu ihm hin und hebt die Hände zu ihrem Haar, streicht es sich mit ein paar präzisen Griffen zurecht, als würde sie in einen Spiegel sehen.

»Ist ja gut«, sagt sie, »auch das Haar ist wichtig. Aber ich gehöre zum gebildeten Typ, für mich kommt vor allem anderen Pordenone.«

»Nur zu richtig«, meint Mr. Silvera zustimmend und zieht wieder seinen Geldbeutel hervor, weil der Ober gekommen ist, um sich den Kaffee bezahlen zu lassen.

Und einen Augenblick lang ist alles unentschieden, als wäre die Münze von vorhin erst jetzt auf dem Höhepunkt ihrer Parabel angelangt. Dann muß einer der beiden wieder gewonnen haben (obwohl es nicht klar ist, wer), denn die Unbekannte bekommt ganz beiläufig den Vorschlag gemacht, den Kreuzgang von Santo Stefano zu besichtigen, den Pordenone gegen 1530 mit Fresken ausgemalt hat.

»Das wußte ich nicht, ich habe ihn nie gesehen.«

»Es sind Allegorien, Putten, biblische Gestalten ... In ziemlich schlechtem Zustand, um die Wahrheit zu sagen.«

»Und Sie führen Ihre Touristen dahin?«

»Nie. Das eignet sich nicht für den Plural.«

Sie stehen auf und machen sich zwischen den bunten Flecken der Stadt auf den Weg, Seite an Seite dahintreibend, aber so, als könnte von einer Minute zur anderen eine leere Dose, ein Ruder, ein blaubemalter Pfahl sie ganz leicht und endgültig trennen.

3.

Es ist nicht nur ein – sagen wir – sentimentaler Impuls, der mich im Geist nun fast Meter für Meter jenen ungefähr halben Kilometer abschreiten läßt, der den schicksalhaften Campo S. Bartolomeo von dem rätselhaften Kreuzgang von Santo Stefano trennt. Mein vorrangiger Beweggrund ist wieder der, jede kleine Einzelheit verstehen, nachprüfen, beweisen zu müssen. Was würde ich nicht darum geben, hätten die CIA, das KGB uns unter ständiger Bewachung gehalten, heimlich mit ihren versteckten Telekameras alle unsere Bewegungen gefilmt, alle unsere Gesten, Blicke, Mienen aufgezeichnet, so daß ich jetzt in einem halbdunklen Raum sitzen und das in Zeitlupe laufende Expertenteam mit stählernem Blick und dicken Zigarren, das mir barsch kritische Fragen stellen würde.

»Warum drehen Sie während der ersten zweihundert Schritte mehrmals den Kopf zu ihm hin?«

»Einfach aus Höflichkeit. Er redete, und ich –«

»Das ist nicht wahr! Sehen Sie selbst: hier... hier... und hier wieder, weder Sie noch der Silvera reden. Er hat die Hände in den Taschen seines alten Regenmantels, paßt auf, um nicht mit den Passanten zusammenzustoßen, und sagt kein Wort.«

»Vielleicht war es, weil mich seine Art, sich unter den Leuten zu bewegen, neugierig machte. Sehen Sie? Er hält den Kopf hoch und schaut in die Ferne, und doch gelingt es ihm, jede Berührung zu vermeiden. Sein Schritt ist fest und regelmäßig, aber er nützt millimeterfeine Ausweichmöglichkeiten, um immer den Abstand zu den anderen zu wahren. Oder vielleicht sind es die anderen, sehen Sie das, die ihm ausweichen, die ihn umspülen wie eine Klippe in einem Strom.«

»Und Sie wollen behaupten, das sei es gewesen, was Ihr Mißtrauen geweckt hat?«

»Ich habe nur gesagt, daß es mich neugierig machte. Er ließ mich an jemanden denken, der es gewohnt ist, durch Menschenmengen zu schreiten, ich stellte ihn mir vor, wie er zügig und unberührbar durch einen verwinkelten Suk ging.«

»Eine naheliegende Vorstellung bei seinem Beruf.«

»Aber ich stellte mir... das Gegenteil vor. Ich dachte, er mache diese für ihn so unpassende Arbeit gerade, weil –«

Die Experten mustern mich mit ihren Stahlaugen, kauen auf ihren Zigarren herum, aber keiner kommt mir entgegen, keiner hilft mir, mich klarer auszudrücken. Sie haben den Verdacht, daß eine Ermunterung von ihnen, diese meine erste, ganz vage »Vorstellung« deutlicher zu bestimmen, von mir als Bestätigung aufgefaßt werden könnte. Und es ist klar, daß sie nicht unrecht haben. Es ist auch klar, daß niemand bereit ist, mir irgendetwas zu bestätigen.

»Übrigens«, stellen sie die nächste Frage, »warum

durch einen verwinkelten Suk? Warum nicht zwischen den Ladentischen von Mark & Spencer oder der Rinascente?«

»Ich weiß es nicht. Damals mußte ich eben an Orte wie Bagdad, Antiochien, Smyrna denken.«

»Und nicht an ein Ghetto? Von Amsterdam, Krakau oder Venedig selbst? Auch dort gab es verwinkelte Labyrinthe, buntgescheckte Menschenmengen.«

»Vom Ghetto von Venedig hat er mir später gesprochen. Er hat mir erzählt, daß es das erste war, das so hieß und dann allen anderen diesen Namen gegeben hat. Dort war nämlich ein ›getto‹, das heißt, eine Gießerei.«

»Ein gewissenhafter Fremdenführer«, kommentieren meine Prüfer und zeigen auf den Bildschirm: wo »der Silvera«, während wir den rechteckigen Campo Manin überqueren, es nicht versäumt, mich auf das Bronzedenkmal des großen Parioten hinzuweisen und links auf die Calle della Vida, von der aus man zum Palazzo Contarini del Bovolo mit seiner berühmten Treppe gelangt.

Ihre Ironie ist zu durchsichtig, zu grob, um mich einzuschüchtern.

»Reden wir deutlich«, sage ich. »Ich leugne nicht, daß der ›touristische‹ Zweck des Spaziergangs von Anfang an ein Vorwand war. ich bestreite nicht, daß diese Besichtigung eines Kreuzgangs von mittelmäßigen architektonischem Interesse mit Fresken eines zweitrangigen Malers und zudem noch in schlechtem Zustand eine gute Dosis von Vortäuschung enthielt: bei ihm, als er den Vorschlag machte, und bei mir, als ich ihn annahm. Doch was mich betrifft –«

»Was Sie betrifft, interessiert uns nicht, meine Liebe. Die Gründe, warum Sie den Vorschlag annahmen, sind nur zu offensichtlich. Und banal, wenn Sie erlauben. Nein, der eigentliche Punkt ist ein anderer, und Sie wissen das sehr gut. Der Punkt ist: hatten Sie keinen Verdacht, daß die Gründe des Silvera ganz andere sein könnten?

Haben Sie sich nicht gefragt, ob diese galante Vortäuschung nicht wieder selbst eine Vortäuschung sein könnte und ob er nicht andere Zwecke verfolgte? Ist nicht eben das (sehen Sie nicht uns an, sehen Sie auf den Film) der Zweifel, der in Ihren Augen zu lesen ist, als Sie durch die Calle della Màndola gehen?«

Das belebte Gäßchen auf dem Bildschirm, durch das wir jetzt gehen, ist in der Tat die Calle della Màndola. Aber ich würde nicht sagen, daß in meinen Augen irgendein besonderer Zweifel zu lesen wäre. Ich habe gerade den Mund wieder geschlossen, und mein Ausdruck ist eher forschend, so als hätte ich eine Frage gestellt. Auf die jetzt Mr. Silvera, während er mich am Arm nimmt, um mich durch das Gedränge zu führen, mit kurzen und etwas geistesabwesenden Sätzen antwortet, halb verlegen, halb ironisch, würde man meinen, seinen Lippenbewegungen und seinem feinen, mehr denn je grashalmfeinen Lächeln nach zu urteilen. Die Hand, die mich zart am Ellbogen hält, löst sich hin und wieder, um eine Geste anzudeuten, die Unschlüssigkeit einer Silbe zu verlängern: »Ah ...«

Ein nicht zu leugnender, fast muß man sagen banaler Kloß im Hals verzögert meine Antwort an die Experten, die mich fragen:

»Erinnern Sie sich, was er Ihnen hier sagte?«

»Nein ... Oder vielleicht doch, ich glaube, doch ... Während unserer Unterhaltung im Café hatte ich ihm nämlich nicht die üblichen Komplimente wegen seines fehlerlosen Italienisch gemacht, nicht die üblichen Fragen gestellt, wie er es gelernt habe und so weiter. Aber ich hatte versucht, vom Italienischen ins Englische und dann ins Französische zu fallen (die einzigen Fremdsprachen, die ich ohne Schwierigkeiten spreche), mit der undeutlichen Absicht, ihn zu zwingen, sich irgendwie zu verraten. Ein absurder Versuch, da ich ja nicht einmal wußte, welches seines Muttersprache war. Holländisch oder Deutsch oder vielleicht Portugiesisch? Schließlich habe ich es ihn dann unterwegs gefragt, und es war, glaube ich, als wir an einem Laden mit alten Büchern vorbeikamen.«

Der Film wird schnell zurückgespult und bringt uns wieder vor die alte Libreria della Màndola, wo sich im Schaufenster unter einem Schild FOREIGN BOOKS in staubigen, poliglotten Reihen Bände anhäufen, die Generationen von Ausländern hier zurückgelassen haben.

»Ja«, bestätige ich und zeige auf unsere sich im Schaufenster spiegelnden Gestalten und meine Gebärde zu dem Schild hin, »hier war es, hier habe ich ihn gefragt. Ich habe ihn auch gefragt, welche anderen Sprachen er noch spreche. Aber er hat mir eine ausweichende Antwort gegeben. Seine Familie sei sehr verzweigt, sagt er; er sei in verschiedenen Ländern aufgewachsen, bei Verwandten, die alle möglichen Sprachen gesprochen hätten; und bei seinem mimetischen Talent (er erzählte mir, er sei eine kurze Zeit mal Schauspieler gewesen, mit einer kleinen Brooklyner Truppe auf Tournee an der East Coast) sei er schließlich ›rather babelic‹ geworden, so drückte er sich aus, ziemlich babylonisch.«

Der Film läuft wieder vorwärts, und wir befinden uns nun an der Mündung des Gäßchens am Campo Sant'Angelo, auf dessen anderer Seite die Kirche Santo Stefano liegt. Mein Begleiter scheint mit seiner Erklärung fertig zu sein.

»Und so ist es ihm gelungen, Ihnen nicht zu sagen, wer er war, von wo er war und was er wirklich machte. Trifft das zu?«

»Ich habe selbst zugegeben, daß er mir ausweichend antwortete.« Ich verliere die Geduld, während Mr. Silvera mich auf den hohen Glockenturm von Santo Stefano aufmerksam macht, wahrscheinlich um mich davon in Kenntnis zu setzen, daß er der schiefste von ganz Venedig ist. »Ich habe auch zugegeben, daß wir die Fremdenführerkomödie zu zweit aufführten, und wenn Sie auch meine Banalitäten nicht interessieren, kann ich hinzufügen, daß sie mir Spaß gemacht hat. Mir machte die Vorstellung Spaß, einen Professionellen zu meiner ausschließlichen Verfügung zu haben: wie einen Gondoliere gemietet, sozusagen. Ja, einen Augenblick lang ... nur einen Augenblick, wohlverstanden ... kam es mir in den Sinn, daß ich ihn am Schluß der Führung eigentlich ohne weiteres entlohnen könnte. Im Grunde war ich schon wegen dieser Münze in seiner Schuld, auch wenn sie falsch war. Und ich war sicher, daß er deswegen nicht beleidigt wäre, sich nicht gedemütigt fühlen würde, denn ich beurteilte ihn als einen Mann, der über gewissen Dingen stand.«

»Ein schöner Satz, der genau einen geschickten Schmarotzer beschreibt, einen Typ, der es gewohnt ist, sich von Frauen aushalten zu lassen und dabei so tut, als würde er ihnen damit wer weiß welches Vorrecht gewähren. Und was seine Kompetenz als Fremdenführer angeht ...«

Die bösartige Andeutung bleibt in der Luft hängen. Wir sind an der Santo Stefano-Kirche angekommen, und als wir durch das hohe Portal in reichverziertem gotischem Stil (aus der Werkstatt von Bartolomeo Bon) gehen, bricht der Dokumentarfilm ab.

*

Die Tür zum Kreuzgang im linken Seitenschiff war verschlossen, und der Küster war nicht da; ein sehr alter Priester, der vorüberkam, breitete hilflos die Arme aus. Mr. Silvera wußte aber von einem anderen Eingang. Der Kreuzgang, erklärte er mir, gehört zu dem an die Kirche angeschlossenen früheren Kloster, in dem heute die Verwaltungsräume des Pionierkorps untergebracht waren, und wenn er sich recht erinnerte, konnte man auch von dort hinein.

Er erinnerte sich recht. Wir traten wieder auf den Campiello Santo Stefano hinaus, überquerten wieder den Rio Sant'Angelo, und als wir rechts abbogen, befanden wir uns vor den Stufen zu einem anderen Portal, dieses im Stil des Cinquecento, aber mit zeitgenössischen Amtsschildern versehen (darunter, bemerkte ich, ein Amt für Kriegsschäden). Ein Soldat und zwei Zivilpersonen kamen heraus, und eine Angestellte mit einem Aktenbündel ging hinein. Auch wir traten ohne Schwierigkeiten ein.

Der Kreuzgang war quadratisch und architraviert, mit nüchternen ionischen Renaissancesäulen und einem alten Brunnen in der Mitte. Ich sah mir nacheinander die vier Seiten an. In dem Gang hinter den Säulen waren leere Wände, deren Verputz von Feuchtigkeit fleckig geworden war und da und dort abblätterte. Über den Säulen befanden sich in meterhohem Abstand auf der gelblich verputzten Wand zwei Fensterreihen. Eine war halb geöffnet, und es drang Schreibmaschinengeklapper zu uns herunter.

Ich sah noch einmal prüfend in die Runde, registrierte zwei Mülltonnen, einen an die Wand gelehnten Besen. Aber keine Fresken oder nichts, was an Fresken erinnert hätte, waren auf irgendeiner Wandfläche des Kreuzgangs von Santo Stefano zu erkennen.

Ein Telefon klingelte, entschärft und kläglich in der Entfernung. Ich drehte mich ratlos nach Mr. Silvera um. »Ah ...« sagte er.

4.

Mehr enttäuscht als verwundert gibt Mr. Silvera nicht die geringste Erklärung für seinen Irrtum, versucht in keiner Weise, ihn zu rechtfertigen. Tatsächlich macht er (wie er seiner Gefährtin gesteht, die verlegener scheint als er) oft solche Schnitzer, er ist ein unverbesserlicher Konfusionsrat.

»Aber diesmal«, sagt er, als sie zum Ausgang zurückgehen, »trete ich im Ernst als Reiseleiter zurück.«

Draußen vor dem Portal, als sie die vier Stufen hinuntergestiegen sind, bleibt er stehen und wendet sich ihr zu, als wolle er ihr jetzt die Hand geben.

»Ich bitte Sie aufrichtig um Verzeihung«, sagt er. »Aber sehen Sie, was passiert, wenn man nichtautorisierte Führer nimmt? Wenn wir uns wieder einmal begegnen, müssen wir alle beide vorsichtiger sein.«

»Aber hören Sie...« sagt sie.

Sie hat automatisch die Tasche von der rechten in die linke Hand genommen, entschließt sich aber nicht, sich zu verabschieden. Sie betrachtet die Spitzbogenfassade aus dem Quattrocento des Palazzo Duodo, das Kommen und Gehen der Leute auf der Fratibrücke, eine Taubengruppe auf der Brüstung. Schließlich tut sie einen Schritt, dann noch einen, auf die Brücke zu.

»Aber hören Sie«, sagt sie und zwingt ihn so, ihr zu folgen. »Diese Fresken, die Sie meinen, wenn sie da nicht sind, müssen sie doch irgendwo anders sein? Wir könnten sie ja immer noch suchen gehen. Jedenfalls bin ich Ihre Reisegruppe, und ich nehme Ihren Rücktritt nicht an. Ich schlage Ihnen dafür ein Glas Wein vor, einen Schatten, wie sie hier sagen, und ein paar belegte Brötchen dahinten in der Osteria in der Calle dei Frati. Wissen Sie, daß dort einmal die alte Scuola di Santo Stefano war?«

Mr. Silvera bedeckt mit den Händen sein Gesicht, lacht, nimmt sie wieder am Ellbogen.

»Sie wollen wirklich haushoch gewinnen«, sagte er.

*

Es sind dann zwei »Schatten« geworden, ein gut gekühlter Weißwein, ideal bei dem Wetter, das sie inzwischen haben. Über dem Campo Morosini, dem weiten Platz, über den sie jetzt schlendern, ist keine einzige Wolke mehr; das Marmordenkmal von Niccolò Tommaseo leuchtet in strahlendem Sonnenschein. Es ist warm wie im Sommer.

»Und es ist noch nicht einmal Mittag«, sagt die nicht mehr unbekannte Dame, die sich inzwischen förmlich mit Vornamen, Nachnamen und sogar Kosenamen »für die Freunde« vorgestellt hat.

Mr. Silvera hat sich seinerseits als David Ashver Silvera vorgestellt. Kosenamen oder Übernamen (aber hat er hier nicht vielleicht einen Augenblick gezögert?) hat er bei seinem Wanderleben nie gehabt, es war einfach nie genug Zeit, um welche zu bekommen.

Sie bleibt in der Mitte des Platzes stehen, legt die Handtasche zu Füßen von Tommaseo ab und zieht sich die Jacke aus, um sie sich um die Schultern zu legen.

»Um diese Zeit jetzt«, sagt sie, »müßte Ihr Schiff mindestens schon am Piräus sein. Wer weiß, wie herrlich das jetzt da unten ist, bei diesem Wetter!« ›con questo tempo‹ wiederholt sie auf italienisch.

Mr. Silvera wendet ein, »il tempo« (»the weather«, übersetzt er, nicht »the time«) »è immateriale«.

»Sie meinen irrelevant?« verbessert ihn seine Gefährtin. »*Immateriale* hat für uns nicht dieselbe Bedeutung wie im Englischen.«

Die fallen der italienischen Sprache, entschuldigt er sich, man sieht, das ist heute wirklich nicht sein Tag. Aber, und das sagt er jetzt nicht, um sie wieder unter die gewöhnlichen Touristen zu packen: Findet sie nicht auch, daß diese Beschäftigung mit dem schönen oder schlechten Wetter nachgerade zwanghaft geworden ist? Alle verfolgen ängstlich das Barometer und das Thermometer, alle haben dauernd die Wettervorhersage im Kopf, als handle es sich um eine Frage von Leben oder Tod, und wehe, wenn Bewölkung oder Niederschläge angekündigt werden.

»Dabei kann Regen wunderschön sein«, sagt er, »und auch der Wind, die Wolken, der Nebel. Finden Sie nicht?«

Sie holt eine große Sonnenbrille aus der Handtasche und setzt sie auf. Hebt den Kopf, um ihn zerknirscht hinter den blauen Gläsern hervor anzusehen, während sie wieder weitergehen.

»Also gut, nieder mit den Barometern«, sagt sie und läßt sich wie eine Blinde in den Schatten der Calle dello Spezier führen. In der Calle del Piovan bleibt sie wieder stehen, um Mohammed II. zu betrachten, der auf dem Basrelief an der Fassade der Scuola degli Albanesi das Schloß von Scutari betrachtet. »Trotzdem«, kommen ihr nun Bedenken, »ich weiß nicht, vielleicht ist das mit der Sonne für eine Frau anders. Wir sind darin eher wie Tiere.«

»Ah«, lacht er, »aber das gibt Ihnen noch nicht das Recht, schlecht vom Regen zu reden!«

»Gott behüte! Und auch nicht vom Nebel. Ich wollte nur sagen, daß Tourismus und Freizeit nicht notwendig mit meiner Vorliebe für solch einen Vormittag zu tun haben.«

Mr. Silvera hat den erneuten Halt ausgenützt, um den Regenmantel auszuziehen, den er sorgfältig zusammenfaltet.

»Mit Ihnen dabei ist solch ein Vormittag in jedem Fall vollkommen«, sagt er mit betonter Galanterie und nimmt sie wieder beim Arm. »Es ist wirklich unzulässig, daß ich Sie hier Konversation über das Wetter machen lasse wie ein Handbuch der Berlitzschule.«

Sie muß lachen.

»Um die Wahrheit zu sagen«, meint sie, »ich war es, die angefangen hat.«

Aus der Sonne auf dem Campo S. Maurizio treten sie in das Dunkel eines Gäßchens, dann eines Plätzchens und dann wieder hinaus in die Sonne vor S. Maria Zobenigo, auch del Giglio genannt. Das große Hotel rechts hinten ist ihres, und es tut ihr jetzt doppelt leid, das während des Essens erwähnt zu haben.

Einerseits war es nämlich eine richtige dumme Taktlosigkeit, über die sie errötet ist, als er dafür ein unbekanntes Hotelchen (oder wahrscheinlich eine ärmliche Pension) in der Gegend von S. Giovanni in Bragora nennen mußte.

Doch jetzt besteht die Gefahr, daß er, als der unzuverlässige Reiseleiter, der er ist, sie freundlich zum Hotel hinüber führt und sie dort einfach abliefert. Das ist ihm durchaus zuzutrauen, denkt sie gereizt, plötzlich gekränkt durch seine zur Schau getragene Distanziertheit, durch seine eigensinnig klischeehaften Komplimente.

Mr. Silvera biegt tatsächlich nach rechts ab, auf das Hotel da hinten zu, das sie nicht anzublicken sucht.

»Es hieß *Basilissa tou Ioniou*, denken Sie nur«, sagt er ihr in intimem, fast komplizenhaftem Ton, als zöge er sie nun endlich wirklich in sein Vertrauen. »die *Königin des Ionischen Meers*!«

»Das Schiff nach Korfu?«

»Nach Korfu, Patras, Athen, Saloniki und so weiter ... Aber es ist nicht wahr, daß ich meine Gruppe einem anderen Reiseleiter übergeben sollte.«

»Ich verstehe nicht«, sagt sie verblüfft, die Augen hebend, sich zu ihm hinwendend, um ihn anzusehen. »Sie wollen doch nicht sagen –«

Sie wird durch das Getrampel einer kleinen Menschenmenge unterbrochen, die kompakt und hastig aus dem gegenüberliegenden Gäßchen hervorbricht. Und im selben Augenblick merkt sie, daß seine jetzt vertraulicher an ihren Arm gepreßte Hand sie eben dahin schiebt und nicht zum Hotel, das weiter links liegt.

Das Gäßchen führt zum Landungssteg von S. Maria del Giglio, wo die Vaporetti der Linie 1 anlegen.

»Kommen Sie«, sagt Mr. Silvera und führt sie zwischen den eben Ausgestiegenen hindurch, die sich immer noch in dem engen Schlauch drängen.

Als sie auf den Steg hinaustreten, ist der Vaporetto schon wieder abgefahren, doch aus der entgegengesetzten Richtung kommt gerade ein anderer an.

»Nach San Marco und Lido«, ruft der Fahrscheinverkäufer.

»Kommen Sie«, wiederholt Mr. Silvera und führt sie

über den Landungssteg aufs Schiff zu einer Reihe freier Sitze im Bug. »Es macht Ihnen doch nichts aus, wenn Ihre Haare ein bißchen zerzaust werden?« sagt er, als sie Platz genommen haben. »Ich gestehe Ihnen, daß das eigentlich der Zweck unserer Schiffahrt ist. Ich möchte Sie gerne ungekämmt sehen.«

»Ah. Dann waren also alle diese Komplimente über meine schöne Frisur unehrlich? ... Aber das ist jetzt gleich. Was ich Sie gerade fragte, war ... Sie haben gesagt, Sie sollten Ihre Kreuzfahrtteilnehmer gar nicht einem anderen Reiseleiter übergeben. heißt das, daß auch Sie auf dieser Basilissa an Bord hätten gehen sollen?«

»Ja. Tatsächlich war ich sogar schon an Bord gegangen, hatte sie untergebracht und alles. Aber im letzten Augenblick konnte ich einfach nicht anders, ich habe wieder meinen Koffer genommen und bin ausgestiegen.«

»Aber warum?«

»Ah ...« sagt er.

Der Vaporetto hat sich vom Steg gelöst. Sie sieht die dreigeteilte Fassade des Hotels links vorübergleiten, während der Fahrtwind anfängt, ihr die Haare zu zerzausen, und denkt, daß diese Linie 1, »Piazzale Roma – Lido«, sie in Wirklichkeit sehr weit fortträgt, viel weiter, als irgendein Hafen der Adria oder auch des Ionischen Meers oder der Ägäis entfernt liegt.

Neben ihr sitzend, in seinem losen Tweedjackett, mit den etwas gekrümmten Schultern und seinem klaren Medaillenprofil, erscheint ihr Mr. Silvera wieder genau so, wie sie ihn gestern zum ersten Mal auf dem Flug Z 114 umgeben von seiner lärmenden Reisegruppe gesehen hat.

»Eine besonders lästige Gruppe, hatte ich den Eindruck?« scherzt sie etwas ratlos, ohne sich zu trauen, weitere Fragen zu stellen.

Er hat jetzt einen freieren, fröhlicheren Ausdruck, als hätte ihm dieses Geständnis eines Schülers, der die Schule schwänzt, eine Last von der Seele genommen.

»Nein, nein, das waren die Armen überhaupt nicht! Übrigens sind sie immer gleich, wissen Sie. Sie sind immer alle wie Kinder.«

»Und kleine Mädchen. Es war eines dabei, hinter Ihnen, das hat keinen Moment die Augen von Ihnen gewandt.«

Sie lachen beide. Eine Hand auf ihr Haar legend, während der Vaporetto auf das Ufer der Salutekirche zusteuert, zeigt sie mit der anderen nach vorn:

»Look, look! ... The Salute, the Dogana, the San Giorgio Maggiore! ... Look, Mr. Silvera!«

»The bacino di San Marco«, verkündet er, als die Linie 1, ihr Zickzack durch den Kanal fortsetzt und sie wieder auf das Schiavoniufer zufährt. Er wendet sich ihr zu, um sie anzusehen, und faßt sie zart am Handgelenk, um ihr die Hand vom Haar zu nehmen.

»Aber Sie wollen mich wirklich ganz zerzaust«, protestierte sie. »Schließlich gibt es Konventionen zwischen Personen, die sich einander gerade erst vor kurzer Zeit vorgestellt haben ... wie lange ist das her?« fragt sie und versucht, auf die Uhr zu sehen, ohne ihr Handgelenk zu befreien.

»Il tempo«, sagt Mr. Silvera, »è immateriale.

*

Sei sind an der Haltestelle am Arsenal ausgestiegen, gehen die stillen, fast verlassenen Kanalstraßen des Rio die S. Martino entland, dann durch ein Labyrinth von Gäßchen, die sie unversehens wieder zurück, zum Campo Bandiera e Moro, bringen. Sie bemerkt, daß man in dieser Gegend am Ende immer wieder auf diesen Platz kommt, wenn man den Weg nicht gut kennt. Mr. Silvera übernimmt für einen Augenblick wieder sein Fremdenführeramt, um sie zu informieren, daß dieser Platz einmal della Bragola hieß. Der Name ist dann nur der Kirche geblieben, aber in Bragora abgewandelt.

»Ach ja, San Giovanni in Bragora«, sagt seine Gefährtin.

Aber sie wußte das ja genau, sie wußten es beide genau, daß sie, als sie am Arsenal ausstiegen, in die Gegend von S. Giovanni in Bragora kommen würden. Wo, so schwierig es auch wiederzufinden ist, das Hotelchen liegt, in dem er gestern nach dem Verlassen der Basilissa abgestiegen ist. Sie biegen wieder in die Calle del Pestrin ein, gehen dann noch einmal in Richtung S. Martino.

»Ah, da ist es ja, sehen Sie?« sagt er an der Ecke eines Gäßchens.

Das Gäßchen endet in grünlichen Stufen, die zum Wasser eines engen Kanals hinunterführen. Rechts ist ein zerschundenes Haustor mit dem Schild: »Pensione Marin«.

»Da, sehen Sie? Von außen betrachtet ist es ziemlich heruntergekommen, aber innen ist es gar nicht so schlecht...« sagt er, während sie eintreten. »Im Aufenthaltsraum gibt es sogar ein Sofa und alte Sessel und ein Regal mit alten Büchern.«

»Ah, gut.«

Die Wirtin, die eingeklemmt hinter der Kasse sitzt, hebt kaum den Blick, als ihr Gast von gestern abend den Schlüssel holen kommt. Im Aufenthaltsraum ist niemand.

»Und es gibt auch einen Aufzug«, sagt Mr. Silveras Begleiterin mit einer Stimme, von der sie nicht mehr wußte, daß sie ihr gehört. Auf dem Zimmer legt sie die Handtasche aufs Bett und geht zum Fenster, blickt auf den einsamen Kanal hinunter und die zerbröckelnde Mauer gegenüber, die Grasbüschel und die Marmorstücke zwischen den Ziegelsteinen.

»Wirklich gar nicht schlecht«, sagt sie, ohne sich umzudrehen, mit dem Rücken an Mr. Silvera gelehnt, der ihr die Jacke abgenommen hat und ihr jetzt behutsam die Brille absetzt.

Auch wenn ich, wie man sagt, ein gewisses

1.

Auch wenn ich, wie man sagt, ein gewisses Temperament habe, bin ich immer eine eher zurückhaltende, vorsichtige Frau gewesen, alles andere als leicht zu erkennen (im biblischen Sinn). Deshalb hätte mir die Tatsache, daß ich, wie man ebenfalls sagt, »mich ihm hingegeben« hatte – zwei Stunden lang mich ihm ununterbrochen hingegeben hatte, in diesem ärmlichen Hotelzimmerchen, auf diesem schmalen Bett –, nachdem ich ihn kaum zwei Stunden kannte –, hätte mir also die Tatsache unerhört scheinen müssen. Nachgerade ein Weltuntergang.

Und ich sage nicht, daß es nicht so war, daß ich nicht daran dachte, als wir dann wieder zum Schiavoniufer gingen. Ja, ich war so in mein Staunen versunken, daß ich erst, als wir aus den Gäßchen wieder auf dem Campo Bandiera e Moro hinaustraten, mir über etwas noch Merkwürdigeres Rechenschaft gab. Wir gingen nämlich Hand in Hand, stellte ich völlig verblüfft, gerührt, ungläubig fest. Das heißt, eigentlich nicht richtig Hand in Hand: er ging ein wenig vor mir und führte mich an der Hand wie ein kleines Mädchen. Aber es war trotzdem eine unglaubliche Sache, eine Situation, von der ich mir nie hätte träumen lassen, daß sie mir mit irgend jemandem zustoßen könnte, während sie mir mit ihm gleich so selbstverständlich vorgekommen war, daß ich sie anfangs nicht einmal bemerkt hatte.

»Hi, you«, lachte ich.

Wir hatten, danach, angefangen, Englisch zu sprechen, weil es schwierig war, zum Du überzugehen, und es doch seltsam gewesen wäre, uns zu siezen.

Ich zeigte ihm, als er sich umdrehte, unsere verschränkten Hände und alle die Leute, die uns hätten ansehen können, obwohl uns in dem Augenblick keiner ansah.

Ich sei nicht mehr fünfzehn Jahre alt, erklärte ich ihm. Vielleicht sei ich schon ein paar über dreißig.

»So what?« antwortete er, ohne stehenzubleiben. Wenn es darauf ankäme, dann müsse er über zweitausend sein. Und wenn schon?

»Aber hör doch...« sagte ich. Und wenn er nicht unverzüglich stehengeblieben wäre, um mich zu umarmen und zu küssen, da, mitten auf dem Campo Bandiera oder della Bragola oder was sonst, hätte ich nicht einmal gemerkt, daß ich zum Du übergegangen war.

Vielleicht sah uns diesmal wirklich jemand an, aber ich kann nicht sagen, daß ich verlegen gewesen wäre. Ich hatte im Gegenteil das Gefühl, wunderschön zu sein. Ein bißchen mitgenommen vielleicht, aber wunderschön. Von mir aus konnten sie mich ansehen, soviel sie wollten.

Von San Francesco della Vigna schlug es drei. An der Ecke zur Calle del Doge war ein Obststand.

»Kaufst du mir was?« fragte ich.

»Yes, Madam. Alles, was du willst. Äpfel, Mandarinen, Trauben?«

»Trauben.«

»Trauben für die schöne Dame«, sagte er zu der Obstverkäuferin.

»Schöne Dame, wunderschöne Trauben«, sagte die Obstverkäuferin und wog zwei ganz helle Trauben ab.

Wir wuschen sie an dem Brünnchen und gingen hinaus an das noch sonnenbeschienene Ufer, wo wir uns auf die Stufen von Santa Maria della Pietà setzten. Vor uns leuchteten die Insel und der Turm von San Giorgio in scharfgeschnittener Eleganz; links erstreckte sich der Lido als feiner verschwommener Streifen; das Waser und der Himmel waren perlfarben, die Trauben köstlich. Von einem Gondelzug, der in den Rio dei Greci hineinglitt, drangen Mandolinenakkorde zu uns herüber.

Großer Gott – dachte ich plötzlich –, wär' es möglich, daß alles nur passiert ist, weil...? War es vielleicht nur der Zauber hier, der...? Weil wir hier...?

Unmöglich. So jung und wunderschön ich mich auch fühlte, hatte ich doch nicht mehr, oder noch nicht, das geistige Alter, um diesen Verführungen zu unterliegen, diesen Verführungen von Venedig – Perle-der-Lagune, Venedig – Stadt-der-Liebenden, Venedig – Inspiration-von - Byron-Browning-Ruskin-Turner-Bonington-Barrès-Mann-D'Annunzio, ohne Bernard Berenson mitzuzählen. Vor allem war ich einfach nicht der Typ dazu.

Und der Beweis war, sagte ich mir, als ich wieder an die nichtigen Diskussionen des gestrigen Abends bei Raimondo dachte, daß ich auch keinerlei Drang verspürte, über Venedig – von-den-Massen-überlaufen-und-zum-Pizza-Saloon-gemacht, zu lamentieren, daß mir nicht die Tränen kamen über Venedig mit seiner zum Platzen vollen Harry's Bar und seinen falschen Festen, seinen unpassenden oder scheußlichen Ausstellungen, seinem gräßlichen, künstlich wiederbelebten Karneval.

Ich war einfach eine berufstätige Frau, die aus beruflichen Gründen oft nach Venedig kam, ohne Vorurteile oder Illusionen über die Stadt; und die nur durch Zufall hier (aber war ich sicher, daß es auch in Gallarate oder, sagen wir, Bethnal Green passiert wäre?) wegen jemandem den Kopf verloren hatte.

Ich sah den Jemand an, dessentwegen ich ihn verloren hatte.

»Ich habe gerade gedacht...« sagte ich.

Ich wollte ihm das von Bethnal Green sagen, aber er wandte sich mir eine Sekunde zu spät zu, um mir zuzulächeln. Er hatte aufgehört, seine Traube abzuzupfen, und fixierte mit einem Ausdruck, der mich vor Schreck erstarren ließ, ein Motorschiff, das nicht weit von uns vertäut war. Ich hatte die sichere Empfindung, daß er vorhatte, noch an diesem Tag fortzureisen: vielleicht sogar mit diesem Schiff da oder mit einem anderen oder mit dem Zug oder auch mit irgendeinem Flugzeug, jedenfalls fortzureisen.

Von mir fort?

Nur die außergewöhnliche Freundlichkeit, mit der er mir zulächelte, gab mir den Mut zu scherzen.

»Ich habe an die Gondeln gedacht. Ich habe mich gefragt, ob wir in unserem Fall nicht gesetzlich verpflichtet wären, eine zu mieten. Gewisse Dinge werden hier sehr genau genommen.«

»Nun«, sagte er, »wir werden einen Strafzettel riskieren müssen. Denn ich habe daran gedacht, dieses Schiff dort zu nehmen.«

Ich schluckte mühsam.

»Dieses Schiff dort ... Mit mir?«

»Mit wem sonst?«

»Aber ich ... Aber wann fährt es ab? Wohin fährt es? Weißt du das?«

»Da steht es«, sagte er und zeigte auf einen Kiosk neben dem Landungssteg. »Und übrigens, wer weiß? Wenn wir statt einer Gondel das da nehmen, lassen sie vielleicht trotzdem Gnade walten.«

An dem Kiosk stand: »Lagunenverkehr. Linie 25 Venedig-Chioggia.« Ein Schild darunter kündigte die nächste Abfahrt für 15.20 Uhr an. Das Motorschiff hieß ich weiß nicht mehr wie.

*

»Wird dir nicht kalt sein?« fragte er.

»Nein, es ist hier sehr angenehm.«

Wir saßen oben auf dem Achterdeck, und der Fahrtwind erreichte uns hier gemildert und lau unter einem Himmel und über einem Wasser, die perlfarbener waren denn je. Auf halber Höhe strahlte die Sonne über Fusina. Mädchen in Strandanzügen winkten uns vom Schwimmbad Ciprianis auf der Giudecca, während das Schiff in den Kanal della Grazia einbog und seine Fahrt auf die offene Lagune zu beschleunigte.

»Man kann ganz schön weit fahren mit diesem Lagunenverkehr«, sagte ich, »aber wie kommen wir wieder zurück?«

Ich erzählte ihm von dem Cocktail im Palazzo Priuli, zu dem ich nicht zu spät kommen durfte. Er sagte, auf dem Rückweg könne man die Fähre nach Pellestrina nehmen und dann einen Bus bis zum Lido, wenn er sich recht erinnere. So gehe es viel schneller, erklärte er mir.

»Und dann?« entschied ich mich nach einer Pause zu fragen. »Nach dem Lido?«

»Nein. Nach dem Cocktail. Sehen wir uns wieder?«

Er wandte mir einen Augenblick das Gesicht zu, aber dann senkte er die Lider, ohne etwas zu sagen. Ich kramte ein wenig in meiner Handtasche, auf der Suche nach den Zigaretten. Ich zündete mir eine an.

Zwischen den Inseln von della Grazia und von San Clemente, an der Kreuzung zweier Kanäle saßen Scharen von Möven auf den Pfählen im Wasser. Als das Schiff vorüberfuhr, flogen sie sämtlich auf und folgten uns mit kleinen heiseren Schreien.

»David?« sagte ich.

Er nahm eine Zigarette aus meinem Päckchen und drehte sie zwischen den Fingern, ohne sie anzuzünden, während er die Möven beobachtete, die in weiten Kurven, kurzen Steilflügen, plötzlichen Stürzen bald hoch am Himmel, bald dicht über dem Wasser schwebten.

»Ich weiß es nicht«, sagte er. »Vielleicht wäre es besser, wenn wir uns nicht wiedersähen? Weder heute abend noch . . . Aber es erscheint mir schon jetzt unerträglich.«

»Mir auch . . . Aber ich wollte auch nicht, daß wir uns nicht begegnet wären, daß wir jetzt nicht hier wären.«

Er nahm wieder meine Hand.

»Nicht hier zu sein, wäre das Unerträglichste von allem«, sagte er mit diesem besonderen Lächeln, das ihm eigen war.

Wir ließen auch Santo Spirito hinter uns. Das Schiff fuhr nun mitten auf der Lagune, und der Fahrtwind war stärker geworden. Die Sonne sank allmählich. Auf unserem Deck machten die wenigen Touristen, die geblieben waren, noch ein paar Photos – vom Wasser, von den Möven, von der fernen Lidoküste –, dann verschwanden sie einer nach dem anderen die Treppchen hinunter.

»Bist du sicher, daß dir nicht kalt wird?«

»Nein, aber ich möchte lieber hier oben bleiben.«

Er wollte unbedingt, daß ich seinen Regenmantel überzog, er legte mir den Arm um die Schultern. Ich zündete mir noch eine Zigarette an und eine für ihn. Wir saßen, ohne zu reden, bis Poveglia und der Kanal von Malamocco, die Häuser von Alberoni in Sicht kamen. An der Hafeneinfahrt kreuzten wir einen Tanker, der auf die Adria hinausfuhr.

»Diese Königin von dir«, sagte ich, »die Basilissa oder wie sie hieß –«

»Die *Königin des Ionischen Meers*?«

»Ja. Du hast mir vorhin nicht gesagt, warum du sie verlassen hast. Du hast nur ›ah ...‹ gesagt, wie das so deine Art ist, aber dann ...«

Ich hatte auch seine unbestimmte Gebärde nachgeahmt, die er macht, wenn er »ah ...« sagt, und er mußte lachen und drückte mich fester an sich. Dann küßten wir uns – leidenschaftlich, wie man sagt – bis nach San Pietro in Volta. Als wir uns voneinander lösten, waren der Wind und das Motorengeräusch schwächer geworden, die Möven verschwunden, die Sonne war zur Hälfte im Wasser versunken. Die ganze Lagune zu unserer Rechten hatte sich bis zu den fernsten Sandbänken und bis zu den letzten Brackwasserflächen hin kupfergrün und golden, ockergelb, tiefrot verfärbt.

»Look«, sagte ich leise, »look ...«

Ich war schon mehrmals hier mit dem Motorboot vorbeigefahren und hatte nie eine ähnliche Wunderherrlichkeit gesehen. Ich schaute mit angehaltenem Atem. Während die Sonnenscheibe ganz versank, fragte ich mich absurderweise, wieviel er erzielt hätte, wenn man bei Fowke's einen solchen Sonneuntergang hätte verkaufen können. Hundert Milliarden Lire? Tausend? Ich dachte auch, daß ich ihn von David, dem obskuren, mittellosen Gefährten an meiner Seite, umsonst bekommen hatte wie die Münze am Vormittag.

»Thank you«, sagte ich, »Mr. Silvera. Danke schön für den wunderbaren Sonnenuntergang. Merci beaucoup.«

»Bitte schön!« sagte er vergnügt. »Mit dem Sonnenuntergang habe ich mehr Glück gehabt als mit den Fresken.«

»Aber das ist doch auch ein Glück gewesen. Wenn die Fresken da gewesen wären, würden wir vielleicht jetzt immer noch Pordenone angucken. Meinst du nicht?«

»Nein, aber wir hätten das Schiff versäumt«, sagte er, in seine typische, ein bißchen altmodische Galanterie zurückfallend, »und ich hätte dich nicht in diesem Rahmen bewundern können. Auch dieser Sonnenuntergang steht dir ausgezeichnet.«

In dem langen Kanal von Pellestrina fuhr das Motorschiff langsam und fast völlig geräuschlos. Wir streiften beinahe die Häuser und Gemüsegärten der Küste. Rechts begrenzten Pfähle und eine phantastische Reihe von Wracks – veraltete Barken und Lastkähne, Pontons aus verfaultem Holz, alte, halbgesunkene Schiffe – die Fläche der Brackwasserteiche. Dann, als die Farben langsam düsterer wurden und verloschen, war die Insel nur noch ein schmaler dunkler, von hohen Mauerdämmen gesäumter Sandstreifen. Als wir auf die Höhe von Chioggia kamen, brannten auf beiden Seiten, zum offenen Meer und zur Lagune hin, die Hafenlichter schon. Wir durchquerten das Becken, um an der Piazzetta Vigo mit ihrer antiken Säule anzulegen.

*

In dem Hotel an der Piazzetta, wo wir Tee tranken, bestätigte uns der Ober, daß wir mit der Fähre nach Pellestrina und dem Bus nach Venedig zurückfahren könnten. Aber es ging nicht gleich eine Fähre, und wir hätten nicht vor halb neun wieder in Venedig sein können.

»Oder aber Sie nehmen ein Motorboot«, sagte er.

»Oder aber wir bleiben hier«, sagte ich, als er weg war. »Wir könnten uns eine Zahnbürste kaufen und hier zu Abend essen und übernachten.«

Ich sagte es halb im Scherz, aber die kleinste Ermunterung hätte genügt, daß ich Chiara angerufen hätte, um ihr zu sagen, sie solle selbst sehen, selbst machen, und ich sei dann am nächsten Tag zurück.

»Es würde dich doch nicht stören, daß ich zahlen würde?« sagte ich auch. »Ich weiß doch, daß du dir das nicht leisten kannst.«

Es würde ihn überhaupt nicht stören, sagte er freundlich, aber er wolle nicht, daß ich durch seine Schuld einen beruflichen Termin versäume. Wir würden uns dann später wieder treffen, in seiner Pension, wo er ein größeres Zimmer für uns beide nehmen werde. Ob ich das wolle?

Ja, gewiß ...

Gut, er werde jetzt das Motorboot bestellen lassen.

Er rief den Ober und hieß ihn, nach dem Motorboot zu telefonieren, das wir dann an der Mole der Piazzetta erwarteten.

»Also«, sagte er, als mir der Schiffer beim Einsteigen half, »dann nachher bei mir. Komm, wann du willst.«

Ich drehte mich bestürzt um.

»Kommst du denn nicht mit mir?«

»Nein, entschuldige. Ich nehme die Fähre und den Bus.«

»Aber wieso denn?... Warum?

»Weil ich muß... Weil es besser ist, daß... Es ist ein bißchen dasselbe wie mit der *Königin des Ionischen Meers.*«

Der Schiffer sah uns neugierig geworden an, zögerte noch, selbst einzusteigen und die Vertäuung zu lösen.

»Aber du hast mir das nicht erklärt«, sagte ich, »das mit der *Königin des Ionischen Meers*!«

»Ah...« sagte er mit seiner unbestimmten Geste und seinem grashalmfeinen Lächeln. Dann blieb er stehen und winkte mir nach, während das Motorboot mit mir davonfuhr.

2.

Mr. Silvera wandert durch Chioggia, und obwohl er darauf wartet, daß es Zeit für den Bus zum Lido wird, ist sein Gang nicht müßig, nicht ziellos, sein Schritt bleibt der eines Menschen, der keine Zeit zu verlieren hat. Der Rhythmus könnte an den antiker Fußtruppen auf dem Marsch zu einer noch fernen Front erinnern oder auch an eine geduldige, hartnäckige Pilgermenge auf dem Weg zu Wallfahrtsorten jenseits von Bergen, Flüssen, Wäldern. Doch dafür hat Mr. Silvera etwas viel zu Entspanntes, und im übrigen ist es unmöglich, sich ihn in jene Regimente eingegliedert oder in jenen Mengen aufgegangen vorzustellen. Man könnte ihn sich eher in einer Außenposition denken, als eine isolierte, nicht dazugehörige Gestalt im Hintergrund, die zufällig denselben Weg geht, aber auf einer eigenen parallelen Bahn über die Felder.

Die Hauptstraße von Chioggia ist vielleicht einen Kilometer lang. Mr. Silvera schreitet unter den niedrigen Laubengängen, wo sich außer dem Geruch von Fisch und Meer eine fast ununterbrochene Reihe von kleinen Läden mit erleuchteten Schaufenstern staut. Mütter mit drei

Kindern, Mädchenpaare, schlecht rasierte Alte gehen in diese Läden, um ihre kleinen Einkäufe zu tätigen, kommen mit langen Broten, Heften, Hackfleisch für den Hund wieder heraus.

Dieses bescheidene abendliche Gewimmel läßt Mr. Silvera nie gleichgültig, wo auch immer er es zufällig beobachtet. Er weiß sehr genau, bis zum Überdruß genau, daß ihm das nie zugänglich sein wird, und doch überläßt er sich in solchen Augenblicken nicht sehnsuchtsvoll, sondern wie in einer matten, flüchtigen Träumerei der Vorstellung einer bescheidenen, in einem bescheidenen Städtchen verankerten Existenz, unwichtig ob in Italien, in Mexiko, in Finnland, in der Ukraine. Bleiben, sich verkriechen, für niemanden mehr auffindbar sein, sich für immer in ein Räderwerk winziger und immer gleicher Ereignisse einfügen, ausgehen, um Milch zu holen, mit dem Obsthändler plaudern, die Mülltüte in den Keller bringen.

Zwei junge Verlobte, wenn nicht schon Eheleute, kommen lebhaft diskutierend aus einem Laden, vor dem große Rollen von Auslegeware in verschiedenen Farben stehen. In der Höhlung einer ganz engen Bar lärmen und trinken Männer mit Wollmütze auf dem Kopf. Aus einer in Neon und Plastik weiß erstrahlenden Apotheke tritt eine Frau, die nach wenigen Metern in die unbeschilderte Werkstatt eines Schusters hineingeht. Dort brennt ein Elektroöfchen neben einem Regal, auf dem die neubesohlten Schuhe aufgereiht sind.

Die Frau zieht ein Paar ausgetretene Halbschuhe aus der Einkaufstasche und legt sie mit den Sohlen nach oben auf den Ladentisch. Der Schuster prüft sie mit skeptischer Miene, sagt etwas zu der Frau, steht schließlich auf und holt aus dem Schaufenster eine schwarze Gummisohle mit diagonalen Rillen. Sein Blick kreuzt sich einen Augenblick lang mit dem von Mr. Silvera, der stehengeblieben ist, um zuzuschauen. Dann faßt seine Hand nach einem weiteren Sohlenmodell aus dickerem Gummi und mit einem rutschfesten Kreuzmuster.

Mr. Silvera wirft noch wie zum Gruß einen Blick auf das, was im Schaufenster liegt – ein paar Bürsten, Schnürsenkel, Korkeinlegesohlen – und macht sich wieder mit seinem gewohnten Schritt auf den Weg.

3.

Natürlich war der Cocktail der eleganteste, brillanteste, gelungenste, den man je gesehen hatte. Die wunderschönsten und liebenswertesten Damen, die intelligentesten und geistreichsten Herren bewegten sich durch die prunkvollen Räume und schauten ab und zu mit geheucheltem Interesse zu den restaurierten Decken hinauf, aber weit öfter mit ehrlicher Bewunderung und schlechtverhohlenem Neid auf mich.

Ein lautes trillerndes Lachen folgte mir von Gruppe zu Gruppe, und obwohl ich wahrnahm, daß sein Ursprung ich selbst war, schien mir doch meine nackte Kehle nicht mehr kontrollierbar. Oder besser gesagt, ich hatte nicht die geringste Absicht, sie zu kontrollieren.

Trunken von Liebe, kam mir in den Sinn, während ich mir den zweiten Bellini vom Tablett eines herumwandernden Kellners nahm. Und schon trillerte ich ihn hinunter.

Wie zufällig flatterte ich immer wieder vor dieses oder jenes der riesigen Fenster und sah auf die Lichter des gegenüberliegenden Palastes und ihren unruhigen Widerschein im Kanal. Dieses Wasser unter mir war vielleicht dasselbe, das sich vor wenigen Stunden vor dem Bug des Schiffs nach Chioggia geteilt hatte, und einmal hätte ich beinahe Mr. Wicocci unterbrochen, um ihn zu fragen, ob die Laboratorien der Craig, die ein chemisches Werk war, nicht eine Methode entdeckt hätten, um diese so dümmlich gleichen Moleküle zu unterscheiden und wiederzuerkennen.

Ich begegnete und begegnete wieder allen in diesem Wellenwirbel, in diesem nur von mir wahrgenommenen Walzer. Dort hinten stand der lockige, caravaggioschöne Choreograph in Begleitung einer großen schlanken Afrikanerin mit flammendem Haar; in der Ecke gegenüber der Romancier aus Toronto im Gespräch mit zwei Geistlichen; und da war Chiara, die mir in einer rosa und grünen Wolke, die bis auf den Boden hinunterreichte, entgegenkam.

»Eine richtige Blume«, sagte ich ihr begeistert, »es steht dir wunderbar, ich habe dich noch nie darin gesehen, wieso trägst du ein langes Kleid?«

»Wir sind nachher zum Abendessen bei den Fragiacomos. Kommst du auch? Als ich Linuccia erzählt habe, daß du auch da bist, hat sie mir gleich –«

»Ich kann nicht«, trillerte ich, »ich bin schon verabredet. Und hör, ich will jetzt schnell mit Palmarin reden wegen dieser Geschichte mit Padua, er hat mir gesagt, heute abend würde er wissen, ob –«

»Nichts«, sagte Chiara, »ich habe ihn schon gesehen, und er meint, es ginge morgen nicht. Vielleicht übermorgen oder wenn nicht, dann nächste Woche. Aber er wollte nichts Genaueres sagen und ist mir sofort entwischt, ich habe den Eindruck gehabt, er will es vermeiden, dir Rede und Antwort stehen zu müssen.«

Ich zuckte die Schultern.

»Natürlich. Wenn es eine seiner üblichen Seifenblasen war, schämt er sich jetzt, das zuzugeben. Oder glaubst du immer noch, daß die Fedorhen dahintersteckt?«

»Ich weiß nicht, vielleicht nicht. Aber ich habe etwas anderes Kurioses gehört: es scheint, daß ...«

Aber morgen? ... Übermorgen? ... Die eben ausgesprochenen Worte waren durch meine Euphorie durchgesickert und hallten nun plötzlich dumpf in meinem Gehirn wider. Und auf einmal hörte ich nicht mehr zu, trillerte nicht mehr. Aus einem triumphierenden Vorspiel zu *Meine Nacht mit Mr. Silvera* hatte sich der Walzer in einen Wirbel verwandelt, der auch mich in ein entsetzliches Morgen (oder Übermorgen oder auch nächste Woche) ohne Mr. Silvera riß.

Ich sah mich gedankenverloren, verwirrt um, zuckte zusammen, als ich spürte, wie sich eine Hand auf meinen Arm legte.

»Aber was hast du denn?« fragte Chiara. »Ist dir nicht gut?«

»Doch, doch«, versuchte ich mich wieder zu fassen, »ich habe wohl nur einen Bellini zuviel getrunken, und so auf nüchternen Magen ... Aber sag doch, was war das für eine kuriose Sache, die du mir erzählen wolltest?«

Sie wollte mir erzählen, sagte sie, daß sie erfahren hatte, die Zuanich habe zwar von Palmarin einen konkreten Vorschlag bekommen, aber Palmarin mache nur den Mittelsmann. In Wirklichkeit kaufe die Sammlung die Federhen, wahrscheinlich um sie in Brasilien oder sonstwo zu verscherbeln, da ja die Oberintendanz nichts gegen die Ausfuhr habe.

Die berufliche Pflicht ließ mich meine Probleme hintanstellen, um über diese Entwicklung nachzudenken. Die allerdings nur bis zu einem gewissen Grad kurios war. Denn es ist wahr, daß unter einem gewissen Niveau die italienische Malerei sich besser in Italien verkauft, unabhängig davon, ob sie ausgeführt werden kann oder nicht; aber auf dem allerniedrigsten Niveau verkehrt sich die Situation wieder. Für Schinken wie die der Zuanich, die den Vorteil hatten, authentische, »antike« Schinken zu sein, konnte man im Ausland phantastischere Zuschreibungen erfinden und bedeutend höhere Preise verlangen, falls man nur skrupellos genug war. Und unter Skrupeln hatte, soviel ich wußte, die Federhen noch nie gelitten, was ich auch Chiara sagte.

»Das glaube ich gern, eine, die so redet, hat wohl überhaupt kein Schamgefühl mehr«, meinte Chiara mißbilligend.

Ich spitzte die Ohren.

»Wie redet?« fragte ich.

»Na wie gestern, nicht? Und wenn du erst die Schweinereien hören könntest, die sie heute abend zum Besten gibt! . . . Denn sie ist natürlich auch hier.«

Der erneute Verdacht, ja die Gewißheit, daß die Federhen einen großen Coup vorhatte, gab mir überraschenderweise meine ganze Euphorie wieder. Nichts war je gesagt, garantiert, von vornherein sicher, jede Möglichkeit, die sich eröffnete, schloß andere aus und umgekehrt . . . Carpe diem, vielmehr carpe noctem, dachte ich und stand auf, um einem dritten Bellini nachzujagen, trotz der Ermahnungen Chiaras und ihres hinzugekommenen Uwe, der als neoirgendwas Maler in einem roten Rollkragenpullover erschienen war. Und als ich durch die Menge lief, schwappte ich wieder fast über vor Sympathie für alle, inbegriffen die Federhen und vor allem der flüchtige Palmarin, der sich mir nun plötzlich in seinem wahren, leuchtenden Wesen offenbarte: als ein Engel des Herrn! Denn wenn er sich nicht schon gestern aus dem Staub gemacht hätte, wenn ich ihm nach Padua gefolgt wäre, statt müßig die Mercerie entlangzuschlendern . . . Närrisch und glücklich drehte ich mich wieder in einem neuen Walzer, der mich im Durchgang zwischen zwei Salons dem deutschen Professor in die Arme wirbelte.

»Liebster Pordenone!«

Ich hängte mich strahlend bei ihm ein und erzählte ihm, ich hätte den Vormittag damit verbracht, Fresken des Meisters zu bewundern, alle wunderschön, sei aber durch einen Irrtum auf der Suche nach weiteren auch in den Kreuzgang von Santo Stefano gegangen, wo jetzt Büros seien, aber nie irgendwelche Fresken waren.

»Ah, aber Sie haben sich nicht im geringsten getäuscht, die Fresken waren sehr wohl einmal dort«, sagte er feierlich und sofort wieder entflammt. Es waren Putten, Allegorien, biblische Gestalten, erklärte er mir. Nur waren sie im Jahr 1965 abgenommen worden, weil sie wenig später völlig ruiniert gewesen wären und es außerdem keinen Sinn hatte, sie dort beim Finanzamt zu lassen. jetzt waren sie in der Ca' d'Oro.

1965 abgenommen, dachte ich. Das bedeutete, daß David vor mehr als zwanzig Jahren in diesem Kreuzgang gewesen war, und gewiß nicht als Fremdenführer, sondern aus irgendeinem Grund, den er mir nicht hatte sagen wollen. Deswegen hatte er so schnell seinen »Irrtum« zugegeben. Oder hatte er etwa wirklich geglaubt, im falschen Kreuzgang zu sein? Es war da ein Detail, erinnerte ich mich, das tatsächlich nicht stimmte, oder wenigstens nicht nach dem, was der pedantische Professor gesagt hatte.

»Ich habe geglaubt –« versuchte ich zu sagen.

Aber da näherte sich die froschgesichtige Ehefrau, schon höchlich besorgt wegen meiner Herzensergüsse. Die Frau, die nicht an den Zufall, nicht an die Möglichkeiten des Schicksals glaubte und zielsicher die Mercerie hinuntermarschierte und dabei schon ganz genau wußte, was sie kaufen würde.

Als ich ihr ihren kostbaren Pordenone wieder zurückgab, war ich schon drauf und dran, ihr anzuvertrauen, daß das Schicksal auch in Venedig noch eingreifen konnte, daß nicht alles verloren, für immer zu Ende abgeschlossen war. (Wenn ich über meinen kostbaren Silvera nichts oder fast nichts wußte, wenn ich im Gegenteil – wiederholte ich mir – jeden Augenblick entdeckte, daß ich immer weniger wußte, wer konnte mich daran hindern, mich statt dem Entsetzen den verrücktesten Hoffnungen hinzugeben?) Doch hinter einem Aufmarsch von Japanern sah ich in der Ferne einen riesigen weißen Hut auftauchen und wirbelte schnell dorthin, bis zur Federhen, die ich herzlich umarmte.

»Mmm, ganz in Weiß«, bewunderte ich.

»Mmm, ganz in Grau«, bewunderte sie.

Ich wollte ihr schon anvertrauen, daß ich auch darunter Wäsche aus grauer Seide trug, silver-grey, und daß mein größtes Problem heute abend immer wieder das folgende war: würde das Mr. Silvera gefallen oder nicht? Das Problem, das ich der sympathischen Anita jedoch unterbreiten wollte, war ein anderes, obwohl es auch mit Silber zusammenhing.

»Du verstehst doch auch etwas von alten Münzen, nicht wahr?«

»Ich von Münzen? Aber ich bin doch vor allem Ornithologin, an ornithologist, eine Vogelkennerin!« sagte sie und nahm eine deutsche Kollegin und eine stämmige junge Amerikanerin, mit denen sie gerade etwas knabberte, zu Zeugen.

»Nein, im Ernst, ich weiß, daß du dich immer mehr oder weniger damit beschäftigt hast.«

Ich zog den halben Scudo aus meiner Handtasche.

»Wirf doch mal einen Blick darauf, bitte.«

Sie zog ihrerseits eine runde Lupe hervor, doch statt sie über die Münze zu halten, fing sie an, mein eines Auge zu prüfen.

»Oh, oh, ich sehe einen Mann... I see a man...« verkündete sie mit Simultanübersetzung für die anderen beiden im Ton einer über ihre Kristallkugel gebeugten Wahrsagerin. »Ich sehe ein Bett... Ich sehe eine wundervolle Vögelei.«

»Nein, im Ernst, sag mir, was das ist.« Es war unglaublich, aber ich fühlte, wie ich rot wurde.

Sie musterte mich mit einem schlauen kleinen Lächeln. Dann, als sie die Münze untersucht hatte, bestätigte sie mir, daß sie falsch, aber alt war und gerade als Fälschung von einem gewissen Wert.

»Wie noch so manches auf dieser Welt, mein liebes Mädchen!« erklärte sie salbungsvoll.

Und mit einem Augenzwinkern für ihre Anhängerinnen sagte sie, ich müsse sehr vorsichtig sein, very careful, mit meinem mystery man: denn die Männer dächten immer nur an das eine, wollten immer nur das eine von uns...

Sie machte eine Pause, zwinkerte wieder.

»Und zum Glück!« schrie sie, brach in lautes Gelächter aus und gab mir mit der Lupe einen Klaps auf den Po. »Zum Glück!«

Ich umarmte sie wieder, dankte ihr überschwenglich und hätte ihr in dem Augenblick freudig die erste Wahl bei allen Sammlungen überlassen und auch bei allen Einrichtungen aller Villen nicht nur im Umkreis von Padua, sondern von ganz Venetien, ja, der ganzen Toskana.

*

In Wirklichkeit war ich bereit, jedem x-beliebigen Menschen zu überlassen, was er nur wollte, dachte ich beim Weiterwirbeln. Eine Art Spaltung, ein eherner Syllogismus, wie sie einem im Traum kommen, gab mir zwei gleichzeitige und völlig vereinbare Gewißheiten: ich hätte mit jedem unbedeutenden Erstbesten schlafen können, gerade weil mit David zu schlafen so unvergleichlich war, so gar nichts mehr mit dieser primitiven Tätigkeit zu tun, so gar nichts mehr mit ihr gemein hatte.

Auch mit Uwe? Aber ja doch, auch mit dem armen Uwe, der mir stolzgeschwellt in seinem roten Rollkragenpullover gerade erzählte, wie er sich seit neuestem der Radierung, schwarze Manier, widme. Auch mit dem schlaksigen Oberintendantur vom Kunstamt, den Chiara, ein wenig besorgt und mißtrauisch geworden, anschleppte, um ihn vorsichtig zwischen mich und ihren Uwe zu schleusen.

»Das sind die Feste, die mir gefallen«, sagte der Oberintendantur bitter. »Die Feste für die Kunst, die gerettet wird und in Venedig bleibt. Wenn man Sie und Ihresgleichen machen ließe, würden Sie uns ja auch die Decken und die Fußböden fortholen, nicht mal die Tauben würden uns hier noch bleiben.«

»Und das wäre auch kein Unglück, man hält es ja nicht mehr aus mit diesen gräßlichen Viechern«, warf Raimondo ein, der gerade in einem Meter Entfernung an uns vorüberzog und nach rechts und links lächelnd, seinen Weg fortsetzte.

»Aber die Sammlung Zuanich?« fragte ich. »Ich habe gehört, daß die eventuell ausgeführt werden darf.«

»Nun, es hat schließlich alles seine Grenzen.« Der Oberintendantur lachte. »Bei solchem Zeug müßte man nachgerade ein Fest veranstalten, wenn jemand es fortbringt.«

Das Abendessen bei Cosima! fiel mir plötzlich ein. Ich hatte Raimondo versprochen, ich würde, wenn ich es nur irgend möglich machen könnte, morgen hingehen und jedenfalls rechtzeitig Bescheid sagen, sie hing nämlich an diesen Abendessen (immer zu Ehren einer – ihrer Meinung nach – hochwichtigen Persönlichkeit) wie an ihrem Augenlicht, bereitete sie mit manischer Sorgfalt vor... Und nun hatte ich mich noch nicht gemeldet, hatte sie noch nicht angerufen, um zuzusagen oder abzusagen. Ich mußte ihr sofort mitteilen, daß... Ich machte mich auf die Suche nach einem Telefon, denn hier auf dem Cocktail war sie bestimmt nicht, sie steckte sicher schon längst bis zum Hals in endlosen Vorbereitungen und Besprechungen mit Cesarino, ihrem alten Haushofmeister.

Ich fand schließlich das Telefon unten am Garderobentisch, wählte die Nummer, und bei dem ernsten Ton, in dem Cesarino antwortete, war mir sofort klar, daß mein Anruf mit wachsender Ungeduld und Bangigkeit erwartet worden war. Aber bei Cosima gab es einfach kein Nein. Wer schweigt, ist einverstanden, sagte sie, und sie habe mich inzwischen kraft eigener Verfügung in die Liste aufgenommen, wenn ich sie im Stich ließ, wäre zwischen uns alles aus.

»Aber dann«, sagte ich schließlich, »hör mal, schau ...«

Wie eine plötzliche Eingebung war mir der Gedanke gekommen, daß man das Schicksal auch ermuntern, in den Dienst nehmen, ja zwingen mußte, darauf beruhte doch eigentlich jede abergläubische Handlung. Im Wissen, daß ich ihn würde mitnehmen müssen, würde mir das Schicksal David wenigstens bis morgen abend lassen müssen, schon aus Rücksicht auf Cosima, wenn nicht auf mich.

»Es ist schon ein kleines Problem«, sagte Cosima, »aber einen freien Platz kann ich noch irgendwie einrichten ... Doch aus Neugier: Geschäfte oder ...«

»Geschäfte, Geschäfte«, beeilte ich mich zu lügen. »Und was den Platz anbetrifft, setz ihn ruhig hin, wo du willst, neben wen du willst.«

»Aber woher kommt er, was spricht er?«

»So ziemlich jede Sprache, du brauchst nur zu wählen.«

Als ich den Hörer auflegte, stand die Federhen vor mir, die sich einen schneeweißen Domenikanerüberwurf umlegte.

»Mystery man! Dangerous man!« warnte sie mich mit erhobenem Zeigefinger und ging zum Treppenhaus davon.

Auch andere gingen und wieder andere kamen. Ich sah auf die Uhr und dann wieder hinaus auf den Kanal unter den großen Fenstern und fragte mich, wo jetzt wohl der klapprige Autobus von Chioggia angekommen sein mochte. Ich sah, vielleicht auf halber Höhe der langen Landzunge, die gelben Scheinwerfer mühsam durch den Nebel dringen, an Röhricht und vereinzelten dunklen Häuschen vorbei, und stellte mir vor, wie ich neben Mr. Silvera saß, der mit geschlossenen Augen auf seinem Sitz am Fenster lehnte. Oder vielleicht starrte er auch auf den

Rücken des Busfahrers in seiner schwarzen Lederjoppe oder blickte auf den fernen Lichterschein von Venedig, wo ich war und mein Glas hob und dem mystery man zutrank.

4.

Am äußersten Ende von Pellestrina, wo die Fähre ein paar Kraftfahrzeuge und ihre wenigen Passagiere ausgeladen hat, ist der Platz, wo die Busse abfahren, öde und verlassen. Der Bus hat Verspätung.

»Wenn bloß kein Streik ist«, sagt einer der einheimischen Reisenden und stellt seine Körbe ab.

Nach der Ansicht eines Priesters in Soutane und mit einem derben Reisesack am Schulterriemen und der einer Bäuerin, die es bedauert, nicht ihr Fahrrad mitgenommen zu haben, hat es vielleicht Schwierigkeiten in Malamocco gegeben: in Malamocco kommt es durch das Umlademanöver manchmal zu Aufenthalten von über einer halben Stunde.

»Vor allem wenn es neblig ist«, gibt der Streikbefürchter zu.

Vor der dunklen Schranke der »Murazzi«, der *gemauerten Lagunendämme,* ist die Busstation durch eine einzige Laterne beleuchtet, wenn man von Scheinwerfern der Fähre, die noch an der Mole wartet, absieht. Und von der Geraden, die sich in Richtung Norden im Dunkel verliert, kündigt nur ein Motorengeräusch an, daß der Bus endlich kommt, die Scheinwerfer sind erst zu sehen, als das Fahrzeug fast schon auf dem Platz ist.

Mr. Silvera, der sich wie immer etwas abseits von der Gruppe gehalten hat, wartet, bis alle anderen eingestiegen sind, um wieder seinen Koffer zu nehmen und...

Doch nein, dieses Mal hat er ja keinen Koffer, wird ihm bewußt. Er wollte ganz spontan danach greifen, weil er eben tausendmal schon mit solchen Überlandbussen gereist, tausendmal schon an solchen öden Haltestellen oder Endstationen eingestiegen ist.

Und der Eindruck bleibt, während er durch das staubige Wagenfenster den sich abwechselnd verdichtenden und wieder auflösenden Nebel längs der Straße und die Abfolge der Haltestellen an den verschiedenen Kreuzungen, Brücken, Dörfern, kleinen Häfen verfolgt.

San Vito? Porto Secco? San Pietro in Volta?... Oder nicht vielmehr Dobomierz, Stanowiska, Kluczewsko?... Nicht Kifissa oder Tambouk?... Nicht San Pedro de Mojos?... Die Namen vervielfältigen sich, geraten durcheinander, wie auf einer so dicht beschrifteten Straßenkarte, daß sie bald nicht mehr zu entziffern ist. Und einen Augenblick lang weiß Mr. Silvera nicht mehr, wohin er fährt; ob er zu der Frau zurückkehrt, der er heute begegnet ist und die er binnen kurzem wiedersehen soll, oder ob er nicht schon wieder unterwegs ist auf seiner unterbrochenen Reise.

5.

»Du bist gesehen worden!« raunte mir Raimondo ins Ohr.

»»Wirklich?« trillerte ich.

»Wer ist es?«

»Ein seltenes Stück.«

»Echt? Signiert?«

»Ohne Signatur, aber goldecht.«

»Ich werde mich erkundigen, sei unbesorgt. Und du weißt, auf mich kannst du dich verlassen. Ich lasse mir nichts vorschwindeln wie Palmarin.«

»Sprich mir nicht schlecht von Palmarin, der Mann ist kostbar, du weißt gar nicht, wie sehr.«

»Aha! Hat er ihn dir vorgestellt?«

»Keineswegs. Niemand hat ihn mir vorgestellt. Ich habe mich selbst vorgestellt.«

»Und ist er vorzeigbar? Stellst du ihn auch mir vor?«

»Morgen abend bei Cosima.«

»Aber wer ist er, was macht er?«

»Oh, er ist viel unterwegs, reist viel...«

Und während ich das sagte, sah ich ihn an der Rezeption der Pensione Marin, wie er den Schlüssel zurückgab, bezahlte, look, look, Mr. Silvera is leaving, geht weg in die Nacht hinaus, is going away!

»Ciao, ciao«, stotterte ich, schon zum Gehen gewandt.

»Was ist denn los mit dir, warum diese Eile?«

»Ich erklär' es dir morgen bei Cosima.«

»Gut, aber meine Erkundigungen setze ich inzwischen fort, laß dir das gesagt sein. Ich habe das Recht, dich zu überwachen«, rief er mir nach.

»Überwache, überwache nur, soviel zu willst.«

Doch es konnte schon zu spät sein, dachte ich, als ich die Treppe hinunterstürzte. So ein Mann ohne Verpflichtungen, ohne Bindungen, ohne eine Arbeit (oder mit Verpflichtungen, Bindungen, mit einer Arbeit, die ich nicht kannte) konnte buchstäblich von einem Augenblick auf den anderen verschwinden, er brauchte nur die paar Sachen, die er bei sich hatte, in seinen einzigen Koffer zu packen...

Am Kai schaukelten zwei Motorboote auf und ab, aber sie waren für abstruse öffentliche Persönlichkeiten, unsinnige Autoritäten reserviert. Ich wollte schon in den schwarzen Strudel springen und schwimmen, als ein Taxi, das weitere Gäste brachte, kam.

Ich lächelte dem Taxifahrer zu wie auf dem Fresko von Pisanello die Prinzessin von Trebisonda dem Heiligen Georg zulächelt, der sie vor dem Drachen gerettet hat. Ich sagte ihm, er möge vorher einen Augenblick bei meinem Hotel halten.

»Zu Befehl«, antwortete militärisch der heilige Ritter.

In meinem Zimmer stopfte ich ein Nachthemd, das Toilettennecessaire und noch ein paar Kleidungsstücke in eine Tasche, für den Fall, daß David mir vorschlagen würde, im Morgengrauen nach wer weiß wohin abzureisen. Bei Mr. Silvera war alles möglich. Ich lief en coup de vent wieder hinunter.

»Pensione Marin, hinter San Giovanni in Bragora, mehr oder weniger. Wissen Sie, wo das genau ist?«

Der Mann beriet sich mit anderen Heiligen an der Anlegestelle des Hotels im gedämpften Ton einer Sacra Conversazione. Aber ich merkte sehr gut, daß sie mich hin und wieder neugierig ansahen.

»Eine Pensione Marin müßte es in der Gegend geben«, berichtete mir der Heilige Georg, als er wiederkam. »An dem Rio di Santa Térnita.«

»Gut«, sagte ich, »und da muß ich hin.«

Der Rio, der Kanal, war dann nicht der von Santa Térnita, sondern ein anderer, halbdunkler, der zwischen Mauern ohne Uferstraßen verlief. Ich war es schließlich, die die Stufen, die zu dem Gäßchen führten, entdeckte.

»Da, hier ist es.«

Der Heilige band sein Pferd an einem Ring in der Mauer an und half mir beim Aussteigen, mit einem mißtrauischen Blick auf den Eingang der Pension und einem offenen mißbilligenden auf meine Silberschühchen.

»Vorsicht auf den Stufen, gnädige Frau, halten Sie sich gut am Geländer fest.«

Er reichte mir die Handtasche, dankte mir, ich dankte ihm. Als ich in die Pension hineinging, fühlte ich mich mehr als Prinzessin von Trebisonda denn je, zwischen einem Ritter, der wegging, und einem anderen, der mich im Schloß erwartete.

Doch an der Rezeption, wo niemand war, gefror mein Blut zu Eis, als ich den Schlüssel von Nr. 12 am Schlüsselbrett hängen sah. Er war in Chioggia geblieben, dachte ich, während sich mir blitzartig die Worte »eine Braut in jedem Hafen« im Kopf festsetzten. Oder er war wirklich zurückgekommen, um seinen Koffer zu holen, und war jetzt schon wieder fort.

»Und hat er nichts ausrichten lassen?«

»Nichts, gnädige Frau.«

Die Unerträglichkeit dieses imaginären Dialogs war so stark, daß ich, ohne zu überlegen, nach dem Schlüssel griff und hinauflief.

6.

Für eine Frau im Cocktailkleid, die trostlos am Fenster hinten in einem engen Schlauch vom Zimmer lehnt, ist es, wenn der Raum, der sie von der Tür trennt, durch ein Bett, einen Schrank, ein Tischchen und zwei Stühle besetzt ist, nicht leicht, einem eintretenden Mann »in die Arme zu fliegen«. Aber eben das ist das Phänomen, dem Mr. Silvera bei seiner Rückkehr beiwohnt oder, besser gesagt, in das er sich unverzüglich verwickelt findet. Und verständlicherweise werden in einer solchen Situation die Erklärungen der Umstände (angefangen von der Verspätung des Busses zum Lido bis zu der Tatsache, daß er, als sie in sein Zimmer hinaufging, bereits mit der Wirtin oben war, um ein größeres Zimmer für sie beide auszusuchen) auf später verschoben.

Auch der Umzug von Zimmer 12 auf Zimmer 15 verzögert sich übrigens. Die beiden Stühle sind völlig ausreichend, um die Kleider darüberzuwerfen und – nach und nach – die Wäsche aus silver-grey Seide, der das matte Licht neben dem Bett noch zusätzliche überraschende Valeurs von Clair-obscur verleiht.

*

Doch seit alldem ist einige Zeit vergangen. Die Erklärungen (weniger ausführlich und genau, als sie sie gewünscht hätte) sind gegeben und die Kleider aufgesammelt, der Umzug erledigt worden, kurz bevor es vom Turm von San Francesco della Vigna Mitternacht geschlagen hat. Dann sind in dem breiten Bett des neuen Zimmers weitere Fragen gestellt und ausweichend beantwortet, weitere Zärtlichkeiten ausgetauscht, zwei letzte Zigaretten im Dunkeln geraucht worden. Und nun hallt einsam der Glockenschlag eins über den Sestiere di Castello. Die zwei Fenster von Zimmer 15, die in größerer Höhe auf den Kanal hinausgehen, schließen auch einen Blick auf stille Baumwipfel vor einem nebligen Himmel ein, den der Mond eben erst zu beleuchten beginnt.

»Ich weiß, gewiß doch. Auch ich muß wieder abreisen. Aber du hast mir noch nicht erklärt...«

Nichts, in Wirklichkeit hat er ihr nichts erklären können, denkt Mr. Silvera, wie er in dem leichten, ruhigen Atem der Frau, die neben ihm schläft, der verfließenden Zeit lauscht. Er hat ihr nur gesagt, er habe seine Touristen verlassen und seinen Fremdenführerjob aufgegeben, weil er müde gewesen sei; weil er genug habe von Zügen und Autobussen, Schiffen und Flugzeugen; weil auch er, ab und zu, einmal irgendwo haltmachen und bleiben müsse.

Aber wenn dem so war, hat sie eingewendet, warum hat er dann sofort wieder mit einem anderen Schiff nach Chioggia fahren wollen?

Ah, mit ihr war das doch etwas ganz anderes.

VI. Ich erwachte ohne Benommenheit

1.

Ich erwachte ohne Benommenheit oder Mattigkeit, mit ganz klarem Kopf. Und sofort war mir bewußt, daß die nächtliche Gefühlserregung nicht verflogen, keineswegs untergegangen war, sondern mir nun durch eine Art astronomische Umdrehung ihr Tagesgesicht zeigte, das heißt, das praktische, kompromißfähige, utilitaristische, das aber immer noch dieselbe absolute Gewalt über mich hatte. Ich hatte kaum die Augen geöffnet, als es mir schon seine Grundregel diktierte: Verliere keine einzige Minute, vergeude keinen einzigen Augenblick.

Mit ganz klarem Kopf überschlug ich ein wenig die Situation.

Von dem Mann, der mit seinem unhörbaren Atem da neben mir schlief, wußte ich auch im argwöhnischen Licht des Morgens immer noch nicht mehr als das: daß er in wenigen, ganz wenigen Tagen würde wieder abreisen müssen und daß wir uns dann schwerlich wiedersehen, daß wir kaum voneinander hören würden. Darüber hinaus war die einzige Information, die er mir zugestand – oder das einzige Versprechen –, das ich ihm hatte entlokken können, daß uns jedenfalls Zeit bliebe, uns voneinander zu verabschieden, daß er keinesfalls fortgehen würde, ohne es mir vorher zu sagen.

Was das Geheimnis betraf, das dahintersteckte, hatte ich bereits wenn nicht alle vorstellbaren Hypothesen, so wenigstens die plausibelsten erschöpft: angefangen von der, daß es überhaupt kein Geheimnis gab und daß David Silvera einfach einer war, der beschlossen hatte, sich von keiner Frau »festlegen« zu lassen. Oder daß er sich im Gegenteil bereits von einer anderen hatte unrettbar festlegen lassen. Oder daß er in irgendein Geschäft, irgendeinen Handel dubioser Art verwickelt war. Oder sogar daß er (so romanhaft, allzu phantasievoll mir das auch vorkam) ein Agent des israelischen Geheimdienstes war und hier in Venedig auf etwas oder jemanden wartete: auf eine Botschaft, einen Ruf, einen Befehl.

Doch in jedem Fall, ob bei diesen oder allen möglichen anderen Hypothesen, die mir in den Sinn gekommen waren, wußte ich, daß ich keine würde nachprüfen können. Es war klar, daß mein mystery man nicht gerne von sich sprach, vielleicht aus dem einfachen Grund, daß er wie viele Männer jede nähere Erklärung langweilig und überflüssig fand; und ich würde jetzt bestimmt nicht anfangen, ihn mit indiskreten Fragen zu bestürmen. Und nicht nur das, ich mußte auch unbedingt vermeiden, sie mir selbst zu stellen, diese Fragen. Wissen oder Nicht-Wissen, was änderte das schon? Eitle Neugier war es, reine Zeitverschwendung.

Dabei durfte ich keine Minute verschwenden. Die große Frage, die sich mir jetzt stellte, war vielmehr: Wie war sie zu verlangsamen, im höchsten Grade auszunutzen, die Zeit? Ganz klar im Kopf, sah ich zwei Möglichkeiten.

Die erste war die einsame Insel, so zu verstehen, daß wir diese nackten und deprimierenden vier Wände verlassen würden, um uns in denen meines Hotels einzuschließen, in einer Suite von zwei Schlafzimmern mit einem dazwischenliegenden Salon, die leicht in Tahiti oder Bora Bora zu verwandeln wäre oder auch in eine jener verlassenen Inseln der Lagune, wo Chiara gern mit ihrem Uwe gewohnt hätte. Nicht mehr ausgehen, Fernseher abgeschaltet, keine Zeitungen, und Anweisung an die Vermittlung, keinen Anruf durchzustellen. Völlig gegenwärtig und füreinander da, Tag und Nacht, Minute für Minute, solange es dauerte.

Doch abgesehen davon, daß er dieses Schiffbrüchigen-tête-à-tête ein bißchen erstickend finden konnte und daß die Rolle der anbetenden und festhaltenden Nymphe Kalypso mich nicht ganz überzeugte, bestand die Gefahr, von der Paradiesesinsel in die Todeszelle zu stürzen, wo wir beide nur noch auf das drängende Ticken der Uhr, die Schritte des Henkers lauschen würden.

Weitaus weniger beängstigend war die andere Lösung, entschied ich. Tun, als wäre nichts, die Zeit ignorieren oder besser, sie wie einen leeren dehnbaren Sack benutzen, sie so prall wie möglich mit geteilten Erlebnissen, Dingen füllen. Mit Erinnerungen, meinetwegen.

Als ich erschauernd aus der Dusche kam, war er wach und stützte sich auf einen Ellbogen.

»Gut geschlafen?«

»Prächtig, danke.«

So war es richtig, so mußten wir es machen. Und mit derselben Unbefangenheit sagte ich zu ihm, während ich ruhig wieder in meine graue Seide schlüpfte, unter den gegebenen Umständen scheine mir eine doppelte Unterkunft unbequem und unpraktisch; ich schlage ihm daher vor, in mein Hotel umzuziehen, das unter anderem zentraler gelegen und besser geheizt sei.

Er zuckte nicht mit der Wimper.

»Sehr gute Idee«, sagte er.

Er stand auf und kam nackt auf mich zu, um mich leicht zu küssen, wobei er mich zart an einem Arm von sich weghielt.

»Du bist voller Narben.«

In einem gewissen Sinn betrachtete ich ihn zum ersten Mal.

»Ja, ein wahres Sieb«, lächelte er. »Mir ist so ziemlich alles passiert, Operationen, Unfälle, vergiftete Pfeile ...«

Eine an der linken Achsel hatte ich schon gesehen, berührt. Und auch eine andere, wie eine Klammer über dem Nabel. Aber er hatte eine dritte deutlich sichtbare an der rechten Hüfte. Und als er sich umdrehte, um ins Bad zu gehen, bemerkte ich noch eine an der Wade und eine weitere zwischen den Schulterblättern. Ich hatte nicht die geringste Ahnung von diesen Dingen, aber ich dachte – ganz klar im Kopf – sofort an Kriegsverletzungen. Und trotz meiner guten Vorsätze tauchten die Fragen, die Vermutungen wieder auf.

»Welcher Krieg? Das war doch klar: der endlose arabisch-israelische Krieg. Der Unteroffizier Silvera auf dem Bauch hinter einer Düne im Sinaigebiet. Der Oberleutnant Silvera oben in einem Panzerturm in den kahlen libanesischen Hügeln. Und um ihn herum hagelte es von Kugeln und Granatsplittern. Es sei denn, falls es sich um den Geheimagenten Silvera handelte, die Narben stammten aus dem im Verborgenen geführten Krieg gegen die Terroristen. Kalaschnikof auf dem Flughafen von Rom. Bomben in der Synagoge von Amsterdam. TNT in Paris. Noch einmal der Flughafen von Rom. Und er, wie er sich auf den Boden warf und hinter einer Mülltonne hervorschoß.

Ohne zu überlegen, ging ich zu dem Koffer, der auf einem Klapphocker lag, betastete die abgestoßenen Ekken, hatte dann aber nicht den Mut, ihn zu durchsuchen. Und außerdem, was hätte ich getan, was hätte ich ihm gesagt, wenn ich unter seinen Hemden eine Pistole gefunden hätte? Wissen, nicht wissen, es war nicht wichtig.

Zärtlichkeit ergriff mich, ich setzte mich auf einen Stuhl, grüßte dieses trostlose Zimmer, das zerwühlte Bett, das kegelförmige Lämpchenpaar über dem Kopfende, die »persischen« Bettvorleger, den Schrank, der vor dreißig Jahren »modern« gewesen war. Ich lächelte gerührt. Und dann, plötzlich, lächelte ich nicht mehr, erregt sprang ich wieder auf, das ganze Zimmer mit allen diesen Gegenständen, die es enthielt, hatte auf einmal eine andere Bedeutung: das ärmliche und abgelegene Hotel konnte auch die wohlüberlegte Wahl eines in Gefahr schwebenden Mannes sein, der Deckung suchte, sich versteckte. Und ich Idiotin hatte vor, ihn aus seinem Schlupfwinkel zu locken, ihn ins Zentrum von Venedig zu bringen, ins Rampenlicht sozusagen, mitten ins Gedränge, wo er bei seiner Größe sofort jedem Killer auffallen mußte. Konnte man überhaupt noch blöder, noch verantwortungsloser sein?

Als er in seine weiße Baumwolltoga gehüllt aus dem Bad kam, gelang es mir nicht, ihm ins Gesicht zu sehen.

»Ich habe gedacht... ich weiß nicht, aber vielleicht ist es besser, wenn wir hier bleiben, nicht?«

»Warum?«

Er hatte magere, schmale Füße, die ebenso schön wie seine Hände waren. In Ledersandalen stellte ich sie mir vor, wie sie über ein riesiges Mosaik in Blau, Weiß, Schwarz, Gold schritten.

»Ich meinte in dem Sinn, daß es hier ruhiger ist, viel stiller, und wenn du lieber...«

»Aber wärst nicht eher du es, die lieber...?« fragte er lächelnd. »Aus unverfroren sentimentalen Gründen?«

»Nein, nein, und wenn es so wäre, würde ich mich nicht schämen, es zuzugeben. Es ist nur, weil hier weniger Betrieb ist, und wenn es dir vielleicht nicht so recht ist, daß man dich hier sieht...«

»Ist es besser, wenn man dich nicht mit mir sieht? Ist es das, was du sagen willst?«

»Nein, nein, was fällt dir ein?«

Die Mißverständnisse krochen hervor wie die Nattern aus Kleopatras Korb. So ging es, wenn man sich mit einem Unbekannten einließ. Ich machte einen Schritt auf ihn zu, um ihn zu umarmen, an mich zu drücken. Ich hielt ein. Umarmungen lösen gewisse Unklarheiten nicht auf.

»Also hör zu«, sagte ich.

»Ja?«

Ich kam mir nackter vor als er, rückhaltlos, stillos, unanständig.

»Ich frage dich das nicht aus Neugier, ich will mich ja nicht einmischen, du verstehst doch.«

»Ich verstehe.«

Ich biß die Zähne zusammen und machte weiter.

»Ich wollte nur wissen: Ist da jemand, der dich sucht? Mußt du dich verstecken? Das war's.«

»Ah«, sagte Mr. Silveras weiße Gestalt, die sich von fernen, fernen Horizonten abhob.

Aus dieser Ferne ließ er ruhig den Blück über den Schrank, die braunen Sesselchen, das Bett schweifen. Eine Schulter sah aus der Toga heraus wie eine halbe Wahrheit.

»Es gibt niemanden, der mich verfolgt, ich habe keine Feinde«, stellte er zum Schluß seiner Untersuchung fest. »Venedig wäre ohnehin zu klein, um als Versteck zu dienen, jeder würde mich hier sofort finden. Und gestern haben wir doch den ganzen Tag Touristen gespielt, vor aller Augen.«

»Das ist wahr, daran habe ich nicht gedacht.«

Ein verfolgter Mann spazierte nicht mit der Nase in der Luft herum, um Pordenonefresken zu suchen.

»Weißt du, daß ich sie doch noch gefunden habe?«

»Was?«

»Die Fresken. Sie waren da, du hattest recht, nur sind sie 1965 abgenommen worden, jetzt sind sie in der Ca' d'Oro. Aber wann hast du sie gesehen? 1965?«

»Ja, ich glaube schon, so ungefähr.«

»Aber in einem hast du dich doch getäuscht, fällt mir jetzt ein. In dem Kreuzgang sind nämlich die Büros vom Finanzamt.«

»Ja und?«

»Du hast doch gesagt, dort sei das Pionierkorps.«

Er sah mich an, als wäre er drauf und dran, mir eine entscheidende Wahrheit zu sagen: zum Beispiel, daß ich ein von Minute zu Minute aufdringlicheres, vorwitzigeres Lärchen wurde.

Daher sagte ich, schuldbewußt lachend, meine entscheidende Wahrheit:

»Wir dürfen keine Minute verlieren. Wir müssen zu mir rüberziehen und dann sofort in die Ca' d'Oro.«

»Gut«, sagte er, »sofort, wohin du willst.«

»Ah, und dann heute abend ... Gestern habe ich dich gehen lassen, aber heute abend bleibst du bei mir, wenn du mich lieb hast. Wir müßten nämlich zusammen zu –«

»Zu einem anderen Cocktail?«

»Zu einem Abendessen. Stell dir einfach vor, du seist mit deinen Touristen aus. Oder verlange ich zuviel?«

»Nein, nein. Schließlich, wenn ich dich liebhabe«, sagte er, »muß ich doch wohl mit dir zu Abend essen.«

So, endlich hatte er es mir gesagt, hatte ich es ihm gesagt, hatten wir es uns gesagt, dachte ich mit unbeschreiblicher Begeisterung. Die Zeit trug ihre Früchte.

Er ließ die feuchte Toga zu Boden gleiten und fing an, schnell seine Narben zu bedecken, und ob sie nun aus dem Krieg oder aus dem Frieden stammten, war mir im Augenblick egal.

2.

In seiner strengen flaschengrünen, mit einer Doppelreihe von Goldknöpfen versehenen Uniform, die in früheren Zeiten ein treuer Diener der habsburgischen Monarchie oder des Zars von Rußland hätte tragen können, steht der Portier Oreste Nava mit ganz leicht ausgebreiteten Armen am Empfang, die Fingerbeeren auf die lange Mahagoniplatte gestützt.

Es ist seine Berufshaltung, erworben, oder vielmehr erobert, in fast einem halben Jahrhundert seiner Laufbahn in den großen Hotels Europas, Amerikas und sogar (drei Jahre Singapur) des Fernen Ostens. Aber seit einiger Zeit fängt die Haltung an, ihn zu ermüden, er sehnt allmählich immer mehr den Tag herbei, an dem er sich mit seiner

Schwester in einem Dorf der ligurischen Riviera zur Ruhe setzen wird. Sein Knochengerüst ist nicht mehr, was es früher einmal war.

Nichts ist übrigens mehr, wie es früher einmal war, überlegt Oreste Nava, während er mechanisch die Bewegungen eines kleinen Mädchens von fünf oder sechs Jahren verfolgt, das schweigend, konzentriert zwischen den großen Teppichen der Halle herumhopst. Früher wäre da eine Nurse, eine Governess, eine Mademoiselle, eine ledige Tante gewesen, die es ihm verboten hätte; aber jetzt ist nur ein Vater da, der dort hinten in einem Sessel seine Zeitung liest und tut, als sähe er nichts.

Das Kind verfolgt immer denselben Zickzackkurs, einen schmalen Pfad, wo der unbedeckte Fußboden sein großes Schachbrettmuster aus rotem und weißem Marmor zeigt. Es hüpft auf einem Bein, mit geschlossenen Fäusten und gesenktem Kopf, und sieht das Paar von 104 nicht, das eben hinter einer Säule hervorgekommen und stehengeblieben ist, um den Spielplan des Theaters La Fenice zu studieren, und das ihm den Weg versperrt.

Der Zusammenstoß wird unvermeidlich sein, sieht Oreste Nava voraus, ohne einen Finger zu rühren. Das Paar von 104 besteht aus einem bekannten Fernsehshowmaster und seiner augenblicklichen Freundin, einem aufgedunsenen, vulgären Mädchen, das seine Beine in zwei unglaubliche Stiefel gezwängt hat. Als das Kind in sie hineinrennt, verliert die Breithintrige das Gleichgewicht und plumpst gegen ihren Begleiter, der sie nur mit Mühe halten kann und in der Not die brennende Zigarette fallen läßt. Von den wildbemalten Lippen der jungen Frau ertönt ein wütend gezischtes »Dumme Sau!«.

Luigi, der junge Laufbursche, der wartend neben drei unbeweglich auf einem Diwan sitzenden Arabern steht, sieht lachend zu Oreste Nava hinüber, der ihm einen eisigen Blick zuwirft.

Solche Vorkommnisse sind nicht zum Lachen. Solche

Vorkommnisse dürften überhaupt nicht vorkommen. Sie kamen nicht vor, bei der Kundschaft von früher. Aber das kann Luigi, der zwar ein quickes, williges Bürschchen ist, nicht verstehen. Es ist nicht seine Schuld, wo alle Beispiele, Vorbilder, Vergleichsmöglichkeiten verlorengegangen sind und keine Hotelfachschule, kein Informationskurs, kein Computer sie ersetzen kann.

Oreste Nava denkt verworren, daß er sie machen müßte, die Arbeit des Computers, daß es seine Sache wäre, auf die Tasten der Erinnerung zu drücken, zu erklären, zu lehren, seine Erfahrung von fast einem halben Jahrhundert weiterzugeben, und es erfaßt ihn eine schmerzliche Niedergeschlagenheit, die ihn die Mundwinkel senken läßt, als er verworren erkennt, daß ihm die Worte fehlen, um sich auszudrücken, die Begriffe, um zu formulieren, was für ihn doch so klar ist. Weder Luigi noch sonst jemand wird je wissen, welche und wieviele Bilder auf seinem geistigen Bildschirm vorüberziehen, wenn er von »früher« spricht. Dieses dicke, reiche Album, das seine Vergangenheit ist, wird für niemanden einen Wert haben, wird für immer mit ihm an der ligurischen Riviera verschwinden.

Die drei Araber stehen auf, als ein vierter Araber hinzutritt. Das kleine Mädchen hat sich beschämt zu seinem Vater gesetzt. Der alte Herr von 216 ist langsam die Treppe hinuntergestiegen und wartet jetzt resigniert mit den Händen in den Taschen auf seine Frau. Aus dem mittleren Aufzug kommen die zwei von 421, er mit englischer Mütze und kurzem Kamelhaarmantel über der Schulter, sie mit zwanzig Kilo echtem Schmuck, einer roten Fuchsjacke, schwarzen Hosen. Und Krokodillederschuhen!

Oreste Nava senkt die Mundwinkel noch mehr. Außer der Handtasche, natürlich auch Krokodilleder, trägt die Frau eine schwarze Plastiktragtasche, riesig, aber offenbar ganz leicht, mit dem vergoldeten Namenszug eines zur

Zeit erfolgreichen Modeschöpfers (der übrigens oft von Mailand hierherkommt, auch er ein schönes Exemplar der neuen Klasse). Sie muß einen Kauf bereut haben, geht jetzt vermutlich das Kleid zurückbringen, es umtauschen.

Oreste Nava sieht, wie der junge Luigi sich sprungbereit macht, um ihr mit der Tragtasche behilflich zu sein, und gleichzeitig sieht er die »Antiquitätenhändlerin« von 308 ins Hotel hereinkommen, zerzaust und strahlend ist sie und immer eine richtige Dame, eine richtige Prinzessin, ein Trost in grauem Umhang über einem grauen Cocktailkleid. Es folgt ihr ein großer Mann mit einem Koffer, und sie dreht sich um, sagt etwas zu ihm und geht dann zur Rezeption, während der pseudoenglische Flegel von 421 sich seinerseits von der Frau im Fuchs löst und ebenfalls an die Rezeption tritt. Der Fuchs und der Mann mit dem Koffer bleiben einander gegenüber stehen, durch drei große Läufer getrennt.

Es ist die Frage eines Augenblicks. Der unerfahrene Luigi zögert, berechnet, mißt. Oreste Nava sieht ihn den alten Regenmantel, den abgestoßenen uralten Koffer, das abgerissene Aussehen des Neuangekommenen bewerten. Er sieht die Antwort, die der Computer der Hotelfachschule ausspuckt: armer Teufel, eine Art Gelegenheitssekretär oder noch bescheidenerer Untergebener, möglicher Bettler, völlig uninteressant. Und er sieht Luigi zum Fuchs hinspritzen, sich mit dem vorschriftsmäßigen Lächeln beflissener Ehrerbietung der Tragtasche bemächtigen.

»Du Dummkopf, nein!« möchte ihm Oreste Nava zurufen, der in diesem selben Augenblick etwas ganz anderes gesehen hat ...

Aber was hat er eigentlich gesehen? Es ist schwierig zu erklären, Luigi und auch jedem anderen. Der Mann hat seinen Koffer abgestellt und sieht sich um, sieht Oreste Nava an, auf die kaum merklich amüsierte, kaum merklich aufmerksam gewordene Weise eines, der hier schon einmal gewesen ist, der wiedererkennt, sich erinnert. Unmöglich, Luigi oder auch jedem anderen zu beweisen, daß er ihn wirklich mit diesem millimeterkleinen Kopfnicken gegrüßt, ihm dieses feilspandünne Lächeln geschenkt hat; aber Oreste Nava hat, unfehlbar, das eine wie das andere registriert und weiß, was es bedeutet. Dieser Mann, wer er auch sei, gehört zu denen, die überall zu Hause sind, hier oder unter einer Seinebrücke oder in einem Club am Piccadilly oder in einem scheppernden Waggon der indischen Eisenbahn; die auf alles verzichten können, die sich nie darüber beklagen, daß es regnet oder zu heiß ist; die kein Theater machen, weil der gin-and-lime lauwarm ist; die nie die Stimme heben, die einen um einen Dienst bitten und einem ein Trinkgeld geben und dabei ein ganz klein wenig die Schulter zucken mit einer Geste zwischen Ironie und fast Herzlichkeit – unmöglich, das beides zu beweisen –, dieser Mann ist jemand, der es gewohnt ist, das Leben als eine Lotterie anzusehen, in dem die Rollen ohne weiteres vertauscht werden können.

Kein Weltmann, sondern ein Mann von Welt, einer, der nichts beweisen muß, auch er mit einem reichen, kostbaren, einzigartigen Album, und auch er ist sich bewußt, daß es niemandem nützen wird, daß es für immer in einem Dorf am Mittelmeer, an der Ostsee, am indischen Ozean verschwinden wird. Ein Mann, der weiß. Ein Mann von früher.

Luigi, der nichts gesehen hat, nichts begriffen hat (aber es ist nicht seine Schuld), steht immer noch an der Tür stramm und hält die große schwarze glänzende Tragtasche, während der Fuchs bereits deutliche Zeichen der Ungeduld gibt, nervös mit seinen Krokoschuhen auf den Boden klopft. Als die Prinzessin von der Rezeption zurückkehrt und der Mann wieder seinen Koffer nimmt und im Begriff ist, auf den Aufzug zuzugehen, verläßt Oreste Nava, ohne zu überlegen, seinen Posten und ist in zwei schnellen, aber trotzdem würdevollen Sprüngen mit seiner Doppelreihe von Goldknöpfen bei dem Paar.

»May I help you, sir?« sagt er, als bestätige er eine gegenseitige Pflicht.

Und streckt die Hand nach dem Koffer aus, den er vielleicht, wenn er die Worte hätte, um sich auszudrükken, den Koffer seiner und aller Vergangenheiten nennen würde.

»Ah«, dankt der Mann mit seinem unmerklichen Lächeln.

3.

Außer luxuriös ist die Suite tatsächlich bequem, wohnlich, und es kostet Mr. Silvera nicht die geringste Anstrengung, das zu würdigen. Es wird von ihm erwartet, daß er mit dieser Unterbringung zufrieden ist, und zufrieden lächelnd sitzt er nun mit übergeschlagenem Bein und wippendem Fuß in einem Sessel des Mittelzimmers, gerade so wie er es machen würde, wenn er an einem Regentag Schutz unter einer Laube gefunden hätte oder an einem Hitzetag Schutz unter einer Platane.

Aber er merkt schnell, daß seine glückliche Einstellung gegenüber dem Zufälligen, dem Unmittelbaren, im Augenblick nicht geteilt wird. Die Frau, die mit ihm zusammen ist und die doch den Einfall dieser Quartierverlegung hatte, zeigt Unruhe, ein gewisses Unbehagen, geht hin und her, faßt Dinge an, stellt Sachen um; als wüßte sie nicht mehr recht, was sie mit ihm, mit ihnen beiden, anfangen soll, oder als bereute sie, was ihr jetzt vielleicht wie etwas von ihr Erzwungenes vorkommt, und fürchtete, daß er sich überrumpelt und vergewaltigt fühlen könnte. Es ist auch nicht auszuschließen, daß sie gleichzeitig ein neuer Verdacht, neue bange Fragen betreffs der Vergangenheit und der Zukunft quälen.

Wie auch immer, Mr. Silvera weiß wohl, daß in Augenblicken wie diesen jeder ehrliche Auflösungsversuch unfehlbar zu weiteren, noch unentwirrbareren Verwicklungen führen würde als jene bei den alten Disputen zwischen Talmudisten. Und da Mr. Silvera weder der Rabbiner Hillel ist, der die sieben Regeln der Vernunft aufstellte, noch der Rabbiner Yossef ben Josè von Galilea, der sie auf zweiunddreißig erweiterte, zieht er es vor, es in der entgegengesetzten Richtung zu versuchen und auf die heilsame Einfachheit des Alltäglichen, ja des Häuslichen zu setzen.

War da nicht in Rom ein Ehemann, erkundigt er sich beiläufig, der mehr oder weniger auf einen Anruf wartete?

Sein Vorschlag erregt offenes Staunen, dem gleich darauf eine stumme Woge der Dankbarkeit, Bewunderung, ekstatischer Begeisterung folgt. Das Angebot, den Ehemann – die wirkliche, normale Welt – an dieses prekär zwischen Sein und Nichtsein schwebende, hermetisch abgeschirmte Territorium anzuschließen, war ein voller Erfolg. Der Ehemann wird angerufen, zu Hause angetroffen, mit ihr verbunden, liebevoll in Sachen Schlaflosigkeit, Stirnhöhlenkatarrh und fast talmudischer Diätfragen verhört. Dann wird er über alles ins Bild gesetzt, was, mit Ausnahme von Mr. Silvera, in Venedig los ist.

Mr. Silvera wippt ruhig mit seinem langen Bein. Es ist ihm bewußt, daß diese ausführliche telefonische Erzählung in keiner Weise durch Heuchelei verdorben ist, keineswegs darauf abzielt, das Unsagbare zu verbergen; im Gegenteil, in Schwung, Detailfreude, Genauigkeit, Nuancenreichtum, Mutmaßungen ist sie zumindest in der Form, wenn nicht im Wesen, identisch mit einer begeisterten und ein wenig weitschweifigen Erläuterung einer Liebe, ist in gewisser Weise deren getreue Transposition. Keiner ist betrogen, keiner ist aus der intimen, häuslichen Wärme dieses Familienrats zu dritt ausgeschlossen.

Aus dem Erzählstrom der Ehefrau, die ihm ab und zu

leuchtend glückliche Blicke zuwirft, erfährt Mr. Silvera so mit dem Ehemann zusammen die ersten Einzelheiten über das große Essen heute abend bei Cosima (»du weißt doch, Cosima, Raimondos Kusine?«) und die vollständige Geschichte der Sammlung Zuanich: von der Enttäuschung, die sie für alle gewesen ist, bis zu dem schändlichen Epilog, dem sie sich nun nähert. Durch Vermittlung des Ränkeschmieds Palmarin wird diese Schinkensammlung spottbillig an die Federhen gehen (»du weißt doch, die hinterlistige Federhen?«), um dann unter wer weiß welchen falschen Zuschreibungen im Ausland verscherbelt zu werden. Zugegeben, ein ganz ordentliches Geschäft, unter dem Gesichtspunkt.

Aber warum dann (muß der Ehemann gefragt haben) nicht sie dieses ordentliche Geschäft machen wolle?

Weil man eben bei Fowke's gewisse Dinge nicht tut.

Und außerdem dient auch für die Federhen selbst vermutlich das Ganze nur zur Deckung für ein sehr viel größeres Geschäft, einen Milliardencoup, will man einem kuriosen Anzeichen nach urteilen.

Es folgt die weitschweifige Erläuterung des kuriosen, aber unfehlbaren Anzeichens und dann die Hypothese, daß der große Coup mit der Villa bei Padua zu tun hat. Es sei denn, auch die Villa dient nur als Deckung, ist nur eine mit dem betrügerischen Palmarin ausgeheckte falsche Fährte. Es wäre schön, das aufzudecken, die finsteren Pläne der Rivalin zu vereiteln. Aber wie nur?

Ja, in der Theorie könnte man die Federhen beschatten, um herauszufinden, mit wem sie in Verbindung steht, aber wir sind schließlich nicht im Karneval, es wäre etwas merkwürdig, im November maskiert herumzulaufen, und außerdem ist es doch so einfach, seine Kontakte telefonisch abzuwickeln, nicht? Das Ideale wäre, gewiß, einen richtigen Spion zur Verfügung zu haben, einen professionellen Experten, einen Israeli vielleicht, es heißt doch, das seien die besten Geheimdienste der Welt, ja, genau, der Shin Beth oder der Mossad. Aber in Ermangelung eines solchen hat sie ja immer noch Chiara mit ihren vielen Bekannten und Raimondo mit seinen klatschsüchtigen »Zirkeln«, ja selbst Cosima, obwohl die so leichtgläubig und selbst so leicht zu betrügen ist...

Jedenfalls ist es nicht gesagt, daß es ihr nicht früher oder später – aber besser wäre schon früher – gelingt, ein im Grunde ziemlich einfaches Geheimnis aufzudecken. Irgendjemand in Venedig hat irgendwo, in irgendeinem Palazzo oder Dachboden oder Verschlag unter einer Treppe oder auf einem abgelegenen Inselchen etwas außergewöhnlich Wichtiges, außergewöhnlich Kostbares zu verkaufen. Das ist alles. Und jetzt ist es aber Zeit, daß sie sich an die Arbeit macht, und daher müssen sie sich verabschieden, sich gegenseitig ermahnen, Strapazen zu vermeiden, sich nicht zu überanstrengen, nicht zu spät ins Bett zu gehen, keine unverträglichen Sachen zu essen. Sich noch einmal verabschieden. Den Hörer auflegen.

Mr. Silvera streckt sich wollüstig in seinem Sessel.

Hat er sich sehr gelangweilt?

Keineswegs. Im Gegenteil, er hat mit lebhaftem Interesse das Problem verfolgt.

Ein schönes Problem, nicht wahr? Ein schönes Geheimnis. Was meint er dazu? Hat er vielleicht irgendeine Vermutung, könnte er nicht etwas vorschlagen, wie man von den Obszönitäten der Federhen zu dem Versteck, dem geheimen Ort fände, wo der »große Coup« verborgen liegt?

Mr. Silvera hat die Augen halb geschlossen, die langen Beine mit gekreuzten Knöcheln vor sich ausgestreckt.

»Ich verstehe nichts von diesen Dingen«, sagt er, und seine Stimme scheint eine in der Luft schwebende Feder hochzublasen, »aber vielleicht wäre es der Mühe wert, sich diese so verachtete Sammlung noch einmal anzusehen.«

»Aber sie ist doch bereits wieder und wieder von einer

Menge von Fachleuten angesehen worden, die von der Oberintendanz eingeschlossen. Seit fast einer Woche ist sie jetzt zugänglich, liegt offen vor allen Augen.«

»Eben. Manchmal sind die besten Verstecke –«

»Die berühmte Geschichte des entwendeten Briefs?«

Ja, auch, aber daran hat er nicht gedacht, sagt Mr. Silvera. Als er hörte, daß die alte Besitzerin drauf und dran ist, zu einem derartigen Spottpreis zu verkaufen, und daß es die hinterlistige Federhen ist, die kaufen will, ist ihm die berühmte Geschichte von Rabbi Schmelke eingefallen.

»Du weißt doch«, sagte er, »der Rabbi Schmelke von Nikolsburg?«

»Nein. Erzähl, los!«

Also dieser Rabbiner, erklärt Mr. Silvera, hatte die Gewohnheit, allen Bettlern, die vorübergingen, aus dem Fenster Geld zuzuwerfen. Deswegen, als einmal kein Geld da war, griff er zum Familienschmuck und warf einem Alten den erstbesten Ring zu, der ihm zwischen die Finger kam. Weswegen die Ehefrau ihm eine furchtbare Szene machte, da der Stein in diesem Ring ein Vermögen wert war. Weswegen Rabbi Schmelke sich wieder aus dem Fenster lehnte und zu rufen anfing, sie möchten ihm den Alten wiederfinden. Und als sie ihn wiedergefunden hatten, rief er ihm zu: »Ich habe gerade erfahren, daß der Ring da ein Vermögen wert ist! Gib gut acht, daß du ihn nicht für zu wenig verkaufst!«

Eine wunderbare Geschichte, sagt mit erneuter Bewunderung, ekstatischer Begeisterung die Frau, die mit Mr. Silvera zusammen ist.

Weswegen man schließlich mit dem doppelten Segen von E. A. Poe und Rabbi Schmelke auf die Ca' d'Oro mit ihren bewundernswerten Pordenonefresken verzichtet und dafür zu dem eichenen Pförtchen mit seinen stattlichen Pförtnern (und wer weiß, ob nicht auch die mit der Federhen und Palmarin im Bund sind auf Kosten der alten Zuanich) zurückkehrt, um noch einmal nachzusehen, ob sich unter jenen Schundbildern nicht ein Tizian versteckt.

4.

Ich war es, die den Nagel bemerkte, aber es war gewiß nicht mein Verdienst. Wenn ich allein gewesen wäre, hätte ich gar nichts bemerkt. Übrigens war zu dem Zeitpunkt der Rückkehr in jenen eiskalten Raum eigentlich gar nicht meine Vorstellung gewesen, unter den Schinken der Sammlung das verborgene Meisterwerk zu suchen. Vielleicht war es ja wirklich da, und meine warme Sympathie für den Rabbi Schmelke ließ es mich hoffen. Allein das einzige, das mir wirklich der Betrachtung wert schien, im Dunkeln und bei Tageslicht, von innen und von außen, blieb für mich Mr. Silvera selbst. Er war wie ein Bild eines unbekannten Malers, aber von außerordentlicher Qualität, das man zu mir gebracht hatte, damit ich es untersuchte, die Entstehungszeit und die Schule herauszufinden mich bemühte, zu einer richtigen Zuschreibung kam. Doch wie lange würde ich dieses Bild noch behalten können?

Wir trafen sofort einen der Enkel an, der andere war mit seiner Freundin aus Mailand in der Stadt unterwegs, erklärte uns der Kahlgeschorene, als er uns die Tür aufmachte. Ich hatte ihn schöner in Erinnerung, mehr yummy yummy, und seine Frische ließ mich jetzt an einen betauten, faden Kopf grünen Salat denken. Er führte uns zu dem fensterlosen Raum hinauf, schaltete zwei Scheinwerfer ein und ließ uns allein. Er müsse wieder hinunter und lernen, sagte er.

Das sprach für seine Unschuld, meinte ich zu David. Wenn es etwas gäbe, das wir nicht entdecken durften, wäre der Junge bei uns geblieben, um jede Bewegung und jeden Blick von uns zu überwachen.

Aber es konnte auch sein, daß weder er noch der Bruder etwas wußten. Wie es im Gegenteil auch sein konnte, daß diese an den Tag gelegte Sorglosigkeit extra dazu dienen sollte, jeden Verdacht zu zerstreuen.

»Das ist auch wieder wahr«, gab ich zu.

Wir sprachen ganz leise, wie Geheimagenten des Mossad, aber mehr zum Spaß. Auch David schien unsere Rekognition nicht allzu ernst zu nehmen. Und was mich betraf, so hielt ich an der Überzeugung fest, daß das Ernsthafteste, was man in dieser abgelegenen, stillen Kapsel tun konnte (und was ich tat), war, sich leidenschaftlich an Mr. Silvera zu drücken.

Unterwegs hatte ich nämlich ein mit Händen zu greifendes, aber mir – und auch dem strengen *Cicerone* von Burckhardt, den kalten *Steinen* von Ruskin, den kurz angebundenen *Listen* von Berenson – völlig unbekanntes Venedig entdeckt. Ein Venedig der unzähligen Einbuchtungen, überdachten Durchgänge, dunklen Winkel, winzigen verlassenen Plätzchen, fast geheimen Gäßchen, bei denen es nachgerade ein Verbrechen gewesen wäre, sie nicht auszunutzen, um sich leidenschaftlich an Mr. Silvera zu drücken. Diese abgelegenen Orte waren extra dazu da, begriff ich endlich. Und ich verstand den jahrhundertealten Ruf Venedigs, eine Stadt zu sein, die der Liebe an öffentlichen Orten günstig ist.

»Obwohl das hier ein privater Ort ist«, sagte ich, als ich wieder nüchtern einen Schritt von ihm zurücktrat.

»Wer weiß, bemerkte er, ob schon einmal jemand daran gedacht hat, einen Fremdenführer, einen Stadtplan unter diesem Gesichtspunkt zusammenzustellen? *A Kissing Map of Venice,* einen Kußplan von Venedig oder so etwas Ähnliches. In vier Sprachen, mit verschiedenen Stadtrundgängen und ein, zwei oder drei Sternen je nach Reiz der Stellen. Es wäre ein sicherer Erfolg.

Ich umarmte ihn noch einmal, leidenschaftlicher denn je.

»Es ist wie ein Tick«, entschuldigte ich mich, »ich kann es einfach nicht lassen. Und außerdem sind wir zwei dumme Verschwender: wir hätten doch ruhig im Hotel bleiben können.«

Er löste sich von mir, hob eine Hand.

»Es ist eine Zeit zum Küssen«, sprach er im Bibelton, »und eine Zeit zum Bilderansehen.«

»Hat das der Rabbiner Schmelke von Nikolsburg gesagt?«

»Vermutlich. Und wenn nicht der, dann Rabbi Jakob Isaak, der Seher von Lublin.«

»Aber bist du denn religiös? Liest du die Bibel?«

»Früher einmal habe ich ziemlich viel darin gelesen.«

»Aber bist du auch fromm, orthodox, arbeitest nicht am Samstag und so weiter?«

Ich fragte ihn das, wie ich ihn gefragt hätte, ob er Schach spielte oder lieber chinesischen Tee oder indischen mochte. Aber es stellte sich als eine jener Fragen heraus, mit denen ich ihm nicht hätte kommen dürfen, denn nach einer unsicheren Pause begnügte er sich damit, mir lächelnd zu sagen, daß er einmal, als er durch Leiden gekommen sei, Spinoza in Rijnsburg besucht habe.

»Ich verstehe«, sagte ich.

Ich hatte nur verstanden, daß er mir nicht antworten wollte, da ich ja von Spinoza noch weniger wußte als von Pordenone, bevor ihn mir der Ehemann der Froschfrau erklärte.

»Also los jetzt«, sagte ich mit einem Blick in die Runde, »fangen wir an mit dieser Untersuchung.«

*

Die Gemälde waren alle auf Leinwand, und keines hatte einen Rahmen (die hatten sie wohl bei dem berühmten Umzug im Jahr 1917 verloren), weswegen es mir nicht schwer fiel, sie nacheinander von ihren alten verrosteten Nägeln abzuhängen, um mir auch die Rückseite anzusehen. Eine Leinwand aus der Frühzeit – wie die des hypothetischen Tizian oder wenigstens Palma il Vecchio, den wir suchten – ist sofort von einem Kanevas des 18. Jahrhunderts zu unterscheiden, wenn sie nicht neu aufgezogen worden ist; und dasselbe gilt für die Spannleisten, wenn sie nicht ausgewechselt worden sind.

Während ich mich dieser technischen Untersuchung widmete, ging David als freier Tourist vor und sah sich allein um, wie ich ihn gebeten hatte; erst am Ende seines Rundgangs sollte er mir sagen, ob eines der Bilder aus irgendeinem Grund seinen Verdacht erregt hatte. Ich wollte ihn in keiner Weise beeinflussen, hatte ich ihm gesagt, ohne ihm mehr zu erklären. Ich konnte ihm nicht gestehen, daß ich genau so auf seinen Spürsinn als Unkundiger zählte wie im Spielkasino der glücklose »Systemspieler«, der dazu neigt, sich abergläubisch auf den Neuling zu verlassen.

Aber war er eigentlich so unkundig, der Mr. Silvera, wo er schon vor zwanzig Jahren hier gewesen war, um sich die Fresken von Santo Stefano anzusehen? Ich sah ihn von Schinken zu Schinken wandern, die Schinkenlandschaften, Schinkenporträts, die biblischen oder mythologischen Schinken betrachten und dabei ein unglückliches Gesicht machen, das millimetergenau mit der Langeweile, der konzentrierten Nichtigkeit und Plattheit der Gemälde übereinstimmte. Und ich mußte mich gewaltsam zurückhalten, um nicht sofort alles sein zu lassen, zu ihm hinzulaufen, um ihn wieder zu umarmen, ihn von hier wegzubringen.

Ich war gerade beim Wiederaufhängen eines total unwahrscheinlichen Urteils des Paris – in dem Sinn, daß Paris vor drei Frauen wie denen auf der Stelle hätte kehrtmachen und davongehen müssen –, als ich bemerkte, daß David im Gegensatz dazu sich nicht mehr von der

Stelle rührte, auf der er schon seit einer Weile stand. Hatte er etwas entdeckt?

Ich drehte ganz vorsichtig den Kopf ein kleines bißchen, um meinen Gefährten nicht bei seiner Betrachtung zu stören. Er besah sich ein Porträt, ein Brustbild von geringer Größe, ungefähr 40 × 30 cm, auf dem ich von da, wo ich war, nur ein bleiches Gesicht auf dunklem Grund und links unten etwas wie einen gelblichen Fleck unterscheiden konnte. Dann fiel mir wieder ein, daß das Porträt einen jungen, schon halb kahlen Mann darstellte, mit schweren Gesichtszügen, in einen dunklen Umhang gehüllt, den Chiara und ich vor allem wegen der groben, dilettantischen Steifheit des Faltenwurfs beachtet hatten. Der Fleck unten links war das goldene Feld eines mir unbekannten Adelswappens mit zwei gekreuzten Ähren in der Mitte, wenn ich mich recht erinnerte. Sonst hatte ich nichts im Gedächtnis, was Davids langes Stehenbleiben hätte rechtfertigen können. Er ging nach einer Weile zum nächsten Bild weiter – einer pompösen, grotesken Heiligen Familie –, kehrte aber dann zu dem Bildnis des Edelmanns zurück und betrachtete es noch einmal einen Augenblick, bevor er seinen Rundgang beendete.

Als er neben mich trat, war auch ich fast bei dem »verdächtigen« Bild angelangt.

»Einen Tizian gefunden?« fragte ich.

»Ich fürchte nein. Eine Flachsleinwand gefunden?«

»Nichts. Und die ganze Sammlung ist mir jetzt beim zweiten Mal noch gräßlicher vorgekommen als gestern. Ich verstehe nicht, was die Federhen daran zu verdienen hofft, selbst wenn sie sie ins Ausland bringt.«

»Eben. Doch warum kauft sie sie dann?«

»Nur der Rabbiner Schmelke weiß es. Aber hast du wirklich gar nichts Besonderes gesehen?«

Vielleicht war es diese Beharrlichkeit oder auch die Tatsache, daß ich mich nicht enthalten konnte, zu dem Bildnis hinüberzublicken, die ihm zeigte, daß ich sein merkwürdiges Verhalten bemerkt hatte. Ich frage mich heute noch, ob er mir sonst etwas gesagt hätte.

»Ich weiß nicht, wirf vielleicht mal einen Blick auf den jungen Mann da«, sagte er.

Ich ging das Bild abhängen und betrachtete es, drehte es um, untersuchte es von allen Seiten. Leinwand und Spannleisten waren wie üblich spätes 18., wenn nicht nach gerade frühes 19. Jahrhundert, und handwerklich war das Bild sogar noch schlechter als die anderen. Die Gestalt selbst, die sich kaum von dem dunklen Hintergrund abhob, wies nichts Besonderes auf, außer der Schwere der Gesichtszüge, die noch durch eine Narbe am Kinn und zwei Warzen über der Oberlippe betont wurde. Der Umhang, in den der Mann ungeschickt drapiert war, hätte aus jeder x-beliebigen Epoche stammen können. Und die zwei Ähren im goldenen Feld entsprachen keinem Wappen, das ich kannte.

»Seltsam«, sagte ich.

»Findest du auch?«

»Nein, ich wollte sagen, seltsam, daß du dich so lange damit aufgehalten hast, es anzusehen. Warum denn? Hat es dich vielleicht an . . . Tizian erinnert?« fragte ich verlegen.

Es war mir plötzlich bewußt geworden, daß ich ihn mit meinem Vertrauen in seinen Spürsinn eines Unkundigen zu sehr ermutigt hatte, und nun war ich schuld, daß er sich blamierte.

»Es ist wahr«, versuchte ich, die Sache abzumildern, »der Umhang könnte auch aus dem Cinquecento sein, aber –«

»Nein«, sagte er, ebenfalls verlegen, »an Tizian oder sonst einen Maler hat es mich nicht erinnert. Es kommt mir nur wie eine Fälschung vor. Erst kürzlich gemalt, meine ich.«

Ich sah ihn verblüfft an, sah wieder auf das Bild, hob zufällig die Augen zur Wand, von wo ich es abgehängt hatte, und dann bemerkte ich den Nagel.

Oder besser gesagt, nicht eigentlich den Nagel, der alt und rostig war wie die anderen, sondern die Tatsache, daß er nicht wie die anderen den rostigen Hof um sich herum hatte, den jeder alte Nagel mit den Jahren auf jeder alten Wand hinterläßt.

Ein Einschub! dachte ich errötend, nicht mehr vor Verlegenheit, sondern vor Scham. Das war mir ein Unkundiger! Ob das Bild nun echt oder falsch war, David war geradewegs auf das einzige wirklich dubiose, wirklich anomale Stück der Sammlung zugegangen.

Ich nahm auch noch die Heilige Familie und die übrigen Bilder ab und stellte fest, daß der einzige Nagel ohne Hof der des Edelmanns war. Selbst der rechteckige Fleck auf der Wand war anders, merkte ich. Jemand hatte sich die Mühe gemacht, den Verputz hinter dem Bild aufzuhellen, aber der Unterschied sprang in die Augen. Es bestand kein Zweifel, daß die Gestalt mit den Warzen erst seit ganz kurzer Zeit hier hing.

»Tatsächlich ein Einschub«, sagte ich.

»Und was heißt das?« fragte David.

Ich mußte ihm erklären (denn er leugnete, etwas darüber zu wissen), daß oft, wenn eine mehr oder weniger edle und alte Sammlung zum Verkauf steht, das als Gelegenheit benutzt wird, um Stücke ganz anderer Herkunft einzuschmuggeln, »einzuschieben« eben. Aber wer konnte ein Interersse daran gehabt haben, einen solchen Schinken unter diese anderen Schinken zu schmuggeln?

Es sei denn ...

Plötzlich ganz aufgeregt, stellte ich mir vor, wie die Federhen und Palmarin mit dem Kahlgeschorenen als Komplizen zwischen den trostlosen Bildern der Sammlung Zuanich einen echten Tizian aufhängten, um ihn so der Wachsamkeit der Oberintendantur entgehen zu lassen und ihn offiziell mit den übrigen Bildern ausführen zu können.

Es wäre nicht der erste Fall, sagte ich und sah mir das Porträt im Licht des Scheinwerfers noch einmal an.

Und einen Augenblick später errötete ich von neuem, denn als ich mit dem Fingernagel in einer Ecke auf die bemalte Oberfläche drückte, hatte ich den unwiderlegbaren Beweis, daß es sich weder um einen echten Tizian noch um einen echten Schinken handelte, sondern um eine echte »erst kürzlich gemalte Fälschung«, wie David gesagt hatte. Obwohl die Risse aus dem angeblichen 18. Jahrhundert völlig überzeugend schienen, hatte mein Fingernagel auf der noch weichen Oberfläche eine Vertiefung hinterlassen, das Bild mußte daher erst vor wenigen Wochen gemalt worden sein.

»Aber du«, stotterte ich beschämt, gedemütigt und von einer grenzenlosen Bewunderung in neues grenzenloses Mißtrauen verfallend (alles andere als Mossad, alles andere als Gefühlsseligkeiten: war Mr. David Silvera, der Ex-Fremdenführer, der Ex-Wanderschauspieler, der Ex-Handlungsreisende in Modeschmuck in Wirklichkeit nicht ein Super-Experte, der im Auftrag eines großen amerikanischen Museums in geheimer Mission in Venedig war?), »aber du, wie hast du das gemerkt?«

»Ah ...« sagte er, wie voraussehbar.

*

Später, als wir zum Hotel zurückgingen und er alle Zeit gehabt hatte, um eine seiner Geschichten zu erfinden, erklärte er mir, in dem kahlköpfigen jungen Mann einen gewissen Fugger wiedererkannt zu haben, dem er einmal bei einem anderen Anlaß in Venedig begegnet sei; und daraus habe er natürlich geschlossen, das das Bild eine Fälschung war. Aber er habe nicht die geringste Ahnung, warum es der Sammlung hinzugefügt worden war.

Was aber Rabbi Schmelkes Lehre betraf, sagte er zerknirscht, nun, auch Rabbiner konnten sich irren.

VII. Das korpulente Hamburger Paar von 219

1.

Das korpulente Hamburger Paar von 219, das auch in Venedig an der Gewohnheit festhält, um 12.30 Uhr zu frühstücken, kehrt zurück mit etwas glänzenden Augen vom Pinot grigio und den reichlich genossenen »bigoli«, einer venezianischen Nudelspezialität. Sie lassen sich den Schlüssel geben und machen sich auf den Weg zu ihrem Nachmittagsschläfchen, das auch nötig ist, um die zu vielen Tintorettos und Tizians zu verdauen, die sie bis zur Blindheit bewundert haben. Der junge Luigi läuft in der Hoffnung auf ein Trinkgeld los, um ihnen den Aufzug herunterzurufen, erhält keines und sieht mit einer Grimasse zu Oreste Nava hinüber, wobei er Daumen und Zeigefinger aneinanderreibt, um durch ironische Darstellung des Gegenteils den schmutzigen Geiz der beiden zu kennzeichnen.

Der Portier antwortet, indem er ein klein wenig die Arme ausbreitet, um Resignation anzuzeigen. Doch er weiß wohl, daß Resignation für diese neuen Generationen nicht existiert: entweder gewinnen sie sofort den ersten Preis, oder sie sind schmähliche Verlierer. Entweder das arrogante Grinsen des Triumphs oder das wütende Geflenne der Enttäuschung.

Es wäre an ihm, an Oreste Nava, zu erklären, daß die Resignation kein ausrangierter Plunder für Pfarrer und alte Weiber ist, sondern die feine Kunst, sich zwischen den groben Extremen von Allem oder Nichts zu bewegen, das einzige Yoga, das die Intelligenz entwickelt, das einzige Karate, das einem erlaubt, reifer zu werden und folglich unter den Stockhieben zu überleben, die es unterwegs doch immer wieder setzen wird. Und auch schließlich dem Tod ins Auge zu sehen, ohne sich vor Angst in die Hosen zu machen.

Aber das sind komplizierte, verzweigte Begriffe, die von Oreste Nava in Worte übersetzt in seinen eigenen Ohren recht wenig überzeugend klingen würden, eben nur wie die konfuse Predigt eines kindisch gewordenen Alten.

Auf der Treppe erscheint die Französin von 128, über dem Arm ein schweres, auffälliges Kleidungsstück, einen weißlichen, brutal gegerbten Schafledermantel, bodenlang, mit dem wirren, groben Lockenfell des Tieres auf der Innenseite. Doch ein anderes Tier mit kohlschwarzem Pelz (Bär?) ist für den riesigen Schalkragen verwendet worden, der völlig die Schultern und einen großen Teil der Vorderseite bedeckt. Nordisches, arktisches Zeug, das überhaupt nicht zu dem Klima hier paßt und zu der kleinen feingliedrigen Gestalt seiner Besitzerin, die jetzt, während Luigi ihr die Tür aufhält, mit Mühe das massive Stück hochhebt und Anstalten macht, hineinzuschlüpfen. Luigi stürzt vor um ihr behilflich zu sein, doch die Frau weist ihn finster ab, bringt schwankend das Unternehmen selbst zu Ende, trabt, zur Zwergin geworden, zur Tür und geht. Luigi sieht sich vorsichtig um, dann umfaßt er schnell mit der rechten Hand den linken Bizeps und hebt ruckweise den linken Vorderarm, um eine sodomitische Vergewaltigung anzuzeigen.

Aber er hat die Zurückweisung doch selbst herausgefordert, denkt Oreste Nava, er hat sich doch taktlos verhalten und nicht begriffen, daß die Dame von 128 ihren barbarischen Mantel gegen die Meinung eines Ehemanns, einer Tochter nach Venedig mitgeschleppt haben muß und nun, als sie gemerkt hat, was für ein Fehler das war, lieber sterben würde, als das zuzugeben, auch sich selbst gegenüber. Jedes Angebot, ihr zu helfen, wird daher nur noch ihre lächerliche Demütigung schlimmer machen und so aufgenommen werden, wie ein übelnehmerischer Lahmer die gutgemeinte Geste eines, der ihm helfen will, aufnimmt.

Aber Luigi kann solche Nuancen nicht verstehen. Er ist in Wirklichkeit zu jung und zu unerfahren, um überhaupt Nuancen wahrzunehmen. Er sieht die Welt wie eine Wassermelone, bei der er die Grundfarben grün, rot, schwarz, weiß, die mehr oder weniger dicken Schnitze unterscheiden kann, mehr nicht. Er beweist das noch einmal, als die römische Prinzessin und ihr ungewöhnlicher Begleiter ins Hotel zurückkommen, zwei Telefonnotizen (für sie) entgegennehmen und wieder zur Suite 346 hinauffahren. Kaum haben sich die Aufzugstüren lautlos hinter ihnen geschlossen, beugt Luigi den rechten Arm, Handteller nach vorn, macht eine Faust und bewegt sie kolbenartig auf und ab, um energische Bumserei anzuzeigen.

Aber wer hat ihm das gesagt, was weiß denn er? Oreste Nava antwortet, indem er mit der flachen Hand vor den Augen herumwedelt, um das Vertreiben einer lästigen Fliege anzuzeigen. Unfähig, über sein eigenes Glied hinauszusehen, ahnt der arme Junge nicht, daß in gewissen Augenblicken des Lebens, in gewissen Situationen, unter gewissen Personen »das« eben »etwas anderes« wird.

Was eigentlich genau? Schwer, sehr schwer, ja unmöglich zu sagen. Oreste Navas Stirn legt sich in Falten, seine Lippen öffnen sich in einem platonischen Lächeln, seine Erinnerung kramt in uralten Bangigkeiten, zartem musikalischem Schmelz, leuchtenden Spinngeweben, Reflexen im Wasser, Düften, Konstellationen. In gewissen Augenblicken, mit gewissen Frauen (höchstens mit einer oder zwei) hatte man den Eindruck, »das« mit Himmeln und Ozeanen, mit dem ganzen Universum, mit Planeten, Kometen, Sternschnuppen zu machen. Ja, und selbst die Ameisen, die Blätter, die Steine waren miteinbezogen.

Alles andere als Bumsen war das. Es war so sehr etwas anderes, daß es irgendwie nachgerade überflüssig wurde, es war nicht einmal mehr nötig, es zu machen. Und gleichzeitig waren diese Frauen (eine, zwei, nicht mehr), mit denen es gar nicht nötig war, es zu machen, auch die einzigen, mit denen es sich wirklich lohnte, es zu machen ... Unauslotbare Geheimnisse sind das, schwindelerregende Rätsel.

Oreste Nava dreht die Handfläche nach oben, legt die Fingerspitzen zusammen und bewegt die Hand auf und ab, um mitleidige Verachtung anzuzeigen, die platonische und verächtliche Frage auszudrücken: Aber was zum Teufel willst denn du davon verstehen?

2.

Es war schon – unzweideutig – Heim, heimischer Herd, home sweet home. Als wir die Tür zum Salon öffneten und die schmucke Komposition von Kissen Rahmen Sessellehnen Teppichen rosa Nelken im kräftigen, kaum durch die langen leichten Vorhänge gedämpften Tageslicht leuchtete, war der Eindruck, nach Hause zurückzukehren, ganz deutlich.

Ich ließ mich in einen tiefen Sessel mit Blumenmuster fallen, drückte auf die Absätze, um die Schuhe abzustreifen, und seufzte ehrlich: »Ich bin todmüde.«

Ehrlich in dem Sinn, daß ich nach dem Abnehmen, Umdrehen und Wiederaufhängen aller dieser Bilder mit zudem diesem zweideutigen Ergebnis wirklich benommen und müde war.

Aber die Ehrlichkeit ist etwas für Astronomen, Astrophysiker, sie weicht immer weiter zurück wie die Galaxien oder Sternennebel oder was sonst das ist. Im Teleskop betrachtet, hätte meine Müdigkeit einer Ehefrau, die sich erschöpft in den erstbesten Sessel fallen läßt, vielleicht einen Halo von Theatralität aufgewiesen, und selbst bei dem Satz »ich bin todmüde« könnte ich nicht schwören, ihm nicht wie einen Zauberspruch, eine an die Zeit gerichtete Beschwörung gewählt und ausgesprochen zu haben. Entschlüsselt würde er so lauten: Laß mich ausprobieren, wie das gemeinsame Leben mit David nach zehn, zwanzig Jahren wäre.

Ich ließ genüßlich die Zehen spielen und sagte, daß die Zeit mir aber auch ruhig helfen, meine Komplizin werden konnte. Schließlich hatte die Minutendiebin gezeigt, daß sie sie auch großzügig zu erweitern wußte, wenn sie in kaum mehr als drei Stunden diese anonyme Hotelwohnung in einen bereits mir vertrauten, uns gehörigen Ort verwandelt hatte. Davon ausgehend bat ich sie, mir zu helfen, das Gefühl der Seßhaftigkeit, der Dauer zu empfinden.

Der erste Wink war naheliegend.

»Und jetzt wollen wir sehen, ob sie uns etwas zu essen heraufbringen, was meinst du?«

»Gewiß«, sagte David. »Ein reiches Stilleben.«

Ein kleines Essen daheim, in Pantoffeln. So riet mir an diesem Punkt die schlaue Erinnerungsdekorateurin, die geschickte Regisseuse unserer unmittelbaren Zukunft.

»Hast du nicht einen Pullover oder so etwas zum Anziehen?« schlug ich vor, um der Sache den letzten Schliff zu geben.

Er sah mich ein wenig überrascht an, ging in sein Schlafzimmer. Da er nicht gesagt hatte, ob er sich durch die Bekanntschaft mit dem zweideutigen Spinoza nun von den Vorschriften der koscheren Küche entfernt hatte oder nicht, bestellte ich sicherheitshalber ein Stilleben aus Lachs, Omelette, so bunter Rohkost wie möglich, frischem Obst, Nüssen. Zweifel: Lachs, war das ein Fisch ohne Schuppen? Ich griff wieder zum Telefon. Aber nein, wie dumm von mir, er hatte doch Schuppen, er hatte ganz bestimmt welche. Ich legte den Hörer wieder auf und lief auch, um mir etwas »Häusliches« anzuziehen.

Doch eigentlich hatte ich nichts passend Schlampiges, Ausgeleiertes dabei, und meine beiden Pullover saßen wie angegossen. Doch es wäre in jedem Fall unmöglich gewesen, mit Davids Wolljacke zu konkurrieren. Sie war an den Ellbogen fast durchsichtig, die beiden Taschen hingen hinunter, der dritte Knopf baumelte nur noch an einem Faden. Ein Triumph der Dauer.

»Ist es so recht?«

»Perfekt.«

Wir setzten uns einander gegenüber, und ich, immer noch in dem Gefühl, daß die Zeit auf meiner Seite war, versuchte, die Szene in die kommenden Jahre hinaus auszudehnen, sie mit unzähligen Splitterchen noch virtuellen Lebens anzufüllen. Ich versuchte, David mit postverliebten Augen zu betrachten.

»Allerdings, man müßte dich mal von Kopf bis Fuß ein bißchen neu ausstaffieren«, bemerkte ich sachlich.

Er ließ den Blick an seinen abgetragenen Hosen hinaufgleiten, zog den baumelnden Knopf der Strickjacke hoch, musterte ihn seufzend.

»Stimmt, ich habe nie Zeit, mich darum zu kümmern. Oder vielleicht ist es auch nur Faulheit.«

»Den nähe ich dir nachher an.«

»Aber das kann ich auch selbst. Ich kann noch ganz anderes auf dem Gebiet. Flicken. Kochen. Bügeln. Sogar Schuhe besohlen. Der perfekte Hausmann.«

Und der perfekte Vagabund, dachte ich, der perfekte Soldat, der perfekte Sträfling.

»Warst du je verheiratet?«

»Einmal, es ist Jahrhunderte her ...« sagte er mit einem Ausdruck, als krame er in einer nachgerade jahrtausendalten Vergangenheit. Und er ging ins dunstig Schwebende des Englischen über, um zu erläutern: »But no, not really ... sort of ... there were difficulties ...«

»Da fällt mir übrigens eine andere difficulty ein«, bemerkte ich lachend. »Du hast ja für heute abend nichts anzuziehen.«

»Das ist wahr, richtig, ich bin nicht vorzeigbar . . . Aber ich kann doch hier bleiben und auf dich warten.«

»Das kommt nicht in Frage. Oder dann gehe ich auch nicht.«

»Aber hast du nicht darauf bestanden, daß ich auch eingeladen werde?«

»Eben, ich habe darauf bestanden, und deswegen gehe ich nicht ohne dich.«

»Du kannst doch eine Ausrede erfinden, sagen, daß ich plötzlich abreisen mußte.«

»Nein, ich erfinde auch für mich eine Ausrede. Oder ich sage ihr morgen, daß ich geglaubt habe, es sei für morgen, daß ich mich im Tag geirrt habe oder sonstwas. Cosima ist sowieso eine dumme Gans.«

»Ich verstehe nicht, was Cosimas Dummheit jetzt damit zu tun haben soll.«

»Ich weiß, sie hat nichts damit zu tun, aber laß es mich doch sagen.«

Ich projizierte dieses Klümpchen Gereiztheit, diese winzige Zelle eines Ehekrachs in die Zukunft. Würde es sich ins Ungeheuerliche vervielfältigen, bis es uns schließlich das gemeinsame Leben unmöglich machen würde? Ich zwang mich dazu, mir mürrische Mittagessen, einsilbige hüstelnde Abendessen vorzustellen. Und vielleicht würde dann die giftige Raupe des Grolls, die in buckelnden Rucken den Zweig der Erinnerung zurückkroch, bis zu diesem Augenblick jetzt zurückkehren, um den Vorwurf auszuspeien. Schon damals beim erstenmal in Venedig hätte ich kapieren müssen, daß du, daß du nicht, daß . . . Glühende Augen, harte Stimmen. Und die Liebe zu Staub zerfallen, ein von Räubern ausgeplündertes antikes Grab.

»Nein, nein, um Gottes willen.«

»Was, nein?«

Doch da erschien der Kellner mit dem Servierwagen, und man erzählt nicht eine Höllenfahrt vor einem Fremden. Während der junge Mann schweigend das Spieltischchen zwischen den beiden Fenstern deckte, beschwor ich mit einem Schauder weitere nichtige Zerwürfnisse: wegen eines verlorenen Schlüssels, einer Verspätung, wegen Spaghetti, die ich heiß liebte und David nicht. Ein beständiges, aufreibendes Scheuern mit Sandpapier.

Als wir uns zu Tisch setzten, war mir der Hunger völlig vergangen, ich sah durch mein Teleskop die kosmische Appetitlosigkeit einer langen Eheroutine.

»Was hast du?«

»Nichts.«

Nervöse Ehefrau, stumpfsinniger Ehemann. Auch unsere Worte hatten nun eine lustlose, muffige Tönung ... Doch ich hatte das Spiel zu weit getrieben. Ich mußte auf einmal über unser feindseliges Schweigen lachen.

»Nein, es ist zwecklos, es funktioniert nicht. Widmen wir uns lieber diesem schönen Stilleben. Es war ein dummes Spiel.«

»Ehemann und Ehefrau, was?« sagte David. »Wie die Kinder.«

»Nun, ich habe versucht, zwanzig Jahre in zwanzig Minuten unterzubringen, ich wollte mir uns beide als eines dieser alten Ehepaare vorstellen, die aus Trägheit zusammenbleiben und sich dabei ständig wegen Nichtigkeiten streiten.«

»Aber es gibt auch Paare, die nach zwanzig Jahren nicht streiten.«

»Das ist noch schlimmer. Die ertragen sich eben. Nein, ich glaube, daß leider die Zeit –«

»No Time ...« unterbrach er mich.

»No Time? Keine Zeit?« mißverstand ich ihn.

»Nein«, sagte er, »hinter dem *no* steht ein Komma, und *time* ist großgeschrieben. *No, Time, thy pyramids* ... Es ist eine Art Apostrophe, eine Schmähung der Zeit und ihrer Pyramiden, die nur dazu da sind, um uns daran zu erinnern, daß wir nicht unsterblich sind, daß für uns alles wechselt und verschwindet.«

Er konzentrierte den Blick auf den Eiskübel mit der Weinflasche, dann richtete er ihn wieder auf mich, aber als sähe er mich nicht; oder vielmehr, mit dem Ausdruck, als wollte er mich auf Zehenspitzen in die hinterste Kulisse eines verstaubten Theaters führen, mich in der Ecke eines dunklen, feierlichen, nur ihm allein bekannten Freskos unterbringen.

»Doch ich, sagte der Dichter, werde mich nie ändern: *No, Time, thou shall not boast that I do change ...*«

Seine halblaute ferne Stimme, die ironisch auf ein in einer Schublade vergilbtes Stück Spitze, ein zufällig wiedergefundenes Schmuckstück hinzuweisen schien, ließ mich fast erschauern. Und gleichzeitig packte mich heftig, blendend die Eifersucht.

»*Nein, Zeit, dessen wirst du nicht rühmen dich, daß ich mich ändere.*«

Ich nahm es als eine galant mir gewidmete Erklärung ewiger Liebe. Nur war ich nicht die erste Frau, konnte ich nicht die erste sein, der Mr. Silvera mit diesem gelungenen Zitat huldigte. Ich spürte den Schauspieler, den Verführer. Es kam mir nicht in den Sinn, daß diese Verse auch eine andere Bedeutung haben, ein Geständnis verbergen könnten.

»Wer ist das? Shakespeare? Milton?«

»Shakespeare. Eines seiner Liebessonette.«

Ein Bravo dem Kavalier, dem die Pyramiden der Zeit schnuppe waren, dem es so gar nicht schwerfiel, Liebe und Leidenschaft in saecula saeculorum amen zu versprechen. Hatte ich nicht ein Gefühl der Dauer verlangt? Bitte sehr, prompt servierte er mir seinen geräucherten Shakespeare.

Die Gewißheit, nicht die eine, einzige und endgültige

Frau Mr. Silveras zu sein, sein zu können, schien mir das Schrecklichste, das mir je in meinem Leben zugestoßen war.

»Was hast du?«

Ich wollte schon mit dem dazugehörigen Achselzucken »nichts« antworten, aber es war besser, die Wahrheit zu sagen.

»Ich bin eifersüchtig.«

»Ah«, sagte Mr. Silvera. »Was für eine Zeitverschwendung.«

Immer wieder die Zeit mit ihren trügerischen Pyramiden.

Hier machte ich den zweiten Fehler. Aus der verrückten Angst heraus, daß er mir nun (auf mein verrücktes Verlangen hin) von seinen vergangenen und gegenwärtigen Lieben erzählen könnte, ergriff ich ungestüm selbst das Wort, vom Lachs bis zu den Nüssen.

Von dem, was ich gesagt habe, ist mir nur die wirre und verzweifelt negative Erinnerung einer um sich schlagenden Schwimmerin gegen den Strom geblieben. Das »Alles«, das ich herausbringen wollte, beschränkt sich auf ein paar unverhältnismäßige Meinungen über einen in Coimbra gesehenen *Rei Lear,* über Madame de Staël, über ein Fest, das ich vor einem Monat in Rom gegeben hatte, und auf wenige, mühselige Kindheitsanekdoten: der Tod eines schwarzen Hündchens, eine englische Tante, die in einer Box neben ihren Pferden schlief, eine völlig uninteressante Schulkameradin, die mir völlig uninteressante Bosheiten zufügte.

Ich höre wieder meine geschwätzige Stimme, die von mir spricht, die sich überstürzt, unüberlegt ins Blaue hinein redet, ohne Ordnung, ohne Harmonie, ohne Sinn. Das soll eine Frau sein, die mit allen anderen Frauen konkurrieren, die Pyramiden herausfordern will? Das soll ein Leben sein?

Wie beschämt mich der Gedanke – aber es ist eigentlich

nicht ein Gedanke, sondern es ist wie die Narbe eines Gedankens –, mich schändlich verraten zu haben! Und es tröstet mich auch nicht die Überlegung, daß nicht nur mein, sondern jedes andere Leben so ist: ein wimmelndes, unberechenbares Drängen, das sich dann, wenn es in die Enge getrieben wird, in farblosen Rinnsalen verläuft.

Aber was ich mir absolut nicht verzeihen kann, ist, daß ich ihn mit meinem Wortschwall praktisch daran hinderte zu sprechen. Das war nämlich der Augenblick dazu. Die Pyramiden waren das Zeichen, der erste Ansatz dazu, dessen bin ich sicher. Wenn ich es gespürt hätte, wenn ich einfach geschwiegen hätte, dann hätte er sich mir schließlich eröffnet. Mir und nicht – wie er es ein paar Stunden danach zu meiner Beschämung in saecula saeculorum tat – dieser dummen Gans, dieser Idiotin Cosima.

3.

Der Kaffee ist getrunken, der Servierwagen vom Kellner hinausgebracht, ein paar Routineanrufe sind getätigt worden. In dem Sessel sitzend, der (so hat sie es bestimmt) bereits »sein« Sessel geworden ist, gibt Mr. Silvera vor, eine Zeitung zu lesen.

Pyramiden oder nicht Pyramiden, dieser eigensinnige Kampf gegen die Zeit scheint ihm eitel und widersprüchlich. Sie will den Glanz einer blitzartigen Liebe, mitreißend wie ein Vers von Shakespeare, den unvermeidlichen Stumpfheiten einer festen Beziehung entgegensetzen; und doch fühlt sie sich wie er (aber sein Fall liegt anders, die »Festigkeit« ist für ihn die Ausnahme) gerade von diesen Stumpfheiten angezogen: ruft sie hervor, setzt sie in Szene, kann nicht auf die liebevolle kleine Münze des Gewohnten, des Dauernden verzichten. Sie will die an Langeweile grenzende Geruhsamkeit eines Novembernachmittags zu Hause; will das beruhigende Geraschel der Zeitungsblätter, die kleinen Geschichten aus dem Lokalteil.

»Korrupte Gondolieri«, teilt sie ihm jetzt mit, »benutzten Gondeln zur Übergabe von Kokain, stell dir das vor.«

Von den beiden Tageszeitungen, die das Hotel seinen italienischen Gästen gratis liefert, hat sie für sich den lokalen »Gazzettino« gewählt und ihm die andere überlassen.

»Mmmm«, macht Mr. Silvera wie jemand, der tief in seine Lektüre versunken ist.

In Wirklichkeit hat er keine Zeile gelesen und wird auch keine lesen, denn unter den besonderen Umständen, unter denen er lebt, haben die »letzten Nachrichten« seit langem aufgehört, ihn zu interessieren. Er steckt sich manchmal irgendeine Tages- oder Wochenzeitung, die er auf einem Flugzeugsitz, in einem Zugabteil oder in einer Hotelhalle findet, in die Tasche, aber nur, um sie erst später und auch in räumlicher Entfernung mit milder Neugier durchzublättern, als eine Art Souvenir, das nichts mehr mit dem wechselnden Tagesgeschehen zu tun hat. Nichts dagegen scheint ihm langweiliger, veralteter als die Zeitung vom Tage.

Doch er gibt sich gerne zu diesem wie zu anderen Spielchen von ihr her, die ihn rühren und auch amüsieren. Er wird sich den baumelnden Knopf der Strickjacke wieder annähen lassen. Er wird ausgehen, um etwas Anständiges zum Anziehen für heute abend zu suchen. Er wird die glanzvolle Dame zum Empfang bei dieser dummen Gans, bei dieser Cosima, begleiten.

»Auf der Giudecca hat es gebrannt«, wird er jetzt informiert. »Eine Katze, die sich auf den Dachsims geflüchtet hatte, ist von den Feuerwehrleuten gerettet worden.«

Er wird sich damit abfinden, vorgeführt, gemustert, veurteilt zu werden, denn es ist ihm klar, daß die unsichere

Dame ihn nicht, oder nur zu einem ganz kleinen Teil, aus Eitelkeit mitschleppen will, ihn nicht als eine »Eroberung« ansieht, die sie zum Neid der Welt ausstellen möchte. Das eigentliche Bedürfnis bei ihr ist ohne Zweifel das – ganz natürliche – Bedürfnis, einer allzu privaten, allzu intensiven und daher unglaublichen Leidenschaft leidenschaftslose Zeugen zu geben; und außerdem bemüht sie sich eben, mit Mr. Silvera so viel wie möglich gemeinsam zu erleben, »zwanzig Jahre in zwanzig Minuten unterzubringen«, wie sie selbst gesagt hat.

»Pietro Lorenzon, Bleigießer, ›ragazzo del‹ 99, ist im 82. Lebensjahr verstorben. ›I ragazzi del ›99‹, weißt du, waren der letzte Jahrgang, der im Ersten Weltkrieg eingezogen wurde. Es ist auch ein schönes Paßbild dabei«, verkündet sie ihm jetzt.

Mr. Silvera gähnt rechtschaffen.

»Diese Todesanzeigen der Provinzzeitungen«, fährt sie fort, »mögen ja ein bißchen schaurig sein, aber ich muß sagen, mir mißfallen sie nicht. Ich finde es richtig, daß auch ich einen Augenblick lang wissen soll, was für ein Gesicht Rosa Minetto, Hausfrau, 56 Jahre, hatte. Schließlich ist das interessant.«

»Mmm«, macht Mr. Silvera.

»Sieh mal hier, der da: findest du nicht, daß er deinem Freund Fugger ähnlich sieht?«

»Fugger?«

»Ja, der von dem gefälschten Porträt. Der unbegreifliche falsche Edelmann. Sieh doch.«

Sie steht auf und kommt her, um ihm das mit trostlosen Photographien übersäte Zeitungsblatt zu zeigen. Ältere Männer und Frauen, Greise, ein kleines Mädchen. Und ein junger Mann um die dreißig, der ein ganz klein wenig, um nicht zu sagen, gar nicht, dem Porträt von heute morgen ähnelt.

»Aldo Scalarin, 34 Jahre, Angestellter«, liest sie. »Findest du nicht, daß er ihm ähnlich sieht?«

»Ja, richtig«, lügt Mr. Silvera, »tatsächlich, die Nase ...«

»Aber du«, sagt sie, »könntest du mir nicht etwas mehr über diesen Fugger erzählen? Irgend etwas, das erklären könnte, wie –«

» – wie er in die Sammlung Zuanich geraten ist? Es bleibt mir völlig unverständlich. Ich kann dir nur sagen, daß er zu der Zeit, als ich ihn kennenlernte, Schmuggel getrieben hat.«

»Kokain?«

»Verschiedene Drogen. Aber das ist wirklich alles, was ich weiß.«

»Mmm«, macht die mißtrauische Dame und fixiert ihn.

Die Zigarette gleitet Mr. Silvera aus den Fingern, nistet sich in einer Tasche der Strickjacke ein und schafft es, bevor sie herausgezogen wird, ein schwärzliches Loch von unheilbarer Ausdehnung hineinzubrennen.

Groß ist die Aufregung der zu Hilfe eilenden Dame, gewaltig ihre Entrüstung.

»Nein, das ist doch nicht möglich, sieh nur, die ist ja völlig ruiniert!«

Sie reißt den herunterhängenden Knopf ab, prüft verächtlich die Elastizität der beiden ausgeleierten Taschen.

»Da ist nichts mehr zu retten, wirklich, du mußt dich dazu entschließen, sie wegzuwerfen!«

Mr. Silvera nickt mit zerknirschtem Gesicht.

»Es sei denn, du hast einen besonderen Grund, dich nicht davon zu trennen.«

»Nein, nein«, verneint Mr. Silvera entschieden, »keinerlei Grund.«

Ganz, ganz zärtlich ist der Eifer der großzügigen Dame, als sie ihm nun ankündigt:

»Also dann, wenn wir jetzt in die Stadt gehen, schenke ich dir eine, du weißt nicht, was für eine Freude mir das wäre. Darf ich?«

Mr. Silvera erklärt, daß das Geschenk auch ihm große

Freude machen würde. Er zieht das altersschwache Kleidungsstück aus und versucht dabei, dessen Ursprung zu rekonstruieren: ob er es sich wer weiß wann, wer weiß wo selbst gekauft hat oder ob es ihm in einer anderen Stadt, zu einer anderen Zeit von einer anderen Frau geschenkt worden ist, die nicht vergessen werden wollte.

4.

Das Ghetto von Venedig, das den Ghettos der ganzen Welt den Namen gegeben hat, ist heute kaum mehr von der übrigen Stadt unterscheidbar. Seine Synagogen verschiedener Riten – die *Schil* der Italiener, der Sephardim, der Askenasim – heben sich nicht von den übrigen Gebäuden ab, exotisch jüdische Läden sind keine zu sehen, und begegnet man zufällig einmal einer Gestalt mit langem Bart und breitkrempigem schwarzem Hut, handelt es sich wahrscheinlich um einen amerikanischen Rabbiner auf touristischer Pilgerfahrt.

Das wußte ich und dachte ich, während das Taxi leise durch jene öden, verkommenen kleineren Kanäle tukkerte, die einen an die hinter der stolzen Fassade eines Lifting verborgenen Runzeln gemahnen. Ich war nie vorsätzlich ins Ghetto gegangen, ich war ein, zwei Mal zufällig vorbeigekommen, und das wenige, das es dort zu sehen gab, hatte ich gesehen.

Und doch:

»Es ist noch früh. Wollen wir einen Gang durch das Ghetto machen?«

Meine Worte, meine Stimme, meine Idee.

Warum?

Weil es eben jetzt David gab, um es mit David wiederzusehen, natürlich. Nach Chioggia schien mir, daß nichts, was ich ohne ihn gesehen hatte, mehr zählte oder überhaupt existierte. Alles mußte aus dem prä-verliebten Limbus hervorgeholt und von neuem angesehen, neu überprüft werden: vom Bodensee bis zu einer Kurzwarenhandlung in der Rue Lepic auf dem Montmartre, von Westkanada bis zu jenem Gärtchen hinter San Celso in Mailand. Ein schwindelerregendes Unternehmen.

Aber warum wollte ich gerade mit dem Ghetto anfangen?

Ich muß antworten, daß ich es nicht mehr weiß, nichts mehr unterscheide, nichts ausschließen kann, rückblikkend scheint mir alles gleichzeitig zufällig und absichtlich, unschuldig und vorsätzlich zugleich, bei ihm wie bei mir.

Vielleicht war es bei mir auch der sentimentale – und völlig unsinnige – Wunsch, David in seiner sozusagen natürlichen Umgebung zu sehen, in seiner Welt: als könnte es irgendeine besondere Beziehung zwischen ihm und dem Ghetto von Venedig geben, als erwartete ich – wenn wir am Ponte delle Guglie aus dem Motorboot steigen würden – eine Menschenmenge von Händlern, Wucherern, Kabbalisten, Kindern, Frauen in langen dunklen Gewändern, die ihm, geführt von Rabbi Schmelke in allen Sprachen und Dialekten der Diaspora begrüßen würde.

Doch aus dem Tor zum Ghetto – einer unbedeutenden Öffnung zwischen melancholischen Häusern – lief uns nur mit zögernden Schritten eine Taube entgegen, und ich erschrak plötzlich bei der Vorstellung, daß David vielleicht von dieser »seiner Welt« noch weniger wußte als ich oder daß ich mich im Gegenteil von neuem vor dieser Mauer aus Schweigen wieder finden könnte, wie damals bei den abgenommenen Fresken, oder als er mit dem Bus von Chioggia zurückfahren wollte, oder bei dem geheimnisvollen Fugger. Als ich mit meinen Gedanken da angelangt war, erzählte er mir von der alten Gießerei, die dem Stadtteil den Namen gegeben hatte: eine mir und jeder beliebigen Reisegruppe bereits bekannte Tatsache.

Da, dachte ich verzagt, er weiß tatsächlich nichts, oder er will mir nichts sagen.

Er fügte dagegen hinzu, daß im jüdischen-venezianischen Jargon bereits um die Mitte des 16. Jahrhunderts Ghetto *chazèr* geheißen habe.

»Ach ja? ... Chazèr?« wiederholte ich erleichtert.

Und es erleichterten, trösteten mich weitere kuriose Angaben, bei denen ich es nicht unterlassen konnte, sie mit eigenen phantastischen Ausschmückungen zu vervollständigen. Ich erfuhr, daß nach einer Verordnung der Republik die Gemeinde einen christlichen Trompeter entlohnen mußte, der den Auftrag hatte, jeden Abend das Schließen der Tore anzukündigen, und außerdem vier Wachen, die die ganze Nacht in Gondeln auf den Grenzkanälen patrouillierten (und ich sah David in einem langen Umhang, wie er sich aus einem Fenster herabließ, in ein Boot sprang und lautlos zu wer weiß welchen Zusammenkünften davonglitt). Daß außerhalb des Ghettos dessen Bewohner eine gelbe Mütze tragen mußten (entsetzt sah ich einen Augenblick lang David mit dieser entwürdigenden Kopfbedeckung), wobei in der Praxis sehr wenige diese Auflage befolgten (ah, Gott sei Dank). Daß die jüdischen Ärzte äußerst gesucht waren und frei, zu kommen und zu gehen, wann und wohin sie wollten, ohne daß jemand auch nur im Traum daran gedacht hätte, sie anzuhalten (finstere nächtliche Patrouillen verbeugten sich vor David und seinem schwarzen Arztköfferchen). Daß schließlich bei dem Einzug Napoleons 1797 die Tore aus den Angeln gerissen, zertrümmert und verbrannt worden waren, während die Bevölkerung das Ereignis feierte und um den Freiheitsbaum herumtanzte. Auch ein paar Rabbiner hatten, von der Begeisterung mitgerissen, fröhlich mitgetanzt (nicht David, der von einer Straßenecke aus, lächelnd aber distanziert, die Szene beobachtete).

Naiv phantastische Ausschmückungen, gewiß. Aber ich weiß jetzt nicht mehr, ich unterscheide nicht mehr:

War es das leere und so melancholische Viertel, das mich dazu drängte, es mit etwas Farbe auszumalen? War es die Liebe, die meine Einbildungskraft reizte? Oder war es doch wieder Mr. Silvera, der mich klug dahin »manövrierte«, wo er mich haben wollte, der jene Bilder mit seiner Stimme, den Pausen, seinem Zögern in mir heraufbeschwor?

Wir waren in das Ghetto Vecchio eingetreten (das übrigens, wie ich erfuhr, später entstanden war, als das sogenannte Ghetto Nuovo: älter war nur die Gießerei) und waren stehengeblieben, um die nunmehr fast unleserliche Steinplatte zu entziffern, die wenige Meter hinter dem Tor eingemauert war. Jahrhunderte von Regen, Nebel und Wind hatten allmählich alle bürokratische Strenge aus dem Marmor geschliffen, so daß jetzt diese rissige Liste der Verbote und Strafen etwas trostlos Papierenes hatte wie ein alter vergilbter Brief:

... DASS ES STRENG VERBOTEN IST JEDEM JUDEN ODER JEDER JÜDIN NACHDEM SIE ZUM CHRISTENTUM BEKEHRT UNTER JEDWELCHEM VORWAND DIE GHETTOS DIESER STADT ZU BETRETEN ODER DARIN ZU VERKEHREN, SICH IN DIE HÄUSER VON JUDEN ODER JÜDINNEN ZU BEGEBEN, UNTER STRAFE IM FALL DER ÜBERTRETUNG DES GEFÄNGNISSES ZUCHTHAUSES PRANGERS, DER PEITSCHE UND ANDERER SCHWERER BUSSEN NACH BELIEBEN IHRER EXZELLENZEN IN ANBETRACHT DES RANGES DES VERGEHENS UND DES SCHULDIGEN!

Der Erlaß, erklärte mir David, betraf die Marranen, die überall als doppelzüngig, opportunistisch und falsch angesehen wurden. Diese konvertierten Unglücklichen wurden von der Republik, die sie im Verdacht hatte, insgeheim die alte Religion auszuüben, strengstens überwacht. Opfer von Spionen, Denunzianten, Erpressern, wurden sie von niemandem geliebt, galten bei niemandem etwas, nicht einmal bei sich selbst.

Und ich sah ihn als Verräter, Verleugner, als Marranen,

wie er die Mauern entlangschlich, sich im Schatten der Hauseingänge versteckte, während aus den Fenstern Frauen mit ebenholzschwarzen Augen und ehrwürdige Greise unendlich verachtungsvoll auf ihn herabblickten. Und beinahe fragte ich mich, ob er, David Silvera, heute nicht tatsächlich ein Verräter war, ob sein ausweichender mystery-man-Charakter nicht daher rührte. Ein doppelzüngiger Mensch. Ein Doppelagent. Vielleicht in Wirklichkeit nicht einmal Jude. Einer, der mit falschem Paß reiste, zu jedem Meineid fähig, zu jedem Verrat. Und der verzweifelt unglücklich war.

Ich blickte ihn an. Er sah amüsiert aus. Was war denn so lustig?

»Ich habe gerade an die Christen gedacht, die unter Nero oder Diokletian keine Lust hatten, sich von den Löwen fressen zu lassen. Es wird doch auch solche gegeben haben, oder? Niemand spricht je von ihnen, diesen Nicht-Helden, niemand gedenkt ihrer mit einem Standbild oder einer Straße. Und dabei wäre das doch ganz einfach und gar nicht schlecht als Adresse: Platz der christlichen Nicht-Märtyrer 18a«

Ja, ich erinnere mich auch, daß wir lachten bei diesem Rundgang, so als er mir von dem Gondeldisput erzählte, bei dem ein hochgelehrter, aber recht freier oder vielleicht auch nur fauler Talmudist behauptete, es sei im Hinblick auf die Anlage der Stadt völlig statthaft, am Sabbat eine Gondel zu benutzen. Die Frage wurde lange diskutiert, aber am Schluß behielten die konservativeren Rabbiner die Oberhand, und die Gondel blieb am Sabbat *asur*, verboten.

Wir gingen weiter die Calle di Ghetto Vecchio entlang, an der Synagoge der Spaniolen und an der der Levantiner vorbei, durch kahle Häuserschluchten. Alle Gebäude hier waren unverhältnismäßig hoch, weil die Bewohner das ihnen zugewiesene begrenzte Gebiet aufs äußerste hatten nutzen müssen. Dicht an dicht reihten sich die Fensterchen in ungleichmäßigen, wie übereinandergedrückten Stockwerken, und angesichts des leprosen Zustands des Verputzes und der Simse hätte man meinen können, daß niemand mehr in diesen elenden Behausungen wohnte, wie nach einem Pogrom oder einer Pestepidemie. Doch die Fensterrahmen waren fast alle aus eloxiertem Aluminium und da und dort mit Wäschegirlanden geschmückt, die bewegungslos in der bewegungslosen Luft hingen.

»Wer weiß, ob die Bewohner noch Juden sind?«

David wußte es nicht, aber er wußte, daß viele auch von hier weggeholt worden waren, zur Zeit des letzten Massakers.

Ich nahm seinen Arm, drückte mich an ihn.

»Du mußt damals noch ganz klein gewesen sein, oder? Und wo warst du?«

»Nun«, sagte er, »ich war schon damals ein bißchen da und ein bißchen dort, ich bin ziemlich rumgestoßen worden, soweit ich mich erinnere. Aber gerade deshalb bin ich auch davongekommen. Ich habe Glück gehabt.«

Hinter dem Brückchen über den Kanal lag grau und traurig der Campo di Ghetto Nuovo wie eine große ausgekratzte Pfanne. Wir setzten uns auf eine Bank, und David küßte mich leicht und erzählte mir, daß zu den vielen Verboten, denen die Juden unterlagen, auch jenes gehörte, mit christlichen Frauen, selbst wenn sie Prostituierte waren, Unzucht zu treiben.

»Und die Strafe?«

»Je nach der Schwere des Skandals.«

»Aber wir beide, zum Beispiel?«

»Eine Edelfrau? Nun, ihr Ehemann hätte sie für eine Weile ins Kloster geschickt.«

»Wie langweilig! Und du?«

»Sechs Monate oder ein Jahr Gefängnis, plus ich weiß nicht wieviel Zechinen Bußgeld.«

Fußballspielende Kinder liefen schnell und kreischend wie bunte Möwen zwischen den kahlen Bäumen hin und her. David hob einen roten Handzettel von der Erde auf, der einen Ausverkauf von Taschen und Koffern in der Rialtogegend ankündigte. So ungefähr, sagte er, sahen die Quittungen der Geldverleiher des Ghettos aus, rot oder grün oder gelb. Arme Venezianer füllten jeden Tag den Platz und brachten ihre kleinen Gold- und Silbersachen zu den drei Pfandbänken – dahinten, unter dem langen Laubengang –, dann kehrten sie mit jenen bunten Zetteln, die ihnen die jüdischen Blutsauger ausgestellt hatten, wieder nach Hause zurück. Doch die jüdischen Blutsauger hatten nicht die geringste Lust, die Blutsauger zu spielen, sie machten dabei Verluste, flehten ständig die Regierung an, sie von dieser undankbaren und ruinösen Aufgabe zu entbinden. Doch die Regierung lehnte immer wieder ab, die Darlehen an die Armen waren ein soziales Problem, und das sollten die Juden lösen, auch mit Verlust. Wenn nicht, dann keine Aufenthaltserlaubnis, keine Verlängerung des »Führungszeugnisses«.

»Eine Art Erpressung.«

»Eine Art Steuer.«

»Ja konnten sie denn auch aus Venedig jederzeit weggejagt werden?«

»Ja, aber es gab ein Mindestmaß an Rücksicht, nämlich eine gewisse Kündigungsfrist.«

»Wie gütig.«

Ich sah David Stufe für Stufe die enge Treppe bis zum siebten Stock eines jener hohen Häuser hinaufsteigen und mir (ich war zum jüdischen Glauben übergetreten) mitteilen, daß es zu Ende war, daß sie uns fortjagten, daß wir unsere wenigen Habseligkeiten, seinen brüchigen Koffer nehmen und gehen mußten. Aber wohin? Wer weiß. In die Welt hinaus. Nach Korfu, nach Saloniki, nach Negroponte, wohin es uns eben verschlug. Aber das war doch grauenhaft, es gab keine Sicherheit, es gab keine Zukunft, es gab keine Dauer, das war kein Leben...

»Aber das war doch kein Leben!« sagte ich.

»Ah«, sagte Mr. Silvera.

Er sah mich mit einem Ausdruck an, dessen Traurigkeit mir unerträglich vorkam, und nach einem Augenblick ließ er den roten Zettel zwischen die Erdnußschalen und das trockene Laub auf die Erde fallen.

»Ah«, wiederholte er und sah mich nicht mehr an.

Ich stürzte ins Bodenlose. Es gab, spürte ich voller Verzweiflung, etwas, das ich dieses Mal wirklich hätte verstehen müssen, und wenn ich es nicht verstand, dann war es allein meine Schuld, weil ich dem nicht gewachsen war...

Ein kleiner untersetzter Mann mit einer Kordjacke erschien hinten auf dem Platz, verlangsamte nach und nach seine unentschlossenen Schritte und blieb schließlich mit den Händen in den Taschen stehen, um den spielenden Kindern zuzuschauen.

So war das Leben, nicht nur das der Juden, sondern das aller Menschen, auch meines, ungefestigt, bedroht, es hing an einem Faden, war jeden Augenblick widerruflich: war es vielleicht das, was er mir zu sagen versucht hatte und was ich nicht zu verstehen vermochte? Daß es nie und für niemanden je wirkliche Sicherheiten gab, nie, an keinem Ort je echte Wurzeln, ja, daß das *chazèr* selbst unverankert auf dem Wasser schwamm und ebenfalls fortziehen konnte, davongetrieben werden konnte bis nach Korfu, Smyrna, Antiochien, Konstantinopel, look, look, Mr. Silvera?

Der Ball rollte langsam auf den Mann in der Kordjacke zu, der die Hände aus den Taschen nahm und sich zum Schuß anschickte.

War also das der Grund, warum die Juden immer gehaßt und verfolgt worden waren? Weil sie die Illusion der Dauer, den Traum von der Beständigkeit verneinten, das hoffnungslos Vorübergehende aller Dinge auf dieser Erde verkörperten? Auch der Liebe. Vor allem der Liebe.

Die Kinder waren stehengeblieben. Aufmerksam, konzentriert zielte der Mann mit dem Fuß, trat kräftig und verfehlte völlig den Ball, der müde auf dem Pflaster des Platzes weiterrollte.

»Ach geh, was willst du denn spielen?« rief eines der Kinder höhnisch.

Zwei andere liefen den Ball wiederholen.

»Gehen wir fort von hier«, sagte ich und stand auf.

Der Mann, der wieder die Hände in die Taschen steckte, ging beschämt auf die eine der beiden Brücken zu, wir entfernten uns über die andere, und hinter uns belebten jetzt nur noch die atemlosen Rufe der Kinder, die immer leiser wurden, das Ghetto.

5.

Das nächste Ziel ist ein alter Laden in der Nähe der Lista di Spagna. Ein amüsantes Ziel oder so hat es jedenfalls vor dem Besuch des Ghettos geschienen. Es handelt sich um einen Altkleiderladen, der Mrs. Silvera seit langem bekannt ist und der, wie eine schnelle, vom Hotel aus durchgeführte Erkundigung ergeben hat, immer noch existiert.

Undenkbar, unvorstellbar ist nämlich, daß Mr. Silvera bei dem Essen am Abend in neuen Kleidern erscheint. Bevor er sich auf einen trostlosen, noch fabriksteifen Smoking, auf einen tragischen Tuxedo von serienmäßiger Makellosigkeit einläßt, bleibt noch der sozusagen antiquarische Weg, die Hoffnung auf ein Kleidungsstück, das, ohne allzu abgetragen, abgelegt, fremd zu wirken, doch ein wenig Vergangenheit aufweist, eine historische Patina, die Mr. Silveras würdig ist. Eine lustige Obliegenheit haben sie also jetzt, ein amüsantes Spiel der Körperausstattung erwartet sie.

Aber nach dem Gang durch das Ghetto hat sich die

Atmopshäre verändert, auf dem Weg zu der ziemlich nahe gelegenen Lista di Spagna klingt Mr. Silveras Stimme in seinen eigenen Ohren übertrieben lebhaft, wie die eines Menschen, der um jeden Preis das Schweigen vermeiden will.

»Und sie haben ihnen nicht nur verboten, ihre Bücher zu drucken, sondern sie haben ihre Bücher auch von Zeit zu Zeit verbrannt, sie haben große Scheiterhaufen aus talmudischen Texten auf dem Markusplatz errichtet.«

»Wie gräßlich.«

So schleppt sich die Unterhaltung wie von selbst weiter, ohne Interesse mehr auf beiden Seiten. Vom Verbot, Bücher zu drucken, kommt man auf das, Stoffe zu weben, sogar Schleier, und von da – mühselig – auf den Behelf der *strazzaria,* das heißt, des Handels mit Lumpen und alten Kleidern, der traditionsgemäß in Venedig wie in vielen anderen Städten in den Händen der Juden lag.

Aber gehört auch dieser Laden an der Lista di Spagna Juden?

Ja, einem alten Juden mit Namen ... mit Namen ... Peres vielleicht oder Perez mit z.

Aber wann ist er, Mr. Silvera, zum letzten Mal da gewesen? Vielleicht damals, als die Pordenonefresken noch im Kreuzgang von Santo Stefano waren?

Nein, nein, viel später, vor drei, höchstens vier Jahren.

Um zu kaufen oder zu verkaufen?

Um etwas zu verkaufen. Einen Mantel, der zu warm war, einen Lodenmantel mit einem viel zu dicken Futter.

Ah, ach so.

Tatsache ist – überlegt Mr. Silvera, während sie den Campo San Geremia überqueren –, daß es allmählich eine schwierige Kunst wird, an der Oberfläche zu bleiben, vor allem mit einer Frau wie dieser, die mit einem starken Gespür für das stillschweigend Inbegriffene begabt ist. Übrigens beginnt das Nicht-Bestimmte, Nicht-Erklärte, Nicht-Gesagte nun auch ihn zu bedrücken, das »So-tun als-wäre-Nichts« kostet auch ihn immer größere Anstrengung. In den letzten Stunden ist er ein paarmal drauf und dran gewesen, sich gehen zu lassen, was gewiß durch seine Müdigkeit bedingt war, aber auch – es hat keinen Sinn, das zu leugnen – durch die Gefühle, die Mr. Silvera seiner Gefährtin entgegenbringt, zu erklären ist.

Um aus diesem, was die Empfindungen angeht, gefährlich gestiegenen Wasser aufzutauchen und den Fuß wieder auf leichtsinnigeren, frivoleren Boden zu bekommen, nimmt Mr. Silvera ihren Arm (eine liebevolle, aber auch symbolische Geste) und fragt sie über diese Dame, die das Essen gibt heute abend, über diese Cosima aus.

Eine Frau – erfährt er unverzüglich –, die zwei Ehen und Scheidungen hinter sich hat, letzten Winter oft im Gefolge eines einflußreichen Wirtschaftsjournalisten gesehen worden ist, aber gegenwärtig eine Identitätskrise durchmacht und folglich mehr denn je auf der Suche nach Stabilität ist, sich mehr denn je auf die Organisation ihrer zeremoniellen Essen zu Ehren irgendeines Mächtigen, irgendeiner öffentlich anerkannten Persönlichkeit geworfen hat. Ein bißchen naiv und auch ein bißchen dumm, alles in allem, aber auch sympathisch. Eine alte Freundin. Das heißt: nicht eigentlich eine wirkliche Freundin, aber in gewissem Sinn ...

»Schön?«

»Schön ... mein Gott, ja, schön in einem gewissen Sinn ... wenn man unter Schönheit versteht, daß ... unter einem Gesichtspunkt, der nicht allzu ... doch alles in allem ... ja ... eine schöne Frau.«

Der Laden – Mr. Silvera war nicht ganz sicher, ihn sofort wiederzufinden – liegt immer noch am Anfang des Gäßchens, gleich neben der Fleischerei an der Ecke, aber er hat nichts Schüchternes, Verstohlenes mehr. Er trägt nun über der Tür ein stolzes Schild in Anglo-Venezianisch, »Thrifteria-Strazzaria«, und ist im Innern bedeutend erweitert worden, Nebenräume wurden dazugemietet. Auch die Beleuchtung, die Mr. Silvera eher als rembrandthaft, um nicht zu sagen geizig, in Erinnerung hat, ist jetzt nachgerade grell, und zusammen mit den Spinnweben des Schattens sind auch die Motten des Schweigens verschwunden, vernichtet durch eine durchdringende keimtötende Rockmusik, die im Hintergrund vibriert.

Der alte Jude (Mendes hieß er, Abramo Mendes!) ist tot, der Laden ist von einer Enkelin in die Hand genommen worden, die bereits zwei ähnliche in New York hatte und in kurzer Zeit auch aus diesem einen Erfolg gemacht hat. Eine tüchtige Frau mit einem unfehlbaren Gespür für die Mode und den Markt, die es auch aus der Ferne schafft, daß die Sache funktioniert.

Das junge Mädchen, das ihnen diese Umstände erklärt, ist groß, mager und hat lange schwarze Haare, die erbarmungslos im Nacken zu einem Ballerinenknoten zusammengezurrt sind. So bloßgelegt und nach vorn gerückt besitzt ihr Gesicht eine dramatische Härte, der aber das freundliche Lächeln, der weiche venetische Tonfall widersprechen, mit denen sie den Besuchern die verschiedenen Reichtümer der *thrifteria* erläutert. Eine ganze Wand ist mit einer Ausstellung von Masken und Larven in allen Farben bedeckt, versilberte, vergoldete, lackierte, aus Papiermaché, Satin, Holz, Samt, Pelz, in grotesk diabolischen, zart floralen, leichenhaft anatomischen Formen.

Nein? Dann vielleicht die Kostüme?

Wälder von Kostümen nehmen fast den ganzen ersten Raum ein. Mr. Silvera schüttelt den Kopf, doch die Frau, die ihn begleitet, kann nicht darauf verzichten, eines, zwei, fünf – alles Männerkostüme – herauszuziehen und Verschiedenes daran zu bewundern und zu kommentieren, die üppigen Drapierungen, die Schnurbesätze, die Kapuzen, die Kragen, die Stickereien, die Ärmelpuffe. Sie richtet weder Worte noch Blicke an ihn, aber es ist klar, daß sie ihn am liebsten alle anprobieren, ihn Jahrhunderte von Geschichte durchlaufen ließe, vom langen Umhang bis zum Überrock und zum Gehrock, um ihn schließlich in einen genau passenden Rahmen zu stellen: 14. Jahrhundert oder Cinquecento oder barbarisches Mittelalter oder Romantik...

Mr. Silvera lächelt, wartet geduldig, geht mit den beiden Frauen weiter zu der überquellenden Secondhand-Abteilung, dringt ein in den vagen Geruch von Wäscherei zwischen den langen doppelten und dreifachen Reihen von Regenmänteln, Mänteln, Jacken, einreihigen und zweireihigen Anzügen, zwischen Regalen mit Hemden und Ständern mit Accessoires vom Gürtel zur Krawatte bis zum Schirm. Fast alles kommt aus Amerika, und das Mädchen zeigt stolz gewisse »Sammlerstücke« aus den fünfziger und dreißiger Jahren und sogar eine lange Arbeiterschürze aus Tweed vom Anfang des Jahrhunderts.

Dann führt es seine Kunden in einen engen Raum, wo parallel zueinander die leeren Festhüllen hängen, rechts die bunten Damengewänder, links die vorwiegend schwarze – aber auch Weiß, *Écru,* Mitternachtsblau ist darunter – Reihe der Herrenanzüge.

»Hier, hier müßte doch etwas dabei sein.«

Während die Frauen ihm ungeduldig bei der Suche zuvorkommen, betrachtet Mr. Silvera selbstvergessen den Aufzug dieses Geistertanzes.

6.

Die Signora Contessa (das heißt, Cosima) habe wenige Minuten, nachdem die Signora Principessa (das heißt, ich) weggegangen sei, angerufen, erklärte mir der Portier, als er mir den Schlüssel reichte. Und da sie mich nicht angetroffen habe, habe sie sich direkt an ihn, Oreste Nava, gewendet wegen diesem schlimmen Vorfall. Es sei doch ausgerechnet jetzt passier, daß . . . Aber vielleicht sei ich ja schon über alles in Kenntnis gesetzt worden?

»Nein, ich weiß nichts«, sagte ich erschrocken, »was für ein Vorfall?«

Ein gebrochener (oder zumindest verstauchter, genau wisse man es noch nicht) Knöchel des Haushofmeisters, der ausgerechnet bei den Vorbereitungen für das Essen von heute abend über einen Teppich gestolpert sei. Weswegen die Signora Contessa, die wisse, daß er (Nava) schon anderen Familien in solchen Notlagen geholfen habe, mich habe anrufen wollen, damit ich ihn dringlich bäte –

Hier unterbrach sich der Portier mit einem Wink des Tadels in Richtung seines Gehilfen, eines jungen Mannes mit wachem, aber ein wenig dummem Ausdruck, der säumte, David die Tragtasche der *thrifteria* und die anderen Pakete mit seinen Einkäufen abzunehmen.

Aber Oreste Nava mußte sich auch aus Bescheidenheit unterbrechen. Der verstörten Cosima zufolge hätte ich ihn nämlich, soviel ich verstehen konnte, anflehen, ihn praktisch auf Knien bitten, ihm alles nur Denkbare auf der Welt versprechen sollen, damit er heute abend den verunglückten Cesarino vertreten käme.

Aber mein Name habe genügt, um die Sache zu entscheiden, versicherte er mir. Weswegen er sich also jetzt – trotz seines Alters, seines Rheumas und des Arbeitstags, den er hinter sich habe – anschicke, mit seinem Gehilfen Luigi zu der Signora Contessa zu eilen.

»Ich«, sagte dieser letztere lebhaft, »vertrete einen Mohren, weil nämlich –«

Nava brachte ihn mit einem Blick zum Schweigen, bat uns eindringlich für ihn um Entschuldigung und erläuterte uns, daß Cesarinos Herrin für ihre großen Empfänge zwei Mohren halte, die aber, da der eine Äthiopier und der andere Somalier sei, dazu neigten, sich zu streiten. Es habe deswegen klüger geschienen, in Anbetracht der Umstände...

Doch ich hatte bereits aufgehört, ihm zu folgen, sei es, weil ich das von den Mohren schon wußte, sei es, weil ich plötzlich glaubte, erraten zu haben, welchen höheren Plänen das Essen bei Cosima dienen sollte.

Es handelte sich nicht um die Bewirtung irgendeines x-beliebigen großen Tiers dieser Welt, Präsidenten eines Aufsichtsrats, einer Republik, einer Multinationalen Vereinigung oder was er sonst war. Es handelte sich darum, Mr. David Silvera, den umherschweifenden Helden der Imperial Tours, in seiner wiederangenommenen Gestalt des göttlichen Odysseus würdig zu ehren.

Das war der Zweck einer so großen Götterversammlung, von Cosima als Zauberin Circe bis zum ernsten Gott Nava und seinem Mundschenk Luigi... dem hinkenden Hephaistos in Gestalt Cesarinos... dem streitenden Paar afrikanischer Gottheiten... bis hin zu mir selbst als unglückliche Nymphe Kalypso... und allen Halbgöttern, allen Halbgöttinnen, die heute abend geladen waren.

VIII. Die Livree, Jacke aus amarantrotem

1.

Die Livree – Jacke aus amarantrotem Tuch, weißes Gilet – ist dem jungen Luigi ein bißchen zu groß: die Ärmel sind einen guten Finger breit zu lang, die Schultern hängen leicht über, und der Stehkragen sitzt nicht, steht im Nacken in einem bedauerlichen Henkel ab.

Stirnrunzelnd mustert Oreste Nava seinen Gehilfen noch einmal vom Kopf bis zu den Füßen, dann sieht er Cesarino an, den verunglückten Haushofmeister, der dem ausgeschalteten Fernseher gegenüber im Sessel sitzt, den dick verbundenen Fuß auf einen Schemel gelegt. Das Zimmer ist niedrig, aber sehr geräumig und mit solider altväterlicher Eleganz eingerichtet: Stiche an den Wänden, Teppiche und in einem schönen Übertopf aus Bronze eine üppige Aspidistra. Neben dem hohen Eisenbett ist fürsorglich ein Feldbett aufgestellt worden, damit der arme Cesarino keine Mühe mit dem Hineinklettern hat, wenn er schlafen gehen will.

Oreste Nava und Luigi sind zur Rekapitulation und den letzten Kontrollen hier heraufgekommen, und jetzt nickt Cesarino zustimmend.

»Es kann gehen«, sagt er ohne Begeisterung. »Wie fühlst du dich darin?«

Luigi windet sich in der Livree wie ein Schlangenmensch auf dem Jahrmarkt.

»Großartig!« verkündet er euphorisch.

»Denk daran, du mußt dich nicht mehr bewegen, als nötig ist, hample bloß nicht rum. Ein Essen ist kein Basketballspiel.«

»Hab' nie Basket gespielt«, erwidert Luigi, wobei er in die Höhe springt und einen imaginären Ball im Flug auffängt.

Die beiden Männer tauschen einen bekümmerten Blick, und Oreste Nava bückt sich, um das – wunderbar weiche – Plaid aufzuheben, das von Cesarinos Beinen zu Boden geglitten ist. Der Meister murmelt ein halb königliches, halb selbstmitleidiges Danke, wirft einen Blick auf die Uhr.

»Geht jetzt.«

»Du nimmst das Tablett da, das bringen wir hinunter«, befiehlt Oreste Nava seinem Gehilfen.

Luigi, der sich in dem Spiegel über der Kommode bewundert hat, nimmt das schwerbeladene Tablett, mit dem Cesarino um fünf Uhr gestärkt worden ist, und geht zur Tür.

»Und gib vor allem auf diesen Teppich acht«, mahnt ihn noch einmal der Meister, »der ist eine richtige Falle.«

In der Küche bewegen sich der Koch und seine Gehilfen wie Chirurgen im Operationssaal und zucken empört zusammen, als Luigi das Tablett krachend auf dem Steinmörser absetzt, dem einzigen freien Platz. Aber sie sagen kein Wort. Eilig tritt die Hausherrin herein, spricht leise mit dem Koch, und Oreste Nava bemerkt, daß dessen Ehrerbietung nicht unterwürfig ist, sondern berufliche Achtung von Experte zu Experte ausdrückt. Die Signora ist übrigens eine äußerst wachsame Perfektionistin von der Sorte, die ein bißchen lästig ist, die aber auch die Dinge zu würdigen weiß. Nichts entgeht ihr, und als sie sich umdreht, um Luigi zu mustern, genügen ihr zwei Sekunden, um alles zu erkennen, was an dem jungen Mann und seinem Aufzug zu wünschen übrig läßt.

Auch wenn sie mit einem warmen Lächeln der Ermunterung schließt: »Sehr gut. Wunderbar. Perfekt.«

Eine schöne Frau, schon angekleidet und geschminkt, aber noch ohne Schmuck. Schöne Haut, herrliche nackte

Schultern. Und Weiß steht ihr, das muß man ihr lassen. Schnell schreitet sie zu einer letzten Inspektion die Flucht der Salons und Salönchen bis hinten zum Eßzimmer ab, und Luigi, der ihr folgt, ahmt wollüstig übertrieben ihren Hüftschwung nach.

Oreste Nava versucht sich zu erinnern, ob vielleicht auch er in diesem Alter nichts anderes im Kopf hatte, ob auch ihm ein schöner Hintern als das höchste Erzeugnis der Schöpfung vorgekommen ist. Doch er ist jedenfalls sicher, kein Hanswurst gewesen zu sein.

Diskret versetzt er dem unverschämten Kasper einen Puff in die Rippen und denkt: ein Kasper und ein Mohr, wenn das nur gut geht, Gott sei uns gnädig.

2.

Es gibt in Venedig zwei Gastgeberinnen, die mit Cosima um den gesellschaftlichen Vorrang wetteifern. In ihren beschränkten Verhältnissen nämlich und mit den rein handwerklichen Hilfsmitteln des Mittag- und des Abendessens, des Cocktails und des Balls suchen alle drei die Lösung eines Problems, angesichts dessen die wehrhaftesten Soziologen erbleichen, die raffiniertesten Computer durchdrehen: bestimmen, wer in der fließenden Welt von heute wirklich zählt und wer nicht.

Eine der drei (die verkrustetste, pathetischste) operiert hartnäckig auf dem traditionellen Gebiet des europäischen Adels, setzt auf die letzten noch regierenden Häupter, auf entthronte, vergessene, seit Jahren tot geglaubte Monarchen, versprengte Prinzen aus königlichem Geschlecht, problematische Erben versunkener Reiche. Ein »Kreis«, den die anderen beiden »archöologisch« oder »nekrophil« nennen und von dem sie behaupten, der geeignete Ort für jene Gastmähler sei eigentlich die Insel San Michele mit ihrem Friedhof.

Natürlich sind diese spöttischen Bemerkungen auch von geheimem Neid geprägt. Doch Neid und Spott zieht auch die zweite auf sich (die aggressivste, lustigste), die im Gegensatz zur ersten unbekümmert, ohne Unterschiede zu machen, der internationalen Aktualität nachjagt, wenn auch unter schlecht und recht mit der Kultur zusammenhängenden Vorwänden: der große russische Cellist, aber auch, warum nicht, der entfesselte Rockstar; der größte Kenner der Inkakunst, aber auch, du glaubst es nicht, der bildschöne englische Schauspieler, der von drei Milliarden Fernsehzuschauerinnen angebetet wird. In anderen Worten, aus jedem Dorf ein Hund, Krethi und Plethi, zwischen die beiden anderen. Und verzehren sich um so mehr vor Neugier, je populärer, vulgärer, unmöglicher diese Persönlichkeiten sind.

Der Adel. Die Berühmtheit. Und schließlich die Macht, die Cosima (die stolzeste, unsicherste) wie das Brot mit der Butter mit dem Titel Präsident verbindet: Präsident der Partei oder des Aufsichtsrats, der Multinationalen Vereinigung oder der Bank, der Stiftung oder des Weltverbands oder des interkontinentalen Instituts. Es ist ein Titel, der sie an sich schon fasziniert, ein Wort, das sie mit gedehnter Sinnlichkeit ausspricht, Präsident ... Präsident ...

Sie selbst ist, oder war, Präsidentin von einem halben Dutzend Wohltätigkeits-, Arbeits-, Hilfskomitees, den altbewährten Dietrichen, mit denen die Türen der Macht geöffnet werden. Doch die Zeiten werden immer ungewisser, die Hierarchien immer unbeständiger, nicht selten erweisen sich die Türen als trompe l'oeil oder gehen auf ein staubiges Kämmerchen, eine Kloake, das Nichts; die Macht ist nicht mehr dort, vielleicht ist sie nie dort gewesen.

Immer wieder schmerzlich versetzt, beginnt Cosima von vorn, mit einem anderen Präsidenten. Jedesmal erstickt sie die innere Stimme, die ihr zuraunt: und was wenn die Fäden der eigentlichen Macht durch die Hände des Vizepräsidenten laufen? Und dazu gibt es Ehrenpräsidenten, die vielleicht völlig einflußlos oder im Gegenteil vielleicht noch ungeheuer einflußreich sind. Es gibt Ex-Präsidenten, deren einige noch das Recht auf den Titel haben, andere wieder nicht. Es gibt zukünftige Präsidenten, Präsidenten ad interim, Präsidenten de facto, Schattenpräsidenten, Kryptopräsidenten ...

Um keinen Fehler zu machen, veranstaltet Cosima zu Ehren eines jeden ein Abendessen in ihrem klassizistischen Palazzo aus der Spätrenaissance an der Sacca della Misericordia und wählt dabei sorgfältig die Gäste aus, die sich als Beilage eignen könnten: die Frauen müssen schön sein oder interessant oder geistreich oder einen Adelstitel tragen; die Männer einflußreich, aber nicht zu sehr, intelligent, aber mit Maß, brillant, aber nur bis zu einem gewissen Grad. Es sind eigentlich, sagt Raimondo, weniger Abendessen als vielmehr Denkmäler, wo die Eingeladenen die Rolle der allegorischen Statuen rings um den Sockel haben, auf dem einsam und marmorn der Präsident in den Himmel ragt.

»Aber Präsident wovon denn?« flüsterte ich Raimondo zu, der uns mit ausgestreckten Händen zwischen den Halbsäulen der Vorhalle entgegengekommen war. In Ermangelung eines Gatten oder eines durch Gebrauch bewährten Liebhabers empfing er, als Cosimas Vetter, die Gäste.

»Wie meinst du, entschuldige?«

Er wandte sich zerstreut mir zu, nahm mich komplizenhaft am Arm.

»Der Präsident.«

»Ach so, ja, irgendeines Jahres des ... ich weiß nicht genau. Aber hör ...«

Er führte mich auf das Vestibül zu und senkte die Stimme, mit dem Kinn auf David weisend, der ein paar Schritte vor uns um eine Säule herumging, und schloß sogar die Augen, um zu murmeln:

»Umwerfend, dein Judäer.«

»Wem sagst du das.«

»Mit dem Alter haut's nicht hin, aber ich schwöre dir, am liebsten...«

»Raimondo, ich bitte dich!«

»Weißt du, daß meine Spione nichts, aber auch gar nichts herausgebracht haben? Wo hast du ihn aufgestöbert, wer ist er?«

»Ah«, sagte ich, so gut ich konnte.

Doch die Imitation ging ohnehin unter, denn im Vestibül war bereits eine Gruppe weiterer allegorischer Statuen, die ihre Mäntel und Pelze ablegten, und wir wurden in ein Kreuzfeuer von Lächeln, Verbeugungen, Blicken, Vorstellungen hineingezogen. Einige kannte ich, andere nicht. Auf einer echt venezianischen Konsole, über der das Porträt einer echt mediceischen Ahnfrau von Cosima hing, entdeckte ich das kostbare Täfelchen mit der Tischordnung, ein durchbrochenes bemaltes Stück Elfenbeinspitze, wo um ein Rechteck herum, das den Tisch darstellte, die Kärtchen mit den Namen der Gäste steckten, damit sie im voraus wissen konnten, wo und in welcher Nachbarschaft sie sitzen würden. Ich ging, um einen verstohlenen Blick darauf zu werfen.

In der Mitte, einander gegenüber, Cosima und Raimondo natürlich. Und der Präsident natürlich zu Cosimas Rechter. Zu ihrer Linken ein Chinese (ein Vizepräsident?), Mr. Wang Weimo. Dann kam ich und zu meiner Linken ein Monsieur So und So. David würde mir fast gegenüber sitzen, neben Frau Wang.

Ich versuchte es noch einmal bei Raimondo.

»Aber was für eine Art von Präsident? Einer, der das Geld gibt, oder einer, der es verlangt?«

»Ehrlich gesagt, ich weiß es nicht. Er ist Präsident eines Jahres, es ist wieder so ein internationales Jahr in Vorbereitung: das Jahr des Herzkranken, das Jahr des Onkels, das Jahr der Kuh, du weißt schon, oder?... Cosima hofft auf die Präsidentschaft für Italien, nehme ich an.«

»Ich hab' verstanden. Aber wo ist sie denn hinverschwunden?«

»Sie bearbeitet schon den Präsidenten, sie zeigt ihm die Dessous vom Palazzo.«

»Und existiert keine Präsidentin?«

»Es existiert eine, aber sie ist, scheint's, von der Sorte, die daheim bleibt, um die Präsidentchen zu stillen. Komm, gehen wir uns was zu trinken holen.«

Im kleinen Stucksalon hatte David eine Unterhaltung mit einer schönen, mir unbekannten Frau angefangen, die viel lachte, entschieden zu viel.

Und er war es, der – wie er da leicht vorgebeugt dastand – sie zum Lachen brachte.

Und ich war es, die ihn hierher gebracht hatte, um ihn mit Krethi und Plethi zu teilen, statt ihn auf unserer Hotelinsel ganz für mich allein zu behalten.

Das Jahr der internationalen Schwachsinnigen.

Und während auch Raimondo mich betrog, mit einem ernsten graubärtigen Herrn, der die Rosette der Ehrenlegion im Knopfloch trug, während seine Nichte Ida auf mich zumarschierte, offenbar in der Absicht, mir die Frau des Chinesen aufzuhalsen, die reizend aussah, aber sicher nichts-außer-Chinesisch-sprechend war, erschien Cosima in einem dramatischen Auftritt: vom Präsidenten verhaftet.

Dieser, ein dicker großer Mann, rötlich behaart und sommersprossig, hatte ihr vertraulich eine plumpe Hand um den Hals gelegt und stieß sie vor sich her zum nächsten Kommissariat. Ein freundlicher Mensch. Ein jovialer Bursche.

Sie mähte uns unter seiner Hand hervor alle mit einem herausfordernden Blick nieder, der bedeutete: einem Präsidenten ist alles gestattet, und der erste, der auch nur das kleinste Lächeln wagt, wird von mir auf ewig auf die schwarze Liste gesetzt. Vielleicht war es ein Zufall (oder vielleicht nicht?), daß ihr Blick gerade noch auf Mr. Silveras Lippen jenes Grashalm feine Lächeln wahrnahm.

Ein nichts Gutes verheißender Anfang.

3.

Mr. Silvera weiß, daß er sich hier schon einen Freund und eine Feindin gemacht hat, einen Bewunderer und eine Verächterin. Der Freund und Bewunderer ist dieser Raimondo, der jetzt in Erwartung des Essens neben ihm auf einem blassen Diwan sitzt und sich mit geläufig murmelndem Entzücken nach seiner Kleidung erkundigt. Vor allem bezaubert ihn anscheinend das Abendhemd, das ein duftiges Jabot im Stil des vorigen Jahrhunderts hat und gleichzeitig einen Kragen, dessen Spitzen mit zwei Knöpfchen festgehalten sind. Es ist ein amerikanisches Hemd aus den fünziger Jahren, erklärt Mr. Silvera, mit dem Etikett der Brooks Brothers, heute nachmittag erst in der Nähe der Lista di Spagna gefunden.

»Nein, einfach göttlich«, sagt der andere und streift mit den Fingern das Jabot. »Und was für eine phan-ta-sti-sche Idee, in einen Altkleiderladen zu gehen, die neuen Sachen sind doch immer ent-setz-lich. Einmal, in St. Moritz, hatten sie mich eingeladen ...«

Es folgt eine Anekdote, bei der Raimondo anscheinend eine peinlich lächerliche Figur abgegeben hat, doch Mr. Silvera läßt sich nicht von der gesellschaftlichen Flatterhaftigkeit und der homosexuellen Show seines Gesprächspartners täuschen. Er weiß, daß der wahre Beweggrund einer großzügigen, schützenden Haltung entspringt. Raimondo hat vorhin gesehen, wie die Gastgeberin Mr. Silvera mißtrauisch gemustert, das eigenartige Hemd zur Kenntnis genommen, den fast unmerklichen Farbunterschied zwischen der Jacke, die von einem so tiefen Mitternachtsblau ist, daß sie fast schwarz wirkt, und den klassisch schwarzen Hosen bemerkt hat. Und er hat gehört, wie die Gastgeberin Mr. Silvera einem kurzen, säuerlichen Verhör unterworfen hat.

Verwandt mit den Silveras aus São Paŭlo in Brasilien, die –

Nein, nein.

Vorübergehend in Venedig?

Ja, ein paar Tage.

Tourismus? Arbeit?

Arbeit, Arbeit.

Auch der Antiquitätenhändler?

Nein, nein. Reiseagentur. Imperial Tours.

Aha, zur Woche »Tourismus und Informatik«, die übermorgen bei der Fondazione Cini eröffnet wird, unter der Präsidentschaft von . . .?

Nein, nein.

Aber Mr. Silvera wird doch die Imperial beim Summit von Triest vertreten? Ist er vielleicht nicht zufällig der Präsident? Der Vizepräsident?

Nein, nein, Mr. Silvera ist einfach ein Reiseleiter, ein Fremdenführer, kurz, einer, der die Reisegesellschaften zum Rialto und zur Seufzerbrücke führt.

Raimondo hat gehört, wie die Gastgeberin in stark gekünsteltes Lachen ausgebrochen ist, hat in ihren Augen das Dilemma gelesen: überhaupt nicht witziger Scherz oder Wahrheit-zum-sofort-in-Ohnmacht-Fallen? Er hat gesehen, wie sie sich wieder gefaßt und brüsk von Mr. Silvera abgewandt, ihn fallen gelassen hat als zumindest persona ingrata, die ihre römische Freundin ihr nie und nimmer ins Haus hätte bringen dürfen, geschweige denn zu einem Abendessen von solcher Bedeutung.

Hier ist Raimondo eingesprungen und hat sich Mr. Silveras angenommen, hat ihm in Form leeren Geplauders eine solidarische Freundeshand gereicht. Mr. Silvera braucht sie nicht, er fühlt sich nicht im mindesten unbehaglich in dieser Gesellschaft, die sich für ihn im Grunde nicht von seinen gewöhnlichen Reisegesellschaften unterscheidet. Doch er weiß die gute Absicht zu schätzen, ist für die kleine Geste dankbar.

Nun nimmt der gute Samariter eine Mandel von dem Tablett, das ihm ein dunkelhaariger Diener in amarantroter Livree darbietet, knabbert geziert, reckt den Hals ganz nah zu Mr. Silvera hinüber und flüstert ihm noch eine Anekdote zu, diesmal eine über die Gastgeberin; die sich in den Kopf gesetzt habe, zwei farbige Diener zu halten – zwei »Mohren«, wie es in den alten venezianischen Familien der Brauch war –, und der jemand aus ihren Komitees gegen Hunger in der Welt schließlich zwei äußerst dekorative Afrikaner besorgt habe, aber leider aus zwei verschiedenen ethnischen Einheiten, die seit Jahrhunderten Todfeinde seien; daher könnten sie nicht zusammen verwendet werden, sie richteten entsetzliches Unheil an.

Mr. Silvera lacht so viel, wie nötig ist, über diese Information, die eine böse kleine Klatschgeschichte hinter dem Rücken der Gastgeberin scheint, aber in Wirklichkeit ein Erkennungszeichen zwischen Gleichen ist, zwischen weisen, gewitzten Kennern der menschlichen Schwächen. Und um zu verstehen zu geben, daß er verstanden hat, gleitet er mit Leichtigkeit von der Bosheit zur Nachsicht, bemerkt, daß der Wunsch, zwei richtige »Mohren« aus Fleisch und Blut statt welche aus Holz oder Keramik als Türsteher zu haben, im Grunde ein Symptom der Frische, der sympathischen Naivität sei, die Laune eines kleinen Mädchens, das sein Puppenhaus perfekt haben möchte.

Die Augen des anderen funkeln vor Dankbarkeit. Ja, wirklich, wirklich! Cosima weiß es nicht, aber ihr größter Charme ist genau das. Sie ist eine Frau, die sich für praktisch, realistisch, klug, hart hält und dabei doch in einem ewigen Märchen lebt, in einer Welt der allegorischen Figuren, des »Hungers«, der »Hoffnung«, der »Brüderlichkeit«, der »Seuche«, des »Kapitals«, der

»Entwicklung«. Eine einfache, insgeheim schüchterne Frau, die sich mit Hilfe dieser Abstraktionen vor dem Zusammenprall mit den »Tatsachen des Lebens« schützt.

Der Übergang zur Psychologie ist vollzogen, aller giftige Dunst des Klatsches hat sich aufgelöst. Und als der Gegenstand der Unterhaltung Raimondo aus der Ferne ein Zeichen gibt, um ihn zu sich zu rufen, steht dieser auf und flüstert dabei gutmütig:

»Bei Cosima muß man in einem gewissen Sinn immer ein Kostüm tragen, sonst versteht sie nicht, kann nicht urteilen, hat keinen Spaß.«

Und noch leiser, noch einmal das Jabot berührend, fügt er hinzu:

»Haben Sie nicht irgendein allegorisches Gewand, in dem Sie auftreten könnten?«

Mr. Silvera nickt, ebenfalls lächelnd:

»Mehr als eines«, sagt er. »Mehr als eines.«

4.

Eben haben die Tischgenossen an dem verlängerten Oval der Tafel Platz genommen, und Oreste Nava, der steif und streng in seinem Frack zwischen zwei Konsolen steht, überragt sie wie ein Orchesterdirigent. Was er sieht, befriedigt ihn, gefällt ihm.

Auf dem riesigen Tischtuch, das außer dem Familienwappen an den beiden äußeren Enden auch koketterweise ein paar kleine Stopfstellen zeigt, strahlen das Kristall und das Silber, die Blumen und das Porzellan, und das Licht von vierundzwanzig Kerzen verklärt die schneeweißen Hemdbrüste der Herren, die Augen der Damen, ihre lackierten Fingernägel, ihren unschätzbar kostbaren Schmuck. Es ist ein Schauspiel der Harmonie und der Pracht, zu dem im Hintergrund an den Wänden sechs große Gemälde mit üppigen Arrangements von Blumen,

Laubwerk, Wild, Fisch, Weichtieren, Früchten beitragen. Und oben schließt eine Decke mit sahnigem Stuck, rötlichem und vergoldetem Holz köstlich den edlen Schrein, während unten die Mosaike des Fußbodens Spalier bilden für einen Teppich von beeindruckenden Ausmaßen, der trotzdem einen Anschein von bescheidener, sklavischer Nützlichkeit bewahrt.

Es ist der Teppich, über den Cesarino gestolpert ist, und Oreste Nava läßt noch einmal auf der Suche nach möglichen Falten oder heimtückischen Buckeln den Blick über die ganze Fläche streifen. Ein trügerischer Teppich, aber auch das Instrument eines gütigen Schicksals, denn ohne ihn wäre Oreste Nava jetzt nicht hier, als Zuschauer und Akteur bei dieser schönen Zeremonie. Rechts und links von dem Wandschirm, der den Gang zur Küche verdeckt, halten sich Luigi und der junge Issà für einen Wink von ihm bereit, der Mohr lockerer, gespannter und steifer Luigi. Oreste Nava denkt, der Junge sei endlich durch die Feierlichkeit des Augenblicks eingeschüchtert, wenn nicht sogar verschreckt, wie es Angebern eben passieren kann; doch er wird eines Besseren belehrt, als ihre Blicke sich kreuzen und der Hanswurst grob karikaturistisch sich noch steifer aufrichtet, das Kinn vorstreckt, die Schultern zurücknimmt, die Brust wölbt. Der kennt keine Ernsthaftigkeit, unter keinen Umständen. Den streift kein Bewußtsein.

Machtlos blitzt ihn Oreste Nava an; doch selbst wenn er ihn jetzt ansprechen könnte, was wüßte er ihm eigentlich zu sagen? Daß man doch ein wenig Respekt haben muß, also genau das, was die alten Nörgler und Nervensägen immer sagen und wofür sie sich die prompte Antwort einhandeln: Was für Respekt denn, vor wem, vor was?

Machtlos hört Oreste Nava auf zu grübeln. So ein Essen muß eben vollkommen sein, das ist es, und alle, die daran teilnehmen, müssen zu der künstlerischen Vollkommenheit des Ganzen beitragen.

In diesem Augenblick findet das Sakrileg statt, aber es wird nicht von dem armen Luigi, nicht von dem Mohren begangen. Der Urheber ist der rote Präsident (trau keinem Rothaarigen!), der aufhört, mit der Gastgeberin zu sprechen, kurz das Wort an seine Nachbarin zur Rechten richtet und dann seine Aufmerksamkeit der Tasse mit bernsteinfarbener Consommé zuwendet, die er auf einem Teller stehen hat. Er zögert einen Augenblick. Wo ist der Löffel?

Oreste Nava schaudert vor Entsetzen, wenn er könnte, würde er sich die Augen zuhalten. Denn der findet ihn doch tatsächlich, den Löffel, ergreift ihn froh, taucht ihn ein, führt ihn zum Mund. Aber es ist ein zartes, auserlesenes, winziges Vermeillöffelchen! Ein reiner Zierlöffel! Der Dessertlöffel, der eigentlich gar nicht benützt werden dürfte, nicht einmal für das Dessert!

Oreste Nava sieht, wie die Gastgeberin einen Augenblick lang unter dem Schock in sich zusammensinkt, dann Schultern und Kopf wieder hebt, sich ganz steif macht wie Luigi und einen gebieterischen Blick um das Oval des Tisches schickt. Und nach und nach greifen die Gäste, zum Teil aus Freundschaft, zum Teil aus Fügsamkeit, zum Teil aus Spaß, ebenfalls zum Vermeillöffelchen und tauchen es in die Consommé, einer nach dem anderen. Es ist eine gewaltige Kraftprobe, ein Beweis großen Taktes.

Als sie ihr Spiel durchgesetzt hat, trinkt die Gastgeberin einen Schluck Wasser und läßt ihre Tasse unberührt und wählt auf diese Weise für sich den Weg des Kompromisses oder vielmehr den des unbestreitbaren Vorrechts.

Doch nein! Jemand macht mit, jemand hält stand!

Gelähmt in seinem Frack, Gefangener des Schweigens, wünscht sich Oreste Nava wie nie zuvor, daß die Telepathie mehr oder weniger funktionieren würde wie ein Telefon. Denn zweifellos wird sich der dumpfe Luigi jetzt die große Lektion entgehen lassen, die das Verhalten Mr. Silveras darstellt, der nun, wie es sich gehört, die Tasse an den beiden Henkeln hochhebt und sie an die ganz leicht zum Trinken gespitzten Lippen führt, auf denen ein haarfeines Lächeln zu liegen scheint.

5.

Ich frage mich, ob es nicht gerade die Schlacht um den Consommélöffel war, die den Verlauf des Abends änderte. Ich wohnte ja nur sozusagen der Hälfte des Kampfes bei, da ich von meinem Platz aus zwar David sehen konnte, aber nicht Cosima. Doch Raimondo diente mir als Rückspiegel, und der Blick, den er mir zwischen zwei für ihn unumgänglichen Löffeln Consommé zuwarf, leuchtete geradezu vor Wonne: Ich schloß daraus auf die Wut der Gastgeberin, die drei Sekunden danach noch verdoppelt wurde durch den Abfall der Chinesin, die, links neben David sitzend, in aller Unschuld ins Lager des Rebellen überwechselte.

Die gerechte Strafe für einen ganz unbefangen sowohl mir als auch meinem Kavalier gespielten bösen Streich. Da setzt du ihm den schwierigsten und hoffnungslosesten Gast an die Seite, der nur ein paar ›Yes‹ und ein paar ›Sorry?‹ stottert. Und er macht sich die Frau sofort zum Verbündeten.

Doch da ich die Frauen kenne, frage ich mich, ob Cosima nicht genau von dem Augenblick an, als sie sich so bekämpft und geschlagen sah, angefangen hat, den jämmerlichen touristischen Laufburschen in seinen Secondhand Kleidern aufzuwerten, ob er sich ihr nicht plötzlich im schimmernden Licht der Kerzen in einen hocheleganten, wunderschönen, absolut faszinierenden Präsidenten des Geheimnisses verwandelte. Kurz, ob sie ihn von da an nicht so gesehen hat, wie ich ihn sah. Vielmehr, wie ich ihn lange zuvor, Pyramiden zuvor, gesehen hatte, denn jetzt war ja zwischen uns weitaus mehr als die Intimität eines Liebespaars, da war ja diese... diese totale gegenseitige Durchdringung, die...

Ich betrachtete ihn mit einem stolzen und zärtlichen Gefühl des Besitzes, das jedoch schon ein Zittern der Kerzenflamme wieder erschütterte. Was für ein Besitz denn? Was für eine Durchdringung? Ich wußte von Mr. Silvera praktisch immer noch so gut wie nichts, morgen, übermorgen konnte alles zwischen uns zu Ende sein, und unsere Pyramide war nicht höher oder weniger verfänglich als ein Wassertropfen.

Ich fiel in die düsterste Bitterkeit, in würgende Angst, um mich dann wieder zu fragen: warum? Warum hatte ich eigentlich die Vorstellung akzeptiert und blieb immer noch dabei, daß nichts zu machen sei? Ich hatte zu schnell aufgegeben, ich hatte mich mit der Trennung auf Nimmerwiedersehen abgefunden, ohne daß er mir auch nur einen guten Grund dafür genannt hätte oder wenigstens einen anständigen Vorwand. Ein paar »Ahs«, mit denen er mir Sand in die Augen streute, ein paar ausweichende, sich wie die Linie 1 im Zickzack schlängelnde Sätze von ihm hatten genügt, um mir den Mund zu verschließen.

Der Präsident dagegen hatte bereits seit einiger Zeit den seinen aufgemacht, der weiche, regelmäßig laufende, gut geschmierte Diesel, den mein Gehör vergebens zu ignorieren suchte, war seine Stimme.

Diese Essen bei Cosima funktionierten ein bißchen wie Aufsichtsratsversammlungen, bei denen der Präsident in die Lage versetzt wurde, das erste, das mittlere und das letzte Wort zu haben, das heißt, seine eigenen Gesprächsthemen entwickeln zu dürfen und dabei durch passende Bemerkungen und zustimmende Äußerungen unterstützt zu werden, während jeder kleine Herd einer autonomen Unterhaltung, der in der Tischrunde entstand, erbarmungslos gelöscht wurde. Die armen Aufsichtsräte mußten es sich einprägen, daß ihnen die Variation und

Ausarbeitung des Präsidententhemas zustand, sonst nichts.

Und das Thema des Dieselpräsidenten war (nein, so eine Überraschung!) Venedig, beziehungsweise sein berühmter Karneval, der gegen Ende des 18. Jahrhunderts und der Republik sechs Monate dauerte; eine ganze Stadt, die das halbe Jahr lang auf den Plätzen und Plätzchen sang und tanzte, Tag und Nacht, in einem tödlichen Fieber des Verfalls und der Ausschweifung. So sprach der gute Mann salbungsvoll in einem venezianischen Palazzo; er war der Typ eines Unterhalters, der Homer den Trojanischen Krieg erklären würde.

»La douceur de vivre«, sagte träumerisch die Frau zu Davids Rechten, die, die zu viel lachte.

»Der Traum jedes Assessors beim Fremdenverkehrsamt«, sagte sanft Raimondo.

»Aber auch ganz schön anstrengend«, sagte ich düster, »und vor allem eine Qual für diejenigen, die keine Lust dazu hatten, kann ich mir vorstellen.«

Der Gedanke, sechs Monate hintereinander in einem ausgelassenen Maskentreiben leben zu müssen, schien mir eine Marter, die eines von Dantes Höllenkreisen würdig war.

»Aber für jemand, der keine Lust dazu hatte«, sagte David, sich nicht an mich, sondern an die Gastgeberin wendend, »gab es einen eleganten Ausweg: Man brauchte sich nur eine Spielkarte an den Hut zu stecken, und die Masken ließen einen zufrieden.«

»Sehr interessant«, sagte der Diesel, »sehr, sehr zivilisiert. Das beweist, wie der demokratische Pragmatismus der Venezianer

Ich sah David auf der Rialtobrücke, wie er sich mit einem Herzbuben am Dreispitz einen Weg (aber ohne jemanden zu berühren) durch eine bunte Menge von Skeletten, Arlecchinos, Affen, Paschas, Kolumbinen bahnte. Wohin ging er? Wie fühlte er sich im 18. Jahrhundert?

Ich sah zu ihm hin, um wenigstens einen Blick, wenn nicht einen Wink mit den Augen für mich aufzufangen, aber er unterhielt sich schon wieder mit seiner Nachbarin zur Rechten, die noch mehr lachte als vorher, ganz animiert, ganz überschwenglich und wogend vom Haar bis zu den Brustwarzen.

Vielleicht amüsierte ich ihn nicht mehr, war er meiner schön müde. Ich mußte an einen Freund von mir denken, einen Pariser Antiquitätenhändler, dem bei jeder neuen Frau eine einzige Nacht, manchmal ein halber Nachmittag genügte, um eine stechende Langeweile zu empfinden, den absoluten, metaphysischen, tödlichen Lebensüberdruß. Kaum war die Sache erledigt, hatte er mir anvertraut, beugte er sich aus dem Bett und sah statt des Teppichbodens die kosmische Leere, il gouffre. Casanova mußte so gewesen sein. Und Lord Byron. Und D'Annunzio. Das war's also, was David Casanova im 20. Jahrhundert machte. Ein schneller Besucher weiblicher Körper, ein Frauentourist. Keineswegs vulgär, gewiß nicht, keineswegs brutal, kein Macho oder genießerischer Lüstling (doch auch jene waren das nicht gewesen). Sanft und zart und unwiderstehlich, mit diesem Lächeln voller Schwermut und Resignation, dieser Art Lächeln, auf das auch die Assunta hereingefallen wäre, sich kopfüber aus Tizians Wolken heruntergestürzt hätte. Nur war die Resignation zu meinem eigenen Gebrauch bestimmt, ein kleines Programm, eine Warnung: hör mal, Schätzchen, bei mir dauert so was nicht lange, damit wirst du dich abfinden müssen.

»Es war zweifellos eine der reizvollsten Kirchen Venedigs. Abgerissen, dem Erdboden gleichgemacht, nur noch ein paar Trümmer sind geblieben, hier hinten am Rio dei Servi«, sagte mit Gefühl mein Nachbar zur Linken.

»Aber das ist ja furchtbar!« antwortete ich gleichermaßen mit Gefühl.

Welche Kirche? Die Frarikirche mit der Assunta darin?

Und wann, warum? Ich hatte nicht zugehört, es war mir einerlei. Ich war es, die dem Erdboden gleichgemacht worden war.

Ich aß, wie man einen anderen, einen Kranken füttert, gleichgültig gegenüber dem »historischen« Gericht, das auf dem Speisekärtchen in vergoldetem Rahmen folgendermaßen angekündigt war: »Wiederbekleideter Pfau mit einer Füllung von Drosseln und einer Beilage von Makkaroni alla muratora«. Cosimas Essen hatten immer einen Touch von gastronomischer Philologie, jedesmal etwas anderes, das sie in alten venetischen Kochbüchern gefunden hatte. (In diesem Fall war das Buch das von Bartolomeo Scappi, und der – steinharte – Pfau war in dem Sinn »wiederbekleidet«, daß sie ihm seinen Schwanz wieder angesteckt hatten, während die »Makkaroni« eine Art Gnochi alla piemontese waren.) und wie immer, so gab es auch heute, eine reichliche Beilage von Laienfragen mit philologischen und gastronomischen Erläuterungen, von historischen Betrachtungen über die »fondachi«, die Niederlassungen der Kaufleute in Venedig, und über den Handel mit Safran, Ingwer, Koriander, über die Via delle Spezie, über Karavellen und Galeonen, Magadazo (oder Mogadischu), Kalikut, die Molukken, look, look, Mr. Silvera . . .

Meines historischen Menüs war er müde, der Mr. Silvera. Und deswegen hatte er sich jetzt auch ganz nach links hinübergedreht und versuchte (Gott weiß wie, mit Grimassen, Gesten), auch die kleine monoglotte Chinesin zum Lachen zu bringen. Die konnte ihm doch wenigstens nicht mit Pordenone und Santo Stefano auf die Nerven gehen, die zwang ihn nicht, sich stundenlang mit einer Sammlung von Schundbildern zu beschäftigen, schleppte ihn nicht mit zu einem Gang durch das chazèr, unter Rabbiner und Marranen und Geldverleiher.

In einen kleinen Brunnen des Schweigens fiel deutlich das Wort *ghosts*.

Gespenster? Wer sprach von Gespenstern?

»Aber nein«, klärte Raimondo die Sache, »Geister im Sinn von ›Schöngeistern‹, von *wits*, die sich dort zu liebenswürdigen Gesprächen versammelten.«

Wieder Venedig beziehungsweise das Casino degli Spiriti, ein quadratischer Bau, der von den Fenstern eines der Salons zu sehen war, hinten zwischen den Bäumen eines großen verlassenen Gartens.

»Keine Gespenster«, sagte jemand, »schade.«

»Ja, wirklich schade«, sagte Davids wogende Nachbarin und schlug im Überschwang die dichtberingten Hände zusammen. »Sich vorzustellen, mit den Geistern von Bembo oder Caterina Cornaro zu Abend zu essen! Das waren jedenfalls noch Gespräche!«

Und das war jedenfalls ein Fauxpas. In meinem Rückspiegel (Raimondo) sah ich Cosimas grollendes Stirnrunzeln, das sich unter Davids Einwurf wieder glättete.

»Ich glaube eigentlich nicht, daß die besonders amüsant waren, das war doch eher ein gekünsteltes, sehr formelles Spiel nicht ohne eine gewisse Pedanterie, ein bißchen wie die Bälle damals ...«

»Aber auch Aretino kam doch«, meinte ein anderer, »und mit Bembo kamen Tizian und Sansovino ...«

»Ja, das waren außergewöhnlich interessante Leute«, schloß bewundernd der Diesel, »das müssen ›ragionamenti‹, geistreiche Gespräche auf höchstem Niveau gewesen sein.«

Höchstes Niveau? Aber wird denn, da nach den von Vasari gesammelten Gerüchten gerade die drei es gewesen waren, die Pordenone umgebracht hatten? Und gerade doch vielleicht, in dem von Bäumen dicht umstandenen Casino war der Plan besprochen und vorbereitet, das Gift besorgt, der Meuchelmörder gedungen worden ... Ich sah David aus dem Schatten einer riesigen Platane treten, schnell durch ein Seitentürchen hineinschlüpfen. Was tat er denn im Cinquecento? Ich sah den weißhaarigen, triefnasigen Tizian ihm eine Phiole reichen, die David in seiner Tasche verschwinden ließ. Ich sah Aretino ihm grinsend eine Samtbörse voller falscher Silbermünzen zustecken. Ein Gemälde, ein Nachtstück, ein großer Schinken von zwei auf drei Meter, den Palmarin in einer Villa bei Ferrara aufgestöbert hatte, und den jetzt die Federhen nach Südafrika oder Südamerika ausführen würde; auf dem Tisch im Hintergrund standen Austern, Krüge und Früchte, hinter einem Damastvorhang lugten Sansovino und Bembo hervor, in einer Ecke schlief ein Dalmatinerhund.

»Nach Napoleon natürlich«, sagte eine Stimme unten am Tisch.

Vom Cinquecento ins 19. Jahrhundert. Die abgerissene, dem Erdboden gleichgemachte Kirche war wer weiß wie wiedererstanden und fiel nun von neuem auf das wappengeschmückte Tischtuch, im Verein mit anderen Ruinen, die nach der Ankunft der Franzosen und der Schließung der Klöster, der Konfiskation der Kirchengüter, der Unterdrückung der religiösen Orden zu beklagen waren. Santa Maria dei Servi war nur eine von vielen. Aber auch ganze Paläste waren verschwunden, ganze Kunstsammlungen waren verkauft, in alle Winde zerstreut worden.

»Aber das Ghetto ...« fing ich an zu sagen, weil ich an den Freudentanz der Rabbiner dachte.

Ich brach ab, ich hatte keine Stimme mehr, l'Armée d'Italie hatte sie konfisziert. Während ich einen Schluck Wasser trank und der Präsident anhub, von Krieg und Frieden, von Amerika und Rußland und der Dritten Welt zu sprechen, nahm ich ein feines leises Geräusch war, eine Art anhaltendes Gepiepe, das das feierliche Klopfen seines Diesels störte.

Es war die kleine Chinesin, die lachte, David Casanova hatte es geschafft, und wieder einmal, stellte ich fest, hatte ich nichts von ihm kapiert. Unter so vielen Hypothesen und Phantasien hatte ich die allereinfachste nicht einmal in Betracht gezogen. Alles andere als Pyramiden: er war ein Schmetterling, ein unerhört flatterhafter Schmetterling, der schnell durch die Gegend gaukelte, hastig an der ersten Blume sog, die ihm unterkam, zu einer anderen weiterflog, nicht weniger hastig daran sog, zu einer weiteren flog, wieder sog . . .

»Napoleon konnte sie nicht ausstehen«, vertraute ich meinem Nachbarn zur Rechten an. »Aber sie war eine Frau, die sich zu nehmen wußte, was sie wollte.«

»Wer, entschuldigen Sie?« fragte er, vielleicht noch im Cinquecento geblieben oder schon ins 20. Jahrhundert gesprungen.

»Madame de Staël.«

»Ach ja, gewiß, eine außergewöhnliche Frau. Selbst der Herzog von Wellington, der immerhin der Herzog von Wellington war . . .«

So war das nämlich, siehst du. Die ließ keinen an sich saugen, die hat jahrelang ihren Benjamin Constant (der immerhin Benjamin Constant war) an sich zu fesseln gewußt, obwohl er nichts anderes im Sinn hatte, als sich aus dem Staub zu machen. Skrupellos, mit Geschrei, Geheule, großen Szenen, Erpressungen, Ohnmachten, ohne sich einen Dreck um die ganzen schönen Märchen von Sanftheit, Zurückhaltung, fair-play, Takt, Stil zu scheren. Eine Megäre? Ein Fischweib? Mag ja sein, aber jedenfalls war der Benjamin Silvera – immer notwendig, nie genügend – immer schön brav da, in Reichweite.

Ich sah David, der mir nach einem hysterischen Anfall ein Fläschchen mit Riechsalz unter die Nase hielt. Sein Gesicht war von meinen Fingernägeln zerkratzt, sein Jabot hing in Fetzen herunter, und er flüsterte mir zu, ich solle ruhig sein, er werde nicht mehr fortgehen, morgen nicht, niemals . . .

Das Gepiepe war lauter geworden, es klirrte jetzt wie ein Konzert von Kristallgläsern die ganze Tafel entlang.

Was für ein Lachen war das wohl? Laut heraus, unbezähmbar, für ein chinesisches Ohr? Oder schockiert-amüsiert? Oder vielleicht sogar boshaft-schelmisch-verführerisch? Unmöglich, das zu sagen, dazu mußte man Sitten und Gebräuche von Kathay kennen. Ich versetzte David ins 13. Jahrhundert zurück. Gekleidet wie Marco Polo, bildete er sich ein, die Mandarinin endgültig mit seinen Grimassen erobert zu haben, und dabei war dieses Lachen das Zeichen dafür, daß er in Ungnade gefallen, ja, zum Tode verurteilt war, zack, wurde ihm der Kopf abgeschlagen.

Mit glänzenden Augen wandte sich die Mandarinin aufgeregt an ihren Mann, der zu Cosimas Linker saß. Schnelle Silben liefen zwischen den Eheleuten hin und her, weiteres enthusiastisches Gepiepe, dann erklärte David heiter den beiden:

*

Ich hörte die verblüffte Stimme Cosimas:

»Ja, sprechen Sie denn chinesisch?«

»Ah«, sagte Mr. Silvera.

Nein, das ist zu viel, sagte ich zu mir selbst, das ist zu viel.

* Nämlich: Ching nü ch'i mei. Ssn wo yü ch'eng yü. Ai erh pu chien. Sao shon ch'ih ch'n. (A. d. Verfassers)

6.

Oreste Nava erwägt sachlich die Schuld, mit der er sich gerade befleckt hat. Mit der Sauciere in der Hand hat er genau in dem Augenblick hinter der lachlustigen Dame, die zu Mr. Silveras Rechter sitzt, gestanden, als Mr. Silvera seine kleine Rede auf chinesisch beendete. Richtiges Chinesisch war das, nicht das Pidgin, von dem Oreste Nava sich aus seinen fernen Jahren in Singapur her noch ein paar Brocken erinnert.

Unverzüglich hat die Gastgeberin wissen wollen, um was es sich handelte. Um ein Gedicht oder vielmehr um ein Liedchen aus dem *Shih Ching* – hat Herr Wang auf Englisch erklärt –, an dessen Text sich Frau Wang nicht mehr erinnerte und den ihr ehrenwerter Nachbar liebenswürdigerweise aufgesagt hat. Wie seine ehrenwerten Tischgenossen sicher wußten – hat Herr Wang hinzugefügt –, war das *Shih Ching* oder »Buch der Oden« eine Sammlung uralter chinesischer Gedichte, die Konfuzius selbst vor zweitausendfünfhundert Jahren zusammengetragen hatte.

Die Auskunft hat sichtlich die Gastgeberin und alle Anwesenden beeindruckt, und das an Mr. Silvera gerichtete Ersuchen um eine sofortige Übersetzung hat über den Tisch ein Tuch des Schweigens, der zitternden Erwartung gebreitet. Es wäre ein ernsthafter Formfehler gewesen, ein schlimmer Verstoß gegen das Feingefühl, in diesem Moment mit der Sauciere dazwischenzufahren, auch wenn sie aus feinstziseliertem Silber ist.

Doch Oreste Nava weiß wohl, daß das seiner unwürdige Entschuldigungen sind, nachträgliche Rechtfertigungen, die allenfalls bei einem Jungen wie Luigi durchgehen könnten. Er weiß wohl, daß er seine Ideale der Tüchtigkeit und des Gleichmuts verletzt hat, daß er wie angewurzelt dagestanden hat, mit runden Augen, hängender Unterlippe, die Sauciere in der Hand, nicht mehr an seine Pflicht, an die Bedienung, an die Livree gedacht hat und nur noch darauf aus war, sich kein einziges Wörtchen der Übersetzung entgehen zu lassen, die sich dank seiner Erinnerungen an den Fernen Osten automatisch von oben nach unten und von rechts nach links angeordnet hat, wie das Chinesische gelesen wird.

14) Kratzen	10) lieben	5) Erwartet	1) Vergeßliche
15) Kopf	11) Aber	6) Mein	2) Dame
16) Unschlüssig	12) Nicht	7) An	3) Deine
17) Bleiben	13) Sehen	8) Stadtmauer	4) Schönheit
		9) Ecke	

Ching nü, versuchen alle begeistert auszusprechen, ching nü, vergeßliche Dame, die nicht mehr an das Rendezvous gedacht hat. Und da steht er, der Arme, und kratzt sich den Kopf. Ching nü: ein entzückendes Kleinod, ein kleines Wunder, ein Meisterwerk!

Oreste Nava kennt diese übertriebenen Ausbrüche wohl, aber das Gedicht hat auch ihm gefallen, ein einfaches, frisches, nettes Gedicht. Ein Liebesgedicht, das auch dem jungen Luigi zugänglich ist, ja, vor allem dem jungen Luigi. Und immer noch mit der Sauciere in der Hand ist er in der Betrachtung der folgenden unglaublichen Wahrheit versunken: vor zweitausendfünfhundert oder selbst vor dreitausend Jahren war die Liebe schon mehr oder weniger wie jetzt. Die gleichen Situationen, die gleichen Gefühle . . .

An diesem Punkt ist sein zur Basteiecke abschweifender Blick dem der Gastgeberin begegnet, wie schon unzählige Male im Lauf des Essens, in einem lebhaften Austausch stummer Zeichen. Auf frischer Tat ertappt, ist der Schuldige jäh und zerknirscht wieder zu sich gekommen. Doch der Blick der Gastgeberin enthielt nicht den geringsten Vorwurf, er ist mit unendlicher Nachsicht, grenzenlosem Verständnis über ihn hinweggeglitten und hat sich dann ekstatisch auf Mr. Silvera geheftet (der, wie übrigens auch seine Nachbarin, die Sauce abgelehnt hat).

Eine große Sache, die östliche Weisheit, sagt sich jetzt Oreste Nava, während die Gastgeberin Mr. Silvera eröffnet, schon immer die chinesische, japanische, tibetanische und indische Philosophie enorm bewundert und gelegentlich auch praktiziert zu haben.

»Das sind hochinteressante Kulturen«, erklärt der Präsident des Vermeillöffels. »Hochinteressante Kulturen, die wir Abendländer ...«

Doch seine Betrachtungen haben kein Publikum mehr, seine Quotation ist inzwischen deutlich gefallen, Oreste Nava hat den allmählichen Rückgang von der Consommé an verfolgen können. Nicht an ihn wendet sich die Gastgeberin, um ihre Wahlverwandtschaft mit Konfuzius und Buddha darzulegen, ihren Glauben (ein gutes fifty-fifty) an die Seelenwanderung zu erörtern, nicht mit ihm läßt sie sich auf eine leidenschaftliche Verteidigung des sizilianisch-tibetanischen Gurus Turiddhananda ein, an dessen Meditationskursen in Ascona sie letztes Jahr teilgenommen hat, kurz bevor die Kantonspolizei kam. Ein Mann von überlegener Spiritualität und gerade deswegen von seinen zahlreichen neidischen Feinden verleumdet. Ein Mann, der seinen Anhängern diesen Abstand, diesen inneren Frieden, dieses mystische Lebensgefühl zu geben weiß, die, wie Mr. Silvera gewiß einsieht, so völlig der abendländischen Kultur mit ihrem Materialismus und ihrer Leistungsbetontheit mangeln.

»Ich finde, daß die grundlegenden Werte des Abendlandes«, wendet in kleinlauterem Ton der Präsident des Vermeillöffels ein, »obwohl sie ...«

Er kann nicht weitersprechen.

»Ich finde, daß Stricken«, übertönt ihn eine weibliche Stimme, »mich spirituell mehr beruhigt als alles andere. Ein schöner Raglanärmel ist eine wahre transzendentale Konzentrationsübung, jedenfalls für mich. Und auch Häkeln.«

Das war die Prinzessin von 346, die gesprochen hat. Polemisch, fast sarkastisch.

Oreste Nava hat bereits andere kleine Zeichen der Ungeduld, der Nervosität an ihr bemerkt, und es ist klar, daß ihr heute abend etwas nicht behagt, vielleicht hat die Unterhaltung eine sie langweilende intellektuelle und historische Wendung genommen, von Tizian über Napoleon, Konfuzius bis zu dem umstrittenen Guru Turiddhananda. Schade. Auch sie könnte ein bißchen von jener orientalischen Weisheit gebrauchen, die einen über die kleinen Widerwärtigkeiten, die miesen Ärgernisse des Lebens stellt.

Oreste Nava denkt sehnsüchtig an die Gärten Singapurs in ihrem üppigen exotischen Blumenflor zurück, neben denen die schreckliche Wut, in die einen das *native*-Personal, Chinesen, Malaien, Kanaken, Inder und andere Nichtstuer der Gegend, versetzen konnte, nicht mehr zählt. Als er bemerkt, daß beim Servieren des Salats der ching Dummkopf, der vergeßliche Luigi, die Frau des Vizepräsidenten einer Verlagsgruppe »übersprungen« hat, ist der Blick, den er ihm zuwirft, damit er die Sache wiedergutmacht, nicht das optische Äquivalent zu einem gewaltigen Tritt in den Hintern, sondern schwimmt geradezu in tausendjähriger Nachsicht, leuchtet von aller Philosophie und allem mystischem Verständnis, wie man sie östlich von Suez finden kann.

IX. Die Welt kann dir beim Kaffeetrinken

I.

Die Welt kann dir beim Kaffeetrinken zusammenbrechen. Ich saß auf einem Sesselchen im Veronesesalon, und der gute Nava reichte mir gerade mit einem unerklärlich einfältigen Ausdruck die Zuckerdose, als ich aus den Augenwinkeln sah, daß David auf mich zukam.

Das war ja völlig natürlich nach unserer langen Trennung. Eine Höflichkeitsroutine, an die sich jeder Ehemann oder guterzogene und liebevolle Liebhaber gehalten hätte. Doch genau das versetzte mich in Wut. Was war denn zwischen uns überhaupt natürlich? Plötzlich ertrug ich es nicht mehr, daß er sich so gut den Formvorschriften des Abends anpaßte. Das einzige, wozu er sich an diesem Punkt hätte verpflichtet fühlen müssen, wäre allenfalls eine aufsehenerregende, skandalöse Geste gewesen, was weiß ich: auf den Knien zu mir hinkriechen, mich leidenschaftlich vor allen küssen, sich das feine Jackett, dieses absurde Hemd vom Leib reißen, mich hochheben und laut verkünden: ladies and gentlemen, ich liebe diese Frau und jetzt schleppe ich sie fort.

Doch wenn er nicht von selbst darauf kam, wenn er lieber den perfekten Weltmann spielte, dann war es bestimmt nicht an mir, den ersten Schritt zu tun. Alle Gedanken, die ich mir während des Essens über ihn (gegen ihn!) gemacht hatte, wühlten in mir, wie in Horrorfilmen Zombiehände sich verzweifelt aus den Gräbern recken. Und es wäre ein Horror gewesen, wenn ich ihn jetzt auch nur eine einzige Hand, auch nur einen kleinen Finger hätte sehen lassen. Das Wichtigste , Frage auf Tod oder Leben, war jetzt, die Kraft und die Kaltblütigkeit zu haben, sie wieder unter die Erde zu drücken. Um jeden Preis mußte ich ihm ein ebenso natürliches Gesicht zeigen.

Mit tiefgefrorenem Blut, in die Steinzeit zurückversetzten Gesichtsmuskeln und wer weiß wo steckender Stimme schickte ich mich an, ihn als perfekte Dame von Welt zu empfangen.

»Alles in Ordnung?« fragte er.

»Klar, prima, ein ausgezeichnetes Essen«, sagte ich. »Ich habe Cosima noch nicht dazu gratuliert, aber ich will –«

»Sympathische Person«, bemerkte er.

»Ja, ich hatte es dir ja gesagt, und sehr en beauté heute abend. Und auch die kleine Chinesin war nicht schlecht. Und auch die andere da, die Extrovertierte rechts von dir. Hast du dich gut amüsiert?«

»Ach, weißt du ...« sagte er.

»Ich habe mich glänzend amüsiert, es war eine hochinteressante Unterhaltung, wirklich auf höchstem Niveau. Fast zu hoch für mich. Sogar Konfuzius.«

»Was du nicht sagst. Wie Shakespeare?«

»Ach, weißt du ...« wiederholte er.

»Aber was weiß ich denn«, sagte ich, alle meine Zähne zeigend. »Nichts weiß ich.«

»Trink deinen Kaffee aus«, sagte er betrübt. »Und sobald wir können, gehen wir.«

»Aber wozu denn, entschuldige? Ich amüsiere mich hier.«

»Trink deinen Kaffee aus.«

Ein Desaster, schlimmer hätte ich mich gar nicht zwischen zwei Stühle setzen können. Verzichtest du auf den Rasendes-Fischweib-Stil-Typ-Madame de Staël? Dann spiel aber wenigstens richtig Caterina Cornaro, Königin von Zypern, die gewisse Kleinigkeiten gar nicht erst zur Kenntnis nimmt. Das perfekte débâcle, das Ende der Serenissima.

Ich trank meinen Kaffee aus, als leerte ich den Schierlingsbecher, dankbar, daß Ida, Raimondos Nichte, kam, um den Konfuzianer von mir wegzuholen.

»Darf ich ihn dir einen Augenblick entführen?«

»Er gehört ganz dir.«

Ein Erfolg, ein wahrer Triumph, der eine gute Stunde so weiterging. Sie reichten ihn sich von Hand zu Hand, von Puff zu Schemel weiter, den mystery man. Und kamen zu mir, als wäre ich seine Managerin, aber wer ist das denn, was macht er, woher kommt er, wohin geht er. Siedendes Öl auf meine Wunde. Schließlich kam auch Raimondo, der alles begriffen hatte.

»Strickst du mir einen schönen Rollkragenpullover zu Weihnachten?«

»Ich fange morgen an. Wie willst du ihn, mit Zopfmuster, Rippen oder –«

Ich brach ab, ein Stich war mir durchs Herz gegangen.

»Ich habe ihm auch eine Strickjacke geschenkt«, stammelte ich. »Bordeauxrot. Kaschmir.«

»Dann sprechen wir lieber vom Hauspersonal«, kam Raimondo mir zu Hilfe. »Weißt du, daß mein Alvise in Pesion gehen will? Ich habe ihm gesagt, und es war nicht gelogen, daß er der wichtigste Mann in meinem Leben ist, aber er redet sich auf sein Emphysem heraus, ermahnt mich, mich umzusehen. Aber wie? Wo? Meinst du, Cosima würde mir einen ihrer Mohren abtreten?«

Ich sah mich um. David stand weit entfernt inmitten eines aufmerksamen Menschenhäufchens, zu dem auch Cosima zählte.

»Er ist wirklich unwiderstehlich«, sagte ich.

»Komm, du brauchst einen Whisky.«

»Ja, dieser historische Pfau liegt mir noch schwer im Magen.«

Er führte mich, den Whisky in der Hand, zu einem der großen Fenster, die auf den Garten gingen. Die Fensterlaibungen bildeten tiefe Nischen, die mit Steinsitzen versehen und durch an Beichtstühle erinnernde Vorhänge geschützt waren.

»Das sieht aus wie ein Beichtstuhl.«

»Nutz es aus, um zu beichten, mein Schäfchen. Wie oft?«

»Ach... nicht einmal besonders oft, wenn man nachzählt.«

»Es ist die Qualität, die zählt. Dich hat's ganz schön gepackt, was?«

»Ja, wie noch nie in meinem ganzen Leben. Buchstäblich aufgelöst bin ich.«

»Und er dagegen nicht. Ist das das Problem?«

»Und er dagegen, keine Ahnung. Wenn ich mich an die Tatsachen halte...«

Und so erzählte ich ihm von der Münze, die er mir geschenkt hatte, und dann von dem Sonnenuntergang auf dem Schiff nach Chioggia. Von gewissen außerordentlichen Feinfühligkeiten, die er mir gegenüber gezeigt hatte, gewissen winzigen, magischen Intuitionen im Bett und außerhalb des Betts. Ich erzählte ihm von den Küssen, die er mir in allen Winkeln Venedigs gegeben hatte, und von der Pensione Marin und der Suite, wo wir von der Feuerwehr auf der Giudecca gelesen hatten. Ich erzählte ihm von Ghetto, von Rabbi Schmelke und dem Bänkchen. Zwischen einem Schluck Whisky und wieder einem Schluck Whisky erzählte ich ihm: Tatsachen? aber nein, einen Strom chaotischer Sätze voller unbedeutender Einzelheiten, unzusammenhängender Eindrücke, unsagbarer Nuancen, bald nachdenklich, bald drastisch, bald träumerisch, bald lachend, bald nüchtern deduktiv, bald gewunden induktiv und im ganzen total konfus.

»Verstehst du?« sagte ich, Atem schöpfend.

Eine Frage, die ich rein rhetorisch schon hundertmal wiederholt hatte. Doch diesmal brach Raimondo sein Schweigen.

»Nein, ich verstehe nicht.«

Ich hielt ein und lauschte. Alles, was ich eben gesagt hatte, klang mir wie ein katastrophales Getöse von herunterfallendem Geschirr in den Ohren.

»Verzeih diesen fürchterlichen Herzenserguß, aber ich hatte noch mit niemandem darüber gesprochen.«

»Nein, nein, das ist doch in Ordnung, was meinst du denn, dafür bin ich doch da. Aber wenn man dich so hört, scheint es die Beschreibung einer großen unmöglichen Liebe. Was ich nicht verstehe, ist, warum sie unmöglich sein soll. Alle Lieben sind doch möglich, inzwischen. Das ist ja das Langweilige.«

»Aber ich verstehe es ja selbst nicht! Ich weiß es ja selbst nicht!«

Raimondo legte mir eine Hand auf den Arm.

»Nein, entschuldige, aber hast du ihn denn nicht gefragt, hast du nicht ein bißchen die Situation geklärt?«

»Aber was willst du denn klären mit einem, der dir dauernd so entgleitet! Er lenkt ab, weicht aus, rinnt dir durch die Finger wie Wasser. Ich habe es versucht, glaub mir, und alles, was ich herausgekriegt habe, ist, daß er von einem Augenblick zum anderen ›gerufen‹ werden kann und dann adieu.«

»Gerufen? Und von wem?«

»Woher soll ich das wissen? Mystery man.«

Raimondo kratzte sich den Kopf.

»Kratzen Kopf, unschlüssig bleiben«, sagte er.

»Schau«, sagte ich, »ich könnte dir bis morgen früh von seinen Geheimnissen weitererzählen, und wir kämen zu keinem Schluß. Versuch du es mal bei ihm, wenn du meinst, aber ich weiß jetzt schon, daß du nichts herauskriegen wirst.«

»Das ist nicht gesagt, du wirst sehen, dem nehme ich jetzt auch die Beichte ab«, sagte Raimondo, legte mir zur Absolution den Arm um die Schultern und führte mich wieder hinaus.

Doch es war zu spät. Mit einem Arm um Cosimas

Schultern trat der mystery man gerade in diesem Augenblick in einen anderen Beichtstuhl.

2.

Mr. Silveras schöne Hand löst sich leicht wie ein fallendes Blatt von der schönen Schulter der Gastgeberin, und die beiden bleiben nebeneinander stehen, ohne sich anzusehen, der hohen, nächtlichen Fensteröffnung zugewandt. Ohne Verlegenheit oder Nervosität schickt sich Mr. Silvera, der das ganze Essen über die Neugier der Frau verspürt und sie hie und da noch leicht gereizt hat, an, nun, in der verhältnismäßigen Abgeschiedenheit dieser Nische, weiterzusprechen. Die »thrifteria« seiner Vergangenheit, die vielen Länder und Völker, die er gekannt, die mannigfaltigen Situationen, in denen er sich befunden hat, lassen ihn ohne Schwierigkeit einen vertraulichen und gleichzeitig einsamen Tonfall finden, eine vom Schweigen versuchte Stimme wie die eines auslaufenden Kreisels.

»Sehen Sie, Cosima«, sagt er, »die Wahrheit ist, daß ich eigentlich gar nicht hier sein dürfte.«

Sein Blick scheint über den langgestreckten Garten des Palazzo zu gleiten mit dem Casino degli Spiriti im Hintergrund und daneben, glitzernd hinter den Bäumen, der schwarzen rechteckigen Wasserfläche der Sacca della Misericordia.

»Hier . . . in meinem Haus, meinen Sie?«

Die Frau ist ob dieses negativen Vorzugs überrascht, aber geschmeichelt.

»Nein«, sagt Mr. Silvera. »Hier in Venedig. Ich hätte nur ein paar Stunden hierbleiben dürfen, nur so lange wie nötig, um meine Reisegesellschaft ein bißchen herumzuführen . . .«

Er hebt die Hand, und sein Finger führt eine gelangweilte Zeigebewegung aus.

»San Marco, Dogenpalast, Murano ... Und dann gleich wieder weiter ... nach ...«

Über die Lichter des Flughafens hinweg, die im Norden zu sehen sind, wandert die Geste nach Osten zum Kanal von San Nicolò, dem Lidohafen, dem Meer. Doch schon senkt sich die Hand dabei wieder, und die Richtung der Reise bleibt unbestimmt. Seine Augen ruhen auf dem Canale delle Navi, wo hie und da noch ein vereinzelter, schwach beleuchteter Vaporetto zwischen der Stadt und den verstreuten Inseln der oberen Lagune hin- und herfährt.

Die Lippen der Frau lösen sich voneinander, als hätte das lange Schweigen sie zusammengeklebt.

»Aber Sie«, hebt sie an und schaut auf die düsteren Umrisse der Bäume.

Dann scheint sie sich zu schütteln wie ein nasser Sperling, gewinnt wieder gesellschaftliche Unbekümmertheit zurück, wendet sich lebhaft Mr. Silvera zu.

»Ich will nicht, daß Sie mich für indiskret halten, wirklich nicht; ich will nicht wissen, wohin Sie gehen sollten und warum Sie nicht gegangen sind –«

Sie bricht ab, unzufrieden mit sich, mit ihren hier ungeeigneten, unbrauchbaren Mitteln.

»Ich wollte nur sagen«, fährt sie mit leiserer Stimme fort und starrt wieder in den Garten hinaus, »Sie sind doch nicht wirklich ein Fremdenführer, ein Reiseleiter, nicht wahr?«

»Nein, nicht wirklich«, läßt Mr. Silvera fallen.

Die Frau lächelt ihn jetzt ohne Verlegenheit an, erleichtert, dankbar für dieses Eingeständnis, das ihre Intuition, wenn nicht sogar – glaubt sie – ihre Überredungsgabe belohnt.

»Es schien mir«, bemerkt sie, »ein etwas seltsamer Beruf für jemanden wie Sie.«

»Ich habe schon seltsamere gehabt«, entschlüpft es Mr. Silvera. »Doch der einzige Beruf, den ich je wirklich hatte, ist ein anderer.«

Er steckt die Hände in die Taschen des Jacketts, so daß nur noch die Daumen herausschauen, und beginnt sich ganz langsam zu wiegen – vor und zurück, Absätze und Spitzen –, als passe er sich dem leichten Schlingern eines Schiffs an.

»Aber leider ist das etwas –«, setzt er hinzu.

Er unterbricht sich, dreht sich der Frau zu, sein Blick ist fest und entschlossen.

»Verstehen Sie, etwas, das ich nicht mehr den Mut habe, irgend jemandem zu erzählen. Es ist sehr schwierig, es zu sagen und vor allem zu ... erklären ... zu rechtfertigen ... auch sich vorzustellen.«

Ein Zittern durchläuft die Frau, das sie sofort wieder unter Kontrolle hat, so wie eine Jägerin das kleinste Zweiglein festhält. Unbeweglich steht sie da. Und in ihre Augen steigt die Erwartung, nein, das Entsetzen, die furchtbare Möglichkeit, daß dieses unsagbare, unvorstellbare »Etwas« ihr nicht gesagt werden könnte, daß Mr. Silveras Lippen es sich schließlich doch nicht entschlüpfen lassen.

Dann schleicht sie behutsam in der zerbrechlichen Stille vor. Sie deutet eine Drehung des Kopfes zum Salon hin an, als wollte sie jemanden ansehen, aber sie wendet sich nicht um.

»Und Sie haben es nicht einmal ... ihr ... gesagt?« fragt sie ganz, ganz leise.

Mr. Silvera bewegt kaum merklich den Kopf von rechts nach links.

»Nein«, sagt er, komplizenhaft, aber kurz, »nicht einmal ihr.«

Er liest jetzt in den Augen der Jägerin die Gewißheit des Fangs, den Entschluß zum Sprung ins Freie, heraus aus der Deckung.

»Dann versuchen Sie es doch mir zu sagen«, fleht sie ihn ganz offen an. »Versuchen Sie es mir zu erklären.«

Absätze und Spitzen, vor und zurück. Mr. Silvera fängt wieder an sich zu wiegen.

»Wenn Sie wollen«, sagt er ebenfalls ganz leise und beginnt, es ihr zu erklären.

3.

Es war kein Beichtstuhl, es war eine kleine Bühne, und die Aufführung dauerte über jedes Maß von Anstand und Erträglichkeit hinaus an. Die Vorhänge rahmten sie ein, hoben sie heraus, zogen die Aufmerksamkeit auf sie. Für jemanden, der plaudernd dasaß oder sich eine Praline nahm, eine Zigarette anzündete, ein Glas abstellte, ein Kissen verrückte, sich die Nase putzte, etwas in seinem Lamétäschchen suchte, war es möglich, nicht immer häufiger einen Blick in diese Richtung zu werfen. Ein Crescendo verstohlener Blicke, ein Festspiel verrenkter Hälse und hochgezogener Brauen. Was hatten sich die beiden da nur zu sagen?

Ich faßte verschiedene endgültige Entschlüsse.

Sie völlig zu ignorieren.

Ich setzte mich zu Ida auf ein vergoldetes Stühlchen aus faux bambou, das ich so drehte, daß ich dem Paar den Rücken zukehrte, und verstrickte sie wieder energisch in unsere alte Polemik über die letzten Leiter der Biennale: ihrer Meinung nach alles Schwachköpfe, ein paar ganz passabel, meiner Meinung nach. Doch nach einem lebhaften Ballwechsel und ein paar Angaben, als es 40 zu 40 stand, verließ ich das Spielfeld.

Ich beschloß, ohne falsche Skrupel einfach ihrem Gespräch zuzuhören.

Zwischen dem zweiten und dem dritten (ihrem) Fenster waren nicht weit von der Wand entfernt in einem Kreis Sitzgelegenheiten aufgestellt, die für meinen Zweck vielversprechend aussahen. Ich schlenderte wie absichtslos im Salon herum bis zu dem erwünschten Sofa, lächelte dem

Verlegervizepräsidenten zu, der mir winkte, damit ich mich zu ihm gesellte, setzte mich halb auf die Seitenlehne und lauschte.

Nichts. Ein Gemurmel. Seine Stimme vor allem. Eine *musique de robinet* ohne einen hohen Ton, eine Dissonanz, einen Triller. Ein unverständliches, nervenzerrüttendes leises Geratsche, wie man es manchmal aus dem Nachbarzimmer im Hotel mithören muß (und am Morgen danach entdeckt man dann, daß es zwei albanische businessmen waren). Noch nie hatte ich so viel Verständnis für die Qualen der Schwerhörigen empfunden. Wenn es völlig still gewesen wäre, hätte ich vielleicht hie und da etwas verstanden, doch der Verleger hatte angefangen, mir den Hof zu machen, er hatte gerade als etwas Offensichtliches meine außerordentliche Schönheit abgehandelt und kam nun zu (dem schwachen Punkt der Frauen!) meiner außerordentlichen Intelligenz.

Ich beschloß, sie zu stören.

Ich antwortete meinem Verehrer mit durchdringender Stimme, brach in bald einladendes, bald kokett widerstrebendes Lachen aus und reagierte auf seine harmlosen Vorschläge (es ging um irgendeine Reihe von Kunstbänden, um eine Rubrik über Antiquitäten in einer seiner Zeitschriften), als bitte er mich um Gefälligkeiten einer Renaissancekurtisane. »Ein Rubrikchen über die wichtigsten Auktionen könnte mir ja schon gefallen«, »Ich bin ein anständiges Mädchen, da muß ich ja ganz rot werden, edler Herr!« Der Arme mit seinen immer rosiger werdenden abstehenden Ohren wußte gar nicht, wie ihm geschah.

Ein nicht nur absurder, sondern auch zweckloser Dialog, denn in den Pausen hörte ich die beiden weitersprechen, als wäre nichts.

Ich beschloß, sie in Verlegenheit zu bringen.

Ich ließ mich auf einem Diwan an der gegenüberliegenden Wand nieder, unter dem *Raub der Europa* (Veronese und Schüler), und fing an, sie offen und hartnäckig anzustarren. Sie standen immer noch, zeigten ihr Profil, und immer noch war er es, der redete. sie hing fast buchstäblich an seinen Lippen, wandte mit zurückgelegtem Kopf kein Auge von ihm, und manchmal sagte auch sie etwas, einen Einwand oder eine Frage oder was es eben sein mochte. Sie schüttelte den Kopf, ein paarmal schlug sie die Hände zusammen, einmal berührte sie ihn am Arm. Sehr bewegt, eindringlich. Besser gesagt, hingerissen. Er machte etwas, was ich noch nie an ihm gesehen hatte, von Zeit zu Zeit wiegte er sich vor und zurück, die Hände in den Taschen des Jacketts, die Daumen draußen. Aber nie ein Lächeln. Und sie drehten sich nicht ein einziges Mal zum Salon hin, zu mir hin.

»Wir sind in der Oper, in der Fenice«, flüsterte mir Raimondo zu, der zu mir getreten war, »das Fensterduett.«

»Glaubst du, es ist eine Verführungsszene?«

»Ehrlich gesagt, nein. Eher eine Szene beim Steuerberater.«

»Aber kann man nicht dazwischenfahren? Schließlich ist sie die Gastgeberin, sie hat doch Pflichten gegenüber ihren Gästen, oder?«

»Ich weiß, und der Präsident wird tatsächlich allmählich nervös, morgen früh muß er um sieben abfliegen, und jetzt würde er gern ins Bett gehen.«

Er redete und redete. Sie riß die Augen auf, dann nickte sie (intelligent, sie hatte verstanden). Dann hob sie das Kinn, fragte etwas (dumm, sie hatte nicht verstanden). An einem gewissen Punkt schlug sie die Hand auf den Mund und sperrte die Augen so weit auf, als würde sie gleich in Ohnmacht fallen. Sie mußte Zeugin einer, ihrer Meinung nach, wahnsinnigen Enthüllung geworden sein.

Raimondo sah sich um, nahm einen noch spärlich mit Pralinen bevölkerten Silberteller von einem Tischchen.

»Nein, danke.«

»Aber die sind doch nicht für dich«, sagte er und zwinkerte mir zu. »Ich schicke ihnen jetzt den Nava. Er wird dafür sorgen, daß der Vorhang fällt.«

4.

Mit wahrer Erleichterung schickt sich Oreste Nava an, seinen Auftrag auszuführen. Während dieses viel zu langen Gesprächs in der Fensternische hat auch er wie auf Kohlen gesessen oder vielmehr gestanden. Nicht etwa weil er Anleitung nötig hätte, um Aschenbecher zu leeren, ausgetrunkene Gläser wegzubringen, Getränke anzubieten, sondern weil er immer deutlicher erst die Neugier, dann die Verlegenheit, schließlich die Mißbilligung der Gäste gespürt hat.

Ein häßliches, enttäuschendes Finale von einem Abend, der sonst doch vom »künstlerischen« Standpunkt aus so vollendet verlaufen ist, jedenfalls was die Bedienung betrifft. Nach dem Löffelsakrileg zu Beginn und der kleinen *défaillance* mit der Sauciere hat es keinen einzigen Zwischenfall, kein Versehen mehr gegeben; die beiden *boys* haben sich über jedes Lob erhaben gezeigt, und der gefürchtete Teppich hat keine weiteren Opfer mehr gefordert. Nur die Gastgeberin hat sich leider nicht auf der Höhe gezeigt, und nichts, was Mr. Silvera ihr erzählt haben kann, rechtfertigt ein derart verantwortungsloses, um nicht zu sagen unverschämtes Verhalten; vor allem bei einer Dame, die so großen Wert auf Formen zu legen scheint.

Aber was mag Mr. Silvera ihr diese ganze Zeit lang nur erzählt haben?

Eine dringliche Werbung als Folge von Liebe auf den ersten Blick wäre wohl die wahrscheinlichste Vermutung, und das ist es auch offenbar, was alle Zuschauer denken.

Aber die vier, fünf Mal, die er (rein zufällig) an dem Fenster vorbeigekommen ist, hat Oreste Nava kein einziges Wort gehört, das in eine Liebeserklärung passen würde. Zum Beispiel ist der Name Rembrandt aus den Vorhängen geflattert, typischer Name aus einem Gespräch über Kunst. Später der Name des Apostels Paulus, Zeichen dafür, daß die Rede jetzt auf religiöse Dinge gekommen war. Dann der Name eines Ferienorts, Antiochien. Dann der eines gewissen Fuggers, vermutlich eines gemeinsamen Bekannten. Und einmal hat die Signora etwas über die Wagenrennen in Byzanz gefragt, ein Ausflug in die Geschichte der Antike also.

Aber das will nichts besagen, überlegt Oreste Nava, als er mit seinem Silberteller auf das Fenster zugeht, das will nichts besagen, gar nichts. Die Verführung kennt tausend Wege, tausend Schnörkel, tausend Finten, um an ihr Ziel zu kommen. Nur ein hastiger Junge wie Luigi versteift sich darauf, immer und ausschließlich den direkten Weg zu suchen, ohne zu wissen, wie viel interessanter, aufregender und letzten Endes befriedigender er sein kann, über Rembrandt und Byzanz zur Möse zu kommen.

Mit einem wohldosierten Hüsteln präsentiert sich Oreste Nava an der Nische und streckt einfach die Pralinen zwischen die beiden vermutlichen Turteltauben. Die Gastgeberin starrt eine Weile darauf, als wären es dicke braune Insekten extragalaktischer Herkunft; dann richtet sie auf Oreste Nava zwei Augen, die nicht sehen; dann, ach so, erkennt sie ihn wieder, lächelt ihm verblüfft zu, sieht über seine Schulter in den Salon hinein, den sie so lange sich selbst überlassen hat.

»O mein Gott«, murmelt sie.

Sie ist aus der Hypnose erwacht, der Zauber ist gebrochen.

Doch als sie zu ihren Gästen zurückkehrt (es war Zeit!), hat sie immer noch eine Aura der Verstörung, einen Ausdruck sanfter Verwirrtheit, ist die Benommenheit in ihren Schritten, in ihren Gesten, in ihrer Stimme unverkennbar. Und während sie sich von dem Löffelpräsidenten und nach und nach von den anderen Gästen, die ihm folgen, verabschiedet, muß Oreste Nava an ein Kirchenportal nach einer Beerdigung denken. Nicht daß die Haltung der Signora tränenreich, schmerzerfüllt wäre. Ihre Mattigkeit erinnert an eine gebrochene Blume, an die Verträumtheit von jemandem, der ganz in sich selbst versunken und gleichsam entrückt sich von den Kondolierenden die Hand schütteln läßt, während er sich bereits im Geheimen einer süßen, sehnsüchtigen Trauer hingibt.

Von Mr. Silvera verabschiedet sie sich mit einem endlosen Blick, aber ohne ein Wort. Und dann, impulsiv (da, wieder so eine typische Geste nach einer Beerdigung), umarmt sie lange und fest die Prinzessin, die ihn begleitet.

Als alle weg sind, kehrt Oreste Nava in den Salon zurück, wo bereits Luigi und der kleine Mohr eifrig darauf warten, mit dem Aufräumen anfangen zu können. Aber warum haben sie denn nicht schon angefangen? Mit dem Daumen winkend, als wolle er ein Auto anhalten, zeigt Luigi auf das dritte Fenster, wo sich doch tatsächlich, sieht Oreste Nava, die Gastgeberin wieder hingestellt hat und in die Bäume, auf das Wasser, in die dunkle Nacht hinaussieht. Luigi schlägt sich mit der rechten Hand auf das linke Handgelenk, um Verduften anzuzeigen. Der Mohr lächelt odontoafrikanisch. Oreste Nava geht respektvoll, aber entschlossen zu dem Fenster, hüstelt, wartet, bis die Schlafwandlerin sich von ihren Betrachtungen losreißt.

»Ja . . .« haucht sie schließlich.

Widerwillig tritt sie aus der Nische, gerade als ihr Vetter wieder in den Salon kommt. Signor Raimondo zwinkert Luigi zu, tätschelt dem kleinen Mohren die Wange, dann gibt er Oreste Nava ein Zeichen, alles stehen und liegen zu lassen, nimmt die Gastgeberin bei der Hand und führt sie zu einem Diwan, setzt sich neben sie.

Er schenkt sich einen Whisky ein, schlägt die Beine übereinander und sagt in resolutem, fast drohendem Ton:

»Also.«

5.

Weder der Mond noch die Sterne sind zu sehen, doch die venezianische Nacht kann auf diesen kosmischen Zierrat verzichten, sie hat ein viel raffinierteres romantisches Magazin, verfügt über so seufzerlösende Requisiten, so zärtlichkeitweckende Theatermaschinen, daß Mr. Silvera und seine Gefährtin in dem kritischen Augenblick, als sie aus Cosimas Palazzo hinaustreten, sofort ihrer Verführung erliegen.

Bereits der Art und Weise, wie er sich beim Arm gefaßt fühlt, entnimmt Mr. Silvera nicht mehr Vorwurf, sondern Wiederaneignung, und ihr Kopf findet instinktiv seinen Platz an seiner Schulter, ihre Schritte gleiten in mühelosen Gleichklang hinein, während die Spannungen und Verkrampfungen eines Abends, wie diesem allmählich nachlassen, sich auflösen in der Schirokkoluft, im stillen, glättenden Anschlag des Wassers gegen den Stein, in den verwischten Schattenzonen zwischen den schlafenden Gebäuden.

So biegen sie schweigend in einen engen Durchgang ein, treten dann auf den winzigen Campo dell'Abbazia hinaus, der sich ihnen wie ein unerwartetes Geschenk darbietet, eine ausschließlich ihnen beiden bestimmte Prämie, ein alter Trick der alten Stadt, millionenmal in den Annalen der Verliebten wiederholt, doch immer wieder von unfehlbarer Wirkung. So bleiben sie schweigend stehen zwischen den beiden heiligen Fassaden, den beiden Statuen, den beiden Kanälen, die im rechten Winkel den Platz begrenzen, und schließlich breitet Mr.

Silvera imer noch schweigend seinen Regenmantel wie einen Umhang auf den Stufen vor Santa Maria Valverde aus, und er und sie setzen sich, um befriedigt dieses intime Territorium zu betrachten, Adam und Eva in einem Eden von vielleicht hundert Quadratmetern, das aber reines Menschenwerk ist.

Mr. Silvera (der sich, auf einen Ellbogen gestützt, halb zurückgelegt hat, während sie die Finger um die Knie verschränkt) will kein anderer Ort der Erde, unter den vielen, die er gesehen hat, einfallen, wo Menschenkunst solche Höhen der Natürlichkeit erreicht hätte, diesen Eindruck von vollkommener, nicht mehr zu steigernder Fülle ausstrahlte, wie das Meer, ein Wald, eine Wüste. Das Beste – sinnt er –, was man im Schweiße seines Angesichts fertigbringen konnte nach der Vertreibung aus dem Paradies göttlicher Herstellung.

Vom Wasser steigen leise dumpfe Schläge herauf, es sind die dort vertäuten Boote, die aneinanderstoßen, begleitet von freundlichem Quietschen, leichten metallischen Arpeggien der Ketten. Gegenüber reckt ein Holzbrückchen seine bescheidenen Balken über den Kanal.

Es gibt nichts zu sagen an einem solchen Ort, und Mr. Silvera und seine Gefährtin schweigen, schauen, verdichten in diesen weichen Minuten die Jahre der Pyramiden.

*

Später, nachdem sie aufs Geratewohl im verworrenen Helldunkel von Verengungen, Erweiterungen, Höhlungen, Einbuchtungen, Vorsprüngen umhergewandert sind, andere flüchtige Bewohner der nächtlichen Stadt gestreift haben – Katzen, Passanten, trockene Blätter, gelangen sie schließlich unversehens an die Serpentine des Canal Grande.

Rechts von ihnen, ein paar Mauerabschnitte weiter, leuchten die Lichter eines Landungsstegs, den sie, nach dem sie zwei, drei Ecken umbogen haben, erreichen. Die

Vaporettohaltestelle ist San Marcuola, und der Mann, der eine der Bänke in dem Glashäuschen der schwimmenden Landungsbrücke besetzt, sieht bei ihrer Ankunft nicht einmal auf, er denkt an seine eigenen Angelegenheiten, sitzt vornübergebeugt, mit schlaff zwischen den Knien herunterhängenden Händen da und macht einen absolut anonymen, harmlosen Eindruck. Und doch geht von ihm eine starke, anstößige Andersartigkeit aus, fast ein Geruch, ein bösartiger, höhnischer Gestank von Uhrzeigern, Zifferblättern, Sand- und Wasseruhren, Vaporettofahrplänen, die unfaßbare Verwesung der realen, der begrenzten Zeit, in die nun Mr. Silvera und seine Gefährtin wieder hineingezogen werden, ja, gleichsam hineinstürzen wie in einen Kanal, auf den sie unvorsichtigerweise nicht mehr geachtet haben. Ohnmächtig und hilflos nehmen sie daher auch auf einer Bank Platz und sitzen nun wartend da, schweigsam und ein wenig voneinander abgerückt, von einer Woge plötzlich empfundener körperlicher Müdigkeit getrennt.

Andere Wogen schlagen an die Landungsbrücke, bald weich, bald – aber selten – mit aggressivem Knallen, wenn ein großes Motorboot oder ein Lastkahn auf dem Kanal vorbeifährt. Dann schüttelt sich das steife Parallelflach und bäumt sich in alle Richtungen auf, als wollten seine durchsichtigen Flächen gleich in wer weiß was für einer geometrischen Seltsamkeit auseinanderkippen.

Nun steht der Mann mühsam auf und kündigt damit die Ankunft des Vaporetto an, ein Lichtauge, das schräg das Wasser teilt, anlegt, erst im letzten Augenblick das schwarze Schiff enthüllt, die halbleeren blauen Sitze im Inneren. Niemand steigt aus, und nur der nichtsahnende Zeitverseuchte geht an Bord, da Mr. Silvera und seine Gefährtin in die entgegengesetzte Richtung müssen. Aber das Unheil ist geschehen.

Mr. Silvera steht nun seinerseits auf und geht am Ausstieg der Glaskabine auf und ab, sieht hinaus auf die geisterhafte Bogenlinie der Paläste, die matten vereinzelten Laternen, die fernen Lichter anderer Haltestellen wie dieser hier.

»Bist du nicht müde?«

»Doch, ein bißchen«, sagt Mr. Silvera und bleibt stehen. »Ich wollte sehen, ob nicht ein Taxi vorbeikommt.«

»Ach, das ist doch gleich.«

Ein Motorboot der Polizei rattert energisch nur ein paar Meter neben dem Landungssteg den Kanal hinauf, und die beiden am Bug stehenden schwarzen Gestalten wenden einen Augenblick den Kopf nach Mr. Silvera um. Gleich danach bricht sich das Kielwasser an der Landungsbrücke, und Mr. Silvera folgt der Wellenbewegung, um sich im Gleichgewicht zu halten, Absatz, Spitze, vor und zurück.

»Was hast du eigentlich Cosima erzählt, darf man das mal erfahren?«

»Ah«, entschlüpft es Mr. Silvera leise.

»Ihr habt ja eine Stunde lang hinter diesen Vorhängen dort gestanden und geredet ...«

Der Ton klingt ganz nachsichtig, amüsiert, aber Mr. Silvera weiß, daß hinter diesen ehrlichen Absichten gereizte Tiger zum Sprung bereit sind. Der kleinste Versuch, ausweichend zu antworten, würde sie entfesseln.

»Wir haben vor allem von der Diaspora gesprochen«, berichtet er nach einer ehrlichen buchhalterischen Überlegung.

»Von der Diaspora? Ich habe gar nicht gewußt, daß Cosima sich für jüdische Geschichte interessiert.«

Die großen Raubkatzen peitschen mißtrauisch mit den Schwänzen, sträuben das Fell.

»Hast du ihr erzählt, daß wir im Ghetto gewesen sind?«

»Nein«, sagt Mr. Silvera mit überzeugender Bestimmtheit. »Es war wegen China. Ich habe von der Diaspora im Orient gesprochen, von der Tatsache, daß jüdische Kaufleute schon Jahrhunderte vor den Jesuiten bis nach China gekommen waren, Jahrhunderte vor Marco Polo scheint es sogar, ja, vor Christi Geburt.«

»Vor Konfuzius? Vor Ching nü, der vergeßlichen Dame?«

Mr. Silvera weicht dem Tatzenhieb aus, indem er ihn wörtlich nimmt.

»Nein, nicht vorher, mehr oder weniger zur gleichen Zeit, meinen einige Forscher.«

Und er nützt die augenblickliche Verwirrung der Raubtiere, redet schnell weiter und beschreibt die berühmte 1163 gegründete Synagoge von Kai Fung-fu, wagt sich auf die geheimen Wege, die nach Indien und Persien führten (und zurück), erreicht Konstantinopel (wo eine kurze Zeit lang alle Wagenlenker des Hippodroms Juden waren), kommt nach Griechenland, begibt sich wieder nach Babylonien, verweilt einen Augenblick in Karthago und möchte gerade nach Spanien weiter, als am Horizont ein phönizischer Vaporetto (Linie 1, Richtung San Marco-Lido) auftaucht, der höchst gelegen auf den Fluten des Canal Grande daherkommt, um die Diaspora im Okzident zu unterbrechen.

Mr. Silvera und seine Gefährtin gehen nicht in das trübselige Schiffsinnere hinunter, sie bleiben mit den Gesichtern im Wind oben stehen. Aber es gibt keine Küsse oder Umarmungen zwischen ihnen, das zauberische Chioggia ist ferner als China, die Dame ist keineswegs vergeßlich, die Tiger schlafen noch nicht.

»Und das alles hast du ihr nicht auf einem Sofa erzählen können?«

Der Wind, der Motorenlärm, das Rauschen des Bugwassers entkleiden den Satz seines bitter ungläubigen Tons, machen seine Worte zunichte, zerstreuen seine Silben, so daß Mr. Silvera sich berechtigt fühlt, hinter einer mehrdeutigen Gebärde der Hilflosigkeit Schutz zu suchen: er breitet die Arme aus und antwortet nicht.

Sie sprechen nicht mehr miteinander bis zur Hoteltür, wo sie fragt:

»Und wo hast du Chinesisch gelernt?«

Doch sofort tritt sie entschlossen in die Drehtrommel, als hätte sie auf die Antwort verzichtet oder würde jedenfalls eine Lüge erwarten. Und immer noch in dieser Stimmung, mit schnellen, ärgerlichen Bewegungen, geht sie an die Rezeption und erhält vom Nachtportier den dicken Schlüssel und einen gefalteten Zettel. Sie klappt ihn auseinander, wirft einen zerstreuten Blick darauf, läßt ihn aus den Fingern gleiten. Mr. Silvera bückt sich, um ihn aufzuheben.

»Es ist für dich«, sagt sie mit einer Stimme, die aus Beharrungsvermögen scharf geblieben ist, nicht mehr zu der Verwirrung ihres Blicks paßt.

Es ist ein Vordruck des Hotels, der einen Anruf für Mr. Silvera um 21.20 Uhr verzeichnet. In dem dafür vorgesehenen Kästchen steht kein Name, nur eine Telefonnummer (von Venedig) und der vom Portier hingekritzelte Satz: zurückrufen, jederzeit!

»Ah«, sagt Mr. Silvera.

6.

Der Ruf war schließlich gekommen, und natürlich entdeckte ich, daß ich überhaupt nicht darauf vorbereitet war, daß ich ihn zwar gefürchtet, sehr gefürchtet hatte, ohne ihn jedoch wirklich in Betracht zu ziehen. Wie der Tod war er eines dieser so unzugänglich, so schroff gewissen Ereignisse, daß man nie richtig weiß, wie man sie in die alltäglichen Wahrscheinlichkeiten des Lebens einbringen soll. Man geht, tut dies und das, nimmt einen Vaporetto, trinkt einen Kaffee, ißt einen Pfau, macht einen Spaziergang: wie könnte man sich überhaupt noch bewegen mit so einem sperrigen, zentnerschweren Bleiwürfel in der Handtasche?

Ich suchte und fand die Zigaretten, das Feuerzeug, und ich erinnere mich, zum Beispiel, noch, daß mir die Hände zitterten. Aber an andere Einzelheiten jenes entscheidenden Augenblicks erinnere ich mich nicht. Irgendwie mußten mich meine Beine zu einem Sessel in der Hotelhalle getragen haben, in dem ich plötzlich saß. Er war in den kleinen Gang verschwunden, wo die Telefonzellen lagen. Die Sache mußte äußerst dringend, dramatisch sein, grübelte ich. Oder er war gleich gegangen, damit er es hinter sich hatte. Oder hatte er es vielmehr deswegen getan, weil ich, wenn er von unserer Suite aus telefoniert hätte, notwendig mitgehört hätte, was er sagte? Ich erinnere mich außer an meine Angst auch an die abgestoßene Ecke eines Kritstallaschenbechers vor mir und an eine wahnwitzige Eifersuchtshypothese: Der Anruf war von Cosima, die ihm sagen wollte, daß sie sich rettungslos verliebt hatte, ich kann ohne dich nicht leben, komm sofort zu mir, sonst bringe ich mich um. Ich versuchte sogar krampfhaft, mich an die Nummer zu erinnern, die ich wie eine Idiotin hatte fallen lassen, statt sie mir zu merken. Eine 7 war dabei, wollte mir scheinen, und eine Null.

Aber so etwas gelingt nur Spionen, Agenten, die jahrelang den memotechnischen Blick trainiert haben. Ohnehin wußte ich Cosimas Nummer nicht mehr. Und ohnehin (mein Kopf funktionierte wenigstens noch, wenn auch in Zeitlupe) hatte um 21.20 Uhr Cosima an der Mitte ihres ovalen Tisches gesessen, unter meinen Augen oder so gut wie, und ihn noch schief angesehen, diesen seltsamen, unverschämten Gast mit seinem Jabot und den Knöpfchen, der nun auch schon vom Telefonieren zurückkam, mich nicht gleich sah und einen Augenblick spähend im Halbdunkel stehenblieb, selbst ein Mann des Dunkels, fein gestochen, wunderschön, der wahre mystery man.

In jenem Augenblick schien mir (scheint es mir noch),

daß mit Mr. Silvera alle meine Neugier erschöpft, ausgetrocknet, für immer verkümmert war. Nie mehr würde ich wieder imstande sein, über irgend jemanden Vermutungen anzustellen, Phantasien zu haben, mir etwas auszumalen, mir Gedanken zu machen, Erkundigungen einzuziehen. Nie mehr würde ich je wieder über jemanden etwas wissen wollen, nie mehr.

Er setzte sich in den Sessel neben mir und hatte Erbarmen mit mir, denn er sagte sofort:

»Es war nur jemand, der mich morgen früh sehen will.«

Eine mörderische Nonchalance.

»Schöne Nachricht«, bemerkte ich.

Und fügte hinzu:

»Denn wenn er dich jetzt hätte sehen wollen, wärst du gegangen?«

Er antwortete nicht. Er hatte alle seine Worte im Fensterduett ausgegeben, im Gespräch mit Cosima. Für mich blieb nichts, keine Vertraulichkeit, keine Erklärung, keine Enthüllung. Wenn er Hilfe brauchte, war es nicht meine Tür, an die er klopfte. Wenn er sich eines schrecklichen Geheimnisses entledigen mußte, war nicht ich es, der er beichtete. Wenn er Geld nötig hatte, war nicht ich es, die er darum bat.

Ich stand auf und schwenkte den Schlüssel.

»Also, gehen wir?«

Er kam mir nach, als wäre ich gar nicht da, und auch im Aufzug blieb er so, oder sah wenigstens ich ihn so, er war, wie wenn er durch eine Menschenmenge ging, er wich nicht aus, aber vermied den Kontakt, war in ein Schneckenhaus zurückgezogen. Fast wunderte ich mich, daß er vor 346 mit mir stehenblieb, statt weiter den Korridor hinunterzugehen.

In den vier Wänden des Salons fühlte ich mich verloren. Ich war völlig unvertraut mit dieser Art von Lähmung, es war mir tatsächlich noch nie passiert, mich mit einem Mann in einer Situation zu befinden, in der ich nicht wußte, was ich tun sollte. Es war eine schreckenerregende und gleichzeitig demütigende Erfahrung, so als säße man auf der Fiale einer Kathedrale und wüßte nicht, wie man wieder hinunterkommen soll, und zugleich war es auch so, als gelänge es einem einfach nicht, eine ganz banale Schublade zu öffnen. Aber er war es, der mich doch auf diese verdammte Fiale hinaufgetrieben hatte, er war doch die verdammte Schublade. Ich schäumte vor Wut.

Ohne ihn anzusehen, mit einer Stimme, die einen Rotholzstamm hätte spalten können, sagte ich:

»Gut, ich bin todmüde, ich gehe schlafen, gute Nacht.«

Ich machte einen zornigen Schritt auf mein Zimmer zu, aber Mr. Silvera öffnete die Schublade und zog das traurigste, das unwiderstehlichste seiner »Ahs« heraus.

*

Weiter sagte er dann nichts mehr, konnte er nichts mehr sagen, und auf mancherlei Weise an ihn geschmiegt, schlangenartig an ihm haftend, spürte ich nicht nur, wie sich einer nach dem anderen die Knoten von Wut, Ärger, Eifersucht in mir lösten, sondern wiegte mich geradezu, zwischen einem Sturm und dem anderen, amüsiert, ja, gerührt in der Erinnerung an meine hysterischen Reaktionen den ganzen Abend über. Schließlich hatten wir nun auch unseren Streit unter Liebesleuten gehabt, sagte ich mir, unser ganzes Glück aufzählend, auch das war jetzt zwischen uns gewesen. Und ich streichelte ihn, ohne recht zu wissen, ob er eingeschlafen war oder nicht, und da wir im Dunkeln lagen, zu nachtschlafender Stunde, dachte ich: lieben, aber nicht sehen, und ich mußte lachen. Und ich dachte zärtlich an die beiden Chinesen und an ihr nicht zustandegekommenes Rendezvous. Und ich fragte mich liederlich: aber nachher, als Ching nü, die vergeßliche Dame, sich der Verabredung erinnerte und an die Ecke der

Stadtmauer kam und die beiden sich in ein Wäldchen von Granatapfelbäumen oder in eine Bambushütte zurückzogen, was war dann?

Jene ganz frühen Dichter hatten zweifellos noch frische, noch unverbrauchte Worte, um die dann folgenden Ereignisse zu besingen. Kostbare, ausdrucksvolle Ideogramme, lebensvolle Laute, um leidenschaftliche und zugleich elegante, komplizierte, wilde, sanfte Gebärden zu beschwören. Silbern klingende Endungen auf *ing*, im Verein mit einschmeichelnden *ieng* und *iang*, hämmernde Betonungen von *u* und *o* und zärtliche Lippenlaute, wollüstige Zischlaute, die vielleicht in einem süßen, explosiven *uang* endeten.

Wer weiß, wie sie es heute angestellt hätten, dreitausend Jahre später, in einer Welt wie der unsrigen, wo es munmöglich war, ohne irgendeinen gräßlichen Belag mitaufzurühren, auch nur diesen Schenkel da, dieses Ohrläppchen, diesen Nacken zu nennen?

Oder vielleicht nannten auch sie schon damals nichts beim Namen, zogen die Metaphern vor, den Mond, der sich in den gekräuselten Wellen des Sees wiegt, die Kiefer und die Birke, die ihre Kronen im Sturm ineinanderwühlen ... Und langsam, metaphorisch, versuchte auch ich mich daran, aber mit Venedig, der Hauptstadt der Liebe, ich ging zum Beispiel ganz langsam eine Gasse hinunter und Schritt für Schritt wieder an einem Ufer entlang hinauf, hielt mich dann auf einem Campiello auf, zog um ein anderes, bog in einen engen Durchgang ein und schritt plötzlich über eine Brücke, um von dort, auf der anderen Seite des Kanals wieder anzufangen, eine breite Gasse hinauf, am gegenüberliegenden Ufer wieder hinunter, streifte den Sockel eines Turms, verweilte ein bißchen bei einer Kuppel, küßte die Mosaike eines Schenkels, in einer Konfusion aufgehender zweibogiger Fenster und sich aufrichtender Obelisken, in einer immer reicheren Verflechtung von Nägeln, Fassaden, Ohrläppchen, Gondeln,

Laubengängen, von einem Viertel Venedigs zum anderen, look, look, Mr. Silvera, ein ragender Turm, ein köstliches Brunnenbecken, eine göttliche Decke, eine Lippe, wieder eine Insel, die in der Lagune versinkt, ah, Mr. Silvera, ah.

X. Er hatte sie nur geweckt, um sich zu verabschieden

1.

Er hatte sie nur geweckt, um sich zu verabschieden, als er zum Gehen fertig war, doch dann hatte sie sich nicht davon abhalten lassen, aufzustehen, wie eine Besessene ins Bad zu stürzen und in zwei Minuten schon halb angekleidet wieder zu erscheinen, in den erstbesten Rock und die erstbeste Jacke, die ihr unterkamen, zu schlüpfen, sich einen Regenmantel überzuwerfen, da es draußen düster war, regnete.

»Ich begleitete dich bis zu ... wo du eben hin mußt, ich weiß ja nicht ... ich lasse ein Taxi rufen ... du hattest doch gesagt, um acht ... nicht einmal gefrühstückt hast du ... du hast noch eine halbe Stunde Zeit, nicht?«

Jetzt sind sie in einem Café am Rialto, stehen im Gedränge an der Theke, inmitten hastig kommender und gehender Leute, die zur Arbeit müssen, während ein Bursche in einer langen Schürze sich abmüht, Sägemehl zu streuen, denn draußen regnet es jetzt stärker als zuvor, das Wasser rinnt in dicken Bächen aus den geschlossenen Schirmen. Mr. Silvera trägt einen alten Hut zu seinem durchlöcherten Regenmantel, aber sie hat nichts, ihr Haar ist naß, sie ist bleich und völlig ungeschminkt, mit Ringen unter den Augen wie ...

Wie Maria Magdalena in der Wüste, denkt Mr. Silvera und versucht sich zu erinnern, ob es in der Wüste je so geregnet hat. Er streichelt ihr das Gesicht, nimmt ihre Hand.

»Ciao. Ich weiß nicht, wie lange es dauern wird, aber warte im Hotel auf mich oder hinterlasse, wo du bist. Ja?«

»Ja.«

»Und geh' wieder ins Bett. Du hast ja kaum drei Stunden geschlafen.«

»Ich sehe sicher scheußlich aus«, sagt sie und versucht zu lächeln.

»Die scheußlichste Frau von Venedig«, sagt er und küßt sie.

Dann wendet er sich ab und geht eilig weg, tritt hinaus, ohne daran zu denken, sich den Hut wieder aufzusetzen, und nachdem er den Markt von Rialto Nuovo überquert hat, führt ihn sein Weg durch ein Gewirr von Lauben, Plätzchen, Gäßchen, an schmutzigen Eingängen und Haustüren vorbei, deren Nummern er im peitschenden Regen nur mit Mühe unterscheidet.

2.

Ich wartete in dem lauten vollen Café, daß es zu schütten aufhörte, um an die Riva del Carbon zu laufen, wieder ein Taxi zu nehmen und mich ins Hotel zurückbringen zu lassen, obwohl der Gedanke mir schrecklich schien. Alles wäre jetzt besser als dort zu sitzen und die Minuten und die Stunden zu zählen (zwei? drei? wieviele?) in der Erwartung, daß David zurückkam oder telefonierte.

Doch in dem Café war kein Sitzplatz mehr, und mir fiel nichts anderes ein, was ich hätte tun, wohin ich hätte gehen können, so kaputt wie ich war. Der Regen schien nicht nachzulassen. Der einzige Rettungsanker wäre Raimondo gewesen, aber es war noch nicht acht Uhr, und er stand gewöhnlich sehr spät auf, ich traute mich nicht, ihn zu einer solchen Zeit anzurufen. Abgesehen davon – kam mir in den Sinn –, daß er heute nacht, nachdem die anderen gegangen waren, doch bestimmt noch wer weiß bis wann bei Cosima geblieben war, um sich haarklein alles erzählen zu lassen, was David ihr gesagt hatte.

Dann gab natürlich gerade das den Ausschlag. Es packte mich nicht nur wieder das unbezähmbare Verlangen, gleichfalls alles zu erfahren, sondern zum ersten Mal kam mir der Gedanke, daß ich es auch aus anderen Gründen wissen müßte, an die ich bis jetzt gar nicht gedacht hatte. Es ging nicht mehr um Eifersucht und Trotz. David hatte vielleicht Cosima um irgendeinen Beistand oder eine Unterstützung gebeten, um die er mich nicht hatte bitten wollen, er hatte ihr vielleicht etwas mitgeteilt, was er mir nicht zu entdecken wagte. Vielleicht hatte er ihr sogar – dachte ich – etwas über die Nachricht gesagt, die er erwartete.

Und was Raimondo anging, hatte er doch, so spät er auch nach Hause gekommen sein mochte, bestimmt länger geschlafen als ich, sagte ich mir, die letzten Bedenken überwindend. Ich steckte die Telefonmarke in den Apparat, wählte die Nummer und bereitete mich darauf vor, mit seinem alten und halbtauben Diener Alvise zu verhandeln.

Aber er selbst antwortete, unverzüglich.

»Raimondo?« sagte ich mit einem Seufzer der Erleichterung, der aber auch in meinen eigenen Ohren wie ein verzweifeltes Schluchzen klang. »Kann ich sofort zu dir kommen?«

»Ja«, sagte er, »sicher.«

Weder wunderte er sich, noch verlangte er die mindeste Erklärung. Doch er merkte durch den Lärm um mich herum, daß ich nicht vom Hotel aus anrief, und wollte wissen, wo ich war. Ich sagte es ihm.

»Allein?«

»Ja, er ist gegangen ... das heißt, er mußte ... Aber ich komme sofort. Ich besorge mir nur schnell ein Taxi.«

»Bei diesem Regen? Nein, warte dort, ich komme dich holen«, sagte er und legte auf, bevor ich protestieren konnte.

Der ewige Pfadfinder, dachte ich voller Dankbarkeit,

Zärtlichkeit und sah ihn wieder vor mir, wie ich ihn bei der Frarikirche dabei ertappt hatte, als er den Koffer der alten deutschen Touristin schleppte. Es hätte nicht viel gefehlt, und ich hätte wirklich zu schluchzen angefangen – in dem Zustand, in dem ich war, kein Wunder.

Dann erschreckte mich der Gedanke, daß David mich nicht im Hotel finden würde, falls er sich zufällig gleich hatte freimachen können, und ich steckte noch eine Telefonmarke ein, um dem Portier Bescheid zu sagen, Raimondos Nummer bei ihm zu hinterlassen, ihm zu erklären, daß die Sache äußerst wichtig sei und daß deshalb...

Ich atmete wieder erleichtert auf, als ich Navas Stimme erkannte; der dort war, wie er mich informierte, weil er heute Frühdienst hatte. Womit konnte er mir dienen?

Ich erklärte es ihm und gab ihm die Nummer, zur Sicherheit diktierte ich ihm auch die Adresse und bat ihn, doch persönlich bei der Vermittlung zu sagen, für den Fall, daß Mr. Silvera anrufen sollte...

»Aber gewiß«, beruhigte er mich in seinem glaubwürdigen und wohlwollenden Ton, zuvorkommend, aber ohne eine Spur von Unterwürfigkeit. »Die Signora Principessa kann ganz unbesorgt sein.«

Ich ging an die Theke zurück, um zu warten. Im Bewußtsein, zwei Beschützer zu haben wie Raimondo und Nava, fühlte ich mich schon weniger aufgelöst, wenn ich auch nicht gerade »unbesorgt« war. Draußen goß es noch immer. Als ich mich im Spiegel hinter der Theke erblickte, sah ich eine ertrunkene abgezehrte, totenblasse Ophelia, die aber trotz der Ringe unter den Augen und der am Gesicht klebenden Haare immer noch nicht die scheußlichste Frau von Venedig war.

Ich lächelte mir ermutigend zu. Fast fing ich an zu hoffen, daß Cosima, irgendein einflußreicher Präsident von Cosima, etwas für David tun könnte oder vielleicht schon getan hatte, wer weiß. Vielleicht war die Nachricht von gestern abend schon das Ergebnis von... Nein, die

Nachricht war ja vor dem Fenstergespräch mit Cosima gekommen, und also ließ der Anruf keine solche Hoffnung zu. Doch andererseits ... Eigenartig, dachte ich, daß Raimondo nicht nur schon wach war, sondern schon fertig, um mich abholen zu können, um so mehr, wo er doch heute nacht so spät nach Hause gekommen sein mußte.

Genau in diesem Augenblick sah ich ihn im Spiegel, wie er seinen Schirm zumachend hereinkam und sich suchend nach mir umsah. Er trug einen zerknitterten Trenchcoat und einen ebenso zerknitterten Hut. Doch darunter, sah ich, als ich mich umdrehte, war er noch im Smoking, wenn auch mit verrutschter Fliege und völlig durchnäßten Lackschuhen.

»Großer Gott«, sagte er, als er auf mich zukam, »und in diesem Zustand wolltest du herumlaufen?«

3.

Die Hausnummer, die Mr. Silvera schließlich gefunden hat, steht über einem schäbigen und halb unter Wasser stehenden Flur ohne Eingangstor, von dem aus man in einen kleinen, als Schrottlager benutzten Hof kommt. Im Hof ist auch das alte Firmenschild einer Druckerei zu sehen, doch die verrosteten Rolläden darunter sind geschlossen, offensichtlich schon seit langer Zeit. Ein Schild neben der Treppe zeigt jedoch die Existenz eines GRAPHIKSTUDIOs im 1. Stock an, das sich mit »Entwurf und Druck von Formblättern, Stempeln, Prospekten, Geschäftsvordrucken« beschäftigt.

In diesem Studio sitzt Mr. Silvera jetzt einem dicken Mann in Hosenträgern gegenüber vor einem Schreibtisch mit tintenfleckiger grüner Filzplatte. Eine große Frau in einem Kostüm mit über die Schultern gehängtem Regenmantel prüft einige Papiere, sie steht neben dem Fenster, obwohl vor dem Schreibtisch noch ein freier Stuhl wäre.

»Aber das sind nicht alle«, sagt sie gereizt mit unbestimmt ausländischem Akzent. »Und der Paß? Da ist nicht einmal der Paß dabei.«

Der Mann deutet mit dem Kinn auf eine Glastür, hinter der abwechselnd Schreibmaschinengeklapper und laute Stempelgeräusche zu hören sind.

»Es ist alles so gut wie fertig«, versichert er.

»So gut wie?« sagt die Frau noch gereizter.

»Sache von einer halben Stunde, höchstens einer«, sagt der Dicke, nimmt die Zigaretten vom Tisch und bietet sie wortlos in der Runde an, bevor er sich eine ansteckt. »Solche Arbeiten gehen nicht so schnell«, fügt er hinzu, als er ohne Eile aufsteht und zu der Glastür geht. »Und dann Anweisungen, wieder andere Anweisungen... Wenn die sich früher entschieden hätten, wären wir auch früher fertig gewesen.«

»Diese Anweisungen von oben sind immer ein bißchen konfus«, sagt versöhnlich Mr. Silvera, während der Mann im Nebenzimmer verschwindet.

»Bürokratie!« sagt die Frau und hebt die Augen zu Himmel. »Bürokratischer Wirrwarr!«

Beide sehen sie jetzt in den Regen hinaus, der an die Scheiben trommelt, den Schrott im Hof begießt. Nach einer Weile kommt der Dicke wieder herein und blättert in einem dunkelblauen nicht allzu neuen Paß, den er der Frau aushändigt.

»Als Ausstellungsdatum haben wir das letzte Jahr eingesetzt«, sagt er, wieder Platz nehmend, »und die Personalien, wie wir sie per Telefon bekommen haben. In Ordnung?«

Die Frau nickt ohne Enthusiasmus, nachdem sie auch den Paß geprüft hat, den Mr. Silvera bei sich trägt.

»Die haben Sie ziemlich verjüngt«, sagt sie und gibt ihm das Heftchen wieder. »Sie sehen nicht so alt aus, wie in dem da angegeben ist, aber zehn Jahre weniger, ist das nicht ein bißchen zu viel?«

»Ah«, lächelt Mr. Silvera, »das entscheide ich doch nicht.«

»Man kann doch vorzeitig gealtert sein«, schaltet sich da der Dicke unerwartet ein. »Hauptsache, die Photographie stimmt.«

Photographie und Personenbeschreibung sind in der Tat die beiden einzigen Punkte, die noch stimmen, außer einem Teil des Namens. Nachname, Geburtsdatum und -ort sind anders, ebenso die Staatsangehörigkeit. Aus dem Nebenzimmer kommt jetzt ein junger Bursche mit ein paar bereits ausgefüllten Formularen herein.

»Wenn Sie das inzwischen mal kontrollieren wollen«, sagt er zu der Frau, »das ist der Frachtbrief. Er ist aber noch nicht vollständig gestempelt, weil einer der Stempel noch nicht fertig ist.«

»Sache von einer halben Stunde«, sagt der Dicke zu Mr. Silvera. »Dann können sie alles rüberbringen zu... Aber«, wendet er sich an die Frau, »von wo geht eigentlich die Fracht ab?«

»Von Marghera.«

»Dann zum Hafenamt, Handelshafen, Abteilung Kais und Lagerhäuser. Und sagen Sie, Sie wollen mit Turriti Michele sprechen.«

»Lomonaco«, sagt der Bursche. »In Marghera ist doch Lomonaco, Kai G, Lagerhaus 19.«

»Ach ja, richtig. Verlangen Sie Lomonaco, den Gehilfen des Magazinverwalters und sagen Sie ihm, daß Sie von uns kommen. Dann können Sie alles Weitere direkt ausmachen.«

»In Ordnung.«

Die Frau sagt, nachdem sie die Formulare geprüft und zurückgegeben hat, sie hätte auch noch die fehlenden Stempel kontrollieren wollen, aber sie müsse jetzt gehen.

»Es tut mir leid«, sagt sie zu Mr. Silvera, »daß Sie hierbleiben müssen und noch mehr Zeit verlieren.«

Mr. Silvera lächelt sie mit seinem grashalmfeinen Lächeln an.

»Bürokratie!« sagt er und hebt die Augen zur Decke.

4.

Trotz Raimondos Schirm und seinem Taxi, das an den Fondamenta del Vin auf uns wartete, waren wir, als wir in der Ruga Giuffa ankamen, klatschnaß. Wir mußten uns beide von Kopf bis Fuß umziehen. In der Bibliothek trafen wir uns wieder, er als Guru in aufgerauhte Baumwolle gekleidet, ich in Sachen, die (seiner euphemistischen Auskunft nach) seine Nichte Ida bei ihm gelassen hatte, eben für den Fall von Wolkenbrüchen, Hochwasser und anderen derartigen Notlagen.

»Hör zu«, sagte ich, nachdem uns Alvise mit Tee versorgt hatte, »sag mir als erstes, ob du gestern abend noch bei Cosima geblieben bist und ob sie dir gesagt hat –«

Er hob eine Hand.

»Nein«, sagte er, ohne zu lächeln, »als erstes mußt du mir alles erzählen. Haarklein von Anfang an. Wo bist du ihm begegnet, wie hast du ihn eigentlich kennengelernt?«

»Aber das habe ich dir doch schon gestern gesagt, oder?« protestierte ich verwirrt. »Jedenfalls habe ich . . .«

Ich erinnerte mich nicht mehr genau an alles, was er mich gefragt und was ich ihm in meinem Erguß am Abend zuvor geantwortete hatte, doch es kam mir vor, als hätte ich ihm eigentlich eher zu viel erzählt, einschließlich das mit Chioggia und sogar von der Pensione Marin. Und dann hatte ich ihm jetzt, im Taxi, auch von der Nachricht, die er im Hotel vorgefunden hatte, berichtet, von dem Anruf, von der dringlichen Verabredung.

Ich konnte ihm ja alles, was er wollte, noch einmal erzählen, sagte ich. Aber warum verlangte er das von mir? Das wenigstens mußte er mir erklären.

Er dachte einen Augenblick nach.

»Weil das, was er Cosima gesagt hat«, meinte er schließlich, »nur Cosima glauben konnte. Deswegen hat er es ihr erzählt und nicht dir.«

Er hob wieder die Hand, um nicht unterbrochen zu werden, erklärte, daß er selbst nicht wisse, was er denken solle, aber um mich besorgt sei und daß ich auf ihn hören, ihm alles der Reihe nach noch einmal berichten müsse. Dann würde er mir sagen, was er wußte.

»Alles, was du von Cosima erfahren hast?«

»Nicht nur von Cosima«, sagte er. »Als du mich angerufen hast, war ich gerade dabei, mich ... auch bei anderen ... zu unterrichten.«

Ich sah ihn verblüfft an, sah mich um, als könnten seine geheimnisvollen Informanten noch da sein, in einem Winkel der Bibliothek versteckt. Aber alles wurde allmählich so absurd, daß ich es aufgab, darauf verzichtete, weitere Fragen zu stellen. Ich dachte nur, daß ich eben tun mußte, was Raimondo (bei dem ich nicht ausschloß, daß er völlig oder zum Teil den Verstand verloren hatte) verlangte, wenn ich der Sache irgendwie auf den Grund kommen wollte.

»Einverstanden, also alles der Reihe nach«, sagte ich und fing mit der lärmenden Reisegesellschaft auf dem Weg nach Korfu an und dann mit meiner Überraschung am nächsten Tag, ihren außergewöhnlichen Leiter auf dem Campo San Bartolomeo wiederzufinden. Er – fuhr ich fort – hatte mich erst einmal angelogen und gesagt, die Seereise sei nicht mehr in seinem Auftrag inbegriffen. Dann jedoch hatte er zugegeben, daß auch er hätte an Bord gehen müssen, ja, bereits an Bord gegangen war, aber im letzten Augenblick –

»Er ist jedenfalls seit Dienstag in Venedig?« fragte Raimondo.

Er hatte von dem Telefontischchen, das neben seinem Sessel stand, einen Notizblock genommen, den er jetzt aufschlug. Ich wußte nicht, ob er sich bereitmachte, etwas aufzuschreiben, oder ob er bereits beschriebene Blätter prüfen wollte. Aber inzwischen wunderte ich mich über nichts mehr.

»Ja«, sagte ich, »gewiß, er war ja mit mir im Flugzeug. Er ist jetzt seit vier Tagen hier.«

»Nicht ganz, würde ich meinen. Wann ist das Flugzeug angekommen?«

»Das Flugzeug?... Um elf, mehr oder weniger. Aber es war, wie gesagt, Dienstag, und heute –«

»– ist Freitag, ich weiß, aber es ist noch nicht neun Uhr. Es sind in Wirklichkeit weniger als drei Tage vergangen, und erst seit vorgestern bist du..., seit... nicht seit du ihn im Flugzeug getroffen hast, meine ich, sondern –«

»Sag ruhig, seit ich seine Geliebte bin. Aber seit vorgestern? Das ist nicht möglich. Heute ist –«

»Freitag«, sagte Raimondo, schamhaft den Blick auf seine Notizblätter senkend. »Und die Begegnung im Café, die Pensione Marin, eure Art Hochzeitsreise nach Chioggia... die waren doch am Mittwoch, nicht?«

Ich wollte schon antworten, daß das nicht stimmte, darauf bestehen, daß das nicht möglich war oder daß dann eben heute nicht Freitag sein konnte, als ich mir bewußt wurde, daß es nur eine Frage der Wörter war.

Gestern, vorgestern, vorvorgestern... das waren Maße, die nicht Mr. Silveras Zeit entsprachen und auch nicht meiner, wenn ich mit ihm zusammen war. Seine Zeit, erklärte ich, war unendlich, war viel ausgedehnter, diese beiden Tage waren wirklich Jahre gewesen wie in dem Spiel, das ich erfunden zu haben glaubte. Er selbst hatte mir übrigens von Anfang an gesagt, daß für ihn die Zeit nicht zählte. Sie sei *immaterial*, hatte er immer wieder behauptet. Und noch gestern hatte er mir das in Versen wiederholt, wenn auch nur zum Spaß. Oder auch einfach aus Galanterie, sagte ich mit zusammengebissenen Zähnen, wie in dem Gedichtchen für die Chinesin.

»Was für Verse?« fragte Raimondo.

Ich sagte es ihm, zitierte sie, wie ich sie noch im Gedächtnis hatte, doch er begnügte sich damit nicht und holte den Shakespeare aus einem Regal, legte ihn auf ein Lesepult, schlug mit einer Bedächtigkeit, die mich wahnsinnig machte, nach.

»Ah, hier, ja... sonett CXXIII: *›Nein, Zeit, dessen wirst du nicht rühmen dich, daß ich mich ändere...‹.«*

Als er zu Ende gelesen hatte, ließ er das Buch liegen und setzte sich mir wieder gegenüber, seine Miene war düster.

»Es war nicht einfach aus Galanterie«, sagte er, ohne mir ins Gesicht zu sehen. »Und er hat auch ganz und gar nicht Spaß gemacht, fürchte ich.«

5.

Jemand klopft an die Tür, und wie einer Fernsteuerung gehorchend, verzieht sich das entspannte Gesicht des Haushofmeisters Cesarino zu einer leidenden Miene. Es muß der junge Issà sein, der das Frühstückstablett holen kommt.

»Herein!« sagt der Verunglückte in seinem Schmerzenssessel.

Aber es ist die Hausherrin, die im Morgenrock zu ihm heraufgestiegen ist, um sich zu erkundigen, wie er die Nacht verbracht hat, was der Fuß macht, ob er seine Umschläge pünktlich bekommen hat, ob ihm Kaffee und der »Gazzettino« gebracht worden sind. Es ist nichts Verwunderliches an soviel Fürsorge, da die Signora ihn ja immer mit liebevoller Rücksicht behandelt, wie ein Familienmitglied. Aber verwunderlich ist die Zeit des Besuchs, Viertel nach zehn. Nach einem Abendessen wie dem gestrigen, erscheint die Signora nie vor Mittag und jedenfalls immer vollständig angezogen, geschminkt, ordentlich frisiert.

»Wollen Sie, daß ich Ihnen Issà zum Rasieren schicke?«

»Nein, nein, das schaffe ich allein, danke«, antwortet der tapfere Invalide.

Cesarino erträgt keinen Elektrorasierer, doch wenn er sich einen Schemel ins Bad stellt und den Spiegel herunternimmt, kann er sich gut mit Seife und Klinge rasieren. Daß er es noch nicht getan hat, liegt nur daran, daß dieser graue Schleier auf den Wangen besser zu seinem Stubenarrest paßt, ihn irgendwie rechtfertigt.

»Und hat es geklappt mit dem Essen?« fragt er jetzt melancholisch wie der Meister im dreifachen Salto, der nicht an der Olympiade teilnehmen konnte, »hat der Junge, der Luigi, nichts angestellt?«

»Nein, gar nichts, alles hat perfekt geklappt, Oreste Nava und sein Gehilfe haben sich als absolut kompetent erwiesen.«

»Gut, das freut mich wirklich«, erklärt Cesarino mit einem geheuchelten Seufzer der Erleichterung.

In Wirklichkeit hätte er sich nicht gerade gern von über Rücken gekipptem Eis und in Dekolletés geschütteter Soße berichten lassen, aber doch wenigstens von ein paar kleinen Zwischenfällen, die in seiner Abwesenheit den Ablauf des Essens getrübt hätten.

»Und mit dem Teppich ist alles gutgegangen?«

»Mit dem Teppich? Was für einem Teppich?«

Die Signora steht vor einem der niedrigen geraniengeschmückten Fenster und spricht zu ihm, ohne den Kopf zu wenden: sie ist mehr draußen in dem rauschenden Regen als hier drinnen bei ihm.

»Nun, ich meine doch den Teppich, über den ich gestolpert bin ...« erinnert das Opfer sie ein wenig pikiert.

»O ja, Sie haben recht, dieser schreckliche Teppich, armer Cesarino! Und was macht Ihr Fuß bei dieser Feuchtigkeit?«

Völlig weggetreten, denkt Cesarino verblüfft. Vor kaum fünf Minuten hat sie ihm doch schon dieselbe Frage gestellt. Völlig in den Wolken. In dem grauen Licht, das durch die vom Regen gestreiften Scheiben fällt, sieht die Signora ungewöhlich hilflos und verträumt, verwirrt aus. Sicher, sie ist nicht geschminkt, sicher, sie hat wohl nur wenige Stunden geschlafen (wer weiß warum, übrigens?), doch da muß noch etwas anderes im Spiel sein, gestern abend muß etwas passiert sein, daß sie jetzt in diesem Zustand ist. Und am verwunderlichsten ist, daß es ihr gleichgültig zu sein scheint, sich so sehen zu lassen. Hat sie getrunken? Das ist noch nie vorgekommen, es wäre das erste Mal.

»Ach, was wollen Sie, Signora, wir werden alt...«

Die Signora beobachtet lange den Regen, ohne zu antworten, dann fängt sie an, langsam und zerstreut im Zimmer herumzugehen, als wüßte sie nicht recht, was tun, oder als wartete sie auf etwas, auf jemanden. Die Pause zieht sich hin, wird allmählich drückend.

»Haben Sie gesehen, was für eine Schande, diese armen jugoslawischen Kinder, die da gekauft und verkauft werden wie die Erdnüsse?« versucht es Cesarino und tippt mit dem Zeigefinger auf die Zeitung, die er auf den Knien liegen hat. Doch das Thema, das normalerweise die große internationale Wohltäterin reizen müßte, stößt heute morgen auf völlige Gleichgültigkeit.

»Ja, ja«, sagt die Signora nur, »eine Schande.«

Und wieder Schweigen, immer drückender, peinlicher. Da steckt doch etwas dahinter, muß etwas dahinterstekken. Doch nicht etwa...?

Cesarino schluckt beunruhigt. Diese ganze Verlegenheit hat doch nicht etwa mit ihm zu tun? Findet die Signora etwa nicht den Mut, ihm etwas äußerst Unangenehmes mitzuteilen? Zum Beispiel, daß sie ihn zur Genesung in ihr Landhaus schicken will, gerade jetzt, wo hier alle Vorhänge abgenommen und kontrolliert, alle empfindlichen Lüster gereinigt werden müssen ... Das wäre eine schlimme Beleidigung bei seinen nun fast vierzig Dienstjahren und dazu eine völlig unnötige Vorsicht, denn er fühlt sich ja, abgesehen von seinem Knöchel, ganz gesund, es geht ihm ausgezeichnet, viel besser als diesem Alvise, dem Diener von Signor Raimondo, der halb taub ist und immer von seinem Emphysem spricht, und auch besser als Oreste Nava, der immer von seinem sechsten oder siebten Rückenwirbel spricht.

Aber sein doch so feines Gehör nimmt nicht den Schritt der Signora wahr, die nun hinter ihm steht und ihm plötzlich eine Hand auf die Schulter legt.

»Ach, lieber Cesarino ...« seufzt sie.

Cesarino richtet, so gut er kann, die Schulter, den ganzen Oberkörper auf und erwartet den Schlag, bereit, ihn abzuwehren.

Doch die Signora geht um den Sessel herum, steht jetzt vor ihm und sieht ihn an mit einem verwirrteren Ausdruck denn je an.

»Dann also gute Besserung, ja?« sagt sie abwesend. Und geht davon, in wer weiß was für Gedanken versunken.

Da ist wohl eine kleine Ermittlung fällig, um herauszufinden, wie das Essen von gestern abend wirklich gelaufen ist, überlegt Cesarino. Doch erst einmal zieht er sich für alle Fälle an seiner Krücke hoch und angelt nach der Rasierklinge und der Seife. Es ist jetzt besser Schluß mit der bedauernswerten Krankenmiene.

6.

Hat Raimondo es mir gesagt, daß David durchaus nicht zum Spaß seine Pyramiden erwähnte, oder hatte ich mir das schon vorher selbst gesagt? Jetzt, da ich »alles weiß«, sind das Vorher und das Nachher so schlecht zu unterscheiden wie die beiden Seiten der schwarz angelaufenen Münze, die ich in den Händen drehe. Und wenn ich auf meinem Schreibtisch das einzige andere Souvenir betrachte, das ich aus Venedig mitgebracht habe (der Zimmerschlüssel eines Hotels, aber nicht des meinen noch der Pensione Marin), frage ich mich, was ich eigentlich nicht schon von selbst begriffen oder geahnt hatte. Gewiß nicht, nicht einmal von ferne, Mr. Silveras wahre Identität oder wahren Beruf, auch wenn zwei Wörtchen genügt hätten, sie mir zu enthüllen. Doch den wahren Grund des Ausflugs nach Chioggia, zum Beispiel. Oder daß das Finanzamt in dem Kreuzgang mit dem Geheimnis der Pyramiden mindestens ebensoviel zu tun hatte wie Shakespeare. Und selbst daß Rabbi Schmelke sich ganz und gar nicht getäuscht hatte, der Gute, sondern genau das Richtige getroffen hatte.

All das, um zu sagen, daß das »verschärfte Verhör« an jenem Morgen sich nicht für einen genauen Bericht eignet, den die CIA oder das KGB gegenzeichnen würden. Einige der Antworten, die ich gab, sind mir vielleicht durch Raimondos Fragen suggeriert worden; und in andere fließt möglicherweise mein nachträgliches Wissen ein. Hier sind jedenfalls die Protokollauszüge.

A: CHIOGGIA
Frage: Aber hat er dir selbst gesagt, er hätte seine Touristen sitzen lassen, weil er müde gewesen sei? Weil er der ständigen Herumreiserei überdrüssig gewesen sei?
Antwort: Ja, sicher. Er hat gesagt, auch er müsse ab und zu mal irgendwo haltmachen. Aber er würde jedenfalls nur kurz bleiben können, da er jeden Augenblick mit einer neuen Order zu rechnen habe.
F: Von seiner Agentur?
A: Nein, nein, von jemand sehr viel... etwas wie der Mossad, habe ich gedacht. Später hat er mir erzählt, er

habe gehofft, in Chioggia eine gewisse Person zu treffen, die vielleicht einen Aufschub für ihn hätte erreichen können. Aber ich bin sicher, daß er gelogen hat. Ich glaube nicht, daß er dort jemanden treffen sollte.

F: Und warum wollte er dann dahin, deiner Meinung nach?

A: Ich denke, weil ... oder vielmehr, nein, also: zuerst, als ich gesehen habe, wie er das Schiff da am Schiavoniufer betrachtete, dachte ich, er wolle, Mossad hin, Mossad her, Agentur hin, Agentur her, schon selbst wieder fort. Sofort wieder abreisen.

F: Aber wohin denn?

A: Irgendwohin, nur um abzureisen ... Dann aber, als er mir von diesem Jemand wegen des Aufschubs erzählt hat, habe ich einerseits den Eindruck gehabt, daß er mich anlog, aber andererseits auch nicht. Das heißt, daß dieser Jemand zwar nicht existierte, doch daß David tatsächlich gerade deswegen nach Chioggia wollte.

F: Das heißt, weshalb?

A: Um länger in Venedig bleiben zu können. Und schau ... Also, das fällt mir erst jetzt wieder ein, aber schau doch, zum Beispiel: Ich hatte zum Spaß gesagt, daß in Venedig zwei, die zum ersten Mal miteinander ins Bett gegangen sind, danach eine Gondel nehmen müssen, sonst würden sie bestraft; und er sagte dann, in unserem Fall dagegen würde man vielleicht Gnade walten lassen, wenn wir den Dampfer nähmen. Verstehst du? Es war, als ob ... ich weiß nicht, es ist merkwürdig, aber ...

F: Sag es trotzdem!

A: Also es war, als ob er, da er nur eine gewisse Zeit in Venedig bleiben konnte, gedacht hätte, wenn er ein paar Stunden wegführe, würde man ihn dann vielleicht länger hier sein lassen. Vielleicht ist er gerade deswegen später mit dem Bus zurückgefahren, statt mit mir im Motorboot. Scheint dir das ein verrückter Gedanke?

F: Nicht von dir, wenn er es war, der ihn dir in den Kopf gesetzt hat.

A: Aber nein doch! Ich habe dir doch gesagt und sage es noch einmal, daß ...

B: Santo Stefano

F: Wann, hat er dir gesagt, will er die Fresken im Kreuzgang gesehen haben?

A: Vor zwanzig Jahren, kurz bevor sie abgenommen wurden. Aber er hat mir das nicht gleich gesagt. Erst hat er gesagt, er habe sich geirrt, als da nichts zu sehen war. Dann, als ich erfahren hatte, daß sie einmal da gewesen waren, aber 1965 abgenommen wurden, hat er behauptet, sie ungefähr zu diesem Zeitpunkt gesehen zu haben.

F: Als er um die zwanzig war, heißt das?

A: Vermutlich. Ich weiß nicht, wie alt er jetzt genau ist.

F: Nach den Angaben in seinem Paß ist er 1941 geboren.

A: Nach den Angaben in ... Aber woher weißt du das? Du bist doch nicht ... deine Informanten sind doch nicht ... du hast dich doch nicht etwa bei der Polizei nach David erkundigt?

F: Ich habe mich nicht erkundigt, ich habe nur jemanden gebeten, mir eine Abschrift von der Eintragung ins Fremdenbuch der Pensione Marin zu machen.

A: Aber das ist doch trotzdem undenkbar! Das ist –

F: Undenkbar, du hast es gesagt. Aber du weißt noch nicht einmal, wie sehr. Daher ... Nein, hör mir bitte zu. Hat er dir nicht auch gesagt, in Santo Stefano seien die Verwaltungsräume des Pionierkorps untergebracht?

A: Ja, nur hat er sich da wirklich geirrt, dort ist nämlich das Finanzamt.

F: Jetzt. Aber das Pionierkorps war einmal dort.

A: Und das ist auch 1965 abgenommen – das heißt, verlegt worden?

F: Nein, das ist schon seit 1936 nicht mehr dort.

C: FUGGER
F: Er, sagst du, hat dir nie etwas erzählen wollen. Du hast ihm alles aus der Nase ziehen müssen. Aber war nicht doch immer er es, der dir so oder so die Fragen eingegeben hat? Das ist die klassische Technik des –
A: des Betrügers, des Schwindlers, einverstanden. Das habe ich auch gedacht, als er die Münze herausgezogen hat. Doch dann hat er sie mir geschenkt, nicht? Und was die Fresken betrifft, du wirst doch nicht denken, er habe mich absichtlich dahingeführt, damit ich ihn frage, ob ... Oder daß er mir das vom Pionierkorps gesagt hat, nur damit ich entdecken sollte ... Aber kannst du mir, willst du mir bitte mal sagen, was für ein Interesse er dabei gehabt haben könnte?
F: Es ist nicht unbedingt eine Frage des Interesses. Nehmen wir mal die Sache mit dem Bild: Auch da war er es doch, nicht, der dir gesagt hat, es komme ihm seltsam vor?
A: Ja, aber nur, weil ich etwas bemerkt hatte!
F: Was?
A: Seine Überraschung, als er es plötzlich vor sich sah. Sonst hätte er mir nichts gesagt: Weder daß es eine Fälschung war, noch wie er das erkannt hatte. Denn es war unverkennbar, daß er von diesem Fugger nicht gern hatte sprechen wollen.
F: Dann hat er dir jedoch erzählt, er habe ihn in Venedig getroffen, und Fugger habe sich mit Kokainschmuggel befaßt.
A: Kokain habe ich gesagt, um der Wahrheit die Ehre zu geben. Er hat gesagt: verschiedene Drogen.
F: Aha. Und du hast nicht gefragt, welche?
A: Aber nein, warum sollte ich ihn denn das fragen?
F: Jedenfalls: er sagt, er habe erkannt, daß das Bild eine Fälschung ist, das heißt, nicht einmal ein Schinken aus dem 18. Jahrhundert, sondern eine alte abgekratzte und neu bemalte Leinwand, weil es das Porträt dieses Fuggers ist.

A: Ja.

F: Aber wenn es ohnehin ein schlechtes Bild ist, wie konnte er da so sicher sein? Eine gewisse Ähnlichkeit heißt doch noch nicht, daß –

A: Er sagt, die Ähnlichkeit sei vollkommen. Und es waren auch besondere Kennzeichen da: zwei Warzen über der Oberlippe, eine tiefe Kerbe im Kinn . . . Übrigens, das Bild ist ja noch dort, wenn du es sehen willst.

F: Jetzt ist es nicht mehr dort.

A: Wieso ist es nicht mehr dort? Ist es verschwunden?

F: Nein, aber Palmarin ist zu einem Abschluß gekommen, und gestern noch hat die Federhen alles abtransportieren lassen. Die ganze Sammlung ist bereits bei der Oberintendanz zum Kontrollsichtvermerk.

A: Die haben sich beeilt! Aber woher weißt du das? Von einem deiner Spione?

F: Von einer Spionin von dir. Ich habe heute morgen Chiara angerufen, sie praktisch aus dem Bett geholt. Aber da ist etwas, das ich von dir wissen möchte: Ist es möglich, daß sich unter dem gefälschten Porträt vielleicht ein, was weiß ich, ein echter Guardi oder Tiepolo verbirgt?

A: Um es durch den Zoll zu bringen? Nein, bei den Untersuchungen, die man heute machen kann, ist das ausgeschlossen. Aber selbst wenn es so wäre, warum haben sie ausgerechnet das Porträt dieses Signor Fugger oder Mr. Fugger, oder was er ist, darübergemalt?

F: Dieses *Herrn* Fugger. Nach dem, was David Cosima erzählt hat, stammt er aus einer in Venedig wohlbekannten deutschen Familie.

A: Aber dann kennst du sie doch auch!

F: Die Familie? Sicher kenne ich die.

*

Ich unterbreche die Niederschrift des Protokolls, um anzumerken, daß das Verhör nicht nur in eine Richtung, von ihm zu mir, lief. Manchmal stellte ich meinem Inquisitor Fragen und erhielt ein paar sparsame Auskünfte oder Kommentare. Andere Male warf er mir von sich aus ein paar Krumen hin, um meinen Hunger zu reizen.

Deswegen hielt ich es überhaupt aus, dort in der Bibliothek bei Raimondo zu bleiben, unendlich lange, wie es mir jetzt vorkommt, statt zu Cosima zu stürzen, um von ihr direkt alles zu erfahren.

Aber ein anderer Grund war auch, daß ich nach und nach zwei Sachen zu begreifen anfing, die mich paradoxerweise beruhigten.

7.

Am Hafenamt, Handelshafen, Abteilung Kais und Lagerhäuser, Marghera, ist Lomonaco, der Gehilfe des Magazinverwalters, nicht gleich auffindbar. Andererseits ist der Zutritt Unbefugten streng verboten, und Mr. Silvera hat sich nicht zum Kai G., Lagerhaus 19, begeben können, um dort zu warten.

»Kommen Sie vielleicht in einer halben Stunde wieder, und dann versuchen wir noch mal, ihn zu erreichen«, haben sie ihm am Eingang gesagt.

Das ist keine ermutigende Aussicht nach der vielen Zeit, die er bereits im Graphikstudio verloren hat, und nach der langen Taxifahrt von Piazzale Roma nach Marghera durch den chaotischen Berufsverkehr.

Doch zum Glück regnet es nicht mehr, und auch die Hindernisse scheinen jetzt überwunden. Lomonaco, der vermutlich vom Studio benachrichtigt worden ist, erscheint jetzt und erkennt den Klienten ohne Schwierigkeit.

»Kommen Sie«, sagt er und geht mit ihm hinaus, führt

ihn am Zaun entlang zu einem anderen Eingang, zu dem er den Schlüssel hat.

Drinnen führt er ihn zwischen den langen Reihen von Güterwagen und Mauern übereinandergeschichteter Kisten hindurch, an Kais und Kränen vorbei zum Kai G und dort in das kleine Büro des Lagerhauses, in dem er arbeitet.

»Hier sind wir ungestört«, sagt er. »Worum handelt es sich genau?«

Mr. Silvera sieht ihn überrascht an.

»Aber sollten nicht Sie mir das sagen? Ich weiß nur, daß ich eine Fracht begleiten soll.« Er zieht die Papiere hervor, die er von dem Dicken bekommen hat.

Auch Lomonaco scheint sich zu wundern.

»Ich weiß nicht«, sagt er, »lassen Sie mich mal sehen.«

Er studiert mehrere Minuten lang die Blätter, kehrt immer wieder zu einer Liste mit der Warenbeschreibung zurück, sieht sich von neuem den Versandschein an und steht schließlich auf und geht hinaus. Nach einer Viertelstunde kehrt er kopfschüttelnd zurück.

»Aber die Fracht da«, sagt er und klopft mit dem Finger auf ein Verzeichnis, »geht nicht von Venezia-Marghera ab, sondern von Venezia-Marittima. Dorthin hätte man Sie schicken sollen.«

Bürokratie, denkt Mr. Silvera, als er die Papiere wieder einsteckt. Und er denkt, daß ihn die Sache zu einem anderen Zeitpunkt und unter anderen Umständen auch hätte amüsieren können.

XI. Eine der beiden Sachen, die ich

1.

Eine der beiden Sachen, die ich im Verlauf des »Verhörs« zu begreifen anfing, war, daß David Raimondos Meinung nach verrückt sein konnte. Die andere war, daß dieser selbe David (immer noch Raimondos Meinung nach), falls er nicht verrückt war, ein gefährlicher Betrüger sein mußte.

Doch da es (meiner Meinung nach) nicht ausgeschlossen war, daß Raimondo verrückt geworden war, beunruhigten mich seine argwöhnischen Vermutungen nicht allzu sehr. Ja, irgendwie beruhigten sie mich sogar, wenigstens in bezug auf die unmittelbare Zukunft: ich konnte hoffen, daß im Grund David weniger von seiner geheimnisvollen Organisatiion (oder was auch immer) abhing, als er mir gesagt hatte. Und daß er folglich noch entscheiden konnte zu... wer weiß...

Klar war mir jedenfalls, daß Raimondo den »Enthüllungen«, die Cosima in dem Gespräch am Fenster gemacht worden waren, nicht traute. Deswegen bestand er mit so viel Nachdruck darauf, sie sowohl mit Berichten aus anderen Quellen als auch mit der Geschichte selbst, wie ich sie wissen konnte, zu vergleichen.

Eine Art Reifeprüfung war es, mit Raimondo als Prüfer und mir als Kandidatin. Und so sehe ich mich wieder in diesem zweiten Teil der Ermittlung.

*

D) GEWERBE UND BERUFE

Prüfer: Sprechen Sie von den Gewerben, Handwerken oder Berufen, die Silvera vor seiner tatsächlichen oder angeblichen Stelle als Reiseleiter ausgeübt hat.

Kandidatin: Ja. Also soviel ich weiß ... oder soviel ich annehmen kann, denn es ist zu unterscheiden zwischen –

P: Kümmern Sie sich jetzt nicht um solche Unterscheidungen, sondern geben Sie mir in eigenen Worten eine kurze Übersicht. Eventuelle genauere Angaben werde ich dann selbst verlangen.

K: Gut. Also: Von seiner Familie zum Talmudstudium angeleitet, gibt Silvera als der unruhige und skeptische Charakter, der er ist, diese sehr bald auf, darin von Spinoza beeinflußt, dem er in Rijnsburg begegnet. Das heißt, er trifft ihn natürlich nicht selbst. Nur, als er in die Gegend von Rijnsburg kommt, wo Spinoza wohnte –

P: Signorina, ich habe Ihnen doch bereits gesagt, daß ich selbst eventuelle genauere Angaben verlangen werde. Fahren Sie bitte fort.

K: Zum Talmudstudium bestimmt, wie ich schon sagte, gibt er dieses auf, um sich dem Theater zu widmen, und findet zeitweilig ein Engagement bei einer Brooklyner Truppe, die an der Ostküste auf Tournee geht, wie es auf Seite [88] in meinem Buch steht.

P: Gut, aber fahren Sie mit Ihren eigenen Worten fort, wiederholen Sie nicht wie ein Papagei das Schulbuch!

K: (*pikiert*): Wie Sie wünschen. Also er ... Das heißt, nachdem er auch den Beruf des Wanderschauspielers aufgegeben hat, um als etwas besser verdienender Handelsreisender zu arbeiten, reist er in verschiedenen Ländern herum, bald als Vertreter in Modeschmuck, wie es auf Seite [13] in dem Buch steht, bald als Verkäufer von Enzyklopädien, wie ich aus seinen weitreichenden Kenntnissen auf allen Wissensgebieten schließe.

P: Gut. Diese Ableitung von Ihnen erkenne ich an.

K: (*ermutigt*): Außerdem schließe ich auch aus der Tatsache, daß er beim Verlassen der »Königin des Ionischen Meeres« den Notfonds der Imperial Tours hat mitgehen lassen, daß sich durch den ständigen Berufswechsel und die Notwendigkeit, sich schlecht und recht durchzuschlagen, sein Moralgefühl verändert hat: Ich sage nicht, er sei vom rechten Weg abgekommen, denn sein Weg ist nie ein rechter Weg gewesen, aber von den Prinzipien, die doch immer noch –

P: Sehr richtig. Könnten Sie mir die Stufen dieses Niedergangs beschreiben?

K: Nun, es könnte mit der gefälschten Münze angefangen haben, die er, da es ihm nie gelungen ist, sie irgendjemand anderem anzudrehen, schließlich mir geschenkt hat.

P: Ihnen?

K: Sagen wir, einer gewissen Dame. Andererseits läßt er sich unter dem unheilvollen Einfluß Fuggers auf eine sehr viel schmutzigere und gefährlichere Tätigkeit ein, wie Drogenschmuggel zum Beispiel. Doch Gefahren haben ihn nie abgeschreckt, wie die zahllosen Narben von Seite [129] beweisen.

P: Kriegsverletzungen, Ihrer Meinung nach?

K: Wenigstens zum Teil. Unter seinen mannigfaltigen Gewerben kann (abgesehen von seiner möglichen Zugehörigkeit zum israelischen Geheimdienst) doch wohl kaum das des Söldners, des käuflichen Legionärs, gefehlt haben.

P: Und woraus schließen Sie das?

K: Aus dem Umstand, daß Silvera, auf Seite [158], sagt, er verstehe sich auf eine Menge kleiner häuslicher Verrichtungen – wie Strümpfe stopfen, Knöpfe annähen, sogar Schuhe flicken –, die eben typisch für Soldaten und besonders Söldner sind.

P: Aber was die Schuhe betrifft, können sie daraus nicht noch etwas anderes ableiten? ... Könnte es nicht sein, daß Silvera nicht nur Talmudstudien betrieben, sondern auch das Schusterhandwerk erlernt hat und es, wenigstens eine gewisse Zeit lang, tatsächlich ausgeübt hat?

K: Daran habe ich nie gedacht.
P: Denken Sie jetzt daran.

E: Schuster und Herr

K: Nein, in Anbetracht aller Umstände scheint es mir unmöglich, daß jemand wie Silvera je Schuster war. Vor allem, weil er so gar kein Sitzfleisch hat und dann –

P: Aber wir erwägen die Hypothese, daß das sein erstes und eigentliches Handwerk gewesen sein könnte, wonach er –

K: Ja, aber ich schließe es trotzdem aus, insofern es einfach nicht zu seiner Gestalt paßt.

P: In welchem Sinn?

K: In dem Sinn, daß die Gestalt des Silvera bei aller möglichen Verwilderung doch die eines Herrn bleibt! Und ein Schuster, es ist zwecklos, ich kann nicht –

P: Aber nur weil Sie die versnobten und, lassen Sie sich das ruhig sagen, provinziellen Denkgewohnheiten Ihres beschränkten Kreises nicht aufgeben wollen. In offeneren und vorurteilsloseren Kreisen wurden handwerkliche Tätigkeiten wie die des Schusters und des Hufschmieds, des Schmieds, des Zimmermanns nie als etwas Niedriges, Verachtungswürdiges angesehen, sondern waren sogar oft auch mit anderen Studien und den verschiedensten schöpferischen Tätigkeiten verbunden. Wissen Sie, daß Spinoza, welcher Art auch immer, seine Beziehungen zu Silvera gewesen sein mögen, Brillenmacher war?

K: Ja, aber Brillenmacher (und außerdem hat Spinoza, soviel ich weiß, vor allem Linsen für Mikroskope und Fernrohre geschliffen) ist etwas anderes als –

P: Dann denken Sie doch an Hans Sachs, den berühmten Schuster und Poeten, Freund von Dürer und Luther, der gleichzeitig Latein und das Flötenspiel übte und Schuhe besohlte und Wagner dessen *Meistersinger von Nürnberg* eingegeben hat. Oder an den Schuster von Dresden, der 1767 Goethe beherbergte und ihm das Vorbild zum

Ewigen Juden und später sogar zu *Faust* lieferte. Oder an Shi, den Zimmermann, der während des ganzen chinesischen Altertums verehrt wurde! Und der Sohn des Zimmermanns von Nazareth, der ebenfalls das väterliche Handwerk erlernte und ausübte? Sie werden doch nicht behaupten wollen, daß er deswegen kein Herr gewesen sei?
K: Mein Gott, Christus ist doch etwas anderes...
P: Als Silvera? Nicht unbedingt, Signorina. Nicht unbedingt. Doch kommen wir jetzt zu dem Problem der Sprache oder vielmehr der zahllosen Sprachen, die Silvera in seinem Leben gelernt haben will.

Das Problem der Sprache

NB: Hier wiederholt die Kandidatin trotz der Ermahnungen des Prüfers oft papageienhaft den Wortlaut ihres Schulbuchs. Einige ihrer Antworten sind deswegen weggelassen oder gekürzt worden.

P: Was wissen Sie mir über seine Muttersprache zu berichten?
K: Nichts. Das heißt, auf Seite [88] sagt er... *(ceteris omissis)*. Andererseits deutet sein Nachname wohl auf einen sephardischen, also spanischen oder portugiesischen Ursprung hin. Doch das sagt natürlich nichts über seine Muttersprache aus, ebensowenig wie die Tatsache, daß er in Holland geboren wurde und den Vornamen David trägt.
P: David, nichts weiter?
K: Ja... Das heißt, nein. Ich glaube, ich erinnere mich, daß in seinem Paß, auf Seite [56] *(ceteris omissis)*. Ashrer, wäre das Asvero im Italienischen?
P: Ja, oder Assuero, vom babylonischen Ahzhuer. Der Name fand unter Juden als Folge der babylonischen Gefangenschaft Verbreitung. Aber erinnert er Sie nicht noch an etwas anderes? Im Okzident wird er gewöhnlich Ahsverus oder Ahasverus geschrieben.
K: Das Problem der Sprache habe ich gut vorbereitet, aber mit Namenkunde habe ich mich leider kaum beschäftigt.

P: Schade, denn die Frage des Namens und die des Berufs sind eng miteinander verbunden. Haben Sie denn nie von einem Schuster des Namens Ashver, Asvero oder Assuero oder so ähnlich gehört?
K: Ich glaube nicht. Jedenfalls steht in meinem Buch nichts davon.
P: (*gereizt*) – Aber in meinem! ... Und jetzt sagen Sie mir einmal, wie Silvera es eigentlich angestellt haben soll, alle Sprachen, die er angeblich spricht, zu lernen.
K: (*verdutzt*) – Was heißt denn »angeblich«? Wo er doch in dem ganzen Buch, von Anfang bis Ende ... (*ceteris omissis*).
P: Ich weiß, ich weiß: praktisch alle Sprachen des Okzidents und die orientalischen vom Hindu bis zum Chinesischen; nicht wenige australische, soviel mir berichtet wird; und was die afrikanischen angeht, so habe ich mit eigenen Ohren gehört – das heißt, ein gewisser Raimondo hat bei dem berühmten Essen bei Cosima mit eigenen Ohren gehört –, wie er auf Suaheli mit dem Mohren Issà scherzte, als dieser ihm den Salat servierte. Halten Sie es für möglich, daß eine einzige Person all das lernen konnte?
K: Nun, in fünfundvierzig Jahren, für einen, der immer in der Welt herumgereist ist ...
P: In fünfundvierzig Jahren? Nicht einmal ein ganzes Leben würde reichen! Nicht einmal zwei! Nicht einmal zehn! ... Was uns zu dem grundlegenden Problem zurückführt.
K: Und ... welches wäre das?
P: Das Problem der Zeit doch, Signorina!

*

An diesem Punkt erfuhr die Prüfung – oder das Verhör, oder was es sonst war – eine unvorhergesehene Unterbrechnung, nach der ihr Verlauf sich verkehrte, die Szene sich radikal veränderte. Doch der Grund für diese Wendung war nicht Chiaras Anruf. Chiara rief später an. Der

Grund war Raimondos brüsker Hinweis auf das grundlegende Problem der Zeit.

Wie hatte mir das nur entgehen können, warum hatte ich nicht früher begriffen, daß es »grundlegend« war in dem Sinn, daß alles darauf hinführte und alles davon abhing?

Und dabei war mir doch die Zeit von Anfang an im Weg gewesen, die Zeit mit ihren drohenden Pyramiden, die verfluchte Zeit, die jetzt so drängte, unaufhaltsam ihrem Ende entgegenstürzte, die Zeit in allen ihren Formen, unter allen ihren trügerischen Aspekten. Bei jedem Schritt war ich in ihren unzähligen Fäden hängengeblieben, vom Campo di S. Bartolomeo an, am Campo die S. Stefano und auf dem Campo di S. Giovanni in Bragora, auf dem Ponte delle Guglie, an der Sacca della Misericordia und auf dem verzauberten Campiello dell'Abbazia bis zu dem öden Landungssteg von S. Marcuola... Und noch bis vor einer Minute hatte ich in bezug auf alles mögliche davon gesprochen, Überlegungen angestellt: es war die Rede gewesen vom Schiffsverkehr auf der Lagune und von Transporten zu Lande, von Freskenmalerei und ägyptischer Architektur, von Drogenschmuggel (erst jetzt ging mir ein Licht auf über die mögliche andere Bedeutung des Worts »Drogen«!), von reisenden und nicht reisenden Handwerkern, von einem Besuch (ganz ohne Tourismus oder Reisegesellschaft!) in einem Haus in der Umgebung von Leiden, der Schwierigkeit, Chinesisch oder Suaheli zu lernen...

Aber ich hatte das alles nie in Zusammenhang gebracht. Ich hatte mir nie gesagt: Alle Geheimnisse deines »mystery man« gehen im Grunde auf ein einziges zurück.

Aber nun, nach der minuziösen Rekapitulation, zu der ich gezwungen worden war, und auf Grund der obskuren sporadischen Anhaltspunkte, die Raimondo selbst mir mit seinen Fragen gegeben hatte, genügte dieser einzige Hinweis. Es war, als hätte das Wort »Zeit« in meinem verdunkelten Gehirn den Hauptschalter für das Licht angeknipst.

Zehn, hundert Glühbirnen leuchteten jetzt gleichzeitig auf und erhellten Wege, auf denen ich mich ständig bewegt hatte, aber, ohne zu sehen, wo ich ging; Grenzen, die ich bereits überschritten hatte, aber blind, wie in einem Tunnel; Räume, in denen ich bereits gewesen war, aber wie im Dunkeln, ohne wahrzunehmen, wer oder was sich darin befand. Ja, selbst die Bibliothek, in der wir doch schon wer weiß wie lange Zeit saßen, schien ich jetzt zum ersten Mal zu sehen, obwohl ich mich erinnerte, daß ich mich anfangs mißtrauisch darin umgeblickt hatte in der Vorstellung, die geheimnisvollen Informanten Raimondos könnten noch da sein. Und erst jetzt bemerkte ich, daß sie tatsächlich da waren.

Doch apropos Bibliotheken muß ich doch auch sagen, daß ich nicht ganz so vergeßlich und unwissend bin, wie man mich manchmal beurteilt oder wie ich selbst mich außerhalb meines Berufs beurteile. Viele Dinge weiß ich, mehr oder weniger vage, schon. Aber oft, gerade so wie in Prüfungen, braucht mich nur jemand ausdrücklich nach etwas zu fragen, um es mir ganz aus dem Gedächtnis zu streichen. So war es mir in der »Prüfung« mit Raimondo gegangen. Daß die Familie Fugger, zum Beispiel, »in Venedig wohlbekannt« war, wußte ich natürlich, und um mich wieder daran zu erinnern, hätte ich sie nur mir dem Fondaco dei Tedeschi, der deutschen Handelsniederlassung, in Verbindung bringen müssen. Aber ich stellte den Zusammenhang nicht her. Daß ein gewisser Ahasver ein Schuster gewesen war, wußte ich auch, und ich hätte mich wenigstens konfus daran erinnert, wenn ich ihn nur mit einem Übernamen oder Spitznamen in Verbindung gebracht hätte, den Raimondo mir auf Deutsch genannt hatte. Doch (auch weil ich des Deutschen kaum mächtig bin) hatte ich den Zusammenhang nicht hergestellt. Während jetzt, nachdem der Schalter *Zeit* umgelegt worden war, auch diese wackeligen Verbindungen oder Relais in Funktion traten und jede Frage ihre Antwort fand, jedes Stückchen des Mosaiks sich an der richtigen Stelle einfügte und selbst minimale Details, kleine Zwischenfälle, die ich gar nicht beachtet, oder Andeutungen, denen ich keinen Sinn beigelegt hatte (wie Davids Scherz, als ich – auf Seite [100] meines imaginären Schulbuchs – zugegeben hatte, »ein paar Jahre über dreißig« zu sein), plötzlich eine blendend klare Bedeutung bekamen.

Ich sah, daß Raimondo mich mit einer Art mitleidiger Nachsicht fixierte, und erriet, erkannte, als würde ich mich in einem Spiegel betrachten, den Ausdruck, der sich auf meinem Gesicht malte: es war derselbe, den ich gestern auf Cosimas Gesicht gesehen hatte, als das Gespräch am Fenster an einem gewissen Punkt angelangt war.

Ich stand auf, ging ein paar Schritte durch die Bibliothek, und auch ich verweilte nun lange wie benommen vor einem der großen Fenster, registrierte automatisch das Auffliegen eines Taubenschwarms, den grauen Rauch, der aus einem Kamin stieg, die Tatsache, daß das Wetter aufgeklart hatte und es nicht mehr regnete. Dann ging ich zu dem Lesepult, wo Raimondo die Shakespeare-Sonette hatte liegen lassen und wo sich bunt durcheinander noch andere seiner verborgenen Zeugen, seiner geheimnisvollen Informanten stapelten.

Ich sah Goethes Autobiographie und Bände anderer, mehr oder weniger bekannter, deutscher Autoren neben einem Johannesevangelium, das auf der letzten Seite aufgeschlagen war...

Zwischen der »Historia« eines irischen Benediktiners und einem Handbuch spanischer Volkskunde entdeckte ich florentinische und sienesische Chroniken aus dem 13. Jahrhundert, die gesammelten Gedichte von Wordsworth, ein Drama des dänischen Erzählers Hans Christian Andersen...

Schließlich nahm ich einen Band zur Hand und blätterte darin, es war ein von Doré illustrierter französischer Roman, dessen Titel in großen, wunderlichen, verschnörkelten, fast unleserlichen, romantischen Lettern über den Buchdeckel lief. Doch ich kannte den Titel, hatte ihn erwartet, und es fiel mir nicht schwer, den angeblichen Übernamen Mr. Silveras zu entziffern, obwohl doch Mr. Silvera geleugnet hatte, je einen Übernamen besessen zu haben.

Ich setzte mich wieder neben Raimondo, der sich nicht von seinem Platz gerührt hatte.

»Und jetzt, wo du mir gesagt hast, wer er ist –«, brachte ich hervor.

Er schnitt mir mit einer Handbewegung das Wort ab, sah mich mitleidiger an denn je.

»Nicht ›wer er ist‹«, sagte er. »Ich habe dir nur gesagt, wer er zu sein behauptet.«

2.

Seine letzten Stunden in Venedig (sein Schiff läuft heute abend aus, das hat er von Lomonaco erfahren) würde Mr. Silvera nicht gern damit verbringen, an den Toren der Marittima auf Turriti Michele zu warten. Doch er weiß, gegen die Langwierigkeiten und Unzulänglichkeiten der hohen oder niederen Bürokratie kann er nichts machen.

Er weiß auch, daß es übrigens seine Schuld ist. Schließlich hat er die Vorschriften mißachtet. Wenn er nicht seinem Verlangen, haltzumachen, nachgegeben hätte und weiter, wie er sollte, mit der Imperial Tours herumgereist wäre, hätte sich die Institution, der er unterstellt ist, nicht gezwungen gesehen, ihm unverzüglich eine andere Identität und eine andere Arbeit verschaffen zu müssen.

Und er selbst hätte andererseits nicht die Frau wiedergetroffen, die ihm schon im Flugzeug so angenehm aufgefallen war. Er hätte jetzt nicht solche Eile, wieder mit ihr zusammenzukommen. Es würde ihm nichts ausmachen, hier draußen zu warten, bis es dem Magazinverwalter Turriti in den Kram paßte, ihm alle Instruktionen für die Einschiffung heute abend zu geben.

Doch Turriti – erfährt er schließlich von einem Typ in warmem Pullover, der ihn mit der Frage anspricht, ob er vom Studio komme – ist zur Zeit krankgeschrieben. Die Instruktionen für die Einschiffung und alles übrige wird ihm ein gewisser Albanese geben, Elektriker beim Steuerwerk Zona Fari. Der ist allerdings jetzt beschäftigt, er wird ihn in einer halben, oder, sagen wir, höchstens einer Stunde abholen. Doch nicht hier. Mr. Silvera (jetzt Mr. Bashevi) wird am anderen Ende der Marittima auf ihn warten müssen, hinten bei den Zattere, wo ein Diensteingang ist; man geht über die Brücke am Rio die S. Sebastiano und –

»Ja«, sagt Mr. Silvera. »Ich weiß, wo das ist.«

Aber früher ging es nicht da entlang, denkt er, als er die kahlen Uferstraßen am Kanal Scomenzera entlangwandert, wo nichts mehr, außer der Fassade einer verlassenen Kirche, an die Epoche der Firma Fugger und seiner nicht immer legalen Import-Export-Tätigkeit erinnert. Silveras Arbeit glich damals ziemlich der, die er jetzt in Angriff nehmen soll, und sie wurde ihm von diesem jungen Hans (oder Andreas?) Fugger anvertraut, als er selbst ... wie denn noch ... hieß?

Eliach? ... De Pinhas? ... Ginzberg?

Schwierig zu sagen, nach so langer Zeit.

3.

Es war nicht etwa so – erklärte mir Raimondo –, daß er viel mehr als ich über diese Geschichte gewußt hatte. Nach der mit vielen Ausrufen durchsetzten Erzählung der hingerissenen, erschütterten Cosima war sein erster, ein wenig seriöser Informant ein Lehrer am Armenischen Kolleg der Mechitaristenmönche gewesen, ein alter Freund der Familie, den Cosima, ohne zu zögern, mitten in der Nacht geweckt hatte.

Doch dieser hatte zwar umfassende Auskünfte und Hinweise, vor allem bibliographischer Natur, gegeben, sich aber standhaft geweigert, sich persönlich zu dem Fall zu äußern. Für die Kirche, hatte er gesagt, hatten die Gerüchte von der Existenz eines Juden Soundso, der vom Herrn auf dem Kreuzweg verflucht worden sei, keine historische Grundlage. Die Legende war vielleicht aus einem zweideutigen Versprechen irdischer Unsterblichkeit entstanden, das dem Apostel Johannes gemacht worden war und von dem Johannes selbst am Ende seines Evangeliums berichtet, wobei das Versprechen in der Anwendung auf den fraglichen Juden zum Fluch, zur Verdammnis wurde. Über einen angeblichen Schuster Ahsver jedoch, der es Jesus verweigert habe, sich auf der Schwelle seiner Werkstatt auszuruhen, und daher dazu verdammt worden sei, »nicht sterben zu können« und bis zum Tag des Jüngsten Gerichts durch die Welt zu wandern, gab es keinerlei Zeugnisse in der Heiligen Schrift.

Doch die Kirche, hatte Cosima fiebernd eingewandt, konnte trotzdem nicht ausschließen ...

Die Kirche schloß nichts aus, hatte der Mechitaristenpater am Telefon gesagt. Doch ihre Regel war heute äußerste Vorsicht. Wir lebten nicht mehr im Hochmittelalter (als die Legende angefangen hatte, sich in Europa zu verbreiten) und auch nicht mehr in der Zeit von Paulus von Eilzen, Bischof von Schleswig, der in Hamburg einem jüdischen Vagabunden des Namens Ahasverus begegnet war und dessen Erzählung blinden Glauben geschenkt hatte, so daß er neue Einzelheiten über ihn verbreitete und ihm den Übernamen »Der ewige Jude« gab, der dann in Italien und in anderen Ländern zu »l'Ebreo Errante« (Der wandernde Jude) geworden war.

Die Geschichte war dann von Goethe, von Chamisso, Lenau, Hamerling und zahlreichen anderen wiederaufgenommen worden, bis hin zu dem populären Roman von Eugène Sue. Doch mit immer neuen Zusätzen und zeitgemäßen Deutungen: als hätte der frühere Schuster nach und nach seine Erzählung abgewandelt, um sie annehmbar und für seine modernen Zuhörer verständlich zu machen.

Der Franzose Edgar Quinet (derselbe des gleichlautenden Boulevards und der Metro-Station hinter der Gare Montparnasse) hatte daraus sogar eine Art Tagebuch gemacht, »Autobiographische Aufzeichnungen«, in denen der herumirrende Jude als ein Symbol nicht allein für den nomadischen unruhigen Menschenschlag erschien, sondern für die ganze Menschheit auf ihrer unaufhörlichen, ungewissen Wanderung.

Aber mit Christus – hatte Cosima am Telefon von dem Mechataristenpater wissen wollen –, wie war es da wirklich gewesen? War es möglich, daß Mr. Silvera, die Freundlichkeit und Toleranz in Person (wenn auch manchmal von unerhörtem Eigensinn, wie die Episode mit der Consommé bewies), dem erschöpften, unter dem Gewicht des Kreuzes schwankenden Nazarener, der sich nur einen Augenblick auf seiner Schwelle ausruhen wollte, die Tür vor der Nase zugeschlagen hatte?

Hier – und was hätte ich nicht darum gegeben, daß ich in dem Moment an Cosimas Stelle gewesen wäre! – hatte sich David in dem Gespräch am Fenster darauf beschränkt, auf seine unbestimmte, unnachahmliche Weise zu antworten:

»Ah ...«

Doch der Pater vom Armenischen Kolleg klärte, daß jener grobe, primitive Aspekt der Legende bald in Mißkredit geraten war. Schon für Goethe hatten sich die Dinge ganz anders zugetragen, wie auch später Raimondo in seiner Bibliothek nachgelesen hatte (für ihn konnte aber nichtsdestotrotz Mr. Silvera, ob er jetzt in seinem Paß Ashver hieß oder nicht, nur ein Phantast sein, ein gefährlicher Wahnsinniger oder ein nicht minder gefährlicher Schwindler, der imstande war, mich oder Cosima, möglicherweise uns beide, zu ruinieren.

Es hatte keine zugeschlagene Tür gegeben, wenn man Goethe folgte. Ahasvers einzige Schuld, als er Christus in den Händen der Soldateska sah, wie er unter dem Hohn der Menge zur Hinrichtung geschleppt wurde, war es gewesen, voller Zorn, Mitleid, ohnmächtiger Verzweiflung zu murmeln:

«Ach! Er hat mich nie hören wollen . . .«

Und er hatte es ihm doch tausendmal gesagt, dem Sohn des Zimmermanns von Nazareth, daß es nicht darum ging, auch die andere Wange hinzuhalten. Das war nicht der Weg, diese Gleichnisse nützten nichts, die Sanftmut, die Ergebung in den Willen Gottes führten zu nichts. Er, der Sohn des Schusters von Jerusalem, war ja für dieselbe Wahrheit und dieselbe Gerechtigkeit, aber er hatte einen anderen Weg gewählt. Die Narben, mit denen er bedeckt war, bezeugten das. Und wenn er auch nicht glaubte, daß der Sieg schon morgen zu erreichen sei, er würde doch nie aufgeben, er würde immer weiter – »*ziellos herumirren*«, hatte da jemand verordnet (gewiß nicht der arme Kerl, der nun sterben mußte, sondern jemand anderer, der bereits Dort Oben seinen Platz eingenommen hatte oder gerade einnahm: eine Art neuer Präsident, hatte Cosima verstanden).

Denn der hatte jetzt den Sieg in der Hand. Golgatha, das war der Sieg. Auch wenn ein Schustersohn sich weigerte, das zuzugeben.

*

Soweit der Mechitaristenpater und die stummen Informanten auf dem Lesepult. Was Cosimas Erzählung angeht, so war (und bleibt) es schwierig, zwischen Wirklichkeit und Phantasie zu unterscheiden.

In der Tat war es nicht einmal Raimondo gelungen, genau auszumachen, was David ihr erzählt hatte und was sie sich selbst zusammengereimt, wenn nicht sogar ausgedacht hatte. Bei jemandem wie Cosima ist das fast unmöglich zu sagen. Und deswegen, da bin ich sicher, hatte David sie zur Vertrauten gewählt: nicht weil er dachte, daß ich ihm nie geglaubt hätte, sondern weil gewisse Einzelheiten, von ihr berichtet, verschiedene Deutungen zuließen oder wenigstens mit Vorbehalt aufzufassen waren.

Für Raimondo handelte es sich übrigens gar nicht darum, zwischen Phantasie und Wirklichkeit zu unterscheiden, sondern zwischen den seiner Meinung nach auf Wahnsinn oder Berechnung beruhenden Erfindungen des angeblichen Ewigen Juden und den ausschmückenden Vorstellungen seiner Kusine. Diese hatte sich zudem nicht damit begnügt, ihn anzuhören, den *Ebreo Errante*. Sie hatte ihn, wie sie es eben tut (und wie ich es ja manchmal auch tue, zugegeben, aber so doch nicht), dauernd mit den dümmsten und unpassendsten Fragen unterbrochen oder ihn um völlig unangemessene nähere Erläuterungen gebeten.

Als er ihr zum Beispiel erzählt hatte, daß er und der Nazarener (der ein paar Jahre jünger war als er) und dessen Jünger, vor allem der Ex-Zöllner Matthäus, sich schon lange kannten, hatte sie ihn gefragt, ob er auch Maria Magdalena gekannt habe, als sie noch eine Sünderin war, und wie sie gewesen sei, diese Magdalena, und ob es nicht zufällig zwischen ihm und ihr »ein bißchen was gegeben« habe. Worauf er ihr selbstverständlich mit einem weiteren seiner »Ahs« geantwortet hatte.

Es gab allerdings Aspekte der Legende, die naturgemäß zu den dunkelsten gehörten, zu denen Cosima mehr oder weniger vernünftige, manchmal sogar intelligente Fragen gestellt hatte.

Wenn Mr. Silvera zum Beispiel im Jahr 33 nach Christi Geburt, schon um die vierzig war, wieso sah er dann heute nicht älter aus?

»Weil ich mich nie ändere«, hatte David geantwortet, allerdings (und das rechne ich ihm hoch an, abgesehen davon, daß es sich für Cosima nicht gelohnt hätte) ohne das Sonett CXXIII und seine Pyramiden zu zitieren.

Aber dann war das ja so merkwürdig, daß ... Sie wollte sagen: Dann müßte er doch ganz ungeheuer berühmt sein, nicht?

Nun, er war eigentlich ziemlich berühmt.

Ja, aber nicht ... Das heißt, sie wollte sagen: Wenn einer ihm einmal begegnet war und ihn zufällig zehn oder zwanzig Jahre später wieder traf und ihn immer noch völlig gleich fand, dann hätte das doch so ... Das heißt: Das wäre doch in die Zeitungen gekommen, nicht? Da wären doch alle angelaufen gekommen, um ...

Ja schon, aber die Dinge waren ja gerade so eingerichtet, daß dies nie geschehen konnte. Er durfte nie irgendwo Aufenthalt nehmen, und wer ihn kennenlernte, konnte ihm nie wieder begegnen. Er konnte bestenfalls an ihm vorübergehen, ihn fast streifen, aber ohne es zu merken.

Und folglich könnte sie in, sagen wir, zehn Jahren über den Campo San Fantin oder durch die Calle della Màndola spazieren, gerade wenn auch er aus irgendeinem Grund dort entlangginge, und genau dann müßte sie sich die Nase putzen oder vor einem Schaufenster stehenbleiben, so daß sie ihn nicht sehen würde?

Gerade so. Die Dinge waren so eingerichtet, daß sie ihn nicht würde sehen können.

»Es scheint, daß die arme Cosima«, sagte Raimondo sarkastisch, »da praktisch zu heulen angefangen hat.«

»Die arme Cosima? ... Ach ja? ... Ja, und ich?« sagte ich und fing an zu heulen.

*

Es war ein richtiger Weinkrampf, ich hörte nicht mehr auf, Raimondo wußte nicht mehr, wie er mich beruhigen sollte, und ging so weit, mir ein Glas Wasser zu bringen, mir ein halbes Aspirin vorzuschlagen, mich väterlich »mein liebes Kind« zu nennen.

»Aber, mein liebes Kind«, wiederholte er, »sei doch mal einen Augenblick vernünftig, ja? ... Du denkst doch nicht etwa, er sei wirklich ... du glaubst doch nicht im Ernst, daß –«

»Aber ich weiß doch nicht, was ich glaube!« schluchzte ich immer wieder. »Ich weiß nur, daß ich ... daß er ... und du, sei still, bitte, laß mich in Ruhe, sei still ... Denn ich weiß doch, was du glaubst! Für dich ist er ein Verrückter oder ein Schwindler, ein Verbrecher, ja! Aber ich sage dir, daß du dich irrst. Daß das nicht sein kann. Denn er –«

»Aber ich habe doch gar nicht gesagt, daß –«

»Aber du denkst es! Statt dich zu fragen, wo er jetzt ist und warum er nicht wiederkommt, warum er nicht anruft, warum nicht wenigstens Nava sich meldet! ... Wieviel Uhr ist es? Ich weiß nicht einmal mehr –«

»Fast eins. Willst du, daß ich Nava anrufe? Daß ich mich erkundige?«

»Ja, ruf du an, bitte ... Danke ... Und entschuldige. Ich bin wirklich ...«

Ich hörte zu, wie er telefonierte, und an Navas Stimme, obwohl sie kaum vernehmbar war, erkannte ich sofort, daß es nichts Neues gab. Aber Nava selbst würde, sobald er etwas wüßte, unverzüglich ... würde eilends persönlich ... und so weiter.

»Er ist nicht ins Hotel zurückgekommen und hat auch nicht angerufen«, bestätigte mir Raimondo betrübt.

»Und auch sonst hat dich niemand verlangt außer Chiara, vor ein paar Minuten, Sie hat hinterlassen, du mögest zurückrufen.«

»Zum Teufel mit Chiara«, sagte ich, mir die Augen trocknend.

Wir schwiegen eine Weile. Ich zog mir die Lippen nach und puderte mir die Nase und schließlich trank ich mein Glas Wasser und nahm mein Aspirin.

»Vielleicht hat sie etwas über die Villa bei Padua erfahren«, sagte Raimondo mit mühsamer Ungezwungenheit in dem mitleidigen Versuch, mich abzulenken.

»Wer?«

»Chiara. Vielleicht hat der De Bei doch –«

Aber ich machte nicht mit, ich hob den Kopf wieder.

»Nein, hör zu, Raimondo«, ich sprach ihn mit seinem Namen an, um ihn anzugreifen, »halte du mich ruhig für die Idiotin der Lagune und David –«

»Aber ich würde nicht einmal im Traum –«

»Hör zu, Raimondo, sei auch du einen Augenblick vernünftig und sage mir nur das eine: erkläre mir mal, wie David diesen Fugger hätte wiedererkennen sollen, wenn er ihn nicht wirklich gekannt hat. Denn das hat er doch Cosima gesagt, nicht? Und deswegen hast du mir doch alle diese Fragen gestellt, nicht?«

»Ja, gewiß. Nur hat er Cosima gesagt, er habe ihn im Jahr 1508 kennengelernt.«

»Während ich an eine Person von heute dachte und deswegen einfach nicht darauf kam. Der Name hat mir einfach nichts gesagt, als ich David ihn ansprechen hörte. Wieso sollte ich auch an Fugger den Reichen denken, an den Fondaco dei Tedeschi und an die Zeit, in der die Fugger der Lilie in Venedig ...«

»Aber Chiara hat mir bestätigt, daß auf dem Wappen des Porträts Ähren sind, nicht Lilien! Das war das erste, was ich sie heute morgen gefragt habe.«

»In der Tat, und das verstehe ich ja auch nicht, und ich

verstehe auch nicht, was dieser gefälschte »Einschub« in der Sammlung Zuanich soll. Aber das ändert nichts an der Tatsache, daß die Fälschung gerade deswegen herausgekommen ist, wie es den Abgebildeten wirklich gegeben hat. Abgesehen von der anderen Tatsache, daß in Venedig zur Zeit von Jakob Fugger, genannt dem Reichen –«

»Aber gibt es nicht von Jakob dem Reichen ein berühmtes Porträt von Dürer?«

»Doch. Eines in Tempera in München und eine noch berühmtere Zeichnung in Berlin.«

»Da kann er ihn doch wiedererkannt haben, wenn er die gesehen hat.«

»Es besteht nicht die geringste Ähnlichkeit mit denen. Das Zuanich-Bild muß von einem anderen Familienmitglied sein, das übrigens viel jünger ist. Aber ich wollte sagen, daß damals in Venedig am Fondaco dei Tedeschi die Fugger nicht nur Bankiers und Kaufleute waren, sondern sich gelegentlich auch mit Schmuggel abgaben: vor allem Safran, Pfeffer und andere Spezereien. Das waren die »Drogen«! Aber auch das habe ich eben erst kapiert, das ist mir bei den Fresken eingefallen, die –«

Die letzte Glühbirne ging an.

Das Kinn fiel mir herunter, ich riß die Augen auf und sah nun sicher wirklich wie die Idiotin der Lagune aus, wie ich aus Raimondos Blick schließen konnte.

»Welche Fresken?« fragte er fast eingeschüchtert und starrte mich weiter an, während ich noch versuchte, mich wieder zurechtzufinden, meine Gedanken zu ordnen.

»Warte einen Augenblick, laß mich nachdenken ...«

»Die Pordenone-Fresken in Santo Stefano?« fragte er wieder. »Wegen des Finanzamts? Aber dort war doch damals das Finanzamt noch gar nicht und nicht einmal das Pionierkorps. Dort war ein Kloster der –«

Ich gebot ihm mit einem Wink zu schweigen und ging zum Telefon, um Chiaras Nummer zu wählen.

»Chiara? ... Hör mal: ich denke, daß das gefälschte Porträt –«

Doch sie unterbrach mich, um mir zu sagen, daß sie mich vor ein paar Minuten gerade aus diesem Grund im Hotel angerufen habe: Das Porträt, wenigstens das für den Sichtvermerk in der Oberintendantur präsentierte, war keineswegs –

»Aha, das wußte ich doch!« sagte ich. »Das hatte ich mir gedacht! Aber wie sind sie dort darauf gekommen?«

Mein triumphierender Ton ließ Raimondo die Ohren spitzen, und in seiner angeborenen Indiskretion stand er auf und stellte sich neben mich, um mitzuhören. Doch Chiara sprach so aufgeregt und schnell, daß ich selbst Schwierigkeiten hatte, ihr zu folgen.

»Und die Ähren?« fragte ich. »Wieso waren denn zwei Ähren auf dem Wappen statt ... Aha, so war das, klar!«

Raimondo zitterte vor Erregung, in seiner wahnsinnigen Neugier hätte er mir fast den Hörer aus der Hand gerissen. Aber jetzt rächte ich mich, ich genoß es, ihn jetzt hinzuhalten und leiden zu lassen, indem ich meinen Teil des Gesprächs auf das Minimum reduzierte.

»Gewiß ... Ich verstehe ... 1509? ... Ja, aber *more veneto* 1508: denn nach den »Tagebüchern« von Sanudo ... Jedenfalls ein anderes Familienmitglied. Und dann ... Aber genau! Das von Vasari erwähnte Porträt! Es ist also nicht der *Junge Mann im Pelz* in der Alten Pinakothek! ... Und wo hat die Federhen es gefunden? Und Palmarin? ... Aber wußten auch die Enkel etwas? ... Aha, ich hatte dir ja gesagt, daß sie mir nicht so senil vorkam! ... Jedenfalls muß man zugeben, daß die Federhen ... Wie? ... Wie ich es herausgefunden habe, daß der junge Mann auf dem Porträt ...? Aber hat Raimondo dir das nicht erklärt? ... Ja, ich erzähle es dir, aber nicht jetzt. Jedenfalls war nicht ich es, die es herausgefunden hat ... Nein: es war ein Freund von mir, der 1508 für die Fugger gearbeitet hat.«

Ich legte auf. Raimondo war in einem Zustand, daß sein Anblick Mitleid erregte, aber ich ließ mich nicht rühren.

»Gibst du mir nicht was zu trinken?« fragte ich. »Einen ›mimosa‹, einen Screwdriver, irgendwas eben.«

4.

»Also alles in allem nichts Ungewöhnliches, wirklich Irreguläres«, erklärt der Elektriker vom Steuerwerk Zona Fari. Die *Marie-Jeanne* kommt aus Freetown und gehört einer kanadischen Schiffahrtsgesellschaft. Der Kapitän ist über jeden Verdacht erhaben. Und die hier in Venedig (vielleicht ein bißchen schnell, vielleicht unter Umgehung von ein paar Formalitäten) geladene Fracht entspricht im großen und ganzen der Beschreibung auf dem Frachtschein.

Daher wäre eigentlich gar kein Begleiter nötig gewesen. Nur könnten eben in einem der Bestimmungshäfen Probleme auftauchen, es könnte Schwierigkeiten geben, bei denen es sich vor allem darum handeln würde, zu Vergleichen zu kommen, Hindernisse aus dem Weg zu räumen, ein paar Räder zu schmieren . . . Doch das konnte man natürlich nicht von der Gesellschaft verlangen. Und auch nicht vom Kapitän, der von der ganzen Sache überhaupt nichts weiß. Mr. Bashevis »Kontakt« wird der zweite Offizier sein, ein sehr viel umgänglicherer Mensch, mit dem sie sich jetzt gleich treffen werden.

Mr. Bashevi sieht auf die Uhr.

»Wann gleich?« fragt er.

Nur eben den Weg von hier, vom Steuerwerk Zona Fari bis zum Kanal Scomenzera, wo die *Marie-Jeanne* vor Anker liegt. Heute abend jedoch, um neun, wird es besser sein, wenn er wieder an den Eingang an den Zattere kommt, wo ihn jemand erwarten wird. Die *Marie-Jeanne* legt um elf Uhr ab.

5.

Also zu Beginn des Jahres 1509, und das heißt 1508 nach dem venetischen Kalender, waren die Fresken des wiedererbauten Fondaco dei Tedeschi fertig, erklärte endlich die Ex-Idiotin der Lagune (die immerhin eine Agentin von Fowke's war und bestimmte Geheimnisse Venedigs besser kannte als der eingebildete, arrogante, unerträgliche Raimondo). Doch diese Fresken, fuhr sie fort, hatten nichts mit Pordemone zu tun. Sie waren von Giorgione, dem jener Fugger der Reiche selbst den Auftrag gegeben hatte; und nun machte der Auftraggeber, so reich er war, Geschichten wegen der Bezahlung, wie aus den berühmten »Tagebüchern« von Sanudo hervorgeht. Deswegen malte Giorgione ein Porträt von einem seiner Neffen (Hans vielleicht oder Andreas, jedenfalls von einem der am Fondaco Beschäftigten), aber nicht vom knauserigen Onkel Jakob ...

»Kannst du mir folgen?« fragte sie mit einem kleinen Lächeln.

Raimondo hatte nicht einmal einen Tropfen seines Screwdrivers heruntergekriegt, so hatte ihn die Erregung gepackt.

»Ja, aber kannst du dich nicht etwas kürzer fassen, komm doch bitte zur Sache ...« flehte er.

Also: die Fresken verdarben bekanntlich mit der Zeit, und heute war nur noch ein fast unleserliches Fragment davon (*Die Nackte*) in der Accademia zu sehen. Das Porträt auf Leinwand kam dagegen schließlich in den Besitz Vasaris, der berichtet, es in seinem »libro dei disegni« aufbewahrt zu haben. Danach verlor sich jede Spur davon, bis jemand, um die Mitte des 19. Jahrhunderts, behauptete, es müsse das vage an Giorgione gemahnende Bildnis eines jungen Mannes im Pelz in der Alten Pinakothek sein.

»Nur mißt das fragliche Porträt 70 auf 53 cm. Und

scheint es dir möglich, daß ein Gemälde dieses Formats dasselbe sein kann, das Vasari in seinem »libro« aufbewahrt haben will, also in einem Buch von doch höchstens 45 auf 30 cm?«

»Nein«, ergab sich der Arme, »das scheint mir nicht möglich.«

Eben. Deswegen bestreitet bereits 1871 Cavalcaselle die Identifizierung und schreibt das Münchener Bild Palma il Vecchio zu... Ihm folgt 1926 Berenson, während andere Kunsthistoriker eher an Mancini oder Cariani denken... Die Suche nach dem verschollenen Porträt wird wiederaufgenommen... Bis eine skrupellose, aber scharfsichtige deutsch-italienische Antiquitätenhändlerin bei einer Patrizierfamilie von Vimercate (MI) ein kleines, schlecht restauriertes *Bildnis eines jungen Mannes* entdeckt, unter dessen Übermalungen sie die Hand von Castelfranco zu erkennen glaubt. Außerdem befinden sich auf dem Wappen des jungen Mannes zwei Lilien, die Anita Federhen – so heißt die Antiquitätenhändlerin – prompt als die der Fugger erkennt, während die primitiven, ungebildeten Besitzer sie immer für die der Medici gehalten hatten. Und als sie die Lilie gesehen hat, wie könnte sie da noch zögern, unverzüglich das Bild zu erwerben? Die Federhen...

»Aber was ist dann mit den Ähren? Was sollen denn da die Ähren? Woher kommen die?«

Ein bißchen Geduld. Ja, einen Schritt zurück. Wir müssen uns wieder daran erinnern, daß Jakob Fugger sich nicht zu gut dafür war, seine bereits riesigen Gewinne durch Schmuggel von Pfeffer, Safran und so weiter abzurunden: »Drogen«, auf welche Venedig enorme Zölle erhob, nicht nur in den eigenen Häfen, sondern in allen, die die Republik an der Gewürzstraße kontrollierte. Diesen fragwürdigen Geschäftszweig leitete der reiche Fugger jedoch nicht persönlich. Einer seiner Neffen kümmerte sich darum, warb im geheimen kosmopolitische

Agenten an, die die Frachten begleiteten und Schwierigkeiten aus dem Weg räumten, Vergleiche schlossen, Räder schmierten. Es überrascht daher nicht, daß ein gemeiner Kosmopolit wie der Ewige Jude, als er 1509 durch Venedig kommt...

»1508 *more veneto.*«

... 1508, *wie er dann Cosima berichtete,* aus geschäftlichen Gründen mit dem jungen Fugger zusammentraf: eben in dem Jahr, als sich dieser von Giorgone porträtieren ließ. Und so kann man verstehen, daß er ihn natürlich gleich in der Sammlung Zuanich wiedererkannte, wenn auch fünf Jahrhunderte vergangen waren und das Zuanich-Porträt eine Fälschung war. Verstehst du?«

»Nein!«

»Weil du nicht verstehen willst. Weil du eigensinnig an dem Glauben festhältst, Davids Geschichte sei bloß ein Haufen Lügen.«

»Ich halte nicht eigensinnig an diesem Glauben fest. Ich denke, er glaubt wirklich, was er sagt. Aber dann bin ich gezwungen zu glauben, er sei völlig –«

»Warte noch einen Augenblick. Denk an die Federhen, die für wenige Millionen ein Bild erworben hat, einen Giorgione, der im Ausland Milliarden einbringen kann. Was tut sie? Es einfach im Koffer über die Grenze zu schaffen, wäre zwar leicht, würde aber nichts nützen, denn wenn erst der Fall des wiedergefundenen Giorgione publik würde und Photos in die Zeitungen kämen, würden die Ex-Besitzer es wiedererkennen, und die italienische Behörde würde es zurückverlangen. Sie muß es also mit offiziellem Sichtvermerk ausführen. Dann sollten sie mal versuchen, es zurückzuverlangen! Und hier kommen nun die Sammlung Zuanich und der Komplize Palmarin ins Spiel. Aber wenn dich diese Abschweifungen langweilen, wenn du findest, ich bin zu ausführlich, kann ich –«

»Komm, sei nicht so grausam!«

»Also, du weißt ja, wie man es anstellt, oder wenigstens, wie man es früher angestellt hat, denn mittlerweile sind die Kontrollen viel schärfer geworden, wenn man eine wertvolle Zeichnung mit einem schönen Sichtvermerk ins Ausland kriegen wollte. Man schiebt sie in einen Stoß schlechter Zeichnungen, präsentierte das Ganze bei der Oberintendantur, und die stempelten nach einer flüchtigen Durchsicht bim, bum, bam einen Sichtvermerk nach dem anderen auf die Blätter. Doch mit dem wiedergefundenen Giorgione, und so wie die Federhen ihn wiedererkannt hat, hätten auch die ihn wiedererkennen können.«

»Ja. Das leuchtet mir ein.«

»Es handelte sich also darum, sie bei dieser wenn auch flüchtigen Durchsicht abzulenken. Sie durften einfach nicht auf den Verdacht eines solchen Einschubs kommen. Oder besser: *sie durften diesen Verdacht gar nicht mehr haben.* Als hätten sie das Bild bereits gesehen und wieder und wieder geprüft und –«

»Großer Gott!« rief Raimondo, der schließlich kein Idiot ist, »willst du sagen, daß der Einschub in der Sammlung Zuanich eine extra zu diesem Zweck angefertigte Kopie war? Daß sie diese Kopie dort aufgehängt hatten, bevor sie das echte Bild bei der Oberintendantur präsentierten?«

»Sicher. Die Gestalt war, abgesehen vom Wappen, dieselbe. Aber was am Original auf Giorgione schließen ließ und was die verschiedenen Restaurationen ohnehin schon schlecht erkennen ließen, war in der Kopie so geändert worden, daß es nur noch wie eine grobe, groteske Imitation aus dem 18. Jahrhundert wirkte und damit genau zu den übrigen Bildern der Sammlung paßte. Und so sind nicht nur Sammler, Kenner, Leute vom Fach wie die Unterzeichnete, sondern auch die Beamten der Oberintendantur und der Oberintendant höchstpersönlich daran vorbeigegangen und wieder vorbeigegangen, ohne irgendeine andere Reaktion zu verspüren als Enttäuschung und Langeweile. Als dann endlich das echte Porträt zusammen mit dem Rest zum Sichtvermerk vorgeführt wurde, was sollten sie da noch einmal groß überprüfen? Die einzige Gefahr war, daß sie die Fuggerlilien bemerkten und ebenfalls an das verschollene Giorgioneporträt denken mußten.«

»Und was dann?«

»Dann nichts, denn die Lilien des Originals waren als Ähren übermalt worden: und eine Übermalung mehr oder weniger ... Kurz, sie hätten auch heute morgen dem Bild den Sichtvermerk geben können, wenn nicht –«

»Ich gewesen wäre? Weil ich heute früh Chiara angerufen habe?«

»Ja, eigentlich ja ... Denn als du Chiara von dem Porträt erzählt hast, ist sie neugierig geworden, ist zur Oberintendantur gegangen, um es sich noch einmal näher anzusehen, und das hat natürlich auch die neugierig gemacht. Sie haben das Bild geröntgt, haben die Lilie unter den frisch gemalten Ähren entdeckt und unverzüglich die Federhen und Palmarin kommen lassen.«

»Und die haben alles gestanden?«

»Es blieb ihnen ja nichts anderes übrig. Sie hatten die Kopie übrigens mit dem Einverständnis der Alten in die Sammlung Zuanich eingeschoben. Aber ich habe dich gefragt: Wie ist der ganze Schwindel herausgekommen? Wer hat einen unbekannten jungen Mann auf einem gefälschten Porträt wiedererkannt, wo nicht einmal mehr die Lilien darauf waren, weder oben noch unten? Und wie hätte er ihn denn heute wiedererkennen sollen, wenn er ihn damals nicht gekannt hätte? Das heißt, wenn er nicht wirklich selbst ...?«

Raimondo sagte eine lange Weile nichts. Dann wurden wir durch einen Anruf (von seinem lockigen Choreographen, soviel ich verstand) unterbrochen, der ihn eine Viertelstunde am Apparat festhielt.

Doch inzwischen hatte mich mein Triumphgefühl wieder verlassen. Denn ich denke, daß auch ich bis dahin nicht wirklich an die von »Cosima gemachten Enthüllungen« geglaubt hatte: die Hypothese, er sei wahnsinnig oder ein Schwindler, hatte mir doch noch irgendeine Art Alternative, eine Hoffnung gelassen... Aber jetzt hatte ich mir schließlich mit meiner einwandfreien Beweisführung ins eigene Fleisch geschnitten. Mr. Silvera war der Ewige Jude, und die einzige Hoffnung, die mir jetzt noch blieb, war, ihn ein letztes Mal wiederzusehen.

6.

Das kurze Telefongespräch hat Oreste Nava daran gehindert, sofort einzugreifen, und keiner seiner Gehilfen – schon gar nicht dieser Schwachkopf von Luigi – ist mehr imstande, die Situation unter Kontrolle zu halten.

Im Gefolge des berühmten Opernsängers ist nämlich schon ein Schwarm von Interviewern und Photographen hereingekommen, während durch die unverteidigt gebliebene Tür die Menge der Bewunderer und Autogrammjäger einzudringen beginnt, die Fans: eine Rasse, deren Namen allein Nava schon verabscheut und die nicht ins Hotel zu lassen jedenfalls seine Pflicht ist.

Nachdem er den Hörer aufgelegt hat, beeilt er sich daher, hinter dem Schalter hervorzukommen, gibt gebieterisch Angestellten und Boys ein Zeichen, sich nur um die Tür zu kümmern, und läuft, als wolle er ihm zu Hilfe eilen, auf die dickbäuchige Persönlichkeit des Opernsängers zu. Er sieht wohl, daß der am liebsten alles geschehen ließe und jetzt, wo er schon mal da ist, eine improvisierte Pressekonferenz geben würde (vermutlich ist er zu einem von irgendeiner reichen Stiftung finanzierten Recital hierhergekommen, eine Berühmtheit dieses Kalibers könnte sich die Fenice allein nicht leisten), und als Finale würde er sich dann womöglich (obwohl ein paar in der Halle sitzende Gäste offen zeigen, daß sie sich belästigt fühlen, während andere, unter ihnen die Breithintrige von 104 und das pseudo-englische Paar von 421, mit begierigem Lächeln näher treten) mit der Kavatine aus *Ernani* produzieren. Doch sein nur schwach unwilliges Abwehren liefert Nava den nötigen Vorwand.

Zuvorkommend legt sich sein betreßter Ärmel um die Schultern des Dicken, während der andere gebieterisch die aufdringlichsten Interviewer zurückscheucht, und einen Augenblick später sind sie beide im Dienstaufzug in Sicherheit, auf dem Weg zu der gebuchten Suite 212.

»Jetzt muß ich mich um dieses Arschloch kümmern«, denkt Oreste Nava, der doch nach dem Anruf gern unverzüglich selbst die geängstigte Prinzessin von 346 benachrichtigt hätte.

7.

Man hörte, wie, keineswegs theatralisch, an die Tür geklopft wurde, und Alvise trat einen halben Schritt in die Bibliothek, ohne die Hand von der Klinke zu nehmen. Mit seiner Glatze, seiner schwarzrot gestreiften Bedientenjacke, seiner Taubheit und seinem venezianischen Akzent hätte ihn niemand für einen Boten aus einer klassischen Tragödie gehalten. Er war weder Julias Mönch, noch Kleopatras Soldat noch der *kerux*, der aufgeregt Agamemnons Ankunft ankündigt. Wenn schon, war er eine Goldonifigur aus dem »Kaffeehaus« oder den »Aufregungen wegen der Sommerfrische«.

»Der Sior Basegio* ist da«, kündigte er in der Tat an.

»Wer?« fragte Raimondo. »Was will er?«

* Sior (Signor) Basegio, typisch venezianischer Name

»Der Sior Basegio«, wiederholte Alvise.

»Aber wer ist das, schickt ihn jemand? Ist es wegen der Matratzen?«

Alvises Blick blieb leer und unschuldig, es war nicht klar, ob er es nicht wußte, oder ob er die Frage nicht verstanden hatte.

Raimondo ging ungeduldig aus dem Zimmer, und nach einer Minute hörte ich die Stimme von Signor Basegio, der erklärte, er habe im Hotel angerufen und erfahren, daß ich hier sei. Aber hier sei das Telefon immer besetzt gewesen und da ...

Es war nicht wegen der Matratzen, es war David.

»Aber gewiß, natürlich«, sagte Raimondo, »das ist sehr gut, daß Sie gekommen sind.«

Höflichkeiten. Gute Manieren. Danke. Bitteschön. Aber wollen Sie mir nicht den Regenmantel geben. Keine Ursache. Aber das ist doch selbstverständlich. Bitte, folgen Sie mir. Ich zeige Ihnen den Weg. Es fehlte nur noch das »Ihr ergebenster Diener, Sior«.

Dies statt Vogelflügen und anderen warnenden Vorzeichen und Phänomenen, Donner und Blitzen, Verfinsterungen der Sonne, prophetischen Kassandrarufen. In diesen Augenblicken der unerträglichen Spannung in Erwartung des Orakelspruchs verfügte ich, um mein Schicksal zu erraten, nur über die Alltagssätze, den liebenwürdigen Ton der beiden näher kommenden Stimmen. Wie sollte ich sie deuten? Was versprachen sie?

Um etwas Günstiges voraussehen zu können, klammerte ich mich gerade an ihre wohlerzogene Normalität. Es klang weder nach Dringlichkeit noch nach Aufregung hinter diesen gewechselten Worten, und folglich mußte es einen Aufschub gegeben haben, er mußte nicht sofort abreisen, David würde noch bis morgen oder sogar bis Montag bleiben können.

Doch gleichzeitig sagte ich mir, daß auch unsere Begegnung im Flugzeug unter dem Zeichen der Normalität gestanden hatte. Ich dachte daran, daß wir uns auf ebendiese Weise, ohne daß die Erde gebebt oder der Himmel gelodert hätte, auf dem Campo San Bartolomeo wiedergetroffen hatten. Und es fiel mir wieder ein, daß ich ausgerechnet hier bei Raimondo am Abend meiner Ankunft, als wir uns alle plaudernd zu Tisch setzten, gedacht hatte, daß auch das Abendmahl wohl so begonnen haben mußte: mit den Aposteln, die Platz nahmen und dabei ganz normale Sätze und alltägliche Erkundigungen und Auskünfte austauschten, geht es deiner Tante Ruth besser, was hat dieser Pharisäer dann noch gesagt, aber ist das wahr, will der alte Esra wirklich die junge Abigail heiraten ...

Ohne es zu merken, war ich aufgestanden, und als David ein wenig schräg im Türrahmen erschien, hatte ich selbst, wer weiß wie, eine ganz normale Haltung, ein ganz normales Lächeln und eine absurd normale Stimme, die aus meiner Kehle drang, um zu fragen:

»Also?«

»Heute abend«, sagte er. »Ich muß heute abend um neun fort.«

»Mit dem Flugzeug?«

»Nein, auf dem Seeweg. Ein Frachtschiff.«

»Aber von den Zattere aus«, sagte Raimondo, auch er nun vom Präzisionsdämon beherrscht, »nicht von Marghera.«

»Von den Zattere«, bestätigte David. Und fügte hinzu, als bestünde da ein Zusammenhang: »Ich habe einen neuen Paß, jetzt heiße ich Bashevi.«

»Ich verstehe«, sagte Raimondo und wollte damit vielleicht sagen, daß er jetzt verstehe, warum Alvise Basegio verstanden hatte.

Alle drei sprachen wir wie aufgezogene Spielsachen, und in dem erschöpften Schweigen, das folgte, vernahm ich auch nicht einmal ein Echo der Schreie Circes, der verzweifelten Klagen Didos. Was konnten wir auch anderes tun, was wußten wir auch anderes zu tun, fast im 21. Jahrhundert?

Wir waren gezwungen, uns zu setzen, und mit eiserner Hand erlegte uns das Jahrhundert seine entdramatisierenden Formalitäten auf, die Zigaretten, das Angebot einer Tasse Kaffee, ah, der Aschenbecher und von David der zusammenfassende Bericht über die bürokratischen Komplikationen, die ihn so lange aufgehalten hatten. Eine wattierte, süßliche Unterhaltung, fast eine Fernseh-Talkshow mit einem besonders hochangesehenen Gast, der von einer etwas ängstlichen Assistentin empfangen und vom Showmaster mit gebührender Vorsicht interviewt wurde.

In seinem Sessel sitzend, mit übereinandergeschlagenen langen Beinen und noch regennassen Hosenaufschlägen und Schuhen (aufgeplatzte Nähte, aber solide englische Wanderschuhe), antwortete der Ex-Mr. Silvera auf jede Frage.

»Und kommt es oft vor, daß Sie Ihre Identität wechseln?« fragte mit respektvollem Interesse Raimondo, der Showmaster.

Je nachdem, antwortete ruhig der Gast. Eine gewisse Identität konnte manchmal Jahre »halten«, oder aber die Dinge liefen so, daß eine Änderung notwendig wurde. Und nach einer gewissen Zeit ging es selbstverständlich mit dem Geburtsdatum nicht mehr.

»Ach ja, natürlich ...« beeilte sich der Showmaster, über diesen Punkt hinwegzugehen, während die Assistentin verlegen ins Publikum lächelte. »Und das Problem der Arbeit? Des, sagen wir, ökonomischen Lebensunterhalts?«

Auch hier war es dasselbe, erklärte der große Reisende. Manchmal fand man eine ziemlich geregelte Arbeit wie die für die Imperial Tours; ein andermal mußte man zweifelhaftere unsicherere Aufträge annehmen oder auch sich von Tag zu Tag mit kleinen Notbehelfen durchschlagen. Die Dinge waren jedenfalls so eingerichtet, daß er immer seine Reise ohne Aufenthalt fortsetzen konnte ... fortsetzen mußte.

»Hier in Venedig sind Sie aber länger als drei Tage geblieben«, schaltete sich da lebhaft die Assistentin ein.

Ah, aber unerlaubt, sagte der Gast, unerlaubt! Und jetzt, obwohl er nichts bereute, mußte er das ein bißchen teuer bezahlen.

*

Ein bißchen sehr teuer, wiederholt der unerlaubte Gast bei sich. Doch das befreit ihn nicht von Gewissensbissen, hindert ihn nicht daran, sich der Frau gegenüber schuldig zu fühlen, die da vor ihm auf dem kleinen Diwan sitzt und die er – während er seine unbefangenen Geständnisse, Erklärungen, Präzisierungen abgibt – lieber nicht ansieht.

Er würde ihr gerne mehr sagen und erklären, sich besser rechtfertigen. Er würde sie, alles in allem, gerne wenigstens um Verzeihung bitten. Aber vorläufig ist er auch dankbar für die vereinfachende distanzierende Ebene der Anspielung, auf der ihr liebevoller Freund die Unterhaltung hält. Und er nutzt das aus, um den Augenblick hinauszuzögern, in dem sie dann wieder allein sind und ihren letzten gemeinsamen Nachmittag, ihre letzten gemeinsamen Stunden vor sich haben.

XII. Wir gingen sie gehen wir gehen wir sind gegangen

1.

Wir gingen sie gehen wir gehen wir sind gegangen wir waren in den tiefsten November hinausgegangen. Die Zeiten dieser letzten Stunden verwirren und vermengen sich, die Subjekte zersetzen sich, verschwimmen unpersönlich im herbstlichen Grau, treffen wieder zusammen, trennen sich von neuem, um jedes für sich die entfärbte Syntax der Stadt zu durchschreiten.

Überall standen noch Pfützen von dem heftigen Regen am Morgen, und selbst die Kanäle wirkten angeschwollen, wie neu entstanden, als wären auch sie aus den Dachrinnen gesprudelt. Es war kaum jemand unterwegs.

Ich weiß nicht, er wußte nicht, wir wußten nicht, wohin wir gehen sollten, kein Plan schien mehr möglich, keine Minute war mehr etwas wert, ja, es bestand nachgerade eine Unlust, die Minuten zu sparen, eine Rückkehr zu meiner alten Abneigung, die Pausen, die Zwischenräume auszunutzen, als hätte man hochmütig zu dem widerwärtigen Taxifahrer Zeit gesagt, behalten Sie ruhig den Rest, ich weiß mit dem Kleingeld nichts anzufangen.

Aber was heißt denn hochmütig, Mädchen, was heißt denn Taxifahrer, wo die ZEIT wieder ihre kolossalen, pyramidalen Dimensionen angenommen hat und du da unten als mikroskopisch kleine, nicht mehr zu unterscheidende Gestalt nur die Wahl hast zwischen lauter gleichermaßen nichtigen Möglichkeiten: schließlich doch noch die Pordenonefresken besichtigen gehen (aber war die Ca'd'Oror nachmittags überhaupt geöffnet?); oder ins Hotel zurück, um es mit dem feuchten Abschied der Leiber zu versuchen; oder noch einmal zu Orten, die nun bereits zur Vorvergangenheit gehörten wie Campo San Bartolomeo, Calle della Màndola; oder vielleicht (selbst das kam mir in den Sinn) ins Kino, um im Schatten einer x-beliebigen Geschichte das Ende der unsrigen zu erleben.

Doch obwohl wir dann nicht in das leere Kino hineingingen, wo die Frau hinter der Kasse in einem Buch las und ein braungekleideter Mann dastand und darauf wartete, daß jemand ihm eine Karte zum Abreißen hinhielt und ihn einen Augenblick von seinem Podest der Langeweile erlöste, obwohl dieses flüchtig erschienene Bild schon wieder zehn oder zwanzig Schritte hinter uns lag, ließ ich, die ihm nichts entgegenzusetzen hatte, mich passiv davon ergreifen, malte es mir weiter in nichtigen Einzelheiten aus: Ja, jetzt klappt die Frau an der Kasse das Buch zu, der Mann kontrolliert die Karten, der grüne Vorhang teilt sich, das sind die leeren Sitzreihen im Dunkeln (ich werde nie mit Mr. Silvera ins Kino gegangen sein!) und dort hinten auf der Leinwand, look, look, ziehen Vaporetti und Gäßchen vorüber, Inseln und Campielli und nackte, sich umschlingende Körper, drei Tage in Venedig, Leidenschaft an der Lagune, eine unmögliche Liebe: unser Film.

Dröhnende Seufzer, lautsprecherverstärktes Flüstern:

»Ich werde dich nie mehr vergessen können.«

»Ich habe nie eine Frau gekannt wie dich.«

»Halt mich fester.«

»Küß mich.«

Konnte das alles sein?

Aber vielleicht, wenn er auf sein Schiff hinten an den Zattere zugeht, wird ihn aus dem Schatten eine Maschinengewehrsalve niederstrecken.

Oder aus dem düsteren Durchgang, auf den wir zugehen, treten plötzlich zwei Agenten der Interpol und schwenken ein Plakat mit der Aufschrift »Wanted«.

»Mr. David Ashver Silvera, alias Daniel Ahsver Bashevi, alias Ahasver der Schuster?«

»Ja, der bin ich.«

»Nach Ihnen wird in vierunddreißig Ländern gefahndet. Sie sind verhaftet.«

Aber niemand trat aus dem Durchgang, die Stadt war wie verlassen, die Tauben glichen Raben, alle Katzen schienen schwarz geworden zu sein, und der letzte trostlose Spaziergang der beiden Liebenden schien die systematische Löschung des ersten zu bedeuten, jenes selbstvegessenen Rundgangs, bei dem ihnen die Orte, Denkmäler und Paläste gleichsam entgegengekommen waren, sich ihnen wie frisch erfunden dargeboten hatten, während sie jetzt einer nach dem anderen erloschen, sich versagten, in Anonymität zurücksanken, unsichtbar wurden.

Venedig schien zu Mestre geworden zu sein.

Und nur in einem Pfarrgemeindekino von Mestre, in einem streifigen amerikanischen Film der fünfziger Jahre, hätte sie seine Hand nehmen, ihn mit umflortem Blick ansehen und fragen können:

»Sag mir doch, John, bist du wirklich der Ewige Jude?«

»Ja, Liebling, ich bin Ahasverus, von der Basilissa an Land gegangen, und nun will ich dir alles gestehen, ich will dir alles erzählen.«

Eine Legende, ein Mythos. Und was »alles« eigentlich?

Nach der verrammelten Tür einer Schusterwerkstatt, nach dem Nord-Westtor der Stadt eine staubige, steinige Straße. Eine neugierige Menschenmenge, schreiend, erregt, weinend. Soldaten, die über dieses Kommando um drei Uhr nachmittags murren, Palästina und die Juden und deren verwickelte Geschichte verfluchen, während sie dem Mann mit dem Kreuz einen Weg durch die Gaffer bahnen, weg da, weg, zurück, macht Platz, gebt den Weg frei. Unkraut und Disteln zwischen den vereinzelten Hütten, ein Köter, der bellend hinter einer Eidechse herjagt, und alles geschieht ganz schnell, geht vorüber, verliert sofort wieder viele seiner Einzelheiten, die Farbe einer Tunika, das Schluchzen eines kleinen Mädchens, eine nach Thymian duftende Bö, und heute abend um neun wird es für die, die dort waren und »alles« gesehen haben, bereits eine veschwimmende, ungenaue Erinnerung sein.

Nichtig wie alles übrige, dachte ich.

So gingen wir schweigend und schwerfällig gegen drei Uhr nachmittags dahin, und vor uns lagen schon wieder die Stufen einer Brücke, die wir hinauf- und wieder hinuntersteigen mußten. Ich war erschöpft, mir war übel. Ja, so wenig wohl, daß ich auch diese euphemistischen Formeln verwarf, mir mit meiner alten, seit drei Tagen verlorenen Klarheit sagte: Ich leide, ich leide einfach. Und warum? Um wen?

Und auf einmal sah ich eine riesige Diskrepanz zwischen soviel Leiden und dem Grund dafür, einem Mann, den ich seit drei Tagen kannte, den ich nie kennengelernt hätte, wenn ich in ein anderes Flugzeug gestiegen wäre oder wenn ich eine halbe Stunde später über jenen verdammten Campo San Bartolomeo gegangen wäre. Es war einfach nicht zulässig, es war einfach unsinnig, so herunterzukommen (verstört war ich, zerzaust, ausgelaugt, schlimmer als die *Verlassene* von Sandro Filipepi, genannt Botticelli) wegen jemandem, den ich, ob er jetzt ein ewiger Wanderer war oder nicht, einfach hätte weitergehen lassen wollen, können, ohne ihn zu grüßen: und ihn nie mehr wiedersehen, nicht mehr an ihn denken, als wäre ich ihm nie begegnet.

Kurz, ein gewissenhafter Chronist hätte zu berichten, daß ich am Fuß jener Brücke, für einen kleinen Augenblick nur und unter allen mildernden Umständen des Falls, Mr. Silvera abtrünnig wurde.

2.

Mr. Silvera hat bis jetzt kein einziges Wort gesprochen, aber er weiß, daß es an ihm wäre, dieses immer tödlichere Schweigen zu brechen. Er ist es ja, der sie verläßt, er ist es, der in weniger als fünf Stunden an Bord eines neuen Schiffs gehen, zu neuen Gesichtern, neuen Ländern aufbrechen wird, während sie sich in die Rolle der Verlassenen schicken muß, die zurückbleibt und mühsam wieder ihre gewohnten Beschäftigungen aufnimmt.

Und doch schweigt Mr. Silvera hoffnungslos, alle Wörter aller seiner Sprachen scheinen ihn verlassen zu haben. Auch er geht in schleppender Passivität dahin, auch er hat den Bildern, die nacheinander von außen auf ihn eindringen, nichts entgegenzusetzen. Das Schaufenster eines Eisenwarengeschäfts, ein alter Mann, der ein schlecht verpacktes Bündel trägt, das nasse Plakat für ein Klarinettenkonzert in der Fenice, ein Junge, der, auf dem Steuerruder sitzend, einen großen Lastkahn führt. Wehrlos, flachgedrückt, hat sich Mr. Silvera nach und nach von einer ungeheuren, schrecklichen Rührung überwältigen lassen: dieses Geschäft, das Jahre der mühsamen Arbeit, des Sparens, der Schulden gekostet hat, dieser Junge, der sich am Sonntag aufs Festland stürzen wird, um auf seiner Kawasaki herumzurasen, dieser alte Mann, den die Schwiegertochter schlecht behandelt, dieser Klarinettist, der nie gut genug sein wird, um in Wien oder New York zu spielen, alles, absolut alles schnürt ihm die Kehle zusammen. Ja, denkt Mr. Silvera, dem jetzt der englische Ausdruck wieder einfällt, es bricht ihm das Herz.

Aber kann man dieses lange Schweigen brechen, um zu sagen, daß alles im Leben heartbreaking ist?

Mr. Silvera zieht einen Fuß nach, dann den anderen, es geht wieder die Stufen einer Brücke hinauf, der wer weiß wievielten. Er ist sich im klaren, daß es an ihm wäre, seiner Gefährtin darüberzuhelfen, daß es an ihm wäre, die

Worte zu finden, um sie zu trösten, um ihr mitzuteilen, daß diese ganze allgemeine, grenzenlose zärtliche Rührung durch sie hervorgerufen ist, in Wirklichkeit ihr gilt. Doch er begnügt sich damit, einen Fuß nachzuziehen, dann den anderen, stumm und gedemütigt. Es ist ihm bewußt, daß diese Unfähigkeit von seiner langen Gewohnheit herrührt, zwischen Ausweichen und Zurückhaltung zu lavieren, von seinem ewigen Dahintreiben im Indirekten, an der Oberfläche. Doch das ist kein Grund, um keine Gewissensbisse zu verspüren. Wenn es darauf ankommt, vermag er jemandem, der Hilfe braucht, nicht zu helfen, das ist die Wahrheit, zu der er kommt, als sie oben auf der Brücke sind.

Ein graues Schlauchboot mit einem Mann und einem kleinen Jungen an Bord gleitet den Kanal hinunter, und Mr. Silvera folgt ihm mit dem Blick, von seiner universalen und leeren Rührung überwältigt: der kleine Junge, der die Schularbeiten für morgen macht, der Vater, der ein kleines Regal für die Küche zimmert...

»Hör zu...«

Mr. Silvera dreht sich überrascht um, sieht, daß sie stehengeblieben ist, ihm standhaft zulächelt.

»Ich bin ein wenig müde«, sagt sie, »könnten wir uns nicht einen Augenblick in der Bar da ausruhen?«

Drüben an der Brücke, direkt an der Ecke, ist eine Bar wie tausend andere auch.

»Ja, gewiß, sehr gut«, sagt Mr. Silvera mit verspäteter Zuvorkommenheit. »Auch ich bin allmählich müde.«

Er würde gern hinzufügen »danke«, aber er schafft es nicht. Mit einer gewissen brüsken Nachsicht in der Stimme, fügt nun sie hinzu:

»Dort wird kein Schuster sein, der uns wegjagt.«

3.

Die Bar hatte kein Schild, hatte keinen Namen, und ich taufte sie zunächst die Bar des weiblichen Sinns fürs Praktische. Man kann nicht unendlich weitergehen, unendlich weiterbrüten, nicht einmal in Venedig. Die Füße tun einem weh, die Beinmuskeln bringen einem bescheiden in Erinnerung, daß auch sie existieren, jeder Schritt dröhnt einem unter der Schädeldecke. Ich hatte genau gesehen, daß David, so sehr er auch ans Wandern gewöhnt sein mochte, totmüde war, vielleicht noch mehr als ich, und in der Tat ließ er sich mit wahrer Erleichterung auf den Holzstuhl fallen.

Es gab außer unserem drei weitere Tischchen, alle leer, und das eifrige Mädchen, das hinter der Theke vorkam, um uns zu bedienen, hielt sich zuerst damit auf, flüchtig eines nach dem anderen mit einem Lappen abzuwischen, wobei die Brosamen auf den Boden fielen. Sie wiederholte die Geste mit größerer Sorgfalt an unserem Tisch und ging dann, um unseren Tee zu machen.

Wir sahen uns sozusagen körperlich an, ließen Pupillen, Netzhäute, Sehnerven funktionieren als das, was sie waren, Instrumente zum Sehen. Und das Schweigen zwischen uns war schon ganz anders, die Abtrünnigkeit unterdrückt, die Erregbarkeit auf das Niveau dieses prosaischen Lokals gesunken, verankert an seinen gestreiften (ziemlich verschlissenen) Gardinen, an den Keks- und Pralinenschachteln in der Vitrine, am Tropfen eines Wasserhahns, an den Brosamen auf der Erde. Von diesem festen Grund aus sah ich prosaisch einen müden Ehemann vor mir, der abreisen mußte und möglicherweise morgen krank wurde.

»Und wenn du krank wirst«, fragte ich, »was machst du dann? Wie kommst du wieder auf die Beine, wenn du immer herumreisen mußt?«

»Ach, auf den Beinen halte ich mich eigentlich immer,

mehr oder weniger. Es kann mir nichts Ernsthaftes passieren, so wie die Dinge eingerichtet sind.«

»Aber ist diese Reise nicht gefährlich, abgesehen von allem übrigen? Du hast gesagt, daß dein Schiff...«

Sein Lächeln stieg wieder auf.

»Nein, die Dinge sind so eingerichtet, daß für mich nie eine wirkliche Gefahr besteht. Ich denke vielmehr, daß ich mich die ganze Reise über tödlich langweilen werde. Ich werde ein paar alte Zeitungen lesen, den Wellen zusehen, aus Verzweiflung mit dem dritten Offizier Karten spielen.«

Ich wußte die Antwort schon, aber ich sagte doch:

»Und könnte ich nicht dabeisein, auf diesem Schiff? Oder in einem der Häfen auf dich warten? Ist denn eine Art Ewige Jüdin ganz undenkbar?«

Er sagte mir, es habe in der Tat schon jemand daran gedacht, aber das sei nur ein Scherz gewesen, die Erfindung eines Romanschreiberlings. Es hatte an seiner Seite nie eine Ewige Jüdin und noch viel weniger eine Schickse gegeben. Denn –

»Eine Schickse?« fragte ich.

Eine nichtjüdische Frau. Aber deswegen war es jedenfalls nicht. Es war, weil die Dinge immer so eingerichtet waren –

»Uh«, fing ich an zu kreischen, »diese Scheißdinge, die immer so eingerichtet sind!«

Das Mädchen sah mich hinter seiner Theke verblüfft, aber beifällig an, und es endete damit, daß ich in Lachen ausbrach. Daß es keine Rivalinnen gab, ob Schicksen oder Jüdinnen, war schon ein kleiner Trost. Auch David fing an zu lachen. Wir reichten uns eine Hand. Und wir waren fast ausgelassen, als wir aus der Bar traten, die für mich, vielleicht auch für ihn, die Bar der Schickse, die kreischte, geblieben ist.

4.

Doch ihre Ausgelassenheit ist apokryph. Eine Weile hält sie die beiden aufrecht, treibt sie an, wirkt wie ein Betäubungsmittel, das Beweglichkeit vortäuscht, Zukkungen von Leben in etwas, das nicht mehr da ist, was amputiert worden ist. Und wenn auch das grausame Brennen gemildert, auf die Ränder der Wunde beschränkt zu sein scheint, so ist es doch nur noch ein Stumpf der Liebe, den sie da durch Venedig tragen.

Apokryph ist daher ihr Gebaren eines traditionellen Liebespaars, das eng umschlungen geht, Blicke süßer Innigkeit tauscht, mehrmals nach dem Brauch in abgelegenen Winkeln haltmacht, um in einem Kuß zu verschmelzen, stehenbleibt, um irgendeine Auslage zu betrachten, eine Steintafel an einem Palazzo zu lesen, ein ungewöhnliches Wappenschild, eine bizarr in ihrer Nische verwitterte Statue zu beachten.

Um nicht mehr zu sprechen, sprechen sie weniger, und ihre seltenen Worte wären höchstens in einem apokryphen Evangelium zulässig.

»Damals lebte in Fiesole eine Kusine meiner Mutter...«

»Es lebte zu der Zeit im polnischen Viertel von Chicago ein habgieriger Buchmacher...«

»Und als ich im sechzehnten Jahr stand, geschah es, daß ich mir bei einem Tennisturnier den Arm brach...«

»Und am französischen Ufer des Genfer Sees kam mir eine Witwe entgegen, die Kosmetikerin war...«

Nicht einmal vor den Toren eines feierlichen Tempels, wo Händler beiderlei Geschlechts ihre heiligen und irdischen Souvenirs feilhalten, geschieht etwas Denkwürdiges. Das Paar nähert sich einem Verkaufsstand, aber die junge Händlerin spricht angeregt mit einem Metzgerburschen und kümmert sich nicht um die beiden novemberlichen Kunden, die ihrerseits nach einem flüchtigen Blick auf die falsche Spitze, das falsche Gold, die falsche Seide, den falschen Marmor auf ihrer Karre weitergehen, ohne diese entrüstet umzustoßen, und nur murmeln:

»Ich wollte dir etwas zum Andenken an mich schenken, so wie ich ja deine Münze habe, aber es ist kein einziger unter diesen Gegenständen, der nicht absolut scheußlich wäre.«

»Und ich muß dir ehrlich sagen, daß mich das eher an meine Reisegruppen erinnern würde.«

Sie zögern auf der Schwelle des Tempels, und es ist eigentlich nicht zulässig, die kleine Episode, die nun folgt, als das Wunder des Knaben von Bethanien zu bezeichnen, schon weil der Knabe selbst apokryph ist, er kommt aus Portogruaro und muß jetzt mit einer Lokalbahn, die er nicht verpassen darf, wieder dorthin zurück. Ganz plötzlich steht er vor ihnen: er ist ungefähr zehn Jahre alt, trägt eine hellblaue Windjacke, und die Nase läuft ihm.

»Wieviel Uhr ist es?« fragt er kurz, unruhig.

Die beiden scheinen durch die unschuldige Frage gestört, ja fast schmerzlich berührt worden zu sein und sehen den Knaben an, ohne ihm zu antworten. Er, der glaubt, sie verstünden seine Sprache nicht, wiederholt, jede Silbe einzeln betonend, »wieviel Uhr ist es«, klopft sich aber dabei in einer dringlichen, nachdrücklichen Pantomime mehrmals mit dem Zeigefinger auf das linke Handgelenk.

Die beiden langsamen Fremden verstehen endlich und schauen beide zugleich auf ihre jeweiligen Uhren, zugleich sagen sie ihm:

»Zwanzig vor fünf.«

Die Auskunft alarmiert offenbar den Knaben, der, ein unhörbares »Danke« über die Schulter zurückrufend, in Richtung Portogruaro davonläuft. Aber es sind die beiden, die ihm gegenüber eine Dankbarkeit empfinden, als hätte er ein Wunder vollbracht. Denn bei all ihrer apokryphen Unbekümmertheit während der letzten Stunden haben sie in Wirklichkeit doch nie aufgehört, an die

Uhrzeiger zu denken, ohne sie je anzusehen. Und in ihrer geheimen, bangen Rechnung waren diese der Stunde der Trennung schon viel näher gerückt.

Es ist ja noch gar nicht so spät, sagen sie sich und lächeln vor Freude über den plötzlichen apokryphen Reichtum. Und wie Leute mit viel freier Zeit, wie unbekümmerte Gelegenheitstouristen, treten sie in den weiten Tempel ein.

5.

Es war die übliche kindliche und übereifrige Idee gewesen: Auch noch diese Kirche sollte zu den Brücken und Kanälen, zu den Gittertoren und Straßenecken, zu dem angehäuften kleinen Schatz der »mit David zusammen gesehenen« Dinge dazukommen, zu denen ich dann in Muße mit der melancholischen Begierde der Erinnerung würde zurückkehren können. Doch kaum waren wir über die Schwelle getreten, fand ich, daß es keine glückliche Idee gewesen war.

Das Innere war grandios, prächtig, verschwenderisch von imposanten Kronleuchtern, von zahllosen Votivkerzen beleuchtet, doch auch reich an dunklen Zonen, dämmerigen Abschnitten, verschwimmenden Winkeln und Höhlungen. Es war die Art Kirche, die ich immer am liebsten gemocht hatte (mit Ausnahme einer kurzen »franziskanischen« Phase um die Vierzehn herum), die aber jetzt, mit David zusammen, eine völlig andere Wirkung auf mich hatte.

Sie wirkt verkleinernd, dachte ich zuerst, als ich die Leute um mich herum ansah. Es waren ziemlich viele da: Sie knieten in den Bänken und beteten, sie saßen einfach nur da, sie gingen hinaus, sie traten ein, sie standen vor einem Bild oder einer Statue und betrachteten sie. Und alle schienen sie winzig klein, gemessen an diesen monumentalen Pfeilern, diesen in ferne Höhe ragenden Gewölben. Kurz, wieder die deprimierende Pyramidenwirkung. Wieder war ich da hineingeraten.

Doch dann (obwohl das »dann« nur so eine Redeweise ist: alles ging mir gleichzeitig durch den Kopf) hatte die Kirche auf mich die traumatische Wirkung einer Entfremdung, in dem Sinn, daß David hier drinnen wieder zu Mr. Silvera wurde oder Mr. Bashevi oder wie er sonst noch heißen mochte, geheißen hatte, in schwindelnder Zukunft heißen würde. Er wurde wieder zu dem verfluchten Schuster der Legende. Und wenn auch Raimonods »Informanten« gewisse Einzelheiten revidiert und richtiggestellt hatten, wenn auch nur ein rein methodischer Widerspruch am Beginn gestanden haben mochte, eine Uneinigkeit zwischen »Weggenossen«, so blieb doch, daß die »Legende« es dem Mann an meiner Seite auferlegte zu wandern, ohne Rast zu wandern bis zum Jüngsten Tag.

Daher ließ ich mich auf eine Bank sinken, zwang auch ihn, sich zu setzen.

An den majestätischen Pfeilern waren hintereinander die Szenen jenes anderen, soviel kürzeren Wegs zu sehen. Die Gefangennahme. Die Dornenkrone. Das Kreuz. Die heiligen Frauen. Mittelmäßige Gemälde des 18. Jahrhunderts, fast der Sammlung Zuanich würdig, hätte ich am Tag zuvor noch gedacht. Doch jetzt sah ich sie zum ersten Mal mit . . . wie soll ich sagen? interessierten? zeitgenössischen? beteiligten? Augen . . . und fragte mich, wie David sie wohl sah. Achtete er nicht mehr darauf, nach so langer Zeit? Oder brannte ihm diese ganze Geschichte noch immer auf der Seele, quälte ihn? Und wer weiß, wie ihm der Andere erscheinen mochte? Als Sieger vielleicht. Als derjenige, der recht gehabt hatte, sich gefangennehmen, verurteilen zu lassen, und der seinen Triumph in Form seiner unzähligen Tempel und Altäre, seiner Statuen, seiner großartigen bildlichen Darstellungen verdiente . . .

Während er, der Arme, nicht einmal ein Dach über dem Kopf hatte.

Aber die Dinge waren vielleicht so eingerichtet, daß er davon nicht sprechen durfte.

So fragte ich ihn:

»Und hast du nie mehr ein Haus, eine Wohnung gehabt?«

»Ah«, sagte er mit seinem grashalmfeinen Lächeln, »wozu brauchte ich eine Wohnung?«

»Aber du kehrst doch an Orte zurück. Du könntest doch zum Beispiel hier eine Wohnung haben und ab und zu wiederkommen, wie so viele Fremde es tun ... Ich könnte mich ja darum kümmern, auch ohne dich wiederzusehen, nicht?«

»Das wäre viel zu kompliziert«, sagte er, »das wäre nicht der Mühe wert für einen, der immer auf der Durchreise ist.«

Aber ich sah ihn vor tausend Jahren in einem primitiven Venedig ankommen, aus dem Quersack einen großen rostigen Schlüssel hervorziehen, in eine niedrige, farblose Hütte treten, die zwischen Palisaden lag, rudimentären Brückchen über den Kanälen, Wolken von Mücken, am Horizont Röhricht und öde Inselchen. Und drinnen ein grober Tisch, geräucherter Fisch im Kamin, ein einfaches, aber sauberes Bett und ein Zettel, auf dem stand ...

»Aber es wäre doch nur eine Art Zufluchtsort«, bestand ich auf meiner Idee, »ein bißchen so etwas wie ein Hospiz.«

»Nein«, sagte er, »es würde trotzdem in Flammen aufgehen, oder es gäbe eine Überschwemmung, oder die Hunnen oder eine Kanonenkugel oder die Franzosen würden es dem Erdboden gleichmachen. Die Dinge –«

»Ach ja, die Dinge, die so eingerichtet sind ...«

Ich fragte mich, ob er wohl jenes Hospiz gekannt hatte, eine Art Nachtasyl für Seeleute und Pilger, das einmal dort gewesen war, wo jetzt die Anlagen der Biennale sind, und das zusammen mit dem nahe gelegenen Kloster wie so viele andere auch von Napoleon zerstört worden war. Es hieß »l'Ospizio di Messer Gesù Cristo«, das Hospiz zu Unserem Herrn Jesus Christus, und ich fragte mich, ob es durch eine Ironie des Schicksals je sein Los gewesen war, dort eine Nacht verbringen zu müssen, angenommen, daß jene »Dinge«, die so eingerichtet waren, überhaupt Ironie kannten.

»Aber es muß einen doch furchbar traurig machen, so viele Dinge enden, von Mal zu Mal verschwinden, verbrannt, zerstört, eingestürzt zu sehen...«

»Ja, aber man sieht auch viele, die beginnen, die allmählich entstehen, von einem Jahr zum anderen wachsen...«

Natürlich, er hatte sie auch wachsen gesehen, diese Stadt, ja, diese Kirche hier: die Baustelle, die von Maurern wimmelte, und dann nach und nach die großen Kirchenschiffe, die Gestalt annahmen, sich schlossen, überdacht wurden, sich allmählich mit kostbarem Marmor, Mosaiken, reichgeschmückten Altären füllten und mit Tabernakeln, Kanzeln, Balustraden, Chorstühlen, alles von erlesener Künstlerhand, Kirchenschiffe, die im Lauf der Jahrhunderte mit edlen Skulpturen, Gemälden und Fresken großer Maler ausgestattet wurden, mit Gedenktafeln zum Gedächtnis an bedeutende Männer und Frauen, mit prachtvollen Begräbnisstätten, die das Andenken an furchtlose Krieger, vorbildliche Edelfrauen, an Patriarchen, Dogen, Seekapitäne, Botschafter, Kaufleute feierten. Wie wirkte wohl auf jemanden wie David diese phantastische Anhäufung, dieses wunderbare Konzentrat von Geschichte? Ließ er ihn kalt als etwas, was ihn nichts mehr anging, was nichts mehr mit ihm, mit seiner Randexistenz, zu tun hatte? Oder erinnerte es ihn vielmehr immer wieder an alle seine sinnlosen Reisen, seine ziellosen Wanderungen, brachte ihn wieder zu seinen ewigen Pyramiden zurück?

Und wieder fühlte ich mich von diesen riesigen Mauern

und Säulen erdrückt, winzig klein und weit, weit entfernt von Mr. Silvera oder Bashevi oder wer er war, und wieder kehrte ich zu seiner Legende zurück, zurück zu den beiden auseinanderlaufenden Wegen und den beiden entgegengesetzten Urteilen, zu dem armen Pilger ohne Ziel, sah ihn an, ohne zu wissen, was ich sagen, was ich tun sollte, außer von der Bank aufstehen, mich an seinen Arm hängen und mit ihm durch den weiten Raum dieser Kirche gehen, was alles in allem keine glückliche Idee gewesen war.

6.

Die Wärme ihrer Hand teilt sich Mr. Silveras Arm mit, durch den verschlissenen Tweedärmel hindurch, und er gibt ihr dafür kleine Zeichen der Entgegennahme, der Dankbarkeit, während sie die schmerzlichen Stationen des Kreuzwegs bis zum Hintergrund des Tempels abschreiten. Doch es liegt in dieser zärtlichen Wärme auch etwas wie Mitleid, das er nicht so leicht annehmen kann.

Gewiß nicht aus Stolz. Ebenso wenig kann Mr. Silvera die Symbole des Mutes, der Unermüdlichkeit, der heldenhaften Ausdauer leiden, die andere ihm zuschreiben wollten. So sieht er seinen Nomadismus und seine Einsamkeit nicht.

Er maßt sich nicht an, Siege oder Niederlagen, Ruhm oder Demütigung zu symbolisieren, denkt er, während sie das Kirchenschiff entlang auf die außerordentliche strahlende Apotheose in Rot und Gold, die den Hintergrund beherrscht, zugehen. Und es ist ihm, als hörte er wieder die ruhige, leidenschaftslose, leise Stimme des Mannes, dessen Gast er einmal eines Abends in Rijnsburg gewesen ist . . .

Doch nun erdröhnen plötzlich in ihrem Rücken gewaltige Orgeltöne, rollen stürmisch zwischen den dunklen Säulen, brechen sich an den massigen Wänden, bäumen sich auf, prasseln wieder in mächtigen Blöcken von den Gewölben hinunter. Es ist, als hätte sich die Stimme der Kirche selbst erhoben, so machtvoll, daß sie jede andere übertönt, und die fromme Frau an seiner Seite drückt seinen Arm fester, als wollte sie ihn beruhigen, schützen.

Ah, lächelt Mr. Silvera ihr freundlich zu. Aber wie soll er ihr sagen, daß unter all den Stimmen, die aus der Tiefe der Jahrhunderte und Jahrtausende heraufschallen, die einzige, die noch zu ihm dringt, die des Predigers Ohne Namen ist?

»O Eitelkeit der Eitelkeiten, sagt der Prediger, es ist alles ganz eitel... Ich der Prediger, Davids Sohn, war König über Israel zu Jerusalem und sah an alles Tun, das unter der Sonne geschieht; und siehe, es war alles eitel und Haschen nach Wind.«

*

Er ist es jetzt, der ihr den Arm drückt, als sie aus dem strahlenden Glanz der Kirche in das Dunkel des inzwischen hereingebrochenen Abends hinaustreten, aus dem Duft der Kerzen in den schweren Geruch des in den Kanälen stehenden Wassers. Das Gefühl, daß sie alles, was sie tun, zum letzten Mal tun, begleitet sie nun wie eine Dunstwolke, die nichts auflösen kann, vereint sie in einer Art resignierten und fast zeremoniellen Komplizität.

Es ist wie ein Ritus, sich flach gegen die Wand zu drücken, um nicht von einer plötzlich aufgetauchten Touristengruppe überrannt zu werden, die blökend und keuchend im Herdentrott vorüberpoltert.

Es ist wie ein Ritus, in eine tabaccheria zu treten, um Wegwerfrasierer (»Darf es noch etwas sein?« »Nein, danke«) für den Reisenden zu kaufen.

Es ist wie ein Ritus, in ein geheimnisvolles, ganz enges Gäßchen einzubiegen, wo es unmöglich ist, nebeneinander zu gehen.

Es ist wie ein Ritus, auf der Gondelfähre den Canal Grande zu überqueren.

An dem kleinen Landungssteg warten noch mehr Leute darauf, daß die Gondel vom Landungssteg des gegenüberliegenden Ufers ablegt, der wie dieser hier durch eine festliche weihnachtlich wirkende Lichterkette gekennzeichnet ist. Und in einer Minute ist die Gondel schon mitten im Dunkel auf dem Kanal, fast nicht mehr vom Wasser unterscheidbar, und schon legt sie an, leert sich, läßt neue Fahrgäste einsteigen, unter denen auch Mr. Silvera und seine Prinzessin sind.

Es ist ein kurzer Ritus, ihre erste und letzte Gondelfahrt. Sie stehen schwankend, aneinandergeschmiegt, betrachten den Verkehr der weißen, roten, grünen Lichter in den beiden Richtungen, die goldenen, zitternden Lichtreflexe der Palazzi, lauschen dem Wellenschlag gegen das Boot, das der Gondoliere mit seinem langen Ruder in einer genauen Diagonale hinübertreibt. Und drüben steigt Mr. Silvera als erster an Land, reicht rituell der Mitreisenden von Flug Z 114 die Hand, hilft ihr die knarrenden, wackeligen Stufen des Holztreppchens hinauf. Und nachdem er ihre Hand losgelassen hat, als er sieht, wie sie sich vor dem gekrausten, edelsteinbesetzten Hintergrund des Canal Grande, vor den verschwimmenden Umrissen der Dächer, Türme und Kuppeln, die aus der venezianischen Nacht hervorragen, auf den Weg begibt, wiederholt er seine Verbeugung von damals und rezitiert für sie mit ritueller Galanterie:

»Sie geht in Schönheit, wie die Nacht.«

7.

She walks in beauty, like the night ... Ah, Mr. Silvera, auch noch Byron! Als hätte ich nicht schon, damit mir die Sinne vergehen, deine Pyramiden und die vergeßliche Dame, Rabbi Schmelke und das alte Haus in Rijnsburg ... Nie mehr, an welchem Ort der Erde ich auch sein werde, nie mehr wenn der Himmel sich verdunkelt und der Zug der Gestirne seinen Lauf beginnt, werde ich die Nacht anders sehen können denn als eine zauberische Gestalt, die in ihrer Schönheit einhergeht oder, poetisch, einherschreitet; und nie mehr werde ich geschmückt zu einem Fest aufbrechen, mit einem Schal um die Schultern auf eine Terrasse hinaustreten, bei Vollmond einen Strand entlangspazieren können, ohne wieder die eine Spur melancholische, eine Spur ironische Stimme Mr. Silveras zu hören, der mich an die Seite jener Schönheit rückt: *She walks in beauty* ...

*

Doch vom Landungssteg aus führte der vorgeschriebene Weg sie unter bangem Zögern, die Schönheit lag bereits wieder hinter ihnen, auf das zu nahe und problematische Hotel zu.

»Müssen wir hinauf?« fragte sie und ging langsamer. »Mußt du nicht hinauf und deinen Koffer packen?«

»Nein, den hatte ich schon heute morgen gepackt, jetzt ist er bereits an Bord, ich habe ihn durch jemanden vom Schiff abholen lassen«, erklärte er.

»Dann wußtest du ...«

»Ich konnte es mir denken ... Aber wenn du möchtest, daß wir hinaufgehen ...«

Doch das – zum letzten Mal nackt zusammenkommen, zum letzten Mal sich der schwindelerregenden Vereinigung nähern – war ein Ritus, vor dem sie beide zurückschreckten, ein Risiko, das sie nicht den Mut hatten, einzugehen. Wäre das, was sie bereits gehabt hatten, nachher mehr oder weniger? Würde es in einem bitteren Tropfen matten Bleis enden oder sich in das Gold des Alchimisten verwandeln?

Besser verzichten, weitergehen bis zu einem weniger entmutigenden Souvenirladen, wo sie, als sie auf die dichtbestückte Auslage einen jener weiblichen Blicke geworfen hatten, die fähig sind, in einer Sekunde das Universum zu inventarisieren, hastig zu ihm sagte:

»Da, ich hab' es gefunden, warte hier auf mich, ich habe das kleine Andenken für dich gefunden.«

Er blieb gehorsam draußen, sah sie von hinten, wie sie mit der Verkäuferin sprach, einem Mädchen, das beim Antworten schwellende zyklamfarbene Lippen bewegte und sich bückte, um etwas aus einem unteren Fach einer Vitrine zu holen. Sie drehte sich mit einem Ruck um, sah ihn hineinspähen und machte ihm ein Zeichen, er solle weggehen, nicht neugierig sein. Er ging ein paar Schritte weiter und spähte in eine Posamenterie.

Als sie herauskam, baumelte ihr ein winziges, mit Goldfaden verschnürtes Päckchen am Zeigefinger.

»Da, dein Andenken an Venedig. Für die Münze.«

»Danke, was ist es?«

»Du darfst es jetzt nicht aufmachen, mach es auf, wenn du allein bist.«

Und ohne diesem letzten Wort die Zeit zu geben, seinen schmerzlichen Glockenschlag zu verbreiten, fügte sie schnell hinzu:

»Hör mal, irgend etwas müßten wir schon essen, ich bin praktisch nüchtern seit dem Pfau von gestern abend.«

»Du hast recht. Ich auch.«

»Nicht, daß ich gerade vor Hunger sterben würde, aber wenn wir wieder eine Bar finden ...«

»Ein belegtes Brötchen mit einem ›Schatten‹?«

»Ja, genau.« Sie lächelte. »Ein belegtes Brötchen mit einem ›Schatten‹.«

Doch die erste Bar, auf die sie stießen, war wenig mehr als ein Korridor, den eine Spiegelwand zu verdoppeln, zu vervielfältigen suchte. Es gab keine Stühle, die Jacke des Barmanns wirkte schon von weitem schmutzig, und unter einer Plastikglocke waren ein paar belegte Brötchen aufgereiht, die wie bedrückte Rentner, die nicht mehr am Leben teilhaben, ihr Schicksal erwarteten.

»Nein, das geht nicht«, entschied sie. »Suchen wir uns eine andere.«

Die zweite, auf die sie stießen, war ein grelles Lokal im amerikanischen Stil mit grellem Licht, greller Musik, langen Futterkrippen in schreiendem Gelb, an denen eine Gruppe Touristen gelandet war. Alle standen sie mit aufgestützten Ellbogen über die Plastiktheke gebeugt und schienen mit ihren Trinkhalmen zwischen den Lippen eine neue Art saugender Insekten zu sein.

»Hör mal, im Grund sind es nur ein paar Schritte bis zur Harry's Bar. Und um diese Zeit dürfte es nicht einmal besonders voll sein.«

»Gewiß, natürlich, ist gut.«

8.

Mr. Silvera fragt sich, ob bei dieser doch ganz vernünftigen Wahl – er hätte jedenfalls keinen anderen Vorschlag zu machen gewußt – nicht auch zu einem kleinen und unbewußten Teil die ebenfalls ganz vernünftige Hoffnung mitspielt, daß die Harry's Bar sie ablenken, eine Abwechslung, eine Pause an diesem Tag der Agonien darstellen könnte. Und in der Tat, als sie durch die Tür treten und sich in dem doch schon zu drei Viertel vollen Sälchen eine winkende Frauenhand erhebt, um ihre Aufmerksamkeit auf sich zu lenken, und ein paar Köpfe sich drehen und grüßend nicken, kann Mr. Silvera in dem Lächeln, das seine Gefährtin als Antwort in die Runde schickt, keine Spur von Anstrengung, kein Zucken des Mißbehagens feststellen. Und er begreift, daß es sich um eine Art Rekognition handelt, als wollte sie die Konsistenz dieser Welt prüfen, in die sie zurückkehren muß, wenn er fort sein wird, sich versichern, daß sie noch existiert, daß sie morgen hier auf den Beistand von ein paar Tischgenossen, auf ein bißchen zerstreuenden Klatsch zählen kann.

»Wart einen Augenblick auf mich«, sagt sie lebhaft zu ihm, »bestell inzwischen du etwas für uns.«

Und schon verschwindet sie zwischen den Tischchen.

Der Besitzer nähert sich Mr. Silvera, und es genügt ihm eine Sekunde, um einen jener als »Niemand« verkleideten »Jemands« zu erkennen, die ab und zu in seinem berühmten Lokal auftauchen. Er führt ihn an einen Tisch, den er für ihn auswählt, nimmt selbst die Bestellung entgegen und entfernt sich, um für sie Sorge zu tragen.

Allein geblieben, zündet sich Mr. Silvera eine Zigarette an und sieht sich um. Er entdeckt auf einem leeren Stuhl weiter drüben eine zerknitterte Zeitung, streckt sich aus, um sie zu holen, stellt fest, daß es sich um ein drei Tage altes schwedisches Blatt handelt, faltet sie sorgfältig zusammen und steckt sie ein.

Morgen, denkt er.

Sie steht dort hinten und spricht angeregt wie alle im Raum, berührt sich die Haare, lacht mit ihren Bekannten, und jetzt tut es Mr. Silvera leid, daß er ihre Stimme nicht auf Tonband aufgenommen hat.

Oder wenigstens eine Photographie, denkt er.

Aber auch eine Photographie (früher wäre es eine Miniatur gewesen, eine Kamee, eine Haarlocke in einem Medaillon) ermattet schnell, strahlt bald nicht mehr Leben aus als eine alte Zeitung aus Stockholm, Hongkong, Caracas.

Ein Ober kommt mit einer Auswahl kleiner teils kalter, teils dampfender Leckerbissen und der Teekanne, die Mr.

Silvera vernünftigerweise bestellt hat. Doch die Prinzessin, die nun auch herantritt, die Handtasche auf den leeren Stuhl wirft und »entschuldige, aber diese lästigen Leute«, sagt, sie mustert den Inhalt des sie erwartenden Tabletts und kommentiert lebhaft, mmm, prächtig, aber vielleicht lieber keinen Tee, für heute ist es vielleicht genug, das ist doch zu ... sie sucht nach einem Wort, lächelt ihm zu –, das erinnert zu sehr an Rekonvaleszenz, findest du nicht?

»Gäbe es jetzt etwas Besseres als einen Martini? Hier machen sie ihn göttlich«, sagt sie, mehr zum Ober als zu ihm, und betont die spritzige, perlende Leichtigkeit ihres Gesellschaftstons.

Aber es dauert nicht lange, nur ein paar Bissen, nur ein paar Schlucke von dem göttlichen Getränk lang.

»Nicht übel, das Zeug«, bringt sie mit gezwungenem Interesse heraus.

»Ausgezeichnet«, pflichtet ihr Mr. Silvera bei.

Sie knabbern schweigend an den Polentahäppchen, den raffinierten Minifrikadellen herum, bis schließlich ihre symmetrische Appetitlosigkeit nicht mehr zu verbergen ist.

»Nimm doch noch eines von diesen hier.«

»Nein, danke, wirklich nicht.«

»Aber nachher wirst du dann Hunger bekommen.«

»Ich glaube nicht. Und wenn, finde ich schon ein paar Kekse.«

»Hast du je Hunger gehabt? Richtig Hunger, meine ich, so, daß man sich auf rote Rüben oder gebratene Mäuse stürzen könnte?«

»Ja, das ist vorgekommen.«

Sie essen nicht mehr, trinken nicht. Sie sprechen nicht. Sie lehnt sich in ihrem Stuhl zurück, seufzt tief auf.

»David, du bist mir auch gar keine Hilfe, du bist der ewig schweigende Jude.«

»Laß uns«, murmelt Mr. Silvera, »miteinander schlafen.«

Nun schweigt sic, lange.

»Meinst du?«

Es war zwischen ihnen weniger Unsicherheit, weniger Scheu beim ersten Mal, als es ganz leicht und verlockend war, es zu tun, auf einer völlig anderen Ebene der Gefühlserregung. Wird es verpflanzbar sein, ohne daß es in Stücke zerfällt?

»Aber ja, du hast recht im Grunde, ja. Nur, nicht in unserem Hotel, suchen wir uns etwas anderes, irgendein Hotelzimmer.«

Damit es etwas anderes ist, denkt Mr. Silvera, damit es je nachdem, was es gewesen sein wird, erinnert oder vergessen werden kann.

So nehmen sie in der Stunde des größten Gewimmels ihre Wanderung wieder auf, und es schiene so leicht, sich dieser Menge von Venezianern anzuschließen, die sich nach Arbeitsschluß eilig über ihre Stadt verteilen, es schiene möglich, ihre unmittelbaren, kleinen herzerwärmenden Ziele und Zwecke zu teilen, das Kilo Zucker, den Samtrock, den Besuch bei der Schwägerin, die Verabredung mit der Liebsten, den »Schatten« mit den Freunden.

Mr. Silvera wird wieder von seiner herzzerreißenden abendlichen Sehnsucht gepackt, spürt wieder diesen schmerzlichen Knoten universaler Rührung in der Brust, den er nun in der »Locanda Gorizia« – einem handtuchschmalen Gebäude zwischen einem Restaurant und einem Spielwarengeschäft – wird zu lösen versuchen, um ihn seiner Prinzessin mit dem gebrochenen Herzen mitzuteilen, darzubringen.

*

Man taucht wieder auf aus dem Sturm, aus der glühenden Implosion, und erst jetzt beginnt man durch die halbgesenkten Wimpern hindurch das Weiß eines Kopfkissens und dann sogar eine unregelmäßig geformte Stopfstelle zu unterscheiden; und nach einer kleinen Weile stellt sich heraus, daß das Weiß ins Graue spielt und daß die Stopfarbeit grob ausgeführt ist. Außerdem, daß die Helligkeit von einer – ziemlich trüben – Lichtquelle zur Linken geliefert wird, in deren unmittelbarer Nähe aber eine leere Muschel mit Zigarettenbrandstellen erkennbar ist. Ein wenig weiter oben ragt aus der verputzten Wand – von einer unentschiedenen Farbe zwischen Kartoffelschale und geröstetem Brot – ein Nagel, an dem nichts aufgehängt ist.

Man stellt nun fest, daß die Lichtquelle aus einem kleinen Lampenschirm mit einem verchromten Fuß besteht, der seinerseits auf einer trapezförmigen Konsole aus schwarzem Kunststoff steht. Unten ist ein Frauenschuh schnell identifiziert, aber weiter drüben enthüllt eine rätselhafte, im Schatten glänzende Schlangenform nur zögernd ihr Wesen: der Bettüberwurf aus gelbem Satin, der mit einem Ruck heruntergerissen und achtlos auf das Linoleum geworfen worden ist.

Langsam, wollüstig beginnen sich träge Gedankenwindungen zu bilden, weiche, intime Unschlüssigkeiten darüber, wer wer ist, wo das Ich aufhört und das Du anfängt in dieser noch eng verschlungenen Umarmung. Eine lange Narbe macht sich wieder bemerkbar, sobald eine Hand sie zart streift. Ein Rücken, ein ganzer Rumpf ruht bewegungslos, leblos, um nicht zu sagen erschöpft, und verleitet zu einer seligen und ein bißchen schuldbewußten Rekapitulation, in Anbetracht dessen, daß der Arme in zweieinhalb Tagen sowohl nachmittags als auch nachts und dann wieder und jetzt noch einmal hat müssen und auch wollen, nun ja...

Die ersten Worte formen sich, kommen zu einer kohärenten Äußerung:

»Bist du müde?«

»Mmm...«

Der Impuls, voll Dankbarkeit einen Nacken zu liebkosen, drängt sich gleichzeitig mit der Gewißheit auf, daß selbst eine reduzierte Konversation im Augenblick nicht angezeigt wäre, und das nun ganz geöffnete Auge bringt so die Erkundung der Örtlichkeiten zu Ende, vom Schrank unten am Fußende des Bettes hin zu einem weiteren Bett, einem Feldbett eigentlich nur, das unter das einzige Fenster geklemmt ist. Das schon enge Zimmer gestattet so seinen Bewohnern nur noch minimalen Bewegungsraum. Aber das hier ist doch ein Gasthaus, schaltet sich jetzt die Erinnerung ein, die Locanda Gorizia, deren Kundschaft wohl zum großen Teil aus jungen Paaren mit Kind besteht, Wanderern mit beschränkten Mitteln, ja, Armen, die hier Rast machen, um sich mit dem Kind ihrer Liebe auszuruhen... und unversehens hängt nun *La tempesta* von Giorgione an dem Nagel da oben, das geheimnisvolle Bild, das nach Ansicht einiger die Flucht aus Ägypten darstellen soll oder vielmehr, wegen der frischen, heiteren Lieblichkeit der Landschaft, die Ruhe auf der Flucht von Ägypten, eine Rast nach Tagen der Wanderung durch die Wüste... und Giorgione verschwimmt, auf der Leinwand erscheint eine darunterliegende öde Fläche aus Sand und Felsbrocken, kein Baum weit und breit, ein paar kümmerliche Sträucher und rechts, im Vordergrund, ein Felsengebilde und vielleicht Maria von Magdala im Gebet vor einer Grotte...

Die totale Konzentration auf ihn, die absolute Hingabe an die Erinnerung an ihn, in völliger Einsamkeit. Ein extremes Leben, gewiß, aber schön. Eine Möglichkeit, die sich vielleicht in Sardinien, in Kanada realisieren ließe. Beeren, Wurzeln, Honig, eventuell Heuschrecken. Und am Leib grobe Felle, ein zerfetztes Gewand oder auch gar nichts, nur das Haar, das lange, wunderschöne, nie mehr gewaschene Haar, das auch nie wieder dazu dienen durfte, jemandes Füße zu trocknen...

Eine Hand löst sich von einer Schulter, hebt sich automatisch, um das, ja, wunderschöne Haar zu berühren, das dieser eigensinnige Michele aber das letzte Mal entschieden zu kurz geschnitten hat und das man sowieso wachsen lassen sollte. Eine Frage, die eine andere Frage verbirgt, regt sich, schlüpft aus ihrer Puppe, flattert scheu, aber hartnäckig herum, findet schließlich hinaus.

»Aber wie ist denn diese dumme Gans von Cosima eigentlich dazu gekommen, dich gewisse Sachen zu fragen?«

»Was für Sachen?«

»Na, zum Beispiel, ob vielleicht etwas war zwischen dir und der Magdalena, als die noch gesündigt hat.«

*

Sie machten sich zu Fuß auf den Weg zu den Zattere. Sie sagte, sie würde lieber zu Fuß gehen, wenn Mr. Silvera nicht zu müde sei. Auch sie war müde, sicher, doch von allem, was sie mit ihm zusammen gemacht hatte, schien ihr das Gehen im Grunde das Wichtigste, das, woran sie sich besser als an alles andere erinnern würde. Und sie hätte gern gehabt, daß Mr. Silvera sich auch an sie immer so erinnern würde, wie sie ihn ein – und sei es auch noch so kurzes – Stück seines Wegs begleitete.

Er sagte, ja, gerade das wolle er.

»Wo sind wir?« fragte sie unter der Tür der Locanda Gorizia und sah die Gasse hinauf und hinunter.

»Hinter der Fenice, mehr oder weniger.«

Die Stadt, die sich ihnen nach und nach zu einer Architektur der widerstreitenden Gefühle verflüchtigt hatte, verdichtete sich jetzt wieder in Form eines Stadtplans mit ihren Sehenswürdigkeiten, ihren vorgeschriebenen Rundgängen, ihren Vaporettohaltestellen, ihren Abkürzungen, ihren genauen Ortsbenennungen. Von da waren sie ja übrigens ausgegangen: nicht von einem märchenhaften Zauberkataster, sondern von dem eher ganz gewöhnlichen Campo S. Bartolomeo, wo eine Art Urlauberin und eine Art Fremdenführer sich von den

Stühlen eines Cafés erhoben hatten, um einen harmlosen Spaziergang durch den Faltplan von Venedig zu machen.

»Dann gehen wir am besten über die Accademiabrücke, nicht?«

»Ja, das denke ich auch.«

Und doch hatte diese plötzliche Nüchternheit ihre Vorteile. Es war ein bißchen, wie wenn man sich die Nägel in die Handfläche drückt, sich auf die Lippe beißt, um sich nicht gehen zu lassen. Es galt eine harte Arbeit – einen Abschied – zu leisten, sagte ihnen dieses pragmatische Venedig, und es war besser, sie ohne Umwege zu Ende zu bringen.

Die Calle del Caffetier mündete auf den Campo S. Angelo, doch an dem jetzt geschlossenen Tor zum Kreuzgang gingen sie ohne anzuhalten, ohne sich anzusehen, vorüber; auch die Calle dei Frati und das Portal von S. Stefano hielt sie nicht auf. Sie wußten, daß diese Dinge ganz unten in ihren Koffern sicher verpackt waren, und es wäre jetzt zu kompliziert gewesen, sie hervorzuziehen, sie hätten alles wieder in Unordnung bringen müssen.

Sie gingen schweigend, darauf bedacht, keinen Fuß neben das Alltagsgeschehen, das Lokalkolorit zu setzen. Kinder rittlings auf dem Sockel des Tommaseodenkmals. Die helle Fassade von Palazzo Loredan. Campo S. Vidal. Die Brücke. Leute, die von der Brücke herunterkamen. Andere Leute, die auf der Brücke stehengeblieben waren, um von oben auf den Canal Grande hinunterzusehen. Umherschweifende Lichter links. Auf dem Wasser schaukelnde Lichter rechts. Und dann durch den Rioterrà Carità, durch die Calle Larga Nani zu den Fondamenta delle Maravegie. Ein Betrunkener, der auf der Kanalmauer saß und sang. Büschel spitzer Boote, die sich im Schlaf wiegten.

Sie hoben die Augen zu den Schildern an den Straßenecken und lasen die Namen (vielleicht würden sie sich an sie erinnern, vielleicht nicht), die sich aneinanderreihten wie die Namensaufzählungen in der Bibel. Die Fondamenta delle Maravegie zeugten die Fondamenta Nani, die den Ponte Lungo zeugten, der die Zattere al Ponte Lungo zeugte. Dort gegenüber lag die lange schmale Insel der Giudecca, ein Lichterband im Dunkel.

Der Kanal überraschte sie doch unversehens: eine weite, düstere Wasserfläche, unbehaglich in ihren Uferbegrenzungen, schon in Verbindung mit der hohen See, gleichgültig gegenüber dem kleinen Kreuzverkehr von Motorbooten und Vaporetti, bereit für die großen Schiffsschrauben, die tiefen, verkrusteten Kiele.

»Wo ist dein Schiff?« fragte sie.

»Von hier aus kann man es nicht sehen. Es liegt dort hinten, hinter den Lagerhäusern.«

»Wie heißt es?«

»Die *Marie-Jeanne.*«

»Wie ist es, groß, klein? Weiß wie das nach Korfu?«

»Es ist ein Frachtschiff. Mittelgroß. Schwarz mit zwei gelben Streifen.«

»Und wann legt ihr ab?«

»Um elf, hat man mir gesagt.«

Doch das Ende der Zattere kam immer näher. Es blieb noch, rechts, die Calle Trevisan zu erinnern. Dann das Gebäude der alten Stazione Marittima mit ein paar erleuchteten Fenstern. Dann die Calle dei Cartellotti. Dann die Calle della Màsena. Schwarze, erloschene, leere Spalten, aus denen nichts Unvorhergesehenes, kein Wunder, herausschießen konnte. Längs des Ufers fast kahle Bäume, Bänke, ein krummrückiger Hund, der schnüffelnd mit zum Kanal gewandtem Kopf dahintrottete.

Es blieb noch die Calle dei Morti, die Gasse der Toten.

Entfernte und nahe Sirenen waren zu hören, und nun war der Damm nicht mehr zu übersehen, der hinter dem Rio die S. Sebastiano die Kanalstraße versperrte, der Promenade der Zattere, den Bäumen, den Bänken ein Ende setzte. Zwei Schlepper, ein großer und ein kleiner, fuhren nebeneinander den Kanal hinunter und wirkten wie immer wie eigensinnige, vollbrüstige Enten.

Es blieb, als letzte, die Calle del Vento, die Gasse des Windes.

»Sehen wir mal, ob es wahr ist«, sagte sie.

Sie nahm ihn bei der Hand und zog ihn ein paar Schritte in die Calle del Vento hinein. Da blieben sie stehen, einer vor dem anderen, wartend. Feucht, träge wehte immerhin ein wenig Wind.

Es blieb der letzte Kuß, im Wind.

Dann, unter einer nicht weniger strengen Tafel als der vom Ghetto, die Unbefugten den Zutritt zum Hafen verbot, trennten sie sich, und Mr. Silvera stieg langsam die Eisenbrücke hinauf, die auf den Damm führte.

Oben, weiter hinten, sah man ein beleuchtetes Wachhäuschen, eine Schranke, einen Mann mit einer Wollmütze, der unter einem Baum stand und rauchte und sich jetzt in Bewegung setzte, um Mr. Silvera entgegenzugehen.

Nun machte Mr. Silvera halt, drehte sich um, die Hände tief in den Taschen seines Regenmantels. Er sah nach unten, wo ich stand, wo ich zurückgeblieben war.

Ich winkte ihm, wie am Flughafen, und dieses Mal antwortete er auf meinen Gruß, aber ohne daß ich sehen konnte, ob er sein Lächeln lächelte, sein »Ah« murmelte. Und einen Augenblick später, look, look, war er durch die Schranke gegangen, war weggegangen, Mr. Silvera war nicht mehr da.

XIII.

(Postskriptum)

1.

Bin ich wirklich ein Verzichtler, ein Feigling, fragt sich Oreste Nava, während er nachdenklich in der Halle des Hotels sitzt und seine Feierabendzigarre raucht. Denn das hat ihm doch praktisch sein Ex-Kollege Landucci vorgeworfen, den er heute nachmittag zufällig wiedergesehen hat. Nichts anderes hießen doch alle seine natürlich, ich verstehe dich doch, du willst keine Probleme, du magst keine Verpflichtungen, du hast völlig recht, daß du jedes Risiko vermeiden willst, und weiteren kleinen Bosheiten dieser Art. Als wäre es ein Vergehen, nicht geheiratet, sondern immer zufrieden in den Hotels, wo er arbeitete, gewohnt zu haben, und sich immer geweigert zu haben, Geschäfte einzugehen wie das, das Landucci ihm vor Jahren vorgeschlagen hatte.

In der rosa Lampenglocke an der Wand hinter seinem Sessel ist die Glühbirne durchgebrannt, aber Oreste Nava ist außer Dienst, »in Zivil« (einem schlichten grauen Anzug), und unterläßt es jetzt, – dem für die Wartung Verantwortlichen Bescheid zu geben, angenommen, daß der überhaupt noch im Hotel ist. Er wird sich morgen früh darum kümmern, wenn er wieder in Uniform aus seinem gemütlichen Zimmer im obersten Stock herunterkommen wird. Das ist wahre Freiheit, wahre Unabhängigkeit, denkt er und hält die Zigarre senkrecht, um nicht den schon bedenklich langen Aschenkegel fallen zu lassen. Nicht zu vergleichen mit diesem »Geschäft« Landuccis.

Man stelle sich das mal vor! Diese gräßliche »Gran Pizzeria Tropical« am Lido zu übernehmen und noch zu vergrößern, sie in ein modernes, pompöses Fast-Food-Lokal zu verwandeln, und dazu vielleicht noch ein Old-Pub. Das sollte das große »Geschäft« sein. Sie beide, Landucci und Nava, als Partner, zusammen in dieser *usine à bouffer* vom Lungomare Marconi, um für eine Jahrmarktsbudenkundschaft zu schuften und vielleicht in der Wohnung darüber zu leben, um immer auf dem Sprung zu sein, mit Landucci im Kreis seiner emsigen, emporstrebenden Familie. Und er, der Geschäftsmann, abgemagert, müde, mit geröteten Augen wegen der Schlaflosigkeit und der Wechsel... Wo ist da das Vergehen, wenn man mit einem solchen Leben nichts zutun haben will? Was hat denn Feigheit damit zu tun, wo ist da der Verzicht?

Wenige stille Gäste sitzen verstreut in der großen Halle um Zeitschriften zu lesen, etwas zu trinken, zu warten. Unter dem weiten Gewölbe der Bar ist zu drei Viertel Piero, der Barkeeper, zu sehen, der damit beschäftigt ist, seine Gläser aufzuräumen, dann ist da noch der betrunkene amerikanische Gast, der seit einer Stunde wie versteinert auf einem Hocker thront. Es ist ein kleiner Mann mit dickem blondem Schnurrbart, der lange schweigt, seinen Bourbon hinuntergießt und dann wieder von neuem anfängt, sich bei Piero zu erkundigen, wo und wie man in Venedig eine Wohnung kaufen kann. jedesmal ist wieder das Wort »agency« zu hören, mit schwerer Zunge von dem Betrunkenen gelallt, mit perfekt amerikanischem Akzent von Piero ausgesprochen.

Wie viele hat Oreste Nava in seiner Laufbahn nicht gesehen, hervorragende *barmen* wie Piero, Spitzenkellner, außerordentliche *chefs, maîtres* großen Stils, die dann geendet haben wie der arme Landucci. Tüchtige Burschen, wie ja auch Landucci einer war, seinerzeit, die aber in Montecarlo, in London, in Nassau, in Frankfurt, in Crans nur einen Gedanken im Kopf hatten: genug Geld auf die Seite zu legen, um nach Italien zurückzukehren und eine Eisdiele in Foggia, eine Kneipe in Tronzano zu eröffnen. In einem Winkel Verkümmerte, lebendig Begrabene für immer. Und die dann, aus ihrem Loch heraus, noch die Dreistigkeit besaßen, einen als alten feigen Maulwurf zu beschimpfen. Und der alte Maulwurf steckte das stumm ein, statt es ihnen gehörig zu geben, statt die Worte zu finden, um ihnen, ganz höflich, zu erklären, daß der Mut... daß das Risiko... daß das Leben...

Konfuse Argumente verschlingen sich in Oreste Navas Kopf, blau und ungreifbar wie der Rauch der Zigarre, und seine Augen erkennen die Frau nicht sofort, die jetzt zur Hoteltür hereinkommt.

Doch dann verflüchtigt sich der Rauch: Es ist die Prinzessin von 346. Allein.

Weder sie noch ihr Freund sind heute dagewesen, hat ihm vorhin noch sein Stellvertreter gesagt. Und am Nachmittag ist jemand gekommen, um den Koffer des Herrn abzuholen, der folglich allein weggegangen sein muß. Übrigens braucht man nur die Prinzessin anzusehen, um das zu wissen: sie ist offenbar völlig gebrochen, wie man sagt; mühsam beherrscht, aber nur noch um ein Haar.

Nun geht sie hölzern, um sich den Schlüssel geben zu lassen, dann bleibt sie mitten in der Halle stehen, die Schultern immer noch stolz gerade, ja, aber mit schlaff hängenden Armen. Sie bemerkt die geöffnete Bar, aber sie entschließt sich nicht sofort. Sie sieht auf die Uhr, zündet sich eine Zigarette an und setzt sich in Bewegung. Nur, daß sie jetzt der Betrunkene mit seinen lallenden Sätzen entmutigt, und noch vor dem Gewölbe dreht sie wieder um, kehrt zurück, und ihr Blick kreuzt sich mit dem Oreste Navas, der, für jeden Fall gewappnet, gern bereit ist, auch außerhalb seiner Dienststunden zu helfen, weswegen er sich hastig halb erhebt, ohne sich mehr um den Aschenkegel zu kümmern, der sich in der Tat von der Zigarre löst und auf der Sessellehne zerstäubt.

Doch es gibt kein Erkennen. Der Blick gleitet über ihn

hinweg, gleitet weiter, irrt verzweifelt durch die Halle, heftet sich schließlich auf die Aufzugtür. Und eine Minute später ist die Prinzessin oben in 346, und Oreste Nava bläst den grauen Staub vom Sessel und fragt sich, was wohl geschehen ist. Ist es nur ein Streit oder ein endgültiger Bruch? Oder kommt etwa der Ehemann an? Oder ist sie vielleicht im Gegenteil so verstört, weil sie beschlossen hat, ihrem Mann alles zu sagen und ihn zu verlassen? Es sei denn, es steckt eine Ehefrau dahinter, die er nicht verlassen will. Ohne in Betracht zu ziehen, daß sie ja auch entdeckt haben könnten, daß sie sich nicht mehr lieben, oder verzichtet haben, weil ihre Liebe keine Zukunft hatte...

Wilde Vermutungen, dramatische Konflikte. Und Qualen, Herzensangst, Eifersucht, Schmerz, Reue... seine Zigarre rauchend, die Augen halb geschlossen, verfolgt Oreste Nava in fernen Abgründen den Widerhall heimlichen Bangens und heimlicher Schande, des Wartens an der Basteiecke in Eiseskälte oder Blütenduft, und konfus spürt er, daß es doch der Mühe wert war, daß das wahre Gefühle, wahre Abenteuer, wahre Risiken waren. Daß das wahres Leben war.

An der Bar drüben wiederholt der Amerikaner noch einmal lallend das Wort »agency«, und Oreste Nava lehnt sich in seinem Sessel zurück, zufrieden, daß seine schlaflosen Nächte nicht einem »Eden-Roc« von Sarzana, einem Motel an der Peripherie von Campobasso galten.

2.

Später, nachdem man zwei Wasserhähne aufgedreht und reguliert hatte, aus denen Ströme von Tränen zu fließen schienen, nachdem man ein ambraduftendes Tütchen in der Wanne aufgelöst hatte, das die Tränen in einen Seufzer aus weißem Schaum verwandelte, nachdem man sich lange, eher als *gisante* denn als *baigneuse,* in dieser milden Wärme eines langsamen Verblutens aufgehalten hatte, konnte man benommen aus dem Wasser steigen, eher als *noyée de la Seine* denn als Venus Anadyomene, und sich matt in ein Schweißtuch aus Frottee wickeln, eine unberechenbare Zeit lang zusammengekauert auf dem Marmorrand der Wanne sitzen bleiben und sich schließlich aufraffen zu dem wirklich letzten, was noch zu tun blieb.

Man mußte sich wieder anziehen, die nächtliche Stunde, die Feuchtigkeit bedenken, in einen wärmeren Rock, einen Pullover schlüpfen und ins Bad zurückkehren, um im Spiegel ein postumes Gesicht wiederzufinden. Man mußte sich ganz, ganz langsam kämmen, mit dumpfer maschinenartiger Hartnäckigkeit immer wieder dieselbe Geste wiederholen, als wäre das Haar bodenlang, die bis zur Erde reichende blonde Mähne der Maria in der Wüste.

Man konnte sich dann, nach einem Blick auf die Uhr, in einen Sessel kauern und versuchen, über Seite 16 von *Corinne ou l'Italie* der baronne Anne-Louise-Germaine de Staël hinauszukommen. Und konnte das auch nicht schaffen. Und man konnte einfach sitzen bleiben, einfach so sitzen bleiben und gar nichts tun. Man konnte zum Fenster gehen, es öffnen, hinaussehen. Und konnte es wieder schließen, sich in einen anderen Sessel kauern. Konnte sagen, leise stöhnen »mein Gott«. Was man absolut nicht konnte, war, in den Salon nebenan gehen und eine andere Tür öffnen.

Bis man schließlich wieder aufstehen mußte, einen Regenmantel nehmen, schnell Tür für Tür, Nummer für Nummer, den Korridor entlangeilen, in den Aufzug schlüpfen, in die stille Halle hinunterfahren, hinaustreten. Weiter mußte man gehen, seinen automatischen Schritt benutzen, um an Katzen, Gittertoren, Haustüren, kleinen Brücken vorüberzukommen, Arkade für Arkade den ganzen Markusplatz zu durchmessen und die ganze weiße Länge des Dogenpalasts abzuschreiten, bis man an der Biegung des Schiavoniufers angelangt war.

Von Laterne zu Laterne mußte man nun das ganze Ufer entlangwandern und konnte feststellen, daß die Luft hier schon deutlich Seeluft war, konnte die trauernden Gondeln unter ihren Planen zählen, die vollbrüstigen Schlepper am Kai zählen, die schlafenden Möwen, die Hotels, die Restaurants, die schaukelnden Landungsstege, wo die letzten Vaporetti die letzten Fahrgäste aus- und einluden. Man mußte, ohne schlappzumachen, an einem langen jugoslawischen Tragflügelboot vorbei, das an der Riva dei Martiri angelegt war, mußte noch an einem kurzen grauen Kriegsschiff vorüber, zu dem ein bewaffneter auf- und abgehender Matrose Unbefugten den Zutritt verwehrte, mußte durchhalten bis zu den Giardini, bis zu einer Bank in den Giardini ungefähr an der Stelle, von wo die »Königin des Ionischen Meeres« abgelegt hatte, nachdem ein Passagier wieder ausgestiegen war. Und sich hier hinsetzen, warten, die Augen unverwandt nach rechts auf die Punta della Dogana geheftet, wo der Giudeccakanal einmündete.

Man konnte ein paar Passanten, die aus Neugier oder anderen Gründen den Schritt verlangsamten, kaum Beachtung schenken, kaum drei junge Kerle bemerken, die sich in zögernder Absicht näherten und nach einem flüchtigen Blick wieder zurückzogen, kaum einen Hund wahrnahmen, den ewigen krummrückigen und einsamen Hund, der in der Luft herumschnupperte. Man konnte von der dritten oder vierten Flamme des Feuerzeugs geblendet werden und wieder zur Punta della Dogana hinschauen, ohne einen Augenblick lang etwas zu sehen, und dann, nach einem weiteren Augenblick konnte man anfangen zu unterscheiden, zu ahnen, zu unterscheiden und dann wirklich, ganz deutlich, endgültig, den Umriß eines Schiffes sehen, das um 11.25 Uhr vor Venedig vor

Venedig vorüberglitt, schwarz mit seinen gelben Streifen vorüberglitt, mit einem dumpfen leisen Stampfen vor den Giardini vorüberglitt und sich mit seinen wenigen Lichtern hinter der Landspitze von S. Elena verlor.

Man konnte auch weinen, aber man hielt ganz fest in der Hand eine falsche Münze und weinte nicht.

3.

Vom Deck der *Marie-Jeanne* aus sieht Mr. Silvera Venedig vorüberziehen, sieht die Giardini auftauchen, und in einem der hintersten Winkel dieser vollgepackten, wirren labyrinthischen Rumpelkammer, die sein Gedächtnis ist, findet er wieder und rekonstruiert für einen Augenblick das *Ospizio di Messer Gesù Cristo:* düstere, kalte Schlafsäle für Pilger und Bettler, wo er einmal, wer weiß noch, unter welchem Namen, eine Nacht hat zubringen müssen, wer weiß noch, in welchem Jahr.

Dort drüben hat es gestanden, hinter den Giardini, bei einem jetzt mit Erde aufgeschütteten Sumpf, und Mr. Silvera findet auch wieder mit einer gewissen Deutlichkeit das Stroh, die einzige Öllampe, den menschlichen Geruch, die Stimme – aber nicht die Worte – eines Griechen, der von derselben Galeere abgemustert hatte wie er und nun neben ihm lag. Er findet wieder und entfernt andere Schiffe, einen entmasteten englischen Segler, eine Schar byzantinischer Trieren, über die sich in der Erinnerung eine Reihe Güterwagen legen. Er schiebt mit einem Fußtritt einen Lederschlauch zur Seite, einen verrosteten Helm, scheucht eine Kamelkarawane fort, rückt einen Fabrikschlot, einen Dodge-Laster, einen Markt irgendwo in der Ukraine nach hinten. Entfernt die eindringlichen leuchtenden Augen einer indischen Prostituierten. Entfernt bunte Schleier, lange rasselnde Halsketten und die widerspenstigen Knöpfe eines schmalen, weichen roten Stiefelchens.

Er sucht in der dunklen Rumpelkammer seiner Erinnerung ein weniger dunkles Eckchen, um dort dieses letzte Souvenir unterzubringen: zwei winzige brokatbezogene Holzschuhe mit ganz hohler Sohle, wie sie einst die venezianischen Damen trugen, um auf die Straße zu gehen.

Ah, denkt er.

Ah, murmelt Mr. Silvera, während er die Laternen der Giardini vorbeiziehen, sich entfernen, erlöschen sieht, die letzten Lichter von Sant-Elena, von Sant'Erasmo, des Lido. Und während sich auch dort hinten am Ufer die Holzschühchen der Schickse entfernen, die hätte mitkommen wollen, wenn sie gekonnt hätte, um mit ihm zu wandern bis zum Tag des Jüngsten Gerichts.

Sentimentales Verzeichnis der wichtigen Namen, Orte und Dinge*

* Es ist natürlich kein vollständiges Verzeichnis. Es fehlen durchaus wichtige Orte wie der Markusplatz, der Dogenpalast, die Accademia, die hinter dem Campiello dell'Abbazia, der bescheidenen Calle del Doge, der trostlosen Calle del Vento zurückstehen mußten. Und was die Namen betrifft, so habe ich z. B. Ida, Raimonods Nichte vergessen, die mir im Grunde wohl nicht sympathisch ist, während ich diese dumme Gans von Cosima immer wieder gern sehe. *(Anmerkung der Protagonistin.)*

INHALT